爱情真是个奇怪的东西，让人一秒前还恨得咬牙切齿，一秒后又心痒痒得要命。

小布n

大鱼

有爱的青春陪伴者

烂熟

小布爱吃蛋挞 著

中

江苏凤凰文艺出版社
JIANGSU PHOENIX LITERATURE AND
ART PUBLISHING

图书在版编目（CIP）数据

烂熟 / 小布爱吃蛋挞著. -- 南京 : 江苏凤凰文艺
出版社, 2025. 11. -- ISBN 978-7-5594-9940-0

Ⅰ. I247.5

中国国家版本馆CIP数据核字第2025PY4011号

烂熟

小布爱吃蛋挞 著

责任编辑	王昕宁	
责任印制	杨 丹	
特约编辑	狐小九	
出版发行	江苏凤凰文艺出版社	
	南京市中央路165号，邮编：210009	
网 址	http://www.jswenyi.com	
印 刷	长沙鸿发印务实业有限公司	
开 本	880mm×1230mm 1/32	
印 张	9.5	
字 数	371千字	
版 次	2025年11月第1版	
印 次	2025年11月第1次印刷	
书 号	ISBN 978-7-5594-9940-0	
定 价	42.80元	

江苏凤凰文艺版图书凡印刷、装订错误，可向出版社调换，联系电话025-83280257

目录

Contert

目录 *Content*

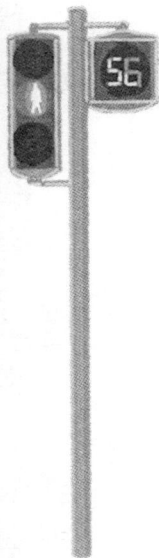

56

第一章 /
有情人终成相亲对象

　　楚芝看着司机把最后一个搬家纸箱装上车，签了交接单，这才真正有了要回家的实感。

　　半年前她从沪市的城东搬到城西，四十公里花了两千块；如今要从沪市搬到琴市，六百公里才花了三千块。

　　她不禁有些感慨，回老家的路就这么一马平川的吗？

　　搬家货车先行一步，楚芝后脚回到那个空荡荡的房子里，把狗子牵出来，领到车边，打开车门，命令："叨叨，坐好！"

　　叫作"叨叨"的白色比熊犬乖巧地跳到后车座上，在它的专属坐垫上蹲好，咧着嘴哈着气，等待和主人一同出游。

　　风清日朗，正是适合出行的一天。楚芝戴上遮阳镜，打开车载音响，调节天窗幅度，吹了个口哨　发动车子，携狗踏上归乡路。

　　行驶不过一小时，手机铃声响起，楚芝看了眼屏幕显示的来电人：陈世羽——她的前老板。

　　她接起来，男人带着起床气的暴躁声音取代音乐充斥着车厢："谁同意你离职？你今天就回琴市，这都不用告知我一声？"

　　楚芝看一眼后座被吓得一激灵坐得笔直的叨叨，又看一眼车载液晶屏上的按钮，探手直接把电话挂断了。

　　没过两分钟，电话又响起来。

　　楚芝想了想，还是接了，语带不耐："陈总，你有什么事啊？"

　　陈世羽的语气这次很正常，一点都不出来因为陪客户喝酒而宿醉的不爽："下个服务区停一下，我去找你，咱们聊聊。"

　　楚芝嗤笑一声："你的酒还没醒呢？十八相送就不需要了，你去港城这两个月我已经把该交接的都搞定了，股份转让的事不着急，回头慢慢谈。"

　　陈世羽："钱的事都能不着急，你回家就这么着急？"

　　楚芝："急啊，我妈等我回去吃晚饭呢。行了，陈总，你先忙你的，我开车呢，不说了。"

她说完，第二次挂了陈世羽的电话。

跟着陈世羽打了五年工，她还从来没有对他如此不敬过，原来把老板 fire 掉是这么爽的感觉。

她再次看后视镜里狗子的状态。

叨叨大概被主人的好心情传染，摇头晃脑地跟着音乐打节拍，动次打次动次打次。

轻车简行，一路顺畅，楚芝到家的时间甚至比预计的还要早一小时，街道两侧的路灯刚刚亮起。

春末的傍晚带着不知名花的气息，还有从家家户户的窗户里飘出来的饭菜香。

楚芝在小区里转了半圈才找到一个空的停车位，停好车，正巧看到搬家公司的人在卸货，竟然是同一时间到达目的地了。

楚芝的爸爸、小姨父、表妹都在接货，一家人见了面也没空寒暄。

闹闹嚷嚷地等行李都进了家门，折腾到晚上七点半，才在狗子眼巴巴扒着桌沿求投喂的叫声中各自落座。

楚爸举起酒杯，感谢了楚芝小姨一家来帮忙的厚爱；小姨父回敬一杯，热烈欢迎楚芝"衣锦还乡，荣归故里"。

他俩喝酒吹牛，剩下的一圈女人吃菜聊天，表妹两岁的女儿朵朵则一直偷着给狗子喂肉。

楚芝在这其乐融融的氛围里恍惚有些不真实感，总觉得这是在某个赶大夜后的调休日里做的一场梦，一场关于家乡的梦。

把这梦牵回现实的，是小姨的一句叹息："芝芝这孩子哪儿都好，就一样不好，这过了年都三十二岁了，还没对象啊？"

楚芝感觉一道天雷直劈在天灵盖上，脑袋瓜嗡嗡的。

她掰着脚指头数也数不明白，明明她才二十八岁，就算虚一岁，然后再过个年，虽然现在才五月份她不知道为啥要过年，就算过个年吧，那也是三十岁啊，"三十二"这个数字从何说起？

但她深知和长辈说这个是说不清的，别问，问就是"我这也是为你好""我倒是在替谁操心"。

所以她面带微笑地听着，也不反驳，只等到她小姨说要给她介绍对象的时候爽快应下，利落地结束了这个话题。

没想到楚芝小姨也是个狠角色，这一秒楚芝答应相亲，下一秒她就打电话"摇"人去了。一顿饭吃完，小姨一家要离开的时候，已经定好了第二天要相亲的对象。

小姨："网吧老板。你可别小看人家，这种是黑白两道都有人罩着的。

"家里三套房呢，年纪也就比你大两岁，还没结过婚，正合适。

"想跟他相看的人可都排着队呢，我这舞蹈队的老姐妹是给我面子，特

烂熟

地给你插了个队。"

楚芝笑意盈盈："要不说还得是我小姨呢，我下半辈子的幸福就交给你了哈！哎哎，小姨再见！小姨父再见！朵朵再见！"

楚芝看着挤眉弄眼对着她坏笑的表妹尹丹，悄悄比了个中指。

送走这一大家子，她关上门长舒一口气，一转身，看到收拾餐桌的楚妈正皱着眉头看她："明天要是不想去就……"

"去啊，怎么不想去。我小姨'加塞'给我安排的约会，就是去交个朋友嘛，说不定真给我捡到一个金龟婿！"楚芝跑到她妈旁边给小老太太一个拥抱，没正形地说着。要帮忙收拾的时候被亲妈嫌弃笨手笨脚，她索性哼着曲子回房间洗漱去了。

她说到做到，第二天果真化了个全妆赴约。

小姨说是怕她尴尬要主动作陪，但楚芝总觉得小姨是怕她半途溜号让老姐妹不好做人。

哎，怎么会呢？她楚芝这些年遇到再恶心的客户都能微笑面对，一个相亲对象能比猪头甲方还让她无法容忍？

琴市虽然不比北上广，但也算是个发展不错的新一线城市，到了晚高峰时间照样堵车。

小姨开着车看到前面一溜红灯，烦躁得不行，担心她们要迟到。

楚芝默默握紧了车顶扶手，怕小姨一个路怒发作硬超车。

好在网吧老板也堵在路上了，小姨听着老姐妹打电话来道歉，说男方要迟到半小时，居然眉开眼笑。挂了电话，跟楚芝说："迟到都能跟你卡上拍，这叫什么啊？"

"那必然是缘分！"楚芝做出正确回答，心里翻着白眼吐槽：这叫交通管制。

等她俩停好车进了饭店的门，小姨正给老姐妹发语音说她们到了，一抬头看见窗边坐了一个穿灰蓝色 Polo 衫的男人，背影周正，像极了传说中今天要相亲的对象。

"瞧瞧小伙子多会做人，说是怕迟到，其实还是按时到了。"

小姨撞撞楚芝的肩，拉着她上前，然后很是自来熟地一拍那小伙子的肩，问他："是小程吧？"

男人侧过头，表情诧异了一瞬："啊？"

就这怔愣间，小姨已经坐下来了，再次确认："开网吧的小程对吧？赵姐介绍的，这是我外甥女，楚芝。"

视线对焦，彼此都有短暂的沉默。

身边，小姨正在叽里呱啦地夸着楚芝：名牌大学研究生毕业，在大城市工作生活，琴市自购一套两居室、性格温柔、乐观开朗、耐心细致、会照顾人。

那些不属于自己的优秀品质，楚芝已经听不见了，她觉得耳畔仿佛一阵阵风声吹过，吹鼓起的是十八岁那年眼前这个男的，骑着单车载她回家的时候灌风的校服。

程岛，她的地下初恋。

彼时痛彻心扉的分手历程现在已经记不太清，连分手导火索都不太能想起来了，隔了快十年光阴，相亲场上再相见，气氛微妙。

小姨夸了半天自家外甥女，礼尚往来地给男方机会说话："小程也说说你的情况吧。哦，芝芝要吃什么看着点一下。"

楚芝接过菜单，抬手把垂落在耳边的头发拢到耳后，一边扫视纸上的菜式彩图，一边用余光看对面的男人，随口问："有忌口吗？"

他的袖子挽了两圈，露出麦色的小臂，手背筋骨分明，握杯子的时候有膨起的血管，看得楚芝也莫名口渴，拿起杯子喝了口温水。

"没有。"他的声音似乎更加低沉了些，还带点粗粝，不比少年时清亮。

楚芝已经快速勾画了菜式交给服务员，而程岛在回答了几个小姨提出的问题后，终于开口："我想，你们是不是……"

他还没说完，小姨先接起老姐妹的电话，那边满是歉意地说网吧小老板堵在路上的时候跟别的车剐蹭了，今天怕是来不了了，改天请客赔罪。

小姨目瞪口呆地挂了电话，刚才的热络被警惕取代，拉起楚芝就往外走："你这人，认错了怎么不早说啊？"

程岛默然，开始没插上嘴，刚才刚要说来着。

楚芝被扯着出了饭店门，路过窗边的时候扭头看。窗子那边，程岛也在看外面，好像还对她笑了笑。

不明显，不确定。

她心跳加速了几秒，快到小姨车前了才开口："小姨，我跟我同学约了晚上一起逛夜市，你先回吧，我正好这会儿去找他吃饭。"

小姨现在尴尬得恨不得挖个地洞遁下去，也没多问什么，说了一句"注意安全"就开车走了。

楚芝对着车屁股摆摆手，等车子完全消失在视野中，她才原路返回。

返回到刚才的那个饭店。

还是那片临街的玻璃窗，她在外面站定，两只手在额头上搭天棚，对着里面望。

程岛看过来。

楚芝拿出手机，用备忘录打了一行字：你约了人吗？

程岛凑近玻璃看她的手机屏幕，摇了摇头。

楚芝只觉得他的脸在面前骤然放大，让人呼吸一窒。

她掩饰般低头又打了一行字：我点的酥酥脆脆烤猪手好吃吗？

程岛好像是想了一下，然后也把手机拿出来，打了两个字给她：来吃。

楚芝听人劝，所以她吃饱饭。

是真的吃得很饱，她丝毫没有在旧情人面前顾及饭量，甚至因为心情好还多吃了半碗米饭。

程岛倒像是不太饿，每样菜简单吃了点儿，就提着茶壶给两人添茶倒水。

他边喝茶，边观察楚芝。

然后他就看到了楚芝假装不知道他在看自己，还摸了摸自己的耳钉。

这个小动作，表示她心情很好。

程岛记得以前她也会这样摸耳垂，在他提议去书店看漫画或是去溜冰厅的时候，她会嘴上说着"没意思"，甚至嘴角都不翘一下，却在他审视她的表情时不自觉地摸摸耳垂来掩饰心虚。

"你笑什么？"楚芝抽纸巾按在嘴上，看到程岛心情很好的样子。

程岛喊服务员来买单，拿起外套站起来要往外走："想起我有一张这家店的 10 元优惠券。"

"真行。"楚芝对他比了个"有出息"的大拇指。

他俩刚才吃饭吃得专注，除了交流一下饭菜味道，别的话题一概没谈，现在这样并肩走在马路牙子上，才开启了闲聊模式。

程岛："相亲啊？"

楚芝："是啊，我小姨朋友介绍的。你也够讨厌的，认错人你不早说。"

程岛："你小姨一上来就叫我'小程'，又问是不是开网吧的，我都蒙了。"

是了，程岛他爸也是开网吧的。

楚芝抬起头看他，他的视线略略扫过她的脸，说："后来认出是你。直到你小姨问我家三套房都在哪里，我才反应过来。我也想问问我家那三套房在哪里。"

楚芝笑了。

程岛家就在这家饭店附近，没记错的话，应该就是右手边这临街的居民楼。

果然，程岛停住了脚。

楚芝不自觉地仰起头看楼上的楼道窗口。

程岛想了想，礼貌地问她："上楼坐坐？"

这一刻，似乎和记忆里某个时刻重叠。从前的从前，他也是这么问的，只是那语气更加腻乎，外带三分霸道的不容拒绝。

楚芝当初怎么答的？

剪着齐刘海的她好像是鼓起腮帮子，一口气把刘海吹飞，跩跩地问："坐什么？做作业啊？"

路灯下，楚芝今晚第一次认真打量他的脸，还是那么赏心悦目，下颚线条更凌厉了些，皮肤颜色深了些。

鼻子倒是没什么变化，依旧高挺。楚芝甚至闪过一丝念头，想知道现在和他接吻的话，鼻尖触碰的感觉是不是一如往昔。

因着这荒唐的悸动，她刻意低下头，踢了踢脚尖，不怀好意地问："哪个 zuò 啊？"

是试探，也是撩拨。

"嗤！"他低笑一声，抬起手从身后捏着她脖颈上的皮肉，就像捏住一只试图伸爪子挠人的小猫，带她上楼。

声控灯亮得不很及时，黑漆漆的楼道里，楚芝听见他带着笑意的声音说："都行。"

"啪嗒"一声，灯亮了，他也松开了她。

老楼改造，曾经的步梯楼道也加装了电梯，两人一前一后地进了电梯间。

或许是因为后加的，这电梯很狭窄，楚芝怀疑最大载客量也就四五个人。

她正走着神，忽然感觉身子向前倾，下一刻就扑到了程岛身前，险些撞上去。

是他刚才拉了她肩膀一下，他解释："你挡门了，关不上。"

"哦哦。"离得近了，她眼前是他的胸膛，透过外套散开的边缘，她好像看到了他胸肌的线条。

"你是在绷紧胸大肌吗？"她实在没忍住，问出口。

程岛疑惑地挑眉看她，对她无厘头的问题耐心作答："没有。"

"哦。"楚芝把头扭向轿厢的墙面，不太清晰的反光镜里映出一对身形扭曲的璧人，楚芝感觉自己的脸在这灯光里显得有些怪。

怪好看的。

出了电梯，程岛掏钥匙开门。楚芝跟在后面，闻到老楼特有的味道，那腐旧气息如此浓郁，直击人心。楚芝还没想起什么年少时的场景，倒是先涌上一丝淡淡的忧伤。

有时候，气味和回忆挂钩，让人怀念的只是某些抓不住、回不来的时光。

楚芝踏进程岛家的门，像十八岁时那样忐忑，小心翼翼地探头张望："你爸不在吧？"

"不在。"程岛把外套挂在衣架上，脱下鞋子，弯腰从鞋柜里拿了一双九成新的拖鞋出来给楚芝，"不换也行，睡前会拖地。"

他虽然这么说，楚芝还是本着客人的自觉把鞋换了，随口夸他："挺勤快，还会拖地呢。"

程岛没应声，指指沙发让她坐，去厨房给她煮茶喝。

电热茶壶里的水"咕咚咕咚"向上翻涌，像思绪在漂浮。清澈的水渐渐沾染了茶叶的红，茶汤颜色愈加浓烈。

其实原本没那么勤快的，当初楚芝来他家里玩，不爱穿拖鞋，穿着一双白袜子在地板上"吧嗒吧嗒"地走。

少年的自尊心不愿意让那双白袜子次次变成黑脚底，于是养成了每天晚上睡前拖地的习惯，程爸看见了还夸他懂事，抽了两张一百块奖励他。

"哒——"电热壶的开关跳上去。

程岛抬手打开柜门，拿了个干净的水杯到水池边又冲洗了一遍，抽纸巾擦干杯沿，茶水倒到八分满，这才端出去客厅。

厅里，楚芝并没有坐着，而是背着一双手，领导视察一般在电视柜旁边的照片板前站着看照片，是程爸洗出来钉在木板上的。

"喝水。"他把杯子递到楚芝手里。

楚芝接了，道了声谢，指着上面一张他穿军装的照片问："你去当兵啦？"

程岛："嗯，大学毕业的时候有直招，就去了，今年刚复员。"

他说完，心里掠过点涩涩的滋味，这女人，是真的一点都没关注过他啊。带她上楼时燃起的那丝悸动，好像被一盆冰水浇灭了。

楚芝掐指一算，那就是在部队待了六年。她讪笑，这些年确实没打听过他的消息，尤其是这六年，她都在沪市读研工作，"996"是常态，"007"也不是没有过，忙起来经常是从月亮到太阳一起见。

或许是突然发现两人之间隔了太多太久，熟悉的氛围里还是不可抑制地掺入了尴尬因子，两个人都不说说话了。

"怎么回来了呢？"沉默片刻，程岛先开口。

这问题楚芝跟人说过，跟沪市的好友说过，跟前老板也说过，她不介意多说一次。

"我爸妈身体不太好。前段时间，我妈夜里上厕所还昏厥了一次，我不放心。"

程岛点点头。

或许因为是故人，楚芝忍不住多说了几句："你记不记得高三的时候，我妈意外怀孕来着，那时候我不建议他们要二胎，说我会照顾他们，给他们养老，这不是信守承诺嘛。"

程岛依旧点点头。

那件事，连亲戚知道的人都不多，程岛却是知道的。

她高三的时候，楚妈老蚌怀珠，纠结要不要生下来。

她爸妈都很尊重她，还要顾及她快高考的心情，于是一五一十把事情说给她听，问她想不想要弟弟或妹妹。

楚芝几乎没有犹豫就摇摇头："我都这么大了，倒不至于担心多一个人跟我争宠，只是你们想清楚啊，这孩子是给你们养的还是给我养的，好不容易熬到我要上大学你们能清闲了，还想再累一遍？以后他上学辅导功课、开家长会什么的可别指望让我来。"

原本她爸妈就有些犹豫，看女儿这么反感二胎，索性趁着月份小就去医院做了流产手术。

术后，楚妈做了个十四天的"小月子"，楚芝端茶倒水地伺候她妈，甜言蜜语说了一箩筐："你别担心，等你老了，我肯定好好孝顺你、照顾你，你打一个招呼，我就是千山万水也立马来到你身边。"

只是她在父母面前表现得成熟稳重，转头在程岛那里又是另一副面孔。

她那时哼唧着扑过去握住程岛的手，额头抵着他的肩："怎么办，我杀人了。"

那天还下着小雨，程岛被她的话吓一跳，冷静了半晌，问她："人埋哪里了？"

楚芝破涕为笑，把家里的事跟他说了，说完又哭，哭一会儿又自己去洗脸，说："没事了，我就是宣泄一下。"

这话题，被扯得更加沉重了，旖旎气氛全无。

楚芝把手里的茶放到桌子上，抬眼看看挂钟："挺晚了，我回家吧。"

"好。"程岛也不留客，送她到玄关。

他们这一晚上，属实没聊什么有用的信息。

甚至这一刻要告别了，都没有留个联系方式。

就好像只是老朋友在街上遇见了打个招呼，之后依旧尘归尘土归土，再不牵扯。

跟他上楼之前，楚芝明明期待的不是这样。

门推开，楚芝一只脚踏出去了，程岛忽然出声，不是告别，是询问："你，这次回来，还走吗？"

楚芝扭头，看他。

他居然刻意侧过脸去，不看她，好像刚才问这话的人不是他一样。

楚芝没回答，停顿几秒忽然反问："我好看吗？"

这问题，她以前老问。

他说"好看"，她还不依不饶，硬是逼着他学了不少形容美女的成语，每次还都不重样。

死去的回忆开始攻击程岛，他下意识地就答她最喜欢的那个形容词："般般入画。"

楚芝弯起嘴角，踏出去的那只脚收回来，顺手把门关上，回答他："嗯，不走了。"

程岛原本是要送她出门的，现在门一关，两个人在门口的距离就显得拥挤。

楚芝一句"不走了"，也不知道是回答他前面的问题，还是说今晚要留下。

老情人就这点讨厌，以前什么都做过了，偏偏现在要客气礼貌，谁也拿不准对方是怎么想的。

楚芝扬着脸，从程岛的角度看过去，她的下颌线妩媚，似是勾着人抚上去。

程岛确实抬手了，却是搭在她肩上。

楚芝心一跳，侧头看他那骨节分明的修长手指，以为他要揽她入怀。

她直直地盯着程岛的眼睛看，想看到他眼底是否有翻滚的情欲。

结果他只是捏着她的肩把她调转了一圈，另一只手再次开门，把人轻轻推出去，一点都不绅士地跟她说："还是走吧，我爸一会儿回来了。"

楚芝站在门外，看到大门在自己面前慢慢合上，程岛的脸渐渐消失在阴影里的时候，人都傻了。

什么狗男人啊？

他这是把她赶出门了。

气愤、羞恼、错愕。

各种情绪涌上心头，直让她涨红了一张脸。

不是他邀请她上楼坐坐吗？不是他说什么"都行"的吗？

她怎么看他好像是"不太行"呢？

太气了，楚芝从斜挎着装饰性小包里翻出一支口红，拧开盖子旋出膏体，就想在他家门上书写"有病"两个大字，但最后有涵养地忍下来了。

对着深蓝色大门，她手里的口红还是落了下去，留下一串数字，是她的手机号码。

她也说不清自己想干吗，甚至不知道到底想不想接到他的电话。

楚芝走了。

程岛站在客厅阳台边，手撑着窗台边缘，透过纱窗看着楼下，看到她离去的背影。

阳台没开灯，楼下却是有路灯的。

他能看清她，但她即便抬头也看不到他。

程岛仿佛能透过背影看到楚芝气急败坏、咬牙切齿的样子，应该挺逗的。

不过，他笑不出来。

阳台的花架子上有他爸放置的打火机和半包烟，程岛拿着烟盒在茶几上磕一磕，磕出一根烟转到嘴里点着了。

星星火光在黑暗中格外亮，随着他的手滑动时带出一道光线。

程岛只抽了两口，就把烟夹在食指和中指之间发呆，好像是在想什么，又好像是在大脑放空。

他是个成年男人，看得懂楚芝的眼神，也听得懂楚芝的暗示，但就是不太懂楚芝是想和他重温旧梦，还是只是一夜风流。

楚芝这人一向挺大胆，可狠心的时候也是真狠，吃亏上当一次就行，他尿，不敢招惹她，怕又收获一地心碎。

开着的窗户不断吹拂进来春夜凉风，吹散掉他手里越来越弱的烟气，朦胧中，程岛想起第一次见楚芝的场景。

那年高三，但对程岛来说跟其他学年也没什么太大区别，身边的同学一半去学美术集训走艺考，一半混日子随便学学或许去读个大专。

他爸对他的期望不高，好好活着就行，实在没工作以后还可以继承家里的网吧，当个闲散小老板。

青春期的男生们不读书便只会招猫逗狗、惹是生非，打架斗殴更是家常便饭。

那天，程岛在网吧替他爸看店，发小杨东煜跑过来拍桌子："狗哥！十三中的那帮孙子跟小凤打起来了，就在后面巷子里，你去看看！"

程岛闻言抬头，把鼠标一扔，外套都没穿就跟在杨东煜身后从网吧后门穿出去。

远远地，看见巷子尽头有五六个人，被围在中间的男生是小凤，正被人推搡着跌坐在地。

程岛低骂了一声，快走两步冲向巷子拐角处停靠的那辆三轮车。

离得近了，路过破灯箱的时候，忽然对上一双眼睛。

程岛原以为是只野猫，多看了一眼，才发现居然是有个女生蹲在里面，看到他的时候，还掩耳盗铃地把书包举过头顶挡着脸。

程岛一愣，可随即被那边的叫骂声吸引了注意力。他手一扬，用力掀开盖在三轮车车斗上的帆布，再把那块布一扔，正好罩在灯箱布破了的那面铁架上，把里面的人盖了个严严实实。

他从三轮车里抢起一根称手的铁棍，在手里掂了掂分量，握紧了，走向那群在踢小凤的混混身后。

铁棍在地上拖拉滑行的声音让那几个男生停手，转过脸来，其中一个男生和程岛认识，以前一起打过篮球。

程岛便对着那认识的男生说话："我刚才报警了，你们快走吧，这事到此为止。"

听到他说报警，对方显然有所收敛。

"程岛，给你个面子，叫你兄弟好好学学怎么做人。"为首的男生趾高气扬地吐了口唾沫，到底忌惮着，匆匆撤退了。

巷子里寂静了，王凤岐猛地咳嗽了几声，断断续续地说："狗哥，谢了。"

杨东煜扶着王凤岐走了几步，看他一瘸一拐的："小凤，你是不是得去医院拍个片子？"

小凤："没事，我……"

程岛打断他："闭嘴，去前街诊所看看。大东，你陪他去，我得看店。"

程岛从兜里掏出钱包，把里面几张大的票子都拿出来给杨东煜："确认没毛病再让他回家。"

他们仁在一条街上长大的，因为程岛个头高，从小就是孩子王，程岛的话比杨东煜他爹说话都好使，杨东煜拽着小凤就去前街了。

程岛走在后面，路过灯箱的时候把帆布扒拉下来，怕把里面的人憋死："你出来吧，都走了。"

那就是程岛第一次见楚芝，她清秀的脸上带着警惕和无辜，问："你不是还没走吗？"

程岛一时语塞，觉得她说得有道理。

于是他也大步走开，只听见背后有窸窸窣窣逃脱的声音，他没忍住回头看了一眼，看到她正把校服裤子上的灰拍落。

看那校服样式，是隔壁育才中学的，学霸哦。

楚芝大概也察觉到他的善意了，她凭着刚才在灯箱里隐约听到的对话和称呼，跟他挥手道谢："谢谢你啊，程狗。"

程岛内心闪过一排问号。

楚芝从程岛家被"赶走"后，原本是要叫网约车的，可设置起始点的时候看到了熟悉的 27 路公交车。

这是起始站，从这里到她家总共七站，不堵车的话大概只要二十分钟。

她把约车界面关掉，上了前面停靠的 27 路车。

车上零星坐了几个人，楚芝找了个后排靠窗的座位，托着腮看外面的景色。

车子启动，道路平整，不似她记忆中的颠簸。

琴市这些年发展得奋快，她离开家的这些年，家乡虽然不能说是翻天覆地的变化，但城市建设确实显著，起码这夜里的彩色灯光花了大价钱。

楚芝记得小谷桥这一站以前是黑漆漆的，路过的时候还能听见海浪拍打礁石的呼啸声，像是有什么女人在呜咽。

程岛骑车送她回家的那些晚上，每次路过这里都要编一些命案现场的故事来吓唬她，然后在她紧张地抱紧他腰的时候不厚道地笑。

现在这里新建了小谷桥公园，楚芝甚至看到了旋转木马，柔和的灯光下木马一圈又一圈、高高低低地跑着。

她看到了，便忍不住下了车，直奔小公园，花了三十块钱坐上旋转木马，享受独自一人开动的快乐。

虽然这快乐只有三分钟。

回家的路上，楚芝把木马照片加了个滤镜发朋友圈，一群点赞里，有两个人的评论。

前老板陈世羽：我想到一个新项目，v 我 50 我告诉你。

表妹尹丹：相亲进程延顺利啊，这就浪漫上了？

楚芝先回陈世羽：休假，勿扰。

然后给尹丹打过去电话，吐槽今晚的相亲乌龙。

尹丹嘎嘎笑："你这也算因祸得福啊，我妈那么要面子的人，估计一个月不会登你家门了，你能消停一阵子呢。"

尹丹比楚芝小两岁，小时候家族聚会，楚芝一直被当作榜样激励弟弟妹妹包括尹丹好好学习的。

不知道从什么时候走，尹丹开始成了"别人家的孩子"：大学读的公费师范生，好；毕业回到老家当初中英语老师，好；嫁了个水利局的科长，好；一结婚就生了孩子，好。

总之，就是哪儿哪儿都比大龄未婚未育、远走他乡的"问题青年"楚芝好。

楚芝在琴市没什么好朋友，能聊聊天的也就尹丹了。她挂了电话，又发消息跟尹丹补充了被旧情人赶出家门的囧事：是我没什么吸引力了？

尹丹秒回：可能他觉得配不上你吧。

这个答案并没有让楚芝好受一点，因为她原本也就是见色起意，没想着什么配不配的问题。

她有点不服气，今晚他把她的脸扔地上踩，她就总想着有一天她得把他的脸也踩在脚下。

她就是这么小心眼，且睚眦必报。

越是没顺心如意，越是让人惦记。

所以楚芝没能耐心等到他给自己打电话，第二天起了床看着窗外的阴雨天出了会儿神，就决定好了今日行程：去程岛家的网吧看电影。

楚芝爸妈都是中学老师，现在已经退居二线。她爸是音乐老师，有时候在校外给一些小孩做家教教钢琴；她妈是化学老师，现在偶尔去学校看看实验室器材，也不用一直耗在学校，没事就可以回家。

楚芝则是无业游民一个，目前的计划是装修她那套刚交付的小海景房。

上午吃了她妈留的早午饭，在"楚家大院"三人群里说了声今天出去逛街看家具，楚芝就出门了。

虽然出门出得比较随意，但脸上还是打了底、涂了口红，衣服也是成套搭配的浅色衬衣和阔腿裤。

考虑到网吧附近不方便停车，楚芝打了把伞，坐公交车去的。

以前在沪市买个菜都要开车去商超，现在回了家突然觉得代步车多余，去哪里都可以坐公交车，而且还总能捡个座位坐。

程岛家的网吧比起十年前豪华了许多，应该是有重新装修过。

楚芝站在门外收伞，转身，看到连成珠链般的雨滴从屋檐滑落，在地面上溅起小水花。

她进门，打眼一估量，前台坐着个大学生一般年纪的女生。

女生问楚芝："身份证刷一下。对了，有会员卡吗？最近店庆搞活动，充一百送二十，还送一杯饮料。"

楚芝看她这么积极地营业，照顾了一下老熟人的生意："那充一百。"

饮料有奶茶、可乐、橙汁、咖啡。

楚芝从前上班过的是"早C晚A"的生活，晚上那杯酒可能会因为加班取消，早上那杯咖啡不喝的话，这一整天就像没按开机钮一样呈宕机状态。

她要了咖啡，又要了一台无烟区的机子，顺便打听老板家的儿子在不在，

"程岛说让我来这儿找他，怎么没看见他人。"

前台小姑娘听说了，立马很热情地笑："是找程哥吗？我帮你问问他哈！"

楚芝道声谢，款款走进有玻璃门隔断的无烟区。

说是无烟区，依稀还是闻得到烟味，窗外的雨幕像结界，把那混浊的空气锁在了这屋里，一点新鲜气息都不对流。

楚芝对着电脑屏幕发呆，不知道看点什么好，随手打开桌面上的文件夹《影视大全》，想要看看有没有好看的片子。

前台来送咖啡，小姑娘笑意盈盈地跟她说："姐姐，程哥好像忘了约了人，他说一会儿过来哈，你先玩会儿。"

楚芝不知道程岛一会儿来不来，她好像坐到这里以后也没那么想要见到他了。

他不是她的白月光，也不是她的朱砂痣。

他是她心口的蚊子包，想起来了挠两下，越挠越痒越难耐。

但是不去想、不去理，过一会儿也就忘了，再过一会儿可能连印子都消了。

楚芝端起马克杯喝了一口，是一股糖精味的速溶咖啡饮料。

她咽下去，没有苦涩口感，不适应，放一边。

文件夹里的电影都是些挺老的，楚芝点开一部韩国的《爱人》，放了十几分钟才发现有一些限制级的内容：

明亮洁白的展览馆里，英俊的男人诱惑着已有婚约的女人出轨，欲拒还迎的酸涩拉扯。

楚芝不自觉地伸手端起杯子喝了一口，被甜得腻人的咖啡呛到，咳嗽了两声。

面前的玻璃门被推开，程岛来了。

楚芝抬眼看他，看到他面无表情地对自己说："你啊。"

楚芝："不然呢，你以为谁找你？"

程岛："我以为也就是你。"

不然就不下楼来了。

他走到她身边。因为网吧离家近，他下来的时候没带伞，身上淋了点雨，带着氤氲的湿气。

他问："看什么呢？"

她没出声，大大方方地让出屏幕给身后的人看。

于是，程岛入眼就是情人过分亲密的画面。

程岛无语片刻，然后抬起大手在楚芝后脑勺上一推，没用多大力，楚芝却跟没骨头似的直接把脸埋到桌子上的胳膊里，然后这么趴在桌子上，侧着脸朝他笑。

程岛别开眼睛，清清嗓子："找我干吗？"

楚芝小声说："你们店的咖啡也太差劲了，回头我给你推荐几个牌子的咖啡，便宜还好喝。"

程岛看过来，不知道她想说什么。

下一秒，她把滑轮椅往后一撤退，抬起右脚，说："我不知道踩在什么石头上，脚破了。有创可贴吗？"

程岛低头看了看，也没看到哪里破了，但还是转身去前台拿了一个创可贴回来。

无烟区人少，却也不是没有人。

程岛不想一直站着被人围观，就坐在她旁边的空位上，看她脱了凉鞋，把没穿袜子的脚露在外面抖啊抖，还跟他解释："脚上有水，晾晾。"

程岛的表情原本看着挺严肃的，听到这里突然笑了，脸上的线条都柔和了许多。

他弯腰，一手把她的脚抬起来放在自己膝盖上，一手接过创可贴，对准她大脚趾下面那个米粒大小的伤口贴上去包好。

她的脚冰凉潮湿，他的手温暖干燥。

这么抬着腿，她的阔腿裤向后褪，露出一截小腿，白玉一样晃眼。

程岛没松开她，坐着椅子脚踩着地向前一滑，椅子挨着椅子，膝盖靠着膝盖，手里的那只脚踩在他肚子上。

他没让她再想什么蹩脚的借口解释她来找他干什么，直接问出了口："就这么想重温旧梦？"

楚芝绷直了脚尖踩踩他的小腹："啊，你不想？"

程岛依旧是笑模样："不想。"

他这么说，楚芝也不恼，把脚收回来，穿好鞋，视线回到电脑屏幕上，半晌又看他一眼："你呀，口不对心。"

程岛坐在她旁边，跟着她看了几分钟电影剧情，看到男女主在公园长椅上接吻的时候，脚一踢，把她机位下面的电源开关给关了。

黑色屏幕，映照出楚芝自己错愕的脸。

楚芝："我都多大了，看个吻戏还得换台？"

程岛："抱歉，脚滑。"

楚芝："是挺狡猾的。"

程岛不和她斗嘴，站起来往外走，走两步回头看看她："走啊。"

楚芝倒忸怩起来了："走哪儿去啊？"

程岛："我家。"

楚芝起身跟上去，压低声音凑他耳边说悄悄话："你爸不在家吗？"

程岛便也低头凑在她耳边低声说："现在不在，不知道回不回来，你小点声。"

小点声干吗？

还能是干吗？

烂熟

楚芝跟着他一前一后出了网吧，路过前台的时候，还听见小姑娘跟程岛说拜拜。

称呼的是"大叔"，几近暧昧，透着少女的小心思。

有点好笑。

"嗤！"楚芝这么想的，也真就笑出来了。

程岛只看了一眼她促狭的表情，就知道她笑得是什么，解释了一句："大一学生，还没见过什么好男人。"

楚芝点头："好男人确实少，我也没怎么见过。"

话题打住。

程岛在隔壁便利店买了一瓶可口可乐，结账的时候顺手拿了一盒套。

楚芝在一旁等着，伸手接过可乐和盒子，装在自己那个放手机和口红的小挎包里，塞得满满当当。

楚芝："你要喝可乐干吗不从网吧拿？"

她以为程岛会承认自己不好意思直接买套，结果，程岛说："网吧的是百事。"

从这儿到他家楼就几步路，楚芝拿着伞，但也没打开。

两个人都被这没头没脑的细雨打湿，偏偏这风雨越凉，心头的邪火越旺，铆着劲不知道往哪里蹿。

几分钟也变得漫长。

电梯里出来，楚芝耳膜可荡着如擂的心跳声，她安抚自己，找了个话题："我昨晚在门上写了数字，你看见了吗？"

程岛："嗯，我爸先看见的，问我是不是被人追债。"

楚芝不厚道地笑："是呗，情债。"

程岛没和她辩论谁欠谁的债，昨晚偶然遇见是不想再招惹她的。可她今天又巴巴地跑来找他，真的是，啧，说不清什么感觉。

开门，关门，她鞋子才划半只，上身已经被他从背后挤压到门板上了。

就像电影里那个镜头。

楚芝娇嗔了一句："凉呀。"

"哦，以为你很急。"程岛没松开她，直入主题，也不知道到底谁更急一些。

是不同于外面和风细雨的节奏，隔着门板还能听见外面的走廊上有人经过，确实需要小声。

包里的易拉罐刚才被晃得气压爆表，如今拉环拉开，"噗"的一声，白色泡沫如喷泉涌射出来，带着黏甜的气泡溅到楚芝的衣摆和腿上。

她抱怨了一句："烦，给我洗衣服。"

程岛笑了笑，先仰头喝了一大口可乐，深深吐了口气，爽。

在浴室洗了个澡后，楚芝套着他的迷彩短T出来，径直走进他的房间，坐在床上擦头发："你爸到底回不回啊？"

程岛只穿了一条短裤，倚着书桌站着，手指无意识地敲打着桌面："他回不回，碍着你什么事？"

楚芝的目光从他腹肌腰线睃着："不回的话，再来一次呀？"

程岛默许，身体力行。

两人在落日黄昏前分道扬镳，楚芝要回家吃晚饭，她妈做了油豆角焖面，楚芝吃饱了男色，现在需要真正填饱肚子的东西。

她就像只小蜜蜂，采够了花蜜，心满意足地飞走了。

只程岛一个人靠在床头看着雨幕，思考人生。

做都做了，也不必刻意保持什么距离了，他把昨晚手机里存下的号码复制，加为微信好友。

楚芝一秒通过，然后给他转账"250"，备注：辛苦了，补补。

程岛确认了两遍，是"250"不是"520"。

行，真可以。

楚芝进家门前在电梯里仔仔细细整理了一遍着装，除了眼角眉梢那一点春意遮不住，其余露在外面的皮肤上确保没有痕迹。

楚妈已经做好了三菜一汤一锅面，也没细问女儿这一天去哪里浪了，只催她快快洗手吃饭。

饭后，楚芝感觉她爸妈想和她聊聊天，但她身体实在有些酸软，脑袋胀痛，提不起精神，只能做个不善解人意的女儿："妈，我好像淋雨感冒了，我先去睡啦。"

楚妈自然关切得很，还给她煮了姜茶，在她洗完澡喝茶的时候，又拿着干毛巾给她把头发擦了又擦，确认完全干了才让她躺下。

回家真好啊，爸爸疼，妈妈爱。

而且还有男人陪。

楚芝上班的时候真的忙得像狗一样，根本没空搞点夜生活，连遛叨叨都经常是花钱雇宠物店的人去遛，更不要说花时间谈恋爱了。

算一算，她都多少年没碰过男人了，单着的时候也不怎么想这回事，可一尝到点甜头吧，啧啧，就有点食髓知味难自持。明明大腿像刚爬完山一样累，可脑子里已经开始惦记什么时候能再次"惠顾"了。

择日不如撞日，要不就明天吧？

她给程岛发消息：明天还想喝可乐吗？

程岛这孙子，拿了她的红包连句谢都不说，现在她发消息约他，他拒绝得也不留情面：不喝。

他说的是"不喝"，不是"不想"。

楚芝猜他是气恼自己给他转了"250"。

嗯，她就是故意的，故意逗他生气，谁叫他那天把她赶出家门来着。

不过现在她有所求，所以就假意解释了一句：微信里只剩"250"了，但凡多一块我也转给你。

楚芝藏在被窝里发语音："我把我所有的余额都给哥哥了～。"

程岛被她这声"哥哥"叫得呛口水，挺无语的，这女人求人的时候身段软得要命。

就像熟透了的水蜜桃，软糯香甜，那层外皮撕开，包裹着桃肉娇气得很，禁不住磕碰，撞两下便是软烂出汁，叫人拿捏不能。

他出神的工夫，楚芝又像是正经人似的发语音跟他说："明天你要是没事，就陪我去看看我的新房呗。我约了设计师，一个人去还有点害怕，带个退伍老兵防防身也好。"

"退伍老兵"本人眉头一皱，这会儿又不是哥哥了。

楚芝又发消息来了：我请你喝大酒！

程岛一直都相信，她是个执拗的人，如果想做成什么事，就没有做不成的。

所以在她再发什么奇怪的信息之前，他先同意了：行。

楚芝只是说要他陪着去新房，却又没约定时间，就说了句起床找他，等于是无赖地霸占了他一整天的行程，吊着他，让他时不时就得看一眼手机，看她找自己没有。

程岛起得早，刷牙洗脸的时候，他爸才从外面回来，倒不是看店看了一整夜，是出去打牌了。

父子俩都打着哈欠碰了个面，程爸回屋去睡觉，程岛换好衣服替他去网吧看看。

今天的前台依旧是昨天的小姑娘路盈盈值班，她来得早，看到程岛，高兴地给他热了一杯牛奶，然后试探地问："大叔，昨天那个漂亮姐姐是你女朋友吗？"

他比小姑娘大了十岁，但"大叔"这个昵称还是让他有点牙疼。

程岛没回答她的问题，反问道："漂亮吗？"

路盈盈回忆思考了一下，点头："漂亮，很洋气。"

程岛微笑，与有荣焉地端着牛奶走了。

洋气的漂亮姐姐十点多才给他打电话，直接报了个地址。

程岛听着，那不就是她家嘛。

楚芝理直气壮地指挥："顺路一起走呀！"

行，她说顺路那就顺路吧，拐了十八个弯的顺路。

程岛骑着摩托车去接她，楚芝原本穿着裙子下来的，看到他的摩托车，吹了个口哨又跑回家去换了一身牛仔套装，戴头盔的时候两指从眉峰出发跟他敬了个礼："酷哦。"

程岛问去哪里，楚芝拿出手机给他看地图定位。

很好，她所害怕的荒无人烟的新房在最最市中心的地段，小区旁边甚至就是检察院。

什么不法分子这么嚣张，会在这种地方行凶？

来都来了，程岛也不至于把她扔下不陪她，发动车子，风一样载着她出发了。

楚芝在身后抱着他的劲腰老老实实，她再爱闹也知道惜命，这么快的车速要是翻车了她小命不保。

上一次这么坐在他身后抱着他已经是很久远的回忆了，她记不清最后一次坐他车是什么样的，倒还记得第一次坐他车的情景。

那是个秋高气爽的日子，育才中学和对面十三中同一天开运动会，中午去食堂吃饭路过那条相隔的马路时，能听见震天响的进行曲。

有几个小摊贩瞅准商机，骑着小车在这条路上卖吃，不少学生休息的时候都顺着铁栏杆的空隙往外递钱买零食。

楚芝的同桌看到外面那些削好的菠萝嘴馋，扯着她一起去铁栏杆那边买菠萝。

菠萝串在木棍上反射着金灿灿的阳光，老板承诺咬一口就"甜过初恋"。

楚芝举着木棍舔菠萝滴落的汁水时，程岛也出现在了摊位前，穿着十三中的校服。

只不过他是出了校门走到外面马路上，而她在学校里面地势低矮的栏杆包围下，要仰着头才能看到他的腰。

他先认出来她，看了几眼，还没说话，她主动打招呼了："嗨！"

程岛蹲下，隔着栏杆指了指她的菠萝，小声问她："好吃吗？"

楚芝飞快地偷瞄一眼菠萝摊老板，对着他拨浪鼓似的猛摇头。

程岛笑弯了眼睛，站起来，无视卖菠萝的老板叫卖声，去隔壁买炸串了。

刚削好菠萝的老板回头看向楚芝这边，楚芝淡定地啃菠萝，假装无事发生。

嘶，酸得麻舌头。

高中的运动会主打的就是一个"重在参与"，连楚芝这种运动天赋极差的学生都被体育委员半强迫地报了一个扔铅球、一个立定跳远。

楚芝很努力地在沙坑前练习了一下，最终喜提小组赛第八名。

一个组总共八个人。

她本来还担心扔铅球会伤到手腕，结果手好好的没毛病，跳远的时候摔了个狗吃屎，还摔出了沙坑，把膝盖磕破了。

运动会就开在国庆假前一天，放学也比平时早很多。五点钟，太阳还没落山，欢声笑语就已经涌出校门外。

楚芝拖着一瘸一拐的腿脚，慢吞吞地往公交站走，还没走到站点，身边一阵疾风刹住——是程岛骑着自行车路过。

"带你？"他一只脚踩在地上，另一只脚还在脚镫上，招呼都没打，好像一个摩的司机，只要顾客摇头他立马就走了。

楚芝没想到又遇见他，刚才出教室的时候有同班男生问她需不需要送她，她摆手拒绝了。

现在再遇"好心人"，她犹豫了一下，这次答应了。

主要是程岛长得挺帅的。

谁会不想和帅哥当朋友呢？

楚芝慢吞吞地坐上他自行车的后座，手不知道往哪里放，最后紧紧抓住屁股底下的座子架。

他问完她住哪里以后就安静地蹬车，也没跟她聊天。

楚芝这么坐了一会儿，有点无聊，轻轻地拍拍他的背，开启自我介绍模式："我叫楚芝，育才高三（9）班的。"

程岛"嗯"了一声。

楚芝："你是叫程 gǒu 吗？哪个 gǒu 啊？枸杞的枸吗？"

"吱呀"一声，程岛刹车，扭头看她，思考要不要把她丢在半路。

楚芝和他一对视，立马露齿微笑。

程岛被她左边那颗小虎牙晃晕了眼，又扭过头去继续骑车："程岛，岛屿的岛。"

啊？

楚芝明明记得那个同伴叫了他好几次"狗哥"，打人的叫他什么她没听清，隐约听见是程什么。

哦哦哦，是因为"岛哥""岛哥"像"dog"，所以他们就叫他"狗哥"是吗？

聪慧如她，都没让他解释，自己就想通了称呼的问题，然后想起自己叫他"程狗"的事尴尬又乐呵。

她嘎嘎笑，在回家路上的岔路口喊停他，从路边摊买了两杯棒冰请他吃。

色素勾兑的葡萄冰里一颗葡萄都没有，吸管猛吸几口，紫色的冰就变成了白色的冰。

廉价又甜蜜。

不管过去多少年，楚芝依旧喜欢喝水果饮料。

程岛载她到达新家的小区门口，她不忙着进去，反而先打开地图找周边的奶茶店，然后捏捏程岛的肚子，指挥他开去另一个门，她要买果茶。

她点的是满杯葡萄绿茶，问他要喝什么。

程岛坐在车上，仰头看着菜单："这就是你请我喝的大酒？这个吧，芝芝桃桃珠珠。"

楚芝眉毛一挑，扫码买单。

她还多买了一杯柠檬茶，给设计师的。

距离约定时间还有五分钟的时候，楚芝到达新房。刚进门，设计师就来了。

因为是精装修的房子，楚芝也没打算大改，只跟设计师讨论软装风格。

房子不大，两居室，一间当卧室，一间当衣帽间，客厅直接做满墙书柜，长度两米四的大板桌既是饭桌也是书桌。

这是她给自己留的个人小窝，喜好完全看自己，不必考虑什么琐碎的生活场景。

楚芝跟设计师沟通方案、量尺寸的时候，程岛就站在阳台上看远处的海。

直到设计师要走了，跟他道别，他才点点头和人家示意。

楚芝把人送出门外，关了门，看程岛手里已经喝光的饮料："你这个好喝吗？"

程岛："不好喝，太甜了。"

楚芝："哦。"

她转身去房间把自己没喝完的果茶拿出来："我这个好喝。"

说完，她吸了一大口果茶，鼓着腮帮子笑得眯着眼睛走近他。

她的意图昭然若揭，程岛身子往后仰，嫌弃的样子。

只是退无可退，后背已经贴到窗。

楚芝笑场，那口果茶含不住咽下去了，但手还是倔强地抓着他的衣领把人拉到脸前，嘴唇贴上他的，送了他半颗葡萄。

程岛不要，退货。

这指头大小的果肉在你来我往的推拒中被碾磨舔压，嘴角失控滑过的涎水也变成了酸甜的葡萄汁。

闹着闹着，亲吻就变了味。

她目光灼灼地盯着他，他勾一勾手臂把她紧贴到自己腰腹上，对视，然后捏着她的脸颊把她转了个向，背对自己，面朝窗外。

新房子的街景很不错，楚芝家在最外面那一圈楼，视线无遮无挡，远望即山海。

只是那山是影影绰绰，海是天际一线，并没有那么清晰的景观。

楚芝在某些瞬间看到了翻涌的浪花，看到了破碎的阳光，看到明亮又颠簸的海，看到沉重又轻浮的山。

程岛的粗重呼吸打在她脆弱的颈动脉边，她像是把喉咙暴露给饿狼的小绵羊，无辜又无助。

只有程岛知道她才没那么单纯，要说她不是早有图谋，那她口袋里的小方片怎么解释？

楚芝人畜无害地冲他笑，只是做过美容冠的牙齿已经没有那颗稚气的小虎牙了。

她坐在地上，缓过神来问他："去喝酒呀？"

空荡荡的新房里，每句话都有回音，包括她还有些喘的语气词，都被放大拖长，叫人不禁跟着心颤。

程岛扣好腰带："大白天的，喝什么酒。"

楚芝抱着自己膝盖，看起来挺娇小一只："就是白天喝，小女孩晚上喝酒多危险啊！"

程岛："小男孩酒驾也很危险，走吧。"

楚芝手撑着地，虽然没使什么劲，但确实感觉站不起来了。她埋怨道："你就不能抱抱我吗？"

嘁！刚才不是一直抱着她的嘛，脚都没沾地。

他看了她一眼，还是弯腰，手穿过她的腿弯把她打横抱起来，轻轻松松的，好像她只是个没什么重量的小朋友。

她突然对他好奇，故意胡说："你在部队的时候都干什么的呀，炊事班的吗？"

程岛作势要把她扔了，她立刻大笑着抱住他的脖子。

程岛简要概括："特战，天天搞训练。"

楚芝双手比赞："哇，牛！"

他抱着她一直坐电梯下到楼下，出了楼栋口就把人放下。

楚芝还没坐够人力轿子，拿话激他："你们特战队的就这么点战斗力吗？负重跑能跑一百米吧？"

程岛闻言，也不和她斗嘴，拿出手机看了眼时间还不算晚，然后弯腰又把楚芝扛到肩上，只是目的地变成了楼上。

旧窗重游，抵磨时光。

因为接连放纵了两天，楚芝觉得充实极了，她得缓缓。

从新房回来以后她没再找程岛，程岛也没找她，两个人各自保持独自的状态。

尹丹说得对，她妈搞了一出大乌龙之后果然不好意思在楚芝家露面了，但外甥女的婚事她还挂在心上，派女儿去跟表姐说"那个网吧程老板想再约你吃个饭"。

尹丹才不想，把这差事交给下一辈的女儿，让朵朵去跟楚芝说。

小朋友说什么都显得可爱，朵朵奶声奶气地问楚芝："姨妈，你不想生小孩吗？像我一样漂亮的小孩。"

楚芝笑道："我想啊，我做梦都想生一个像你这么漂亮的小姑娘。"

她答完还跟自己亲妈说："妈，要是我三十岁还没结婚，干脆去国外弄个混血女儿给你玩吧。"

楚妈黑着脸拍了她后背一巴掌："当着孩子的面瞎说什么呢！"

楚芝撇嘴，把朵朵丢给楚妈带去小区健身区玩，跟尹丹逛街买衣服去了。

姐妹俩手挽着手看专柜，楚芝看尹丹盯着一条连衣裙看了好几回，用胳膊肘拐拐她："喜欢就去试试呗，合适的话我送你。"

尹丹摇头："算了，万一真的合适还不能买，更郁闷。"

她顺带解释："怕对老王名声不好，他最近要提干了。"

楚芝"哦"了一声，换一家非奢侈品牌店逛。

话题扯到男人身上了，尹丹也就顺嘴问起楚芝跟旧情人的故事："后面还联系了吗？"

楚芝："啊，又见了两次。"

尹丹瞪大眼睛："啥啥啥？你回来才几天，就见了两次？你们见面都干啥了？"

楚芝："干成年人该干的事啊。"

楚芝犹自淡定，尹丹已经尖叫出声，惹来售货员的疑惑目光。

尹丹抓着表姐问细节，问得楚芝的厚脸皮都有点发烫，含糊其辞，糊弄不过去就嚷她："找你们家老王研究去！"

尹丹的兴头一下子偃旗息鼓："他啊，跟工资一样，都是按月缴粮的。"

楚芝无语。

这都说，真拿表姐不当外人啊。

尹丹还想跟她探讨，是婚姻消磨了激情，还是男的上了岁数就不行了啊？

楚芝不了解所有男人，不予置评，反正程岛这身材保持得很不错，运动能力也十分突出。

这一想啊，突然就有点想他了。

尹丹问："那你俩现在算怎么个关系？男大当婚女大当嫁？"

楚芝背上汗毛竖立，连连摆手："别说得这么吓人。"

不只是尹丹好奇，当事人程岛也有相同的疑问：她一股脑地投怀送抱，吃饱喝足以后就跑了？

从大城市回来的人是不一样哈，床上是床上，床下是床下的，两说。

大概断联一周后，程岛实在摸不清楚芝的意思，先给她发了消息，是一张照片：一只三花野猫四脚朝天晒太阳，眼睛眯着透出高傲，舌头伸出来舔一只爪爪。

他说：像你。

她不甘示弱地回了他一张照片，是蠢狗叼叼跟棉拖鞋打架。

她也说：像你。

程岛没回复了。

楚芝倒不冷场，主动约他逛灯具城：设计师发来的吊灯都好丑，我想现场淘淘看。

网上的灯具让她眼花缭乱，很多相似设计的，还是看看实物比较好挑。

· 022 ·

程岛这次回得快：好。

考虑到有可能直接买灯具回来，坐程岛的大摩托不方便拿东西，这次换楚芝开车去接他。

她的粉色宝马过分吸睛，停在网吧门口的时候程岛一眼就看到了。

她还特意转到副驾驶坐躲清闲，让程岛来开车："当年暑假一起考的驾照，你还记得怎么开吧？"

程岛坐在方向盘前，调整好反光镜跟座椅，沉思片刻，简单操作："左边转向灯，嗯，对的，右边转向灯。"

咣咣把雨刷打开了。

楚芝看着左右摇摆的雨刷器，"扑哧"笑出声。

他当然不是真不会开车，他现在连坦克都会开，只是在模仿一个当年考科三把雨刷当成转向灯的笨蛋而已。

因为他的玩笑，两人之间的气氛很是轻松。程岛心里有一百个问号，但她不说，他就一句都不问，不问也不会影响什么，问了可能破坏心情。

楚芝很满意他的态度，本来被表妹说的，她还怕他也要问个清楚呢。

人活着，还是难得糊涂为好。

琴市的灯具城不似大商场整洁、舒适，这里是老式批发市场，水泥柱隔开了一个店铺又一个店铺。中间过道上只有吊扇带着皮绳一圈圈转悠，扇风的同时驱赶蚊蝇。

楚芝显然有点不适应这样的场地了，才逛了三家店，她就跟程岛说："要不我还是网上找吧。"

程岛看她那娇气包的样子，站到过道正中央，往前扫视一圈，指着不远处的一家店铺跟她说："那家店大，再看看吧，没合适的就走。"

他找的这家店果然大，连着对面三间总共四个铺子都是他家的，门口还挂着"十年老店，童叟无欺"的招牌。

灯的款式也齐全，网上新兴的全光谱吸顶灯那些式样几乎都有，吊灯也不老气。

楚芝挺满意，都没讲价，一口气把各个房间的灯都选好了。

老板也是很少见不讨价还价的顾客，给这位财大气粗的冤大头送了一盏郁金香小夜灯，花束的样子摆出来就像装饰品。

楚芝原本是想找店家派个师傅上门安装的，看到程岛抬着一大箱子灯具往车里搬的时候又改了主意："你会安灯吗？"

程岛："要工具。"

楚芝："那买嘛，这市场有的吧。"

程岛把车门关上，掀起 T 恤下摆擦了把额头上的汗。这鬼天气，热得很，他后背都有点汗湿了。

程岛："你找个师傅吧，上门安装也就一百块。"

楚芝："可我就想找你装。"

她抱着那盏"郁金香"，执拗地看他，假花做得逼真，在日光下也看不出太重的塑料感。

不知道哪家店铺在放歌，歌里唱着："如果在十八我没送你花，那到二十八我请你喝酒吧……"

他俩同时开口：

"请你喝酒呀。"

"记得请我喝酒。"

又同时笑了。

程岛像是很勉强地答应："行吧，去买点膨胀螺栓。"

其实十八岁的时候他也送过一次花，送的就是粉色郁金香。

那年他家网吧旁边就是花店，有一天他帮忙花店姐姐清货搬箱。

有一些零散微瑕的鲜花放在一个纸箱里打算不要了，花店姐姐让他顺路扔出去。他看到那些花里有几枝郁金香还挺好看的，多问了一句："还挺好的，都扔了？"

花店姐姐听他这么说，挑拣出最好的几朵郁金香和两枝小白花，顺手抽了一张透明塑料纸，用绳子一绕绑起来，送给他。

程岛把花带回网吧才感觉没地方放，正打算喝瓶脉动弄个空瓶子出来装花的时候，一眼看到了无烟区玻璃墙后面的楚芝，想了想，拿着花过去了。

楚芝看到眼前的花吓了一跳。

那时候他们也没见过几面，连朋友都称不上，只是国庆假期她家里的网坏了没法上网，她来他家网吧上外教的视频课。

他送她花送得坦坦荡荡，把花放在她电脑旁，说了一声"给你"就走了。

周围有其他在上网的年轻人起了哄。

连视频里的光头外教都发出了"哇哦"的感叹，问她知不知道郁金香的花语是什么。

她不知道，但她手边就是电脑，可以上网查。

粉色郁金香：永远的爱。

哪个少女不容易春心萌动呀。

她上完课去前台，抱着那束郁金香结账。程岛也没跟她客气，该多少钱就跟她要多少。

他在机器上刷计时卡的时候，她已经平复的心情还是有些波动，问他："你知道郁金香的花语是什么吗？"

"不知道，我就觉得它挺好看。"他找零给她，附送一颗话梅糖。

这是假期的最后一天，要开学了，她不会再来网吧了。

楚芝走在回家的路上，看着手里漂亮的郁金香，一冲动，又跑回去。

程岛坐在电脑前，听见门响，抬头看是她，问："落东西了？"

楚芝想编造一句什么，可是"我"了半天也没说出来是落了什么东西，脸却慢慢变红，一跺脚，转身跑了。

　　她身后的程岛，后知后觉，脸红得比她还厉害。

第二章 /
为她动摇千百次

他们在外面吃了午饭，把灯具带回家就开始安装。

这几天陆陆续续到了些家具，客厅的桌椅和卧室的床垫都安好了，虽然橱柜还在定做中，但这边勉强也能临时休息下人。

"起码不必再在窗边站着了。"

楚芝说这话说得过分露骨，让程岛都要怀疑她把自己叫来的目的究竟是什么。

她笑嘻嘻地自证清白，把裤兜都翻出来："你看，我什么都没拿。程师傅，快去装灯吧！"

程岛睨了她一眼，把卧室里的折叠梯搬到客厅放好，先装最大的那个吸顶灯。

客厅的中央空调缺乏制冷剂，还没找人来修。

能感受到出风口在吹风，只是那效果微乎其微，午后最热的时段，人在屋里活动几下就一身汗。

程岛把上衣脱了，打着赤膊装灯。

楚芝刚才回来的时候在楼下买了半个冰镇西瓜。

她盘腿坐在椅子上，抱着半个瓜，用勺子挖着吃，第一口先挖最中心的瓤，挖出来举着送到梯子底下要给程岛吃。

结果程岛也就耽误了几秒钟爬下来，她已经忍不住把那块瓜啃了半口。

程岛看着带着牙印的另半口瓜，沉默："……要不你都吃了吧。"

楚芝把勺子凑到程岛嘴边："这可是最甜的部位，是这个瓜的灵魂！跟你好才给你吃呢，我劝程师傅你不要不识抬举。"

程师傅只好把这口灵魂瓜吞了，吃完又爬上去继续装灯。

客厅的第一盏灯装得比较慢，后面几盏灯装起来都要简单顺畅些。

楚芝看程岛装得得心应手，也就坦然吃着瓜欣赏起美色来。

她也不知道他是刻意地展示还是真的热才脱衣服，不过他这一身肉真好看啊，不很夸张，但动作间又有明显的肌肉线条，宽背窄腰，褐色的休闲裤都遮挡不住他臀腿的结实性感。

吸溜。

楚芝吃西瓜吃得肚子圆鼓鼓，她懒散地躺倒在床垫上，枕着胳膊，跟程岛说："我想睡一觉。"

程岛闻声回头看她，她惺忪睡眼是真的想睡觉，睡正经觉。

他"嗯"地应一声，接着干活。

楚芝昏睡前先在手机上找了家卖精酿啤酒的外卖店，下单，预约一小时后送到，然后就这么枕着自己的胳膊睡了。

午后阳光太好，平时不怎么做梦的她居然沉睡间如坠梦境。

梦里，或者是半梦半醒间，她好像看到了高三时的自己，在蝉鸣声中从宿舍床上爬起来，踩着晒得发软的柏油路走向教室。

一转眼，又变成了坐在教室里考试。

考的是数学，楚芝看着梦里的卷子觉得头都大了，那些题似曾相识，但十年后的她已经一道都不会做。

她一直是年级前5%的非名，成绩稳定，很少下跌，数学更是经常拿满分。可是她现在连一道三角函数都解不出来。

楚芝在梦里都感觉到了那种心跳加速的慌张，头顶的吊扇咿呀咿呀地转着，离考试结束的时间越来越近了，楚芝急得直跺脚，又踩不到地，只觉得脚下虚空。

她默念着"一全正，二正弦，三正切，四余弦"，握紧拳头要解开卷子上这道填空题。

"丁零丁零——"

收卷铃声响。

楚芝浑身一激灵，生生把自己吓醒了。

她睁眼，看见程岛提着保温袋进屋，刚才的声音是外卖员在按门铃。

程岛把保温袋放到梳妆台上，人也直接倚着台子坐，居高临下地看着床垫上的楚芝："梦见什么好事了，嗯哼嗯哼的。"

她刚才又是扭来扭去，又是哼哼唧唧似哭似泣的，还说了句"快点啊"，很难让人不想歪。

楚芝的心跳现在还很快，她捂着胸口，没回答他，站起来去洗脸。

洗手间的镜子里，她面色潮红、鬓角汗湿，看起来很不可描述……

楚芝才反应过来程岛刚才那话是什么意思！

她洗了两把凉水，顶着一脸没擦干的水珠，跑回去对着程岛一顿捶。

程岛刚喝了大半杯啤酒，杯子还在手里握着呢，左右躲避着她的拳头防止酒水溅出来，笑了："怎么个意思啊？不让喝就不喝咯，打我干吗？"

楚芝："都怪你把我吵醒！我马上就要解出来那道题了！"

程岛听她说完，笑意更深，把杯子里剩下的酒撑到她嘴边，按着她脑门让她仰头喝下去："快，快喝醉，然后接着去梦里解题。"

喝醉自然是喝不醉的，他俩酒量原本就都不错，楚芝这些年在酒局上更加练出了海量，这么慢吞吞地推杯换盏，最多只会让酒意发酵上头。

晕晕的，放大感官，但意识清明。

酒喝完了，头也昏了。

楚芝拍程岛的肩："你去冲个澡吧。"

她这里连条浴巾都没备，却能提出这么有建设性的意见。

程岛听劝，去了，谁知洗到一半遇到女主人不请自来，盛情款待要替他搓背。搓澡巾也没有，她那滑溜溜的小手能擦下来啥呢。

擦枪走火吧。

程岛原本只打算冲个战斗澡，水温都没调热，楚芝闯过来找了半天麻烦，狭窄的淋浴间里凉水都闷出了湿热雾气。

偏偏今天两人都没带工具，也不知道她是来折磨他的还是折磨自己。

后来他们俩一起坦坦荡荡地站在空调出风口烘干，制冷坏了也有好处，这会儿不就需要点暖风了嘛。

吹干了，靠在床头上，各自看着天花板，谁都没有说话。

直到楚芝的手机响了，是她妈打来的，问她回不回家吃晚饭，还有叮叮在那头狂吠，好像听出了主人的声音。

楚芝的脚搭在程岛的小腿上划拉着玩，他的腿毛卷卷的、硬硬的，刺挠得她脚板发痒。

楚芝："我跟同学今天买灯去了，一会儿在外面请他吃顿饭再回，你们不用给我留饭了。"

楚妈不知道她旁边有人，又说了几句她小姨的事："上次那事她过意不去，说是又找了个更好的对象。要不你抽空去见一面吧，省得你小姨觉得你还在怪她。"

她妈确实没有催婚的意思，单纯就是不想让她小姨难堪。

所以，楚芝很配合地答应了："行啊，后面几天我都没事，你让她约时间吧。"

离得太近，她们的聊天内容程岛被迫听了个一清二楚。

两个要点：她家里人让她相亲，而她欣然应允。

程岛在这通电话之前也没自视甚高地觉得楚芝现在是把他当结婚对象了，甚至连男朋友的身份都没想过她立马能承认。

他只是觉得他们开始了一段关系，一段会越来越亲密的关系。

可是现在，他突然知道了她不仅没打算跟他有什么发展，甚至能一边跟他玩着一边跟其他男的相亲。

那他算什么呢？

睡一次给"250"的二百五吗？

没有谁的自尊心能容忍这个。

程岛心烦意乱地把她的脚挪开，下地，穿衣服打算走人。

楚芝挂了电话，看他穿戴整齐了，也跟着跳下床垫去穿衣服，还聊呢："你晚上想吃什么？楼下有个烤肉店好像不错。"

程岛告诫自己说话正常点，毕竟之前他们确实从来没确认过关系，这不能怪楚芝。

开口却是："找你的相亲对象吃去吧。"

酸气冲天。

楚芝一愣。

她立马抓住他的手，开玩笑逗他："哎呀，你生气了？我跟他们都是逢场作戏呢！"

程岛冷笑一声："哦？那跟我就是真爱呗。"

楚芝是个很会审时度势的人，关键是虽然心硬但嘴软，说好话又不会让她少二两肉，有什么不能说的呢。

她从背后跳上去，搂着他的脖子，两只脚像猴子爬树一样往他身上爬，盘腿夹在他腰上。

程岛不得不伸手托住她的大腿。

听她在耳边甜言蜜语："当然是真爱啊，真得不能更真了，我每次一见到你呀，这心里就开心得好像飞过一只小蝴蝶。"

程岛听情话的那只耳朵发痒。

他也是被这小骗子哄晕了头，居然问她："那你愿意跟我结婚吗？"

问完就觉得背上那软趴趴的身体变僵硬了。

楚芝从他身上爬下去，有些尴尬地看他："啊……你是现在要急着结婚了吗？我可能还不急，我想着，我以为吧，咱们就是……"

她有点慌了，语无伦次，不知道怎么解释。

主要是她真没想过怎么定位他们的关系，完全是跟着身体本能走了，但要说确定关系那她可是真不太确定。

程岛看着她回避的眼神，正经事上她是不说空话的。

行，是他自视过高了。她多高傲一个人，学历高、家世好，还见过世面，相亲对象打底都得是有三套房的网吧老板，他呢？他可能连她的相亲名单都上不了。

想到这些现实情况，想到当初分手的场景，程岛心塞得无以复加。

他早就知道不该招惹楚芝，也明明想过不问不说装糊涂的，却还是自己给自己找了不自在。

"明白。"程岛打破她的局促，自嘲地自我定位，"情人嘛。"

这话说的，楚芝挠头，也不算吧。

旧情人干柴烈火烧一把而已，她其实都没计划着发展成这种长期的不正当关系呢。

不过，她觉得程岛已经有点生气了，现在还是闭嘴比较好，不要把他惹毛。

饭，程岛是吃不下了。车，他也不让喝了酒的她开。

最后他带着她一起去坐公交车回家。

正遇上下班高峰时间，车里没有空座，他俩站在车子后半截位置，人挤人的，他握着扶手，她握着他的胳膊。

她仰头看他，他扫了她一眼，把目光转向窗外。

楚芝先到站。她下了车，扭头和他挥手道别："再见再见！"

隔着车窗，她看到他的口型，虽然听不太清，但他好像说的是：

"再别见了。"

楚芝当天晚上就有点后悔了。

虽然她还没理清自己的心思，但现在跟程岛腻歪得正上头呢，突然叫她断了她是真有点舍不得。

她看看自己身上的牙印，就不信程岛舍得。

年轻的时候要谈纯纯的恋爱，要正名、要身份、要不着边际的承诺。

现在都这个岁数了，生活就已经够烦了，当一对快乐的饮食男女不好吗？干吗那么扫兴，非要扯些现实话题呢？

她心里怨怼着程岛，又惦记人家的身子，一时还有些丢不开，于是觍着脸给他发消息"献爱心"：亲爱哒，今天辛苦啦，洗个热水澡再睡，小心感冒哦！

消息无法发送。

他删她好友了。

那一排荡漾的波浪号仿佛在嘲笑她的低声下气。

她忍不住爆了粗口。

行，程岛你厉害，有种真的再也别见。

楚芝被他怄得要吐血，打定主意那就桥归桥，路归路，自此分道扬镳。

不就么回事嘛，谁离了他是活不了怎么的。

铺盖一卷，大梦一场，醒了谁还记得谁啊，嘁！

前一天还发爱心提醒别人要注意感冒，结果楚芝自己先感冒了。

而且是那种不烧不疼但头昏脑涨、鼻子堵的夏季感冒，很难受。

她有预感，起码还要难受一星期。

在家躺了三天，第四天不流鼻涕了。她去见了小姨新安排的相亲对象，这次由她定约饭地点，她直接约在上次相亲的那家饭店。

很难说是不是想再偶遇一次程岛。

可惜缘分强求不来，这次没能再碰上他了，只有对面这位优质的互联网从业人员。

楚芝觉得这位男士看着跟她爸年纪差不多，虽然说不能以貌取人，但她实在是被他的发际线劝退，没有什么进一步发掘他内在美的兴趣。

饭吃到后半段，她没什么能跟他聊的，干脆跟他聊穿搭和发型，让他去植发略显不礼貌，所以她建议他可以留个刘海挡挡额头。

一顿饭客气地吃完，楚芝回家的路上想着今天就删好友不太好，放他在通讯录里待几天再悄无声息地删了就好。

结果到家没多久，相亲对象发来信息，问：你觉得婚期定在今年国庆怎么样？

楚芝：[？.jpg]

相亲对象又问：还是说你想要先办订婚仪式？

相亲对象：我觉得没必要折腾两次吧。

相亲对象：我对你很满意，咱们踏踏实实过日子比什么都强。

相亲对象：到国庆的时候我应该能长出来刘海了。

相亲对象：就按你说的那个发型剪一剪，拍婚纱照也好看。

楚芝被这连环夺命消息搞得要喘不动气了，一个深呼吸。

大哥你是谁啊？刚才面谈还挺正常甚至腼腆的一个人，怎么上了网就变种了吗？

楚芝咬牙，连小姨的面子也不想给了，直接把他拉黑了。

刚才还一直嘀嘀往外冒消息的手机瞬间安静下来。

哦，原来拉黑人这么爽啊。

那程岛拉黑她的时候，是不是也这么爽呢？

不行，他凭什么自己爽，她不准。

楚芝憋着一口气，找到程岛的微信，在添加好友的信息栏给他留言，申请了三次，留言了三次。

——程岛你大爷！

——狗哥，我感冒了，你感冒没？

——555哥哥想你TAT。

她都发萌萌的颜文字了，这样都不为所动吗？

他还真是有铁一般坚毅的意志呢。

在程岛这里碰了钉子，又在相亲对象那里吃了苍蝇，于是楚芝又去程家的网吧了。

她是第二天傍晚去的，恰好她爸妈要去邻市参加朋友的二婚，她不想跟着，很高兴地目送他们开车离开。

然后她就去网吧了。

这次她洗了个澡，换了身粉灰色插肩的宽松运动装，妆都没化，耳朵上挂个白色口罩就出门了。

还是那个萌萌的女大学生前台，不过不知道是不是楚芝没化妆还戴了口罩的原因，对方好像没认出她来。

楚芝直接刷会员卡订了个包夜，又在店里买了一条新毯子，然后到角落的一台机子前窝着。

她这次来刷剧的，是一个古早韩国综艺节目，以前她做项目时研究过前几集，今天想起来了就打开全集开始看。

她围着毯子，脱了鞋子把脚放在电竞椅上踩着毯子，手抱着膝盖，看得津津有味。

楚芝原本打算彻夜不眠的，可不知道是这综艺不够刺激还是她上了年纪精力不济，抑或是感冒了身体不舒服，待到半夜一点的时候，她就撑不住了。

她给程岛发消息——好友认证消息：我在你家网吧，夜里空调不用开这么足，冷死了，省点电吧。

发完了，她想等等看他会不会过来。

用小毛毯裹紧自己，楚芝上下眼皮不停打架，没多久就趴在桌子上睡着了。

她睡着没半个小时，程岛就来店里了。

不想承认，看到她的消息，得知她就在自己方圆百米内时，他很难抵挡住走向她的诱惑。

这双脚，自有主张。

程岛来店里后先到前台，眼睛在黑黢黢的光线里努力辨别一个个顶着荧光的蓝脸蛋。

看了一圈，没看到。

路盈盈吸着在外面买的珍珠奶茶，趴在柜台上托着脸笑嘻嘻地问："大叔，你找谁呢？"

程岛不答，坐在椅子上没好气地说："半夜喝这么甜，小心冒痘。"

路盈盈："代糖的，没热量！大叔，我知道你找那个漂亮姐姐，你求求我，我告诉你她在几号机子呀。"

她说这话的时候，程岛已经看到疑似楚芝的身影了，虽然她趴在桌子上睡觉，但他只靠个后脑勺也认出了她。

程岛把自己放在店里的一件牛仔外套拿起来，径直走向楚芝。

他站在她背后，看到她新做的美甲，夜光骷髅，Q版的。

程岛认真观察了一会儿那几个骷髅头，把外套披在这个幻化成人的白骨精身上，转身走了。

夜里三点，楚芝忽然醒了。

一时恍惚不知道自己身在何处，今夕何夕。

直起身，身上的外套滑落，温热的体感瞬间凉飕飕。

她口干舌燥，终于意识到自己正在为了一个男人做一些冲昏头脑的傻事。

她伸展了一下四肢，决定回家好好睡觉。

往外走，路过前台的时候，瞥见了她想见的那个男人。

烂熟

程岛穿了件白色连帽卫衣，把一身腱子肉遮住了，整个人显得很学生气。

楚芝停下脚，扭头看他："哟，你一定是因为不放心网吧的经营情况，所以半夜跑过来看店的吧。"

程岛坐着，抬眼看她，忽然低头笑了。

楚芝有些恼："你笑什么？"

程岛："看你。"

楚芝："看我怎么了？"

不是跑过来看店，是买看你。

楚芝没理解他的话，起床气连带着感冒的病气让她隔着口罩都遮不住那满脸的不高兴。

她说了句"算了"，推门走了。

夜里不太好叫车。

路灯昏暗，四下无人。她独自站在大路边等车，真有点瘆得慌。

身后的网吧门又被推开，程岛也走出来了。

他走到她身边，看她冷得抱紧手臂，见着他却又装作若无其事地把手插兜。

程岛："这么晚了打车，你是不是对琴市的治安过分信任了？"

楚芝往旁边挪了几步，和他拉开距离，装没听见。

程岛看一眼手机时间，三点三十五分。

他把手机揣进兜里，向她靠近："我送你回去。"

楚芝没答应，又挪几步拉开距离。

两个人像两只螃蟹似的，横着挪步，都快走到路口了。

这个路口原来是个露天广场，里面的滑冰场现在已经不见踪影。

那是个旱冰场，旱冰似乎已经是个带有时代烙印的称呼了，现在的小孩好像管那个叫轮滑。

楚芝看着看着，忽然想起之前的某一次感冒。

那年她收到他的花又跑回去对着他脸红，却也再没什么下文了。

她好像只是随意在大海里丢了一颗石子，溅起一小片水花后，又归于平寂。

直到两周一次的休息日来临，周五傍晚她背着大书包往校外走，在校门口出去不远的小商贩车位前遇见了程岛。

他跟小凤还有大东各自跨着单车。大东在网吧见过一次楚芝，认出她以后猛拍程岛的肩："来了来了！是吧？是不是？"

程岛"啧"了一声表达对大东的烦，又忍不住对走近的楚芝扬起嘴角。

楚芝瞪大眼睛，指着自己："你在等我吗？"

程岛转身从小摊前接过热奶茶："没，在买吃的。"

"屁！你蹲这儿半个小时了，从街头买到街尾，你办年货呢？"大东无情地拆穿好友。

程岛被嘲笑了也不恼，举着刚买的热乎乎的泰式奶茶给楚芝："给。"

楚芝受宠若惊，双手接过："给我的？谢谢！谢谢！"

她放学出来了，他零食也买完了，慢悠悠地在她身边骑着单车走波浪线，保持和她的步速同频。

本来是想同行到公交站就完了，结果小凤嘴快，邀请这个新认识的妹子："要和我们去滑冰吗？旱冰，不是冰刀，是四个轮子那种。"

程岛替她拒绝："人家要回去写作业，好学生，你以为像你那么闲？"

结果楚芝在他背后探出脑袋问小凤："你滑得好吗？我不会，但是可以学一下！"

小凤人精一个，立马指着程岛说："我滑得一般，狗哥滑得好着呢，每次去冰场一群女的追着他让他教！"

程岛从车把手的袋子里抽出一个烧饼，塞住小凤的嘴。

楚芝看看程岛，征询他的意见："带我一起玩方便吗？"

程岛："哦，行啊。有几个同学先过去了，也有女生，可以一起玩。"

楚芝坐在他单车后座上的时候，笑着在心里回他：谁要跟别人一起玩啊。

进了广场，楚芝先在前台用公用电话打电话给家里说了一声，实话实说自己和同学滑冰去了，晚点再回。

她妈担心她受伤，不建议她做危险运动；她爸倒是支持她在外面放松一下，只是说让她回家的时候打电话，他来接她。

挂了电话，租了装备，穿好护具，楚芝看程岛周围都是他的同学，她不熟，也就没往他跟前凑，而是扶着外围的护栏慢慢走，不摔就挺好。

走了两三圈，程岛大概看不下去她这小孩学步的状态，滑到她身边："我带你？"

楚芝小心翼翼地伸出一只手给他。

手掌交握的那一刻，两人的掌心都有些微湿意。

程岛是个好老师，楚芝也是个好学生，很快就学会了要领，自信地说要自己滑几圈。

场地里播放着动感舞曲，程岛松开楚芝，看她兴奋地自己玩，他也就去障碍物跑道那边飞驰炫技了。

一群人的喝彩声里，有妹子主动过来求教学。以前遇到这种情况，如果他心情好会带带人，但今天他可是带了个"徒弟"来的，没时间也没心情再带别人了。

他刻意往楚芝那边滑，不动声色地放慢速度，但楚芝似乎技术还不太娴熟，被他的靠近搞得躲闪不及，眼瞅着自己要把自己绊倒。

程岛立马出手，护了她一下，两个人齐齐摔倒在旁边的海绵护栏上。

疼倒不是太疼，只是这么叠着胳膊倒在一处，看起来有些亲密。

站着的时候程岛比楚芝高一大头，这么坐在一处反而没什么差距了。

楚芝忽然说："我感冒了。"

程岛："啊？"

楚芝抓着他的胳膊，程岛以为她要扶着自己站起来，结果两人往起站的过程中，楚芝忽然凑近对着他吹了一口："呼……传染你。"

程岛只觉得一凉，又或者是一痒，然后整张脸都红了。

"你……"他站稳了，顿了半天，最后只憋出一句，"你这样，不像话。"

深更半夜的，实在难打到车，楚芝妥协了，不和自己的身体健康过不去。

她问程岛："你怎么送我？骑着你的敞篷摩托吗？我感冒了，不能吹风。"

程岛："那继续等车吧，我陪你坐到家再回来。"

楚芝："我家没人。"

程岛挑眉。

什么意思？

楚芝对他眨眨眼："所以我也不是非要回家。"

程岛抬手一指网吧旁边的宾馆："那你住宾馆？"

楚芝气恼地狠狠踩了程岛一脚。

程岛被踩了反倒还笑，好像明知故问地惹毛她很有意思似的。

楚芝踮起脚，拽着他的衣领，瞪眼质问他："你到底要干吗？不是拉黑我了吗？现在又跑来装老好人关心我？"

程岛低着头，领口被她拽变形，露出大片脖子，嗖嗖灌风。

他反问："是我要问问你想干吗，没打算跟我恋爱结婚，撩我干吗呢？没睡够？"

楚芝："对，还没睡够。等我睡够了，自然就不烦你了。"

程岛："那凭什么你想睡我，我就得乖乖让你睡呢？我就这么贱？"

他们俩一本正经地讨论这么不正经的话题，是有人路过听到了都要报警的程度。

楚芝叉腰笑得爽利："哟，你不贱，你不贱你追出来干吗？你管我打车安不安全呢？巴巴往上贴，你说贱不贱？"

程岛被她骂恼火，转身离开，他不犯这个贱了。

结果，她又拦住他的去路。

程岛："让开。"

楚芝："你害我感冒了。"

程岛："该。"

楚芝一边摘口罩，一边说："你好好的，就我一个人受罪，不行，我要传染你。"

当年她说这个话，还只敢对着他吹吹气。

现在她说这个话，直接上嘴啃。

她一个起跳，两只手拽着他的衣服帽子，不客气地咬上去。

程岛嘴唇被她咬出血，腥气在嘴里弥散开。他骂她："你是狗吗？"

楚芝："你才是狗！"

程岛拿手背擦嘴上的血，麻麻的痛感，他似笑非笑有些无赖地应答："对啊，我是你狗哥。"

两个人对视，对峙。

楚芝"阿嚏"一声，收着力气打了个喷嚏，没收住，又接着连打了三个喷嚏。

气势全无。

程岛不和她较劲了，催她："你去宾馆睡一晚吧，明早再回去。"

楚芝困得脑子都不怎么转了，不抬杠了，但提要求："你陪我去。"

怕不安全。

程岛没应声，但看那架势是要陪着她走过去的。

这宾馆也有些年头了，而且好多年没翻新过，看起来脏兮兮的。

前台问楚芝要身份证，楚芝看着边角发霉的柜台，突然不想住了，她怕睡一晚都会得皮肤病。

楚芝扭头对程岛说："哎呀，我没带身份证。"

程岛会错意，默默从裤兜里掏出钱包，拿出自己的身份证。

楚芝看向他的手。

多新鲜啊，这年头居然还有人带钱包。

而且带的还是她当年打工赚的第一笔钱送他的生日礼物……

程岛看了她一眼，似乎是解释："质量挺好的。"再多解释一句，"用得顺手。"

质量是挺好的，十年都没坏，看着还挺新，不愧是大牌。

因为被钱包这事打了岔，楚芝暂时忘了皮肤病的事。

等到进了房间，倒是程岛开灯看了一圈以后先皱起了眉头："太脏了。"

是不是啊！

楚芝挑了个看着干净点的椅子坐下："还不如让我去你家睡呢。"

程岛："让你去我家睡？睡我？想得美。"

他今天像吃了枪药一样，说话语气真冲。

楚芝挥手："那你走吧。"

程岛才转身迈出一只脚，楚芝的声音又响起，自言自语的："咦，这是什么？"

成功把要走的人给喊停了。

程岛在网吧每天都能看到进出这宾馆的是什么人，褐色床围上的印子是什么东西，他哪能不知道。

这么脏，真不能留她在这里住。

程岛心头浮上一丝不甘，是对自己立场不坚定的懊恼。

他想一走了之，她爱怎么样怎么样。

但他又怕她实在受不了这里，半夜自己打车回家，然后明天出现在社会新闻头条上。

程岛咬牙："楚芝。"

楚芝小学生般举手："到！"

程岛拉开房门，看着她，有些气："你就欺负我吧。"

楚芝屁颠屁颠地跳起来跟着他走了。

两人下楼去退房拿押金，还没等楚芝跟前台商量退一半房费，前台先惊讶地发出了灵魂拷问："这么快啊？"

楚芝：……哈哈哈哈哈哈哈！

她想看看程岛有没有气红脸，还没看清，就被他拽着大衣的帽子打着转拖走了。

程岛带她来到家门口，食指竖在嘴巴上让她噤声，轻轻转动钥匙打开门，也没开客厅灯，用手机手电筒照明。

在楚芝想要换鞋的时候，他一手抱着她的腰，把她整个竖抱起来，另一只手捂住她的嘴，快速走目自己的卧室。

关门，反锁，警告她："别吵醒我爸。"

然后，他打开床头的小台灯，从卧室的柜子里又翻出一条毛毯扔到床上，自己上床翻身朝向墙那面，把毛毯搭在肚子上，给她留出足够的空地："睡吧。"

楚芝慢条斯理地把衣服脱下，叠好放椅子上，盯着程岛的后脑勺思考，如果自己现在扑上去是否涉嫌违法犯罪。

正是黎明前最黑暗的时刻，关上灯就是伸手不见五指。楚芝平躺下，看着看不清的天花板，跟程岛说："好像有点冷。"

程岛转过身来，警告姝："嘘——"

楚芝声音降了几分："我有点冷！"

程岛撑着身子坐起来，把自己身上那条毯子扔她身上，下床去衣柜里又翻出一件卫衣套在身上。

重新躺下。

五分钟后，床铺嘎吱两声响，是她凑过来，在他身后跟他说悄悄话："我还是冷，你不冷吗？"

程岛反手伸到肩后，把她的脸按回枕头上，不让她骚扰自己。

只觉得掌心一热。

她舔了他手一口。

程岛忍无可忍，跪起来，在黑暗中好像也能看见她笑意盈盈的眼睛。

真欠。

楚芝抬脚，勾勾他的腿弯。

程岛被她口水侵犯过的那只手重又按在她的嘴上，语气有些凶地说："不许叫。"

天快亮的时候才睡，这一觉就睡到了近中午。

楚芝醒来的时候，床上只有她一个人，窗帘关着，缝隙里透过一丝光。

她懒洋洋不想动，但肚子"咕噜咕噜"一连串响声，震得她不得已爬起来。

拉开窗帘，外面阳光正好，是个大晴天。

她对着湛蓝的天空发了一会儿呆，这才摸出手机给程岛发了一条消息：你爸不在家吧？

气哦，有个红色小叹号，他还没加回她好友。

只能用好友申请留言。

她想着如果他爸还在，程岛必不会把自己留在房间，索性直接起床打算出门觅食。

她下床，脚刚踩到地上，觉得腿肚子发软，都没反应过来怎么回事，就跪扑到地上。

收到她消息的程岛进门来看她，一开门，就受了这么大一个"礼"，惊讶地挑眉："你这是演哪一出？"

楚芝龇着牙从地上爬起来，揉揉膝盖，觉得丢脸，推开程岛去洗手间洗漱。

照镜子的时候才发现右边脸颊上有两个红色印子，花生米大小。

她使劲搓了搓，没搓掉。

想起昨晚程岛捂她嘴的动作，当时注意力不在脸上，也不觉得疼，现在才后知后觉。

他哪里只是为了堵她嘴不让她出声，明明是他也在兴头上手里失了力度。

楚芝怒气冲冲地找程岛算账："你看我这脸，怎么办！"

程岛把她下巴抬起来，迎着光认真看了看自己干的好事，开口就是略哑的声音："戴着口罩就挡住了。"

楚芝立马察觉到他声音里的不对劲："咦？你感冒了？"

程岛清了清嗓子，早上起来是有点症状："可能吧。"

楚芝指着自己的鼻子："我传染的吗？"

昨天半夜又是吹风，又是不盖被穿两件衣服，又是运动出汗，还有和这个"病原体女士"的亲密接触，作死作了这大半晌，不感冒才怪。

原本兴师问罪的楚芝，看到程岛被自己传染了感冒，突然就不那么气了。

患难见真情嘛。

"走吧，出去吃点东西。"程岛不和她纠结感冒的源头了，带她出门填饱肚子。

楼外的阳光格外明亮，好像把那些阴暗烦琐通通消灭，只留下纯挚的心思。

可程岛这一早上的脑子依旧混沌。

他想不通他跟楚芝怎么就又鬼混到一起去了，明明之前打定主意保持距离了。

其实这关系说简单也简单，楚芝多单纯一个人，就是"不负责、不拒绝"而已嘛。

市面上同款渣男不少见，被骗的女生也很多，只是到了他们这里性别互换了而已。

程岛坐在餐厅里，看着楚芝在自己面前大快朵颐，心情复杂。

但吃饭的时候不要说扫兴的话他是懂的。

所以一直憋到吃完饭买好单，他才化身道德卫士跟楚芝说："我觉得这样不好，我们不要这样了。"

楚芝戴上口罩，但也遮不住她的嗤笑："哦？你清早想再要一次的时候怎么没觉得这样不好啊。"

程岛一噎。

命门被拿捏得死死的，硬气不起来。

他不和她做口舌之争，只坚持自己的想法："反正，如果你没跟我有长远打算的话，就到此为止吧，咱俩的年纪也不小了，都自爱点。"

楚芝一头问号。

说谁不自爱呢？

她把口罩摘了，露出脸上他的"罪证"："管好你自己吧。"

程岛："好，我管好我自己，你也不要找我了。"

楚芝太了解程岛这个人了，就像昨晚她跟他撒撒娇，他照单全收、言听计从。

有的人就是口是心非。

楚芝的恶趣味涌上心头，她现在对打碎程岛的"贞节牌坊"这件事特别感兴趣，他这副誓死不从的傲娇劲儿可太让她想搞破坏了。

人嘛，总是有征服感的。

但楚芝也不是个满脑子只有废料的女人，她还有正事要做：一是厘清前公司的分红遗留问题，二是把新家装修好尽早搬出去。

虽然她跟爸妈相处挺融洽的，但待久了还是会有各种不习惯，比如她不能熬大夜睡懒觉，又或者想吃个夜宵外卖但不敢点。所以她宁愿自己一个人住，然后每天回趟家吃个晚饭。

至于公司欠她的分红，她倒不是特别担心需要扯皮，对前老板陈世羽的人品，她还是信得过的。

这老板也太不经念叨，她才想着做个表把账目明细给他，陈世羽就来电话了。

楚芝："财神来到我家门，陈老板来送钱~！"

陈世羽："你怎么回到老家把脑子都扔海里了？"

楚芝"正经脸"："财务结算找你审批了吗？违约金扣完到我手里应该还有小一百万吧？我要买家电。"

陈世羽："你要买家店？什么店？哎，刚好我要跟你说个新赛道，我这次去港城……"

楚芝："家电！冰箱、彩电、洗衣机那种家电！我装修新房子呢。"

陈世羽沉默了片刻："你真不打算回来了？现在就开始退休生活，坐吃山空？"

楚芝："跟你说过了，我爸妈身体不好，需要人照顾。"

陈世羽："请保姆啊，或者你干脆把他们接来沪市！"

楚芝："他们在琴市生活了大半辈子，亲朋好友都在这里，跟着我走，他们连一起打牌、跳广场舞的老伙计都找不到。"

陈世羽这下不知道说什么了，阴阳怪气了一句："真应该给你编到《二十五孝》里。"

楚芝纠正文盲老板："是《二十四孝》！"

陈世羽："这不是还要多你一个大孝子吗？"

楚芝："老板，你别说有的没的了，打钱先。"

陈世羽："回去才多久，说话倒装了你都。"

楚芝表情裂开，姓陈的今天怎么这么不对劲，以前跟她可没这么多玩笑话啊，不会是想拖欠她分红吧？

还是说失去了才发现她这个优质员工多么重要，试图假装和善骗她继续当牛做马卖命？

果然，陈世羽下一秒就开始跟她聊什么新赛道了。

陈世羽做影视公司出身，楚芝跟着他做 MCN 公司。直播行业这几年大火，他们在风口上着实赚了不少钱，楚芝的那套海景房就是自己全款拿下的。

陈世羽的新赛道是打算做 K12 的艺术培训，他的资源可以给小孩们提供影视剧、舞台剧的出镜机会。

楚芝听陈世羽聊了半天发展愿景，原本是打算在北上广这些超一线城市搞的，毕竟那里家长的购买力比较强，他们要做高端线，定价不低。

可是楚芝走了，他不舍得把培养了这么久的心腹放掉，所以如果楚芝决心要留在琴市，那他就在琴市做个据点。还好琴市有个影视城，可以开展艺术游学营地。

楚芝听了一堆生意经，跟陈世羽说自己消化消化、考虑考虑："你先把分红的钱发我。"

陈世羽嗤之以鼻："我还能黑你那点儿小钱？"

楚芝："那可不是小钱，那是我的新房梦想基金。"

陈世羽："你不如留着当新店启动资金。这次你别技术入股了，直接投钱，不够的我追上，这就是你自己的事业。"

已经临近饭点，楚芝挂了电话走出房间的时候，爸妈都坐在餐桌前等她吃饭了。

楚爸把手机的短视频软件退出来，摘下眼镜，开玩笑似的问她："怎么聊这么久电话啊？交男朋友了？"

"哪有。"楚芝于是把自己前老板非要投资她的事讲给父母听，包括这项目资源稳定，前景很好，搞起来就是猛赚，而且老板说让她自己投钱入股，他来兜底，总之就是非常看好她，要投资她。

楚妈比较谨慎，问了些条约细则，坚信天上不会掉馅饼，要么这是个高风险项目，要么就是陈世羽要洗黑钱，不然干吗要做慈善帮着楚芝创业。

楚爸则比较浪漫，问楚芝："他是看好你，还是看中你啊？这个陈老板多大岁数了？有没有家室啊？"

这个问题问得好，楚芝有点蒙。

随后猛摇头。

不可能的吧，这么多年的战友情了，她压根就没往那方面考虑过。

也是因为陈世羽这个工作狂极其反对办公室恋情，觉得在工作的地方有个对象那就是公费恋爱，是极其不专业且对不起工资的行为。

她作为他的左膀右臂，作为他冲锋陷阵的刀，你说要是谈恋爱再分手了，还怎么敢继续相信这刀哪天不会捅向自己？

所以他们从来没有工作伙伴之外的关系，连一丝暧昧的迹象都无。

哦，也不能说一点点都无，硬要找的话，那就是前年的年会，大家都喝得醉醺醺。大环境不好的压力下业绩完成得十分勉强，酒后真言环节大家轮番和老板敬酒，之后三五成群抱头痛哭。

陈世羽被这一杯杯酒、一滴滴泪给浇得很感性，等楚芝举着酒杯来他这桌的时候，他自己先灌了一大杯："楚啊，辛苦你了。"

楚芝当时拍拍他的肩："老陈，这才哪儿到哪儿，支棱起来，咱们能行！"

陈世羽呢，好像很感动，揽着她的肩在她脸上亲了一口。

楚芝也是喝得有点愣了，还是陈世羽的特助先跳出来，挽着楚芝的胳膊跟她道歉，说陈总喝多了。他就是很欣赏楚总、很感激楚总，在国外经常有贴面礼、吻面礼什么的，但没别的意思，吧啦吧啦还有些什么奉承话——一副担心楚芝去投诉陈世羽性骚扰的样子。

楚芝挥挥手，没放在心上的样子。

再后来她跟陈世羽也都是正常交往，至于陈世羽还记不记得自己酒后失态的事她就不知道了。

以她对陈世羽的了解，他也没什么时间花在了解女人身上，就看他换女朋友的速度，有时候一年空窗期，有时候恋爱了没两个月就分了。

是真的专注在搞钱一老板。

楚芝言之凿凿地跟陈世羽划清关系，让父母不要想多，说就是因为女儿太优秀，老板想投钱。

楚芝爸妈将信将疑，看女儿的态度，再说下去可能要不高兴了，连忙打住这个话题，说起新房装修的事。

橱柜还要半个月才能打好，楚妈想要晾晒散味三个月，刚好过完暑假，等秋天再住过去。

开什么国际玩笑，她爸妈都是老师，过暑假的意思就是她要和父母每天二十四小时绑定。

她不！

楚芝没有直接拒绝，而是很有建设性地提出来想给他俩报个旅行团，让他们去度假。

"趁着你们身体还算硬朗，能出去走走就走走。"

她转移话题的能力一流，反客为主，以问代答。她爸妈很快就被转移了注意力，开始思考是去山城还是雾都，海滨还是内陆。

这一天输出了太多的话，楚芝觉得自己脑袋有些嗡嗡的，好累。她不能晚上出去喝酒，便只好傍晚跑出去了。

太阳还没落山，开门的酒吧不多。

楚芝从地图上找到一家白天卖咖啡、晚上卖酒的店，推门进去，问现在能不能小酌两杯。

调酒师是个戴着猫耳发箍的花臂少女。

楚芝坐在吧台，看她姿态闲适地摇酒杯，最后把酒倒进杯口沾了糖的高脚杯里。

口感清淡，酒精浓度略低。

楚芝又点了一杯，这次她问调酒师能不能自己来调。

调酒师以为遇见了同行砸场子，结果楚芝倒好原料后问人家调酒器的盖子怎么扣。

把调酒师都整不会了。

程岛和酒吧老板从后面的工作间出来的时候，看到的就是空荡的店里唯一的那位顾客，正在被调酒师握着双手摇调酒器。

两个人都有些沉默。

这要是普通员工可能就要挨骂了，不过这调酒师是老板的老婆，所以她只得到了亲切的问候："是顾客有什么特殊需求吗？"

有特殊需求的顾客朋友被这突然出现的声音吓了一跳，手一抖，差点把调酒器扔出去，还好调酒师手稳，握住了。

楚芝扭头，看到了程岛。

程岛皱眉。

哎，皱什么眉，看到她就这么不高兴吗？

该不会以为她特地跟踪他过来吧？

楚芝才不拿热脸贴人家的冷屁股，她装作不认识程岛，跟调酒师道了个歉，坐回吧台的位置。

原本已经跟老板道了别的程岛，没有离开店里，反而坐到楚芝旁边的位置上。

他跟老板打招呼："你忙你的，我尝尝琪琪的手艺。"

"狗哥，你要喝什么？"叫琪琪的调酒师正给楚芝倒酒，看向他。

程岛直接从柜台上翻下来一个倒扣的啤酒杯，说："你手里的酒，给我尝尝。"

琪琪看看楚芝，看顾客没什么异议，就把调酒器里余下的一点酒倒给了程岛。

很少的一点瓶底。

程岛一口就喝没了。

他觉得这个口感很不错，问琪琪这鸡尾酒的名字。

琪琪再次看向楚芝，刚才楚芝拿咖啡和酒做了一些尝试。她说："我不知道啊，是这个美女调的。"

没有等程岛再问，楚芝主动跟他招招手，假笑道："这个酒啊，叫'那年冬天你和我'，也叫'巷子里的三轮车'，帅哥，你觉得哪个好听呀？"

程岛脸上挂着三道黑线。

他对琪琪扬扬下巴："你还调得出来吗？刚才那杯。"

琪琪记忆力好，点点头，重调了一杯，并且按经验做了些改进，让味道更清冽，好像真有冬雪的气息。

程岛和楚芝各自又得到一杯新的酒，两人默默饮酒不说话，脑子里不约而同地回到那年冬天。

那是那年琴市的第一场雪，准确地说是雨夹雪，稀稀拉拉的，不怎么好看。

程岛和楚芝滑过一次冰之后，关系更为微妙。有热闹大家都爱凑，于是每次程岛和同学出去玩，都会被问："你朋友不来吗？"

被问得多了，搞得程岛也对喊楚芝出来玩这件事有了期待。

但他知道楚芝是好学生，他不想耽误她的课业，所以即使有她的手机号，却没有拨通过。

楚芝根本不知道他这边的起哄，她是个很拎得清、轻重缓急的人，只有在学习累了的间隙，偶尔会想到程岛，那个滑冰好看、长得也好看的少年。

晚上因为下雪，学校最后两节晚自习没有上，提前了一个多小时让大家回家。

那天也是巧，楚芝跟同桌讨论问题讨论得有点久，错过了学校的班车，只能坐公交车回家。

就在飘着雨星雪粒的公交站台，她看到了穿着十三中校服的程岛，正插着兜跺脚。

她不确定地叫了一声："程岛？"

他循声望过来，笑意浮在脸上，眼睛里好像有星星。

那年韩剧热播，"初雪"这个词和炸鸡捆绑销售。

程岛不看电视剧，也不知道什么都教授千颂伊，他只是听到他身边的同学纷纷相约放学去校外的韩餐馆吃炸鸡。

原本程岛是没想凑热闹的，可是大东和小凤非要去，把他也给拉了过去。

他们学校的走读生可以不上晚自习，所以五点多下了课，一群人就去聚会吃鸡，等吃完了也才不到七点钟。

天冷，路滑，但也不是不能骑车。

可程岛还是选择了去坐公交车。

他刚才从餐馆出来的时候已经看到对面育才中学提前放学了，他想看看能不能遇见楚芝。

程岛给自己设了个期限，如果三辆公交车过去了她还没来的话，他就不等了。

一辆，两辆。

第三辆车出现了，但她还没出现。

程岛跺着脚取暖，在心里跟自己解释，三辆车过去的意思是要等到第四辆车来的时候他再上。

还好，楚芝比第四辆公交车出现得早一点。

她没问他怎么会在这里，青春时期的感情是透明的，不需要什么理由或借口，所有想说的话都写在脸上。

他俩一起上了公交车，坐在倒数第二排椅子上。

程岛从书包里拿出给她带的一小盒炸鸡，还有一罐菠萝味饮料。

他画蛇添足地解释："晚上的饭没吃完，就打包了。"说完又怕她误会那是剩饭，补充了一句，"我点了两个口味的，吃完一盒就饱了，这盒没动。"

楚芝笑着露出了她的小虎牙，看着鬼机灵鬼机灵的，她已经打开盒子开始吃了。

她其实吃过晚饭，不过学习费脑子也费体力，现在闻着炸鸡的香味胃口大开，一眨眼就吃了半盒。

程岛把那罐菠萝味饮料打开递给她。

楚芝接过去，吨吨两口，然后咂咂嘴回味了一下，还给程岛："不好喝。"

正传递呢，易拉罐还没交稳，司机忽然一个急刹，饮料东摇西晃地洒出罐口，洒到了程岛身上。

"呀！对不起，对不起……"楚芝立马把装炸鸡的纸袋里的纸巾拿出来，火速帮他擦校服上的饮料痕迹。

程岛一只手高高举起饮料，跟楚芝说着"没事不要紧"，"紧"字还没说完，忽然感觉腿上一痒，是她隔着校服上衣擦拭的时候碰到了他的腿。

他的手一抖，差点又把手里的那个易拉罐掉下去，还好及时用另一只手护住了。

程岛局促地推开楚芝的手，自己拿纸巾随便擦了两下，侧转过身子，腿朝着过道那边。

楚芝根本没想那么多，只以为他怕自己再弄脏他的衣服，所以要和自己拉开距离。

楚芝把剩下的两块炸鸡也吃完，擦擦嘴再擦擦手，看向车窗外越来越大的雪花。

程岛也跟着看，脑子有些放空，不知不觉就把手里的饮料喝了大半。

楚芝忽然回头，盯着他手里的易拉罐。

本来程岛没觉得有什么，他们同学之间偶尔也会共饮一瓶饮料。

但是楚芝这么盯着他，他就有点不自在。

楚芝不知道在想什么，伸手问他要饮料。

好像是想喝，可是拿到手里了，嘴唇贴着罐口才舔到一点饮料，又觉得味道实在是不怎么样，于是还给程岛，说不喝了。

程岛感觉自己喝也不太好，不喝，这会儿却口渴得嗓子疼，脑子里都是她刚才小猫喝水一样露出来的半截舌头，卷起的舌尖勾的是他那颗已经不知道怎么规律跳动的心。

程岛家跟楚芝家还有学校是个三角形方位，也就是说他跟楚芝并不顺路。

所以当楚芝到家下车的时候，他就跟着一起下去了，站在她身后离她半米远，送她回去。

楚芝猜他是怕遇见她爸妈不好解释，虽然她觉得这样的概率微乎其微，不过确实也是有可能发生的。

地上落的雪花还没堆叠成型就化成水珠打湿了路面，又因为寒冷把部分区域冻成了冰面。

楚芝走得很小心，不想平地摔惹人笑话。

程岛却不清楚她是故意走这么慢等自己，还是女孩子走路步子都这么小。

他跟着跟着，经过路灯下面，看到她的身影逐渐被拉长，圆圆的脑袋顶上被风吹起一缕呆毛。

程岛试图用脚尖替她的影子把呆毛归位。

楚芝一直没听见他的声音，扭头想看看他干吗，结果就看到他在踩自己的影子。

她噘着嘴跑跳到一边，他觉得有趣，大脚一跨又踩上她的呆毛。

两个人就这样一会儿跑一会儿躲，把个影子游戏玩得不亦乐乎。

很快到了楚芝家楼下。

程岛终于问了句有用的："你有时间出来玩吗？没有也没关系。"

棉絮一样的雪花落在他的头发上。

楚芝也不知道自己什么时候有空，更没法跟他约网上聊，因为她手机只有放假的时候才能碰。

她想了想，跟他说："下次下雪吧，下次下雪你去学校找我。"

程岛："好，你回去吧。"

楚芝有点害羞，让他先走，可他转身了，她又喊他。

程岛回头。

楚芝看着地上，他们两个人的影子重叠在一起，好似密不可分。

她抬起胳膊，两只手捧着空气。

她的影子便也像是捧着他的脸。

程岛的耳朵本来是冻得发红，现在兼之发烫、发痒，好像被冻伤了一样。

没等他回应什么动作，楚芝忽然把两只手对击，"啪"的一声合拢，调皮地喊："压扁！"

"再来一杯。"楚芝把空杯子推到调酒师面前，盛赞她，"味道真不错，比我调的好喝多了。"

琪琪笑着又调了一杯，这次又是和刚才那杯有细微区别，换了一种酸度更淡的咖啡，加了菠萝糖浆的量，喝起来更甜一些。

程岛在鸡尾酒里喝出来菠萝的感觉时，已经有些动摇了。

动摇那颗对楚芝避之不及的心。

这个女人，真是有毒。

程岛："少喝点。"

调酒师和楚芝同时看向程岛。

琪琪露出惊讶的表情："啊，你们认识吗？"

楚芝转回头去，把之前另一杯没喝完的威士忌仰头闷了："不熟。"

"呵。"程岛被她这两个字给激笑了。

楚芝回："呵呵。"

程岛再比她多冷一个字："呵呵，呵。"

琪琪黑人问号脸："你俩这是干吗呢？"

楚芝一边拿手机扫码买单，一边把手搭在程岛肩上，趾高气扬地说："有的人呀，一面说着不要再跟他联系了，一面又因为我说不熟气得变成小学生，真有意思。美女，多少钱？"

琪琪看看程岛，大方地挥手："既然是狗哥的朋友，那就算我请的，不用给钱了。"

程岛把楚芝的手从自己肩上拂开："琪琪，该多少就要多少，我跟她，确实不熟。"

他说完，起身，离开。

脾气不要钱，楚芝便强行付了二百块，也跟着离开了酒吧。

已经入夏，天黑得晚，夕阳把周边的云彩映得发红，远处的写字楼玻璃墙也成了镜饰画。

楚芝记得十年前好像还没这么多高楼大厦。

她追在程岛背后，跳房子似的，踩他的影子玩。

程岛听到声音，扭头看看她，快步躲开。

楚芝脑子里闪现九个大字：他逃她追，他插翅难飞。

她"扑哧"笑出声。

程岛停下转身，她没刹住脚步，脑门撞了他胸口一下，被他推开。

程岛非常非常严肃地跟楚芝说："你既然没打算跟我怎么样，真的，别招惹我了。"

楚芝眨巴眨巴眼："我打算跟你怎么样了啊？"

程岛："你知道我说的什么意思。"

楚芝"哦"了一声。

程岛看她低下头，心里有些不忍，觉得自己好像很过分似的。

然后又有些心塞，他都说到这份上了，她就是不打算跟他有什么长久发展是吧，连骗他谈恋爱都懒得骗了？

楚芝其实是有点不知所措，说实话，她不是针对程岛，她是平等地厌烦每一个男性。

谈恋爱，真的真的很累。

如果是奔着结婚前提去的恋爱就更可怕了，她想想都头皮发麻。

她现在有钱、有房、有工作能力，为什么想不开要结婚啊。

可是刚见面时还挺上道的程岛最近就跟鬼打墙似的，硬要她给个名分，真的有病。

她用力地、泄愤地，狠狠踩了他影子的脑袋一顿。

程岛：……怎么还挺可爱的。

可爱的楚芝跟程岛也很严肃地说："之前是我没分寸了。你说得对，我不想跟你恋爱结婚的话就不该一直招惹你，这对你不公平。"

程岛感觉心口扎了一刀。

楚芝跟他挥挥手："那我们就到这里吧。我以后不会再找你了，拜拜。"

又一刀。

她离开的背影倔强。

就像当初他们分手的时候，她也是一句"我们就到这里吧"，然后就彻底消失，再也没有找过他。

明明是自己"求仁得仁"，可是她真的说了这话，程岛又觉得自己从心尖到脚趾都疼得发颤。

她的身影越走越远，她已经在伸手打出租车了。

她可能再也不会来找他了。

程岛来不及多想，大步追过去，把她拉开的出租车后门用力关上，拉住她的手腕："不行。"

楚芝吓了一跳，纳闷地看着他："什么？"

程岛："你凭什么说走就走？"

司机大哥探出脑袋来问："小姑娘，要帮忙吗？"

楚芝很有礼貌地跟司机致谢："没事，大哥，我男朋友。不好意思，你先走吧。"

司机走了，程岛还因为那句"男朋友"暗自高兴，一副不值钱的样子。

楚芝知道他肯定明白自己那么说只是不想让路人误会让他难堪，也不纠结这个称呼问题了，只是质问道："不是你说的让我别招惹你吗？你这又算什么？"

程岛敛起笑意："我说别的你怎么不听？"

楚芝甩开他的手。

他又抓起来。

楚芝："大哥，你到底要怎么样？"

程岛控制着手里的力度，怕把她抓疼，心里把自己骂了个狗血淋头，让自己可别犯贱了，说出来的话却把"倒贴"两个大字写在了脑门上："我收回我说的话。"

楚芝："什么？"

程岛："你可以找我。"

楚芝脸上是狐疑的表情，这算什么，欲擒故纵？欲拒还迎？

怎么一会儿让找一会儿不让找的，他人格分裂吗？

程岛松开手，丧权辱国的条款都已经签出去了，干脆姿态一低再低："任何你想找我的时候。"

第三章 /
"朋友"的自我攻略

楚芝一直到回了家都没搞明白程岛怎么忽然就变了态度，她甚至觉得自己是不是喝了点小酒产生幻觉了。

其实程岛的心思单纯得很，楚芝要无赖要找他要缠着他的时候，他想要更进一步的承诺，不想跟她不明不白就"不清不楚"了。

可是现在她透露出一丝动摇和一点放弃的意思，他就乱了。

没再跟她相遇之前，她是天上星星、水中月亮，想得见却碰不到。

即使她回来了，他一开始也是不打算招惹的，知道惹不起。

可她不让他躲，温香软玉扑过来，还说她不走了。

或许十年前的错过，上天觉得他们还可以弥补一下？

他从来不信什么命运，却在这件事情上突然变得唯心。

而且程岛觉得楚芝对自己未必就一点真心都不存。

比如她养了一只狗，名字叫 dāo dāo。

比如她自制的鸡尾酒是那年冬天菠萝饮料的味道。

比如她还记得郁金香和踩影子。

比如……

就在程岛自我攻略的时候，楚芝已经睡了一觉醒了酒。

为了验证程岛那些话不是自己臆想出来的，她给程岛发消息确认：你今天那话，是想跟我当情人？

程岛秒回：都可以。

当什么不可以呢，顺序什么的不重要，结果好就可以。

楚芝揉揉眼睛，果然，不是梦。

他之前正气凛然的时候，她还觉得征服他很有成就感，他现在态度一百八十度大转弯，她反而忐忑了。

一方面，怀疑他是不是憋着什么坏要整蛊自己。

另一方面，也是比较亏心的，她怕他真是爱上自己然后过分投入，而自己没法给他对等的感情。

要说她完全不爱他吧，那肯定不能够。真没感觉，那她就不会跟他一见再见了。

但这种感觉停留在感官层面就差不多了，恋爱到最后，激情退却只会剩下一地鸡毛。

而且还是和她很了解的一男的，她都能想象到他们如果再次分手会因为什么、会争执什么、会放什么狠话。

楚芝看着天花板猛摇头。

下午说过的话又浮上心头，要不算了吧，还是别招惹他了。

这个程狗现在看起来好像是个老实人呢。

楚芝发了个"呆滞"的表情包：虽然我私底下烟酒都来，但其实我是个自尊自爱的好女孩。要不咱们还是当朋友吧。[抱拳.jpg]

程岛思考了一下，从朋友当起来更好，也比较符合正常人的正常交往进度。

他只是不愿意她再次从他的世界彻底消失。

他回她"嗯"，输入法自动联想出来"嗯嗯"，手一滑就发出去了。

楚芝看见这两个字差点把手机扔出去。

她突然有一个大胆的想法：他是不是刚刚经历了什么穿越重生啊？要么就是被奇怪的妖精夺舍了？

"嗯嗯"是什么鬼？

他们特种兵就是这么教说话的吗？

吓人。

楚芝的怪念头让她一晚上的梦都是带着玄幻色彩的，她甚至梦到程岛和她的狗子叽叽灵魂互换了。

第二天一早，梦里的场景还依稀记得，楚芝咬着牙刷看窝在棉垫子上睡觉的叽叽，感觉它最近对自己确实是有点冷清的，不像在沪市的时候那样巴结热情。

她越想越多，越觉得诡异，蹲在叽叽旁边，掀起它的耳朵，唤道："程岛！"

叽叽被打扰了好眠，对着她皱起鼻子龇出牙。

果然不对劲，它以前不会这样对她的！

楚芝还想再测试一下自己的狗子是不是不正常，就被她妈揪着耳朵站起来了。

楚妈："你是不是闲的？叽叽睡得好好的你招惹它干吗？"

楚芝委屈地捂着耳朵跑回洗手间洗漱去了。

好吧好吧，这臭狗就是被她爸给好吃好喝惯坏了！

为了增进和狗子的感情，吃完早饭，楚芝拿着狗绳带叽叽出去遛弯了。

小区旁边有个不大的小公园，白天会有大爷大妈来草地上打打太极、撞撞树。

一个小区的邻居共同生活了二十年，东家长西家短的闲话一多半是从这个公园里传出去的。

比如楚芝回家了，出去这么多年至今未婚未育，眼瞅着就变成老姑娘了。

邻居们哪能忍心让这种人间惨剧上演，一个个都热情地要给她介绍男人。

在阿姨们的嘴里，二婚带孩子的男人是负责任的，四十岁没恋爱过的男人是有定性的，不能生养愿意领养孩子的男人是不用老婆受罪的……

反正就是只要能让楚芝嫁出去的男人就是好男人！

楚芝疯了。

她出门的时候和叨叨一起神采飞扬，回家的时候头发都多了，像是跟叨叨一起在草地里打了滚一样。

她跟她妈吐槽邻居的风言风语和多管闲事，楚妈都习以为常了。

楚芝这才听到一回，楚妈可是隔三岔五就要被围攻一回，搞得她买菜都要绕着小公园走。

但楚妈还是跟女儿说："宁缺毋滥，不能因为急着结婚就随随便便嫁个男人。没关系的，妈妈也是三十才结婚生的你。"

楚妈的支持是楚芝最大的底气，如果家里家外都催她结婚的话，那她肯定要崩。

不过，楚妈又说了："你小姨问你要不要再见一次那个程老板，就是之前没见成的那个网吧老板。"

楚芝眼皮一跳，打了个大大的喷嚏。

楚妈："你小姨说，那个程老板觉得很抱歉，想要当面跟你赔个礼，就算不能成，也交个朋友。"

楚芝上次和程序员的不愉快相亲还历历在目，而且那个程序员还是据说比这个网吧老板还要好的对象。

那这位程老板又会是什么妖魔鬼怪啊？

楚芝的思绪飘向另一位"程老板"身上。

"芝芝，想什么呢？问你啊，这两天吃个饭认识认识行不行？"楚妈的话把她的思绪拉回来。

楚芝知道她妈对谁的舌都能屏蔽不理，但对自己的妹妹她的小姨却是千百个上心。

所以大孝女楚芝又妥协了一次："那我再见见吧。"

为了速战速决，避免夜长梦多，楚芝当天就约了这个程老板吃饭。

这个程老板比之前那个程序员要好看一点，但好看得也有限，主要是气质有点暴发户的土气，一身的名牌衣服 logo 大得像山寨货。

大概因为是做生意的，程老板情商挺高，会聊天，和楚芝天南海北聊得开心，还给了她一些创业的建议。

最后，他给她留了联系方式："有需要帮忙的话，你就给我发消息。"

这顿饭吃得挺舒服。

临别要走，楚芝正想着怎么找个借口不让这大哥送的时候，隔壁桌一个男的端着酒杯过来了。

"楚芝？哟，我真没敢认。大城市就是养人，成大美女了啊。"隔壁男的站在她的用餐区，主动自我介绍，"不认识了？我啊，大东啊，杨东煜！"

"哦哦哦！大东啊！"楚芝从茫然中站起身来，一脸老友相见的惊喜。

她简单介绍了下相亲对象，程老板很识趣地撤了："那你们聊吧，我先走。楚芝，到家和我报个平安。"

楚芝挥手告别程老板，又找了一张干净的桌子和大东坐下，点了一壶茶。

大东现在是做房屋中介的，卖豪宅，刚跟一个客户喝完酒，看起来口条还"不打架"，实际上情绪有些过分高涨。

大东拍着桌子感慨："哎哟，咱们快十年没见了，时间怎么就过得这么快呢？"

楚芝笑了笑，时间确实过得挺快的，高中那些人和事还历历在目。

两人简单说起彼此的近况，大东早就结婚生子，儿子今年都上幼儿园了。

知道刚才那个穿名牌、开大奔的男的是楚芝的相亲对象，大东不自觉就想替自己的好哥们长长脸。

比钱是比不过了，那就比情深义重。

当然不能是对她楚芝的情意重，这两人当时分手把程岛伤得够呛，大东可全看在眼里，所以他讲了另一段故事。

他说程岛前年才分手的一段感情："是跟狗哥一个大学的，也是我们十三中的，不知道你有没有印象，叫王瑾萱，跟狗哥好了挺久，狗哥在部队待了太多年了，后来她被家里人强逼着嫁了人。狗哥把自己所有积蓄都花光了，买了一枚大钻戒，Tiffany 的呢！但是没办法，女生家里就是不同意，只能分了。后来狗哥很受伤，为了治情伤，他去南方抗洪，还去了 W 市先锋队。哎，我们听说了都挺唏嘘的。"

大东不愧是做销售的，一番添油加醋、声情并茂的叙述后，楚芝也跟着唏嘘了。

要说吃醋吧，是有一点酸溜溜的啦。

但是讲道理，他俩分了这么多年，各自又有了新的感情很正常，她也没一直"守寡"不是。

楚芝能理解，并且理解得过于充分了：难怪他对自己有想要稳定下来的要求，他这是受过伤，有应激反应吧。

再想想自己之前只想跟他玩玩，却不愿给一句承诺，甚至明确表现出不想结婚的意思……

至于忽然改口又愿意跟她没名没分地处着了，那必然是联想到在前女友身上投入那么多年感情却没有结局的事了！

果然是已经受伤到听见分开就会应激了吧。

好可怜啊，程岛以后会不会再也不相信女人了呢？

大东又说："前阵子我见了他一面，感觉他比从前沧桑了不少，爱情哟。哎，咱加个微信，回头我攒个局，老朋友们聚个会！"

楚芝打开手机欣然应约："好呀好呀。"

散了场，大东刚坐上地铁就给程岛打电话："狗哥！你猜我今天吃饭遇见谁了！"

程岛："周杰伦吗？"

那是大东的最爱。

大东："啊哈哈哈哈，我遇见楚芝了！"

程岛："哦。"

大东："就是你的芝芝呀！她现在回琴市了，好像打算落脚在这里了。当年她把你甩了一点面子都不留，今天我全给你把场子找回来了！我跟她说了你对王瑾萱的情深似海，让她后悔错过你这个深情狗！"

程岛一头问号。

大东："放心吧，哥。我说话你放心，她绝对不会有一丝优越感，觉得你放不下她的！"

程岛："大东啊……"

大东："哎！哥你说！"

程岛："有你这个朋友，真是我的福气。"

他说完，决绝地挂了电话，怕再耽误一秒就要问候大东的祖宗。

程岛挂完大东的电话后，就一直在等楚芝给他打电话"责问"前情。

等来等去，忽然意识到她现在可能生气了，应该要他主动联系才对。

程岛给她发消息，言语间透露出自己已经知道了晚上发生的事，并愿意回答她的任何问题：大东跟我说晚上遇见你了，有什么想跟我说的吗？

楚芝发了个"听我狡辩"的表情包：相亲确实是相亲了，是之前我小姨错认成你的那个程老板。

她怎么一副比他还心虚的样子？

程岛一时不知道要怎么回她。

又过了几分钟，她言辞恳切地发来一段语音："程岛呀，我发誓我绝对没有考虑结婚的意思，之前是应付我小姨，等我房子装修完了，我就打算开始研究搞搞事业了，也不会再去相亲了。你年纪也不小了，大钻戒都准备好了，还是找个靠谱姑娘结婚吧，这次咱俩谁也别纠结了，我以后不去找你了哈。"

她说得情真意切，他听在耳朵里就两个字：醋了。

她果然是因为大东的话不高兴了吧，程岛回她：我喜欢你找我。

楚芝看到这句话，有点犯难，他怎么还逆反上了呢。

她想了又想，只能怪自己过分迷人，让程狗难以自拔。

程岛又发：不是说好了，当朋友吗？

楚芝呵呵一笑，感觉这朋友关系暧昧得心知肚明的，她都打定主意"放他一马"了，他不愿意守他的男德了，那就不关她的事了。

她认为程岛是个成年人，要为自己的选择负责任，她不需要一而再再而三地跟他解释自己的意思。

所以她照旧按着自己的节奏生活。

新家的橱柜已经都打好了，要钉装上墙是个技术活儿。

楚芝觉得喊她爸来监工不如喊特种兵大哥过来有用，所以她给程岛转了666块钱的劳务费，请他拨冗一天陪自己装修。

程岛把钱收下了，回：可。

装修现场，再见面的时候，两人端着彬彬有礼起来。

程岛拿钱办事，不仅一把子力气能帮装修师傅抬建材，而且眼神好、耳力佳，这个台面没找直、那边挂钉没上紧，他都能立马指出来。

楚芝觉得这大哥可太靠谱了。

家里的空调已经加了氟利昂，制冷效果现在很不错，但程岛屋里屋外跑了几次，还是出了一身汗，深蓝色的T恤后背洇出来一个地图。

楚芝拿了条小毛巾沾湿水递给他让他擦脸："你把衣服脱了吧？"

他俩站在卫生间门口说话，卧室、客厅都有装修师傅在忙，四下通透，偏偏气氛却像藏掖着什么似的。

程岛挑挑眉："昨天可没说还有其他附加服务项目啊。"

背后有脚步声路过，搞得他俩更像在做什么见不得人的事了。楚芝被他一撩，心里蠢蠢欲动。

她食指伸出来，戳戳他的胸口，逗他："开个价我考虑考虑。"

程岛攥住她的手指，挪开："加五十吧。"

楚芝翻了个白眼："你价格还挺实惠。"

程岛一边嘴角翘起，好像很多情地勾一勾她耳边的头发，别到她的耳后："主打一个薄利多销。"

楚芝："什么买卖都接啊？"

程岛："我也只做熟客生意。"

楚芝是好心怕他出汗吹风冻感冒了，看他自己不觉得不舒服，那她才不多管闲事呢，爱脱不脱。

她捶了一把他的胳膊，继续监工去了。

柜子组装工程量大，五个工人到下午五点才装好。

中午只是简单吃了个盒饭，这么大的工作量连楚芝都觉得饿了，把垃圾简单清理过后，楚芝赶紧喊程岛出去吃饭。

屋里没别人了，程岛把衣服脱下来晾窗边，用今天楚芝给他的那条毛巾沾水擦擦脖子和身上，问瘫坐沙发的楚芝："附加项目还做吗？"

楚芝累得气都不足了："做个锤子！"

脏兮兮的，他们现在需要的不是滚床单，而是滚筒洗衣机。

程岛："你卸磨杀驴的样子真无情。"

楚芝："大哥，我好累，我现在只想赶紧吃了饭回家躺平。"

她都这么说了，程岛已不劳烦她再跑饭馆了，约她第二天请自己喝酒就好。

楚芝以为见面地点会定在上次那个酒吧，可他却选在了室外："后街巷子见。"

后街是网吧后面那条街，巷子是当年他第一次见她的那条巷子，也是后来他们约会了无数次的秘密基地。

因为程岛白天有事要忙，他们约的晚饭后。

家里的阳台，楚芝倚在叨叨身上，拿着一本《浮生六记》和狗子一起坐在地毯上晒太阳。

进入七月，阳光一日赛一日好，楚爸楚妈也都开始放暑假了。

虽然楚芝试图直接给他们报个老年团出去旅游，这老两口却犯起懒来，嫌弃天热不想出去玩了。

他们喜欢头对头地躺在 L 形沙发上，一人占据一边，看电视里播的家庭伦理剧。

偶尔他们会指使一下女儿，去切个西瓜或者泡壶绿茶。

电视看累了，楚爸还会搞点小乐器表演一下，有时候弹吉他，有时候弹钢琴，有时候拍非洲鼓。

楚芝手里的书半天没翻页了，她听着客厅里传来的老爸的吉他声，他在弹《大约在冬季》。

老歌好啊，老歌容易唤起旧情。

书页被日光照得特别白，看久了有些发晕。楚芝迷蒙着，好像也置身在冬季。

夏天回忆冬天，是不觉得冷的。

也可能年轻气盛时的自己就是不怕冷，热情燃烧一切。

那时候她和程岛时常在后街巷子里吃东西，有时候是炸串，有时候是烤地瓜。

三轮车被程岛刷得干干净净，遮雨帆布一拉开，里面放个陶盆烧木炭取暖，旁边堆着好吃的，他俩就生在车斗旁边吃夜宵。

他喝菠萝饮料，她喝 AD 钙奶。

回忆的碎片是斑驳，楚芝只是想想，就觉得好笑。

少年程岛是懂盲盒的。

客厅里的吉他声已经被伦理剧的声音替代了，楚芝听着爸妈小声讨论这个不孝那个不尊的话题，忽然有些羡慕他们的岁月静好。

"呜汪！"叨叨忽然叫了一声，直起身子抖抖毛，去饮水器那边喝了点水润润嗓子，然后蹭到楚芝腿边，用脑袋顶她的手，好像是看出来了她的孤独，想要给她安慰陪伴，就像在沪市那几年它所做的一样。

都说狗男人狗男人，可是男人怎么能跟狗比呢？

根本比不上。

楚芝揉着叨叨的小脑袋，思绪回归现实，开始查黄道吉日打算准备搬家。

预约了除醛公司的上门服务时间，确认了所有待办事项，楚芝打算一周后就带着叨叨入驻新窝。

她吃午饭的时候跟爸妈说了自己的规划，爸妈果然表达了强烈的不舍之情："你自己走就走吧，把叨叨留下啊。"

楚芝一噎。

气得她晚饭都没在家吃，直接打电话给程岛说要早点见面。

程岛正好处理完自己的事情了，应了一声"好"，让她到得早的话先去网吧坐着凉快会儿。

楚芝不想挤晚高峰的公交车，查了查开车也要堵路上，干脆借了楼下大姨的电动车，还很有安全意识地戴上了头盔。

她骑着电动车一路向西开，好像在追赶要下山的太阳一样。

海面被照得如金色鳞片的大鱼，在水波里徜徉。

楚芝正感慨这多像漫画里的异国风情，一辆挂着十几个外卖袋的小电动车贴着她的胳膊疯蹿而过，把她撞得差点栽倒，还好她当时两只脚都踩在地上保持了平衡。

楚芝看看扬长而去的一辆辆外卖车，也不觉得异国风情了，嗯嗯，很有地方特色。

她没去网吧，七拐八拐，直接把电动车骑进了后街巷子。

一进去就看见了程岛的背影，他正弯着腰、撅着屁股在收拾三轮车车斗。

他干活干得专注，也没回头看一眼是谁来了。

楚芝就这么刹着车直愣愣地往前缓进，坏心地想要把车头撑到程岛的屁股上。

但她还是低估了昔日特种兵的敏捷度，他早就听到有车进巷子了，没回头是没想到会是楚芝。

可车子离他越来越近的时候，他本能地撑着三轮车扶手跳到一旁躲闪开，而楚芝光顾着看程岛翻跟头了，被吓了一跳忘记刹车，直直撞到三轮车上，然后一整个人仰马翻地摔到地上。

程岛追上来扶起压在她身上的车子，惶恐地问："怎么是你啊，没事吧？"

其实没什么事的，她想去撞他玩的时候就已经刹车用脚滑行了，车速十分之缓慢。

可是她跪倒在地上这一下，穿着热裤而裸露在外的膝盖摩擦着水泥地面擦破皮肉，热胀麻疼一起变成眼泪涌出来："疼死了。"

程岛把电动车搬到墙边停好，再蹲下把楚芝抱起来放到三轮车旁边的钓鱼椅上坐好，大步回网吧去拿了一盒碘伏消毒棉签过来。

他咔咔咔掰断了一把棉签的头，塑料管内的消毒液滴滴落入棉签另一头，变成一个个红色的酒精棒。

程岛拿着棉棒轮轮涂抹在楚芝的伤口上，看她吸着鼻子可怜巴巴地对自己说："程岛，你大爷！"

等到楚芝龇牙咧嘴地忍过膝盖上被消毒液杀得发麻的疼痛感，她终于有心情来打量身旁的景色。

程岛从二手市场淘来的这辆枣红色三轮车和当年扔在这里的那辆很像，这么多年楚芝就只见过这样两辆，不只是颜色，还有车斗的位置。大部分三轮车的车斗好像都是在车座后面，巷子里的那个却是车斗在车座前面的。

以前他们试着骑那辆破三轮车跑了几条街，程岛在后面骑，楚芝坐在前面车斗里，他看路的同时也能看着她的脸跟她聊天。

楚芝看到车斗边上还有块棕色的遮雨布，应该是刚才程岛收拾着想要盖上去给她惊喜的。现在没盖布，车斗里的东西就全部映入眼帘了：

一个装了木炭的陶土盆、一篮子在饭店被叫作"大丰收"的各种粗粮，还有一打啤酒和两板 AD 钙奶。

楚芝："你搁这儿跟我忆往昔呢？"

程岛把 AD 钙奶掰开插管递给她，开始烧火点炭："有次我们去拉练，在山里架火烤土豆地瓜的时候，我就想起以前我们在这里烤地瓜的场景，我好像再也没吃过那么好吃的地瓜了，当时我想，等我回家，我得再来这里烤一次。"

楚芝吸溜着酸酸甜甜的 AD 钙奶，好多年没喝过这玩意儿了。比起后来她喝过的那些大牌乳酸菌饮料而言，这个 AD 钙奶的口感是有些粗劣的，但架不住是童年的味道，喝的就是一个情怀。

程岛已经把地瓜、玉米和板栗都码在炭盆的铁网架子上了。

楚芝看着看着，突然问他："你知道围炉煮茶吗？"

程岛还以为这是什么文学常识题："曹操吗？"

楚芝："曹操煮的是酒！"

程岛："哦。"

楚芝跟他描述了一下现在很流行的围炉煮茶："就你这个配备，再加一壶茶加点小橘子一起烤，一个套餐卖二百八。"

程岛："你们城里人的钱真好骗。"

楚芝也不得不感慨一下沪市的物价，她之前不管是跟客户还是跟同事或者朋友出入商场饭店习惯了，一顿饭吃一千块钱感觉是正常水平。

回家才知道他们全家的饭菜一个月也就吃一千，还是顿顿有肉的规格。

楚芝皱皱鼻子，跟程岛说自己晚上没吃饭："搞点肉吃吧，这些吃不饱。"

程岛原本跟她约的是夜宵喝喝小酒聊聊天，没准备大菜，听她这么说了，拿出手机下单了附近一家还不错的烧烤。

程岛烤的地瓜都是细细长长的那种烟薯，熟得快，他翻了几次，看到已经有蜜汁被烤得漏出来了，就夹出来一个，戴着白色线手套把皮剥了，放在一次性餐盘里递给楚芝："你先吃着，我去拿烧烤。"

楚芝刚才闻着香味就饿了，点点头，注意力全集中在地瓜身上，飞快地一小口一小口地啃地瓜，可太甜了。

程岛回来的时候楚芝已经啃完了他给的那个地瓜，并且自食其力地在翻开了口的板栗吃了。

她看到程岛不只是带了烤串来，还拿过来一个不锈钢水壶。

水壶被放在铁架子中央，周围摆满了食物，包括他带来的烤肉串。

程岛："吃吧，围炉烤肉，吃咸了还能喝煮的茶。"

楚芝看着这毫无美感的水壶，边吃肉边吐槽程岛："人家那是用陶瓷壶，有造型的。"

程岛摸了摸下巴："你当年做的那个陶瓷壶还在我家，我去拿下来？"

说的是她高中毕业那年和他一起去陶艺馆手作的茶壶，瓶底还刻了"程&芝"。

那个壶别说美感了，造型独特到当年被大东和小凤以为是尿壶。

楚芝两手各拿一串肉，左右开弓，扦子贴着脸颊蹭过，留下细细的黑色痕迹，像是小猫的胡子。

程岛看见了，伸手抽纸。

楚芝："可别说是我做的，我开始做的是竹节杯，那个尿壶明明是你捏的。"

程岛手里的纸换了个方向，擦自己的嘴。

就让她顶着那个愚蠢的黑道子吧。

太阳已经落下去，路灯渐次亮起，他们坐在三轮车的两侧，对面是一堵带着镂雕窗户的矮墙。

再远处，是正在修建的地铁站，高高的吊车正不知疲倦地工作。

这城市，有一半的历史老建筑被留存，有一半的钢铁森林拔地而起，新旧交错的不只是生活，也是回忆。

楚芝仰头看天，天上繁星点点。

她指着北斗七星跟程岛说："看，勺子。"

程岛也仰着头，他个子高，靠坐在钓鱼凳上，两条腿伸出去老远。

啤酒已经喝了半打，楚芝也吃饱了，加入了他的吹瓶大队。

手机响起，楚芝摸摸口袋，拿出来看是陈世羽打来的。

楚芝："晚上好啊陈老板！"

陈世羽："我下周要去趟琴市，吃个饭。"

楚芝："我下周要忙搬家，大概没空接待你。如果你走丢的话，可以给我打电话，我帮你报警。"

陈世羽："谢谢，那一定非常有帮助，我还真不知道琴市的报警电话是多少。"

程岛含着瓶口，垂眼看打电话的楚芝笑着和人聊天，听声音，是个男的。

他啜饮一大口，把视线转回天空。他在边境驱离挑衅的外敌时，看到过比现在更广阔的夜空、更璀璨的星河。

却比不过和她在这残街一隅看到的方寸天地。

楚芝挂了电话后，偷眼瞧了瞧他的表情，不知道为什么有点心虚。

但他好像并不以为意。

是真的已经把自己退回到朋友的位置上了吗？

"我前老板和我聊工作。"楚芝解释了一句，又问他，"你是不是打算开个酒吧？"

"嗯。"程岛没问她怎么知道的。她跟莲藕娃似的，一百八十个心眼子，从只言片语里猜到了并不奇怪。

没多聊他要开店的事。

两个人都不再说话，安静地喝酒看天。

只有板栗被烤爆的噼里啪啦声不时响起。

静谧的氛围没持续多久，旁边街区传来了大姨们跳广场舞的音乐声。

歌词虽然听不清，曲调却魔性得很，让人很想跟着翩翩起舞。

楚芝这么想着，也就真这么做了。

她拉着程岛跑去隔壁小区的侧门，那里有一片空地，大姨们正在跳着热辣迪斯科。

程岛浑身写满抗拒，但楚芝最喜欢干的就是强人所难了。

她拉着他一只手，硬是带他一起融入了蹦迪的氛围。

前后左右的大姨对这两个新加入的年轻人都很友好，还主动做示范数拍子说口令来帮程岛找节奏。

程岛顶着满脸羞愤，在楚芝的强迫下勉强跳完一段副歌。

远远地，他看到驻足围观的路人里，有他正好在这个小区朋友家打完牌要回家吃饭的爸爸。

父子二人大眼瞪小眼，满是震惊地望着对方。

程岛只能让自己的表情看起来更自然一些，让他爸相信他是自愿加入这个快乐健身团队的。

程爸观赏了一分钟，觉得他儿子在一群花枝招展的老娘们队伍里看着太辣眼睛了，看不下去地露出嫌弃的表情先走了。

程岛也停下同手同脚的顺拐舞姿，揪着楚芝回他们的巷子里。

楚芝玩得高兴呢，回来了也不消停，听到土嗨音乐再次飘过墙角，干脆就在巷子里用刚学会的广场舞动作摇起来。

她拿着半瓶啤酒，跳一会儿喝一口，酒水被摇晃出泡沫，连啤酒都和她一样快乐。

程岛坐着，看着她，不自觉地弯起嘴角。

她的笑容如此有穿透力，穿过三千个日升日落，一如往昔。

那年冬天，她和他相约雪再次落下的时候就见面。

然后他就像个二愣子似的，每天蹲在电视机前看天气预报，每当他爸高兴地说"明天晴天晒晒被"的时候，他就垮起个狗脸来。

终于，他的心意感动了气象局，天气预报说明日有雪，请广大市民注意出行安全。

程岛还怕气象局"晃"他，第二天早早起床，难得赶上了一次早自习。

坐在教室没多久，窗外就飘起了鹅毛大雪，同学们纷纷走神望着窗外，还有胆大的直接拿出手机拍了照发空间。

雪下了大半天，一直到午休结束的时候才停。

程岛看着雪后惨白的阳光，看到灌木丛上的白雪在消融，不知道这算不算楚芝说的再下雪的时候。

就在他纠结的时候，他的手机企鹅图案抖动了。

是楚芝上线给他留言：六点校门口见。

程岛：你带手机了？

楚芝：借体育老师的。

楚芝：要还手机了，晚上再说！88！

程岛只来得及回了个再见的表情，她的头像就变成了灰色。

但是他的心却跃动得像那个彩色企鹅。

后来他又看了好多次手机确认见面时间，像个阿尔茨海默病患者。鱼的记忆都有七秒呢，"六点校门口见"几个字他却总是记不住。

五点半，他们老班终于拖堂结束，程岛第一个冲出教室，只用了五分钟就跑下楼跑到校门口。

对面育才中学的大门空无一人。

程岛来回滑着手机的滑盖，看时间一分一秒地流过。

快到六点了，他又跑去学校的小卖店买了个烤地瓜，揣在羽绒服内兜里，烫得肚子都热乎乎。

楚芝六点准时出现在校门口，还跟门卫大爷摆手再见，之后当作没看见程岛一样，径直往公交站走。

程岛跟在她后面，不紧不慢地骑着自行车。

直到已经远离了学校的视线，她才小跑着折返回来，跳上他的自行车后座。

程岛问她怎么逃出来的，她笑嘻嘻地夸赞自己演技高超，装作感冒了头昏脑涨，申请提前回家。

他们班是尖子班，老师根本不怀疑她会撒谎，也怕她一个人把其他人都传染了，就准了她的假。

程岛在红绿灯路口停下的时候把怀里的烤地瓜给她。他好像见她的时候从不空着手，总是带着投喂的小零食。

楚芝也不怕灌一肚子风，坐在后座上就开始扒皮吃，甜滋滋、热乎乎的。

因为也没什么目的地，程岛就载着她沿着最熟悉的路径回了自己家网吧。

中途经过菜市场，楚芝下去买了两个地瓜、两根玉米，嘟囔着要自己烤着吃。

程岛摸着后脑勺上的发茬想了一会儿，最后带着她来到网吧后面那条巷子，捡了几块砖垒起炉灶，又去搞了几块破窗子木条，费老大劲点着了，把地瓜和玉米扔进去烤。

他俩围着火堆蹲着，烟熏火燎的，呛得人边咳嗽边流鼻涕，狼狈不堪。

楚芝用捡过木条的手擦鼻子，黑黑的灰把嘴唇上面涂抹出两撇胡子。

程岛看着她的囧样笑。

她看他对自己笑，也跟着笑。

一笑更傻了。

最后两个人都不知道为什么就开始哈哈大笑，笑得上气不接下气，像两只公鸡在打鸣。楚芝笑得肚子疼，挥手喊停："不行不行，不要笑了，程岛，咱们打个赌吧。"

程岛也努力平复不再大笑，问她："赌什么？"

楚芝狡黠地转转眼睛，像只小狐狸，说："赌你十年后还会跟我一起吃烤地瓜。"

程岛不笑了。

楚芝继续说赌注："赢了的可以在对方脸上画小王八。"

程岛没吱声，用木棍把火里烤得差不多的玉米翻出来，回网吧去拿了条干净的湿毛巾来擦手和玉米。

然后，他又从口袋里拿出一支黑色中性笔给楚芝："你画小一点。"

"咚！"楚芝握着酒瓶弯腰和他的酒瓶碰了下，自己一饮而尽后坐回椅子上。

她跳得尽兴，笑得舒心："啊——感觉好久没这么自在了。"

大城市的夜生活更丰富，酒更烈，舞更野，可是那种快乐好像总是浮躁，狂欢过后就觉得只剩空虚。

回到家里后也很放松，只是不知道是不是在爸妈面前当好孩子时间太久了，说话的时候都要仔细甄别，唯恐一不小心蹦出一句脏话。

倒是在程岛面前，楚芝最为恣意。

她穿着西瓜红的热裤和纯白色的背心 T 恤，头发扎成丸子盘在头顶，看起来比高中时还要青春靓丽，丝毫不见岁月留下的痕迹。

膝盖上的伤口蹦迪的时候不疼，静下来倒难受了。

楚芝把吃完板栗仁后剥下来的板栗壳扔到程岛脑袋上，泄愤。

程岛不仅没躲，甚至根据预先判断不露声色地调整自己的位置，让她的板栗壳砸得更精准。

壳壳落脑壳。

楚芝自得于自己高超的"球技"，不和他计较膝盖上的伤了。

因为都喝了酒，楚芝自己打车回的家。

一进门，她爸妈各自躺在沙发上看电视，听到她开门的声音才打着哈欠坐起来。

楚爸去厨房给她端来冰镇的绿豆汤糖水，楚妈看到她膝盖磕破那么大一片，去阳台掰了一块芦荟叶子，用水果刀把两侧的刺削掉："你还要洗澡吗？洗澡容易感染伤口，你记得涂一涂。"

楚芝又觉得爸妈还是很爱她的。

她这人就是记吃不记打，一点点好就能让她改变主意。

她刚想说要不她再在家陪陪他们，下个月再搬家，楚爸先通知了她最新计划："我跟你妈的好朋友陈叔叔、赵阿姨，我们已经约好了，下周你搬家以后，我们就自驾去旅行避暑。"

楚芝愣住。

楚妈继续说："大概要走半个月。如果你懒得做饭就去你小姨家吃，我和她说过了，反正她也得给朵朵做饭，不差你这一口。"

两岁宝宝的饭，和二十多岁的宝宝，那吃的还是不太一样的。

楚芝觉得自己就是顿顿吃外卖也不会去小姨家凑热闹的。

事实证明，她还是高估了自己的勤快，低估了自己的懒馋。

她小姨但凡少煮几只螃蟹、少蒸几锅生蚝，她也不至于见天地往小姨家跑。

朵朵对这个新出现的姨姨很感兴趣，总是缠着楚芝要她陪着玩。

楚芝也是个人来疯的孩子王，和朵朵"上山下海"，陪她当公主画美甲。

"公主殿下，你的父王母后到了。"楚芝听到客厅里传来的打招呼声音，把朵朵从儿童房的地毯上抱起来，"卑职这就护送你回宫！呜呼——起飞——"

她把朵朵夹在胳膊里飞出去，小家伙开心得直蹬腿，"啊啊"地叫唤着。

客厅里，尹丹和她家老王洗了手出来，正要进屋跟楚芝打招呼。

这是楚芝第二次见到王韬，上次见还是表妹的婚礼上，那时候他还是科长，现在已经是副处了。

王韬长得其实还可以，但穿着太老气了，就是把体制内中年男人的刻板印象刻得死死的。

白衬衣、西装裤，腰带上挂着钥匙。

她不理解，明明只比自己大三岁，怎么穿得比她爸还显老。

楚芝又悄悄打量了下这位姑爷，看到他从发顶开始有了稀疏趋势的毛发。

"姨姨偷看爸爸！"朵朵一直盯着楚芝，想等她吃完饭陪自己玩芭比娃娃，很自然地看到她看了几次王韬。

烂熟

童言无忌，楚芝却觉得背上的汗毛都竖起来了。

她尴尬地看向小姨，然后倾身小声跟旁边的尹丹解释："我只是疑惑你的衣品什么时候这么独特了，别误会。"

尹丹倒是大方："吐槽吧，我不生气，这才不是我买的呢，我在家也笑话他穿得老气横秋，哈哈哈！"

楚芝跟着干笑两声，后半段再不敢乱看了，火速把饭扒拉干净，打定主意在她爸妈回家之前不再来小姨这边了。

开玩笑，螃蟹再好吃，也比不过风言风语带来的威胁。

她猜得没错，第二天她妈给她打电话的时候就旁敲侧击，说小姨告诉了她饭桌上的偷窥，怕她是单身久了对着别人年轻有为的有夫之妇心动了。

楚芝叹气。

挂了老妈的电话，又给尹丹打过去，再次解释自己对她老公绝无贼心。

"他挺好的，但不是我的'菜'，我对别人老公也没兴趣。"

尹丹倒是真没多想："放心吧，我知道，你都谈过特种兵的人了，没道理降维再想谈炊事班的。"

虽然但是，也不用这么说自己老公吧，哈哈哈。

楚芝用礼貌而又不失尴尬的笑声结束了对话，接下来几天谨慎做人，自己做了好多天饭，然后又开始吃外卖了。

就在她吃蛋包饭吃得腻死了的时候，大东来电话了，约饭局。

楚芝立马答应了，到了包厢才有点后悔。她不是他们学校的，这一桌子人里面，她认识的也就程岛、大东、小凤。

不过好在她还认识这三人。

程岛坐她右手边，没装不认识，但也没表现得特别熟络，只是正常说话的样子。

楚芝吃了几天外卖，再见炒菜异常感动，人家老同学叙旧，她猛干饭。

半个多月没见了，程岛在忙着选址装修酒吧的事，只觉得时间过得快。

他经常能在朋友圈看到她晒图，烤了蛋糕或是做了果茶，在新家过得好像还挺惬意的。

饭桌上，不知道谁提起王瑾萱，他们这一届的十三中高考状元。状元名号挺响，奈何十三中教学水平有限，全校第一也只是考进个普通一本大学的二本专业。

"她老公好像是在教育局，之前我外甥转学的时候我大嫂找了她老公帮忙，后来说起来才知道原来我们以前是一个学校。"

"她现在怀孕了，怀了三个月就在家安胎呢，班都不去上了。"

"真是学得好不如嫁得好哈。"

"咳咳，嘘，狗哥在呢……"

楚芝虽然在专心干饭，但耳聪目明，角角落落里那些没在喝酒的女人的八卦聊天都传进她耳朵。

她不知道程岛听没听到，应该也听到了吧，知道旧情人过得好，他是不是心里挺难过？

楚芝想想王韬的样子，再对比一下程岛这一身腱子肉和好脸蛋，凑过头去和他小声说话："那个王瑾萱，指不定怎么后悔自己错过了特种兵找了个炊事班的呢。"

包厢饭桌大，好多人是三三两两地把脑袋凑在一起说小话，所以他俩看着也不是很突兀。

程岛侧身，耳朵俯在她跟前，听她"安慰"自己，觉得好笑："伙头兵也很重要的。"

楚芝："我知道，我知道。我就是说，她那个教育局的老公，多半肚子大得像怀了六个月的身孕，头发都开始秃了。"

他转过头，神色古怪地看了她好一会儿："她老公得罪过你吗？"

这话说的，她这不是替他找补一下，让他别太难受嘛。

他倒好，假大度，跟她说什么"王瑾萱生活得好我也替她高兴"，啧啧啧，行，挺能装。

吃完饭，楼上就是KTV，楚芝原本想着吃饱喝足就撤了，结果小凤非要跟她一决高下——他俩以前去唱歌都是麦霸争夺者。

楚芝想着饭已经蹭了，也别扫兴，那就再续一摊，玩一会儿吧。

她在饭店里的包厢没喝酒，到了KTV的包厢倒是因为唱歌口渴喝了两瓶啤酒。

热闹非凡的包厢里，有的人在摇骰子，有的人在打扑克，还有的在看星盘想着逆天改命。

楚芝跟小凤合唱完一首《素颜》后，终于觉得累了，把话筒递给另一个女生，自己坐到躲清静的程岛旁边。

程岛在跟供货商发消息，拇指在九宫格键盘上飞快地打字。

楚芝都是用全键盘，好奇地看了一会儿他怎么用九宫格，感觉有点看不明白。

程岛以为她对自己的生意感兴趣，也不避着她，手机屏幕就放在她眼皮底下，切换聊天对象时也没躲着不给看。

楚芝看了一会儿，不看了，问他："你好忙哦？"

"不忙。"程岛说完，最后回了两条消息，把手机揣兜里了。

楚芝喝了点小酒，去上厕所。包厢里自带的那个卫生间有人，她从自己包里拿出手机，跟程岛交代了一声："我要尿尿。"

夜场总是容易发生一些意外，程岛不太放心，跟着起身："我陪你。"

楚芝两只手对他比赞："好哥们。"

他在女厕外面几米的地方靠墙等着，看到一对男女勾肩搭背地进去了就觉得不太妙，没一会儿就见楚芝错愕地跑出来，火速洗了手来跟他分享震惊的心情："他们好 open 啊！"

程岛就是担心她遇到这种喝酒乱性的人被吓着，才要陪着她出来的。

结果他好像小瞧了她。

她根本没吓到，反而很兴奋的样子。

路过黑着灯的其他包厢，她甚至推开门看了一眼，跟他说："没人哎。"

程岛："嗯。"

楚芝怂恿他："进去看看？"

黑漆漆的房间，有什么好看的呢。

程岛沉默，楚芝抬起眼睛，对他眨了眨，拉着他的手腕往包厢里走。

黑着灯，关上门，走廊里鬼哭狼嚎的歌声被屏蔽了大半。

这房里又安静又吵闹，但说话的声音听得真切，甚至是重一点的呼吸声也很清晰。

楚芝的眼睛适应了黑暗，看清了程岛的脸，看到门上那一条窄窄的玻璃投进来的蓝色灯光映在他的下巴上。

她抬手，指腹轻轻摸摸他下巴上的光。

轻轻柔柔的一个动作，不用开口也把意思表达了个十足。

程岛闷声笑，问她："我们不是朋友吗？"

楚芝："是呀。"

程岛把她的手指捏着，从自己下巴上拿开，然后高高地举起来按在她头顶的墙上，连同她整个后背也贴着墙面。

他又问："我这样的朋友，你有几个？"

程岛问她的时候是把嘴唇贴在她耳垂上问的。

一字一顿一呼吸，酥麻的热意把楚芝喝下去的那点乙醇混着荷尔蒙一起点燃，"嗷呜"一声就搂住了程岛的脖子，咬他的下巴。

程岛今天从店里直接过来的，早上出门时刮的胡子，到了晚上已经又冒出来一点青色的胡茬。

他没有和她接吻，轻轻地、慢慢地，用自己的下巴一寸寸地摩挲过她的额头和鼻子，她的脸颊和嘴唇，她的颈子，她的锁骨，以及她领口渐渐遮不住的肌肤。

楚芝咽口水的声音显得没见识极了，她只觉得哪儿哪儿都燥热得很。

他俩消失了快半个小时，才一前一后地回了原来的包厢。

其他人都玩得开心，没几个关注到他俩离开很久。

倒是大东要找程岛跟他说房子的事没找到他，问小凤看见他没，小凤摇摇头，忽然"嗷嗷"的。

大东："你好好说话，让耗子精附体了？"

小凤："楚芝也不见了，你发现没？"

大东沉默了。

这剧情怎么似曾相识？以前他们出来玩的时候，他们俩也经常突然一起消失。

那现在是？

小凤笑得贼眉鼠眼，撞了撞大东的胳膊："赌十块钱的，他俩今天不回来了。"

大东把楚芝的包拎起来，在小凤面前晃晃，示意她肯定要回来拿包："可以，转账吧。"

小凤：……真是闲得慌打这个赌。

程岛先回来的，等大东、小凤一起围到他身边堵他要他说刚才去哪里了的时候，他淡定地晃手机："去打了个电话，有批椅子出了点问题。"

他这么一本正经的，让那两个八卦的人先自我怀疑起来。

过了一会儿，楚芝也回来了，她捂着肚子笑得局促，解释："晚上可能吃太多肉了，拉肚子。"

大东忙嘘寒问暖，他攒的局，把人吃出肠胃炎来可不太好。

程岛看了眼她裙子后背蹭上的墙灰，把她那件针织小开衫从沙发上捞起来递给她："多穿点吧，也可能是冻着了。"

楚芝接过开衫顺手穿上了，客气有礼："哎，多谢。"

这两人虽然并肩坐着，但并不紧贴，偶尔交谈也都保持正常的社交距离。

大东和小凤远远看着，对视一眼，既感慨旧情人还能和平相处挺不容易，又遗憾物是人非有多少爱可以重来。

小凤这么一想，立马点了一首《有多少爱可以重来》倾情献唱。他难得地把高音全飙上去了，歌词里带出一股酸涩伤感。

这些年过得不好不坏，只是好像少了一个人存在。

楚芝抱着靠枕认真听歌的时候，忽然耳畔一热，程岛凑近对她说："我有点事，得先走了。"

楚芝："啊？"

耍她是不是？她还等着散场后跟他共度良宵呢。

程岛笑了笑，捏了捏她的脖子，松开手站了起来："真有事。"

他说完，嘱咐她也早点回家，就一个人走了。

楚芝傻眼，过十分钟也跟着离开了。人在楼下打车的时候四下张望半天，确认他不是埋伏在周围等她出来。

她坐上出租车，给程岛打电话："人在哪儿？"

程岛："去医院的路上。"

楚芝："啊？怎么了？突然 ED（勃起功能障碍）了？"

她还有心情和他开玩笑，他却没接招，告诉她自己去干什么事情："我爸摔倒了，肋骨断了两根，现在在医院。"

啊……

楚芝莫名升起一丝羞愧和歉疚："抱歉。你爸情况怎么样了？"

程岛："还没见到人。应该问题不大，能自己叫救护车去医院，躺病床上了才给我发消息让我过去。"

楚芝："哦哦，那你路上小心。"

楚芝没再给他发信息，怕添乱。

她想起当初她在沪市的时候，她爸妈先后感染了肺炎，开始还都瞒着她不让她知道，后来她也得了，他们积极地出谋划策教她怎么缓解嗓子疼，怎么蒸橙子炖雪梨。

楚芝觉得自己在猝死边缘徘徊，发消息诉苦，她爸妈就在群里每天发元气鸡汤，安慰她"大号感冒"抗抗就过去了，他们都一把年纪了不也好好的。

她是那时候才知道原来她爸妈瞒着她的事，同时推测她爸妈以前还不知道这样"报喜不报忧"地瞒过她多少次。

比刀片刺嗓子更疼的是钝刀捅心脏。

她一向自诩是个大孝女，却原来还是个被爸妈用欺骗的方式保护的大龄儿童。

当时她裹着被子和叨叨缩在床上寒战发抖，眼泪不要钱地淌湿了枕头。

她不怕自己死了，她怕的是"树欲静而风不止，子欲养而亲不待"。

等她的症状缓解后，她就着手准备回家的事项，提前交接工作。

直到有一天晚上，她妈突然在厕所晕倒，她爸也是等到在医院她妈醒了以后才给她发消息。

楚妈还责怪楚爸大惊小怪，人都没事了，告诉楚芝吓唬她干吗。

楚芝绷不住了，不敢再耽误，没等陈世羽从港市回来交接，甚至没等财务结算完就匆匆搬家回了琴市。

回来了，在身边了，哪怕依旧想拥有自己的生活空间，但是这种触手可及的同城距离都让人安心不少。

所以她非常理解此刻程岛的心情。

他们都在不知不觉间，就已经长成了需要做家庭顶梁柱的大人。

程岛晚上估摸着时间问了楚芝一次到家没，得到肯定答复后也回了句他爸没大碍。

只是伤筋动骨都起码要一百天，他爸年纪也不小了，恢复起来需要时间，伤在肋骨上没法动弹，生活起居离不开人。

程岛在家照看他爸，新店的筹备工作都要暂缓了，更别说去找楚芝消遣了。

大东和小凤倒是因为上次聚会和楚芝再次联络上了，小凤还约楚芝一起去看音乐节，有她喜欢的乐队，他正好有闲置票。

小凤现在做票务代理，用他自己的话说是"能开发票的黄牛"。

楚芝做好防晒，顶着大太阳就和小凤碰头去草坪嗨歌了。

她之前的工作经常和娱乐圈的人打交道，也算知道不少明星的奇闻逸事，跟小凤聊起八卦如数家珍。

小凤打小就爱跟她聊天，而且比起大东来也更会说话。

音乐节晚上才散场，他俩一起坐地铁回家。没什么人的车厢里，两个人可以轻声说话，他们之间的话题不可避免地扯到共同好友程岛上。

小凤说起程岛他爸滑倒摔断肋骨的事："老人家也没什么其他爱好，就喜欢打个牌，赢了喝两口小酒。"

楚芝："这个岁数了，这两样可都是容易出事。"

小凤："嗐，他这已经是收敛了，前些年喝完酒还不听劝骑电瓶车呢，结果撞了草坪围栏上，手臂骨折了。当时狗哥还在部队，托我跟大东给叔叔找个护工看顾。"

楚芝安静地听着。

小凤又说起王瑾萱来："她当时喜欢狗哥，每天都去给叔叔送饭。虽说有护工看着，肯定不比亲儿子照顾得上心，王瑾萱去送饭顺便也是监督护工别欺负老人。"

楚芝没想到又听见这个名字，偏偏大东、小凤一个一个的都觉得她好像会对程岛的恋情很感兴趣似的，她只好被迫又听了一段善良贤惠的王瑾萱如何靠亲近程爸获取了程岛的芳心的故事。

小凤："狗哥就很感激王瑾萱嘛，联系得多了，又加上叔叔撮合，也就在一起了。本来是奔着结婚去的，结果……哎，王家人太势利眼了，王瑾萱才考上编，他们就觉得狗哥不配了，非逼她嫁给那个看上她的小科长。"

这已经是楚芝第二次听到"强逼"这个词了，什么年代了，而且那天聚会听其他人说的这位王女士好像生活得挺幸福啊。

楚芝："我觉得，如果王瑾萱真不想嫁的话，也不至于被绑了去参加婚礼吧？总归人家现在怀了孕应该过得挺不错，咱们也就不用替她鸣不平了。"

小凤哪里是替她鸣不平，分明是替程岛不甘心。说到底，他跟大东都觉得程岛千好万好，不该被辜负。

话又说回来，眼前这个女人也是辜负过狗哥的负心女啊。

小凤沉默，然后抛开那些不愉快的话题，愉快地问楚芝："你现在要交男朋友？我单着呢！"

楚芝差点被自己的口水呛死。

楚芝："不是吧，小凤，我以为咱俩是闺蜜来着。"

小凤很受伤："呜呜，那你下次再想跟我看音乐节可就得买票了！"

楚芝哈哈大笑，应承着"一定加钱"。

下了地铁，回家还要走十分钟的路，她把今天拍的照片修图、调色、排版。

一路走进小区，终于把美图发到朋友圈，点了发送。

哼着小调穿过一段幽黑没灯的花园过道时，楚芝忽然觉得背后好像有人跟着。

女人的第六感总是很灵的，她不敢回头看，加快脚步往自己家走。

身后的脚步声好像也跟着加快。

就在楚芝一颗心要跳出嗓子眼的时候，那个人说话了："嗤，现在才发现有人跟，真是坏人早出事了。"

熟悉的声音。

楚芝停下，回头，是程岛。

她松了一口气，随之又恼火得要命："你神经啊！跟在后面一声不吭！"

他也只是在奶茶店门口刚好看见了她，她当时专注地看手机，把周遭环境里的人全屏蔽了。

他跟了一路她都没注意。

程岛把手里的温热奶茶递给她："走路不要玩手机。"

楚芝接过奶茶："这什么？你来找我送奶茶？"

程岛："嗯，顺路经过这边。"

顺路经过这边，看到她白天在音乐节现场的朋友圈说"疯狂想喝冰波霸奶茶"，于是顺路去买了一杯，又顺路想给她送到家门口。

只是没想到在路上遇见了她。

奶茶送到了，人也给她送到了家门口；他挥挥手，转身走了。

楚芝喝着奶茶，从窗口目送他。

路灯下，她看到他站住，从裤子兜里掏了一盒烟出来，拿出一根点上。

离得太远，她看不真切，只感觉他拿手挡了下风，打火机的小火苗微不可见。

却燎到了她指尖一样。

她咬着吸管，一颗弹滑的波霸在吸管里被她上上下下地吸放，就是不吃到嘴里，不给个痛快。

一如她此刻不上不下的心情。

第四章 /
明知故犯的选择

程岛也不是什么圣人，送她到门口的时候，看她眼神黏黏糊糊地在自己身上，他也想跟进她屋里去。

还是叨叨的叫声把他的理智拉回，他今天确实是去确认店面租赁办正事，顺道路过楚芝这边。也不能耽误太久时间，他爸还一个人在家里。

似乎是因为之前跟护工在一起的不愉快经历，程岛他爸死活不要请护工，没办法，只能程岛自己照顾。

虽然不能待太久，但程岛还是打算趁黑把楚芝小区摸排一圈。

裤兜里装着盒烟，是他爸今天偷摸抽的时候被他没收的，现在被他拿出来点了一根提神，压压邪火。

几口把烟抽了半根，在垃圾箱顶的小石子里捻灭，程岛开始顺时针绕小区排查。

主要是确认小区的监控装在哪里，看哪边是监控死角，哪边是没路灯的小路，哪边是喊破喉咙也不会被住户和保安听到的盲区。

小区不大，一圈转完，他基本就确认了最优路线，打开地图放大截屏，然后用编辑涂鸦模式画了条橙色路径发给楚芝：以后这么走，安全。

程岛有爸爸要看顾，楚芝也有自己的家人要陪伴。尤其是上次朵朵一句她偷看王韬，把楚妈吓得不轻。

她可以接受女儿大龄不婚，但绝不接受女儿"为爱当三"。

所以楚妈用出去旅游半个月太想她了为由，拖着楚芝在家住了三天。

然后用三天时间给女儿进行道德素质教育，谈天说地，引经据典，从潘金莲说到艾莉，细数婚外情是多么不靠谱。

楚芝："艾莉是谁？"

楚妈："就是偷穿品如衣服那个。"

哦哦，她妈果真渊博。

总之被狂轰滥炸三天后，楚芝洗心革面重塑女德，表示以后见到比她还大三岁的妹夫一定低头绕着走，绝不敢有一丝歪心思。

就在楚芝绞尽脑汁想找个借口躲回自己房子时，陈世羽来递梯子了。

因为楚芝说要搬家没空接待陈世羽，于是陈总主动把行程后移，等楚芝安顿好了才过来琴市。

现在，他正在登机口候机，电联楚芝让她准备好接驾。

楚芝无比热情地答应："好啊好啊，我给你接风洗尘！"

她高高兴兴地跟她妈说自己要请前老板吃饭，可能挺晚的，她就不吵爸妈睡觉了，直接回她那边。

楚妈也高高兴兴地说："你喊他来家里吃饭嘛。"

楚芝："啊？那倒也没那么熟的关系。"

楚妈："是你前老板，现在又想投资你创业，于情于理，我们都要感谢一下他对你的照顾啊。正好我和你爸也看看这个人靠谱不靠谱，别是个骗子，把你卖了你还帮人家数钱呢。"

楚爸："啊，对对对。让我们看看这小子对你是什么意思，是不是对你有意思。"

楚芝觉得她开明的爸妈好像一下子也变得恨嫁起来，她有点害怕。

于是她开着免提，当着她爸妈的面给陈世羽打回去，问他："老陈，今晚来我爸妈家吃饭行不行，不方便的话就……"

她还没说完"不行就去吃超级海鲜盛宴"，陈世羽居然已经答应了："行啊，哪能有什么不方便，正好我给阿姨带了燕窝拿过去。"

依着楚芝对陈世羽的了解，他绝对不可能想着给她妈买什么礼物，大概率是接她电话的这会儿工夫，他的面前刚好有家燕窝商店。

楚芝想得没错，陈世羽挂了电话立马冲到对面的免税店买了两盒燕窝。

他虽然没问她为什么要去她爸妈家吃饭，但多年并肩作战的默契让他大约能猜到这绝不是楚芝的主意，多半是她爸妈想看看他。

至于是以什么身份看他，那陈世羽不太确定。就像他也不确定，自己现在是以什么身份来找楚芝一样。

有些人，你习惯了她在你身边朝夕相处的模式，一旦她离开了才猛然发现她是多么不可或缺。

虽然是工作上的失落感更强，而陈世羽本就是个工作狂，工作是他人生的重心，事业占据了他生活的大部分时间，所以工作不顺心直接导致了他生活也不自在。

陈世羽目测要两个半小时到达她家，这两个多小时里，楚爸楚妈没闲着，一个在家切丝备菜，一个出门去市场买熟食买海鲜，连楚芝都被指使得团团转，把家里的地板全拖了一遍。

她抱怨拖地废腰，说要给她妈买个扫地机器人。楚妈不留情面地嘲笑道：

"啥人工智能啊，我在你小姨家见过，傻了吧唧的，动不动就卡着电线或者找不到回家的路了要帮忙，那些边角扫得也不干净。智能没见着，光费人工了。"

楚芝只好闭嘴，默默用墩布又擦了一遍，把地上的水渍擦干净。

等陈世羽下了飞机说自己已经坐上出租车了，楚妈把所有要做的热菜下锅，楚爸负责摆盘，楚芝负责试吃，一家三口好不忙活。

终于，客人到家，饭菜也都上桌。

楚妈听到叮叮"汪汪汪"叫的时候才意识到忘记把它锁在卧室了，结果这狗居然不认生，还热情地往陈世羽身上跳，舔他的手要抱抱。

这就让老两口觉得有些微妙了，看这情景，叮叮明显是认识陈世羽啊。

怎么的呢，以前在沪市，陈世羽经常去楚芝家吗？

楚芝忙着招呼陈世羽洗手入座，压根没看到爸妈的表情，也就没意识到她爸妈在多想什么。

其实三言两语就能解释清楚，她家叮叮的妈妈是陈世羽家的狗，当时她就是从陈世羽家那一窝小奶狗里，挑了一只个头最大、最活泼、话最多的。

这要论起来，陈世羽应该算叮叮的"外公"。

开席吃饭，楚芝爸妈并不咄咄逼人，大多时候是给陈世羽介绍这个菜怎么吃、那个菜怎么做的，偶尔说说楚芝的喜好。

楚妈："芝芝喜欢这个煎饼卷熏猪头肉，再包上黄瓜、大葱、哈密瓜，哎，你试试。"

陈世羽照单全收，吃一口，竖"大拇哥"："唔，好吃。"

这顿饭吃得宾主尽欢，吃完了，楚妈让楚芝把客人送下楼。

出了楼道，陈世羽松了一口气，地下党接头似的问楚芝："什么情况？你拿我当挡箭牌躲婚？"

楚芝："想多了，不过他们倒是确实想让我早点嫁人。"

陈世羽摸了摸下巴："娶你也不是不行，你得跟我回沪市。"

楚芝："回去继续给你当牛做马是吧？有了夫妻关系还可以连我工资都免了，想得美！"

陈世羽："你还想跟我有夫妻关系呢？你才想得美。"

她的重点明明是夫妻之名的关系好不好？谁跟他说夫妻之实的关系了！

两个人斗嘴斗了一路，直到他打的车到了，坐上车关上门离开。

楚芝跟他摆摆手说再见，转过身来，才发现马路对面的公交站台前站着个程岛。

她"咦"了一声，左右看看车，越过马路，到程岛身边："你什么时候来的？怎么老是神出鬼没的？"

程岛不答反问："相亲对象？带家里了？"

楚芝："不是，这是我前老板陈世羽。"

程岛："哦。刚来，看到你们在说话，不敢打扰。"

楚芝觉得他这话说得，醋味飘飘二三里。

夏天的风暖暖潮潮的，在室外多站一会儿都觉得头发丝粘脸上。

站台上过公交车，把马路挡住，空间好像就变得狭窄。

楚芝呼吸一闷，在家里被关了几天的自由欲念想要挣脱出笼。

她仰头，看着他的眼睛，还在说些废话："你怎么知道我在这边啊？"

程岛："去过你家，黑着灯，猜的。"

楚芝："那万一猜错了呢，不就白走了？"

程岛："就当散步。"

楚芝："怎么这么闲，你爸不用你照顾了？"

哪里闲，明明忙得分身乏术，今天还跟他爸吵了一架，后来他爸的好友去家里看他聊得热火朝天，他才出门想要来看她。

也没想做什么，就是想看一眼。

想她了。

可是看到她跟别的男的说说笑笑的样子，又不只是简单想看看她了。

想做一些更过分的事，想让她只看着自己不要对别人笑，想听她情动的时候叫哥哥说喜欢他。

他抬手，摸摸她的头发，顺着发丝落在她耳边，轻轻揉她的耳垂。

楚芝觉得耳朵发烫。

她还残存一丝理智，说她爸妈还在家等着，她不好在外面太久。

程岛给她出主意："说你陪你老板在外面吃个饭再回去？"

楚芝："刚才在我家吃过了呀。"

程岛沉默，这都带回家吃饭了吗？

楚芝看他脸黑了，怕他直接翻脸走人，那可不行。

楚芝火速给她妈打了个电话，还是拿陈世羽当幌子："妈，刚才在家里没怎么聊投资的事，现在还有些细节想再聊聊，我们在咖啡店坐会儿，晚点回家啊。"

挂了电话，楚芝主动去拉程岛的手："走嘛。"

程岛下巴朝着不远处的咖啡店扬一扬，明知故问："走哪儿？那儿不就有个咖啡店？"

楚芝瞪了他一眼："去什么咖啡店，你要不要我嘛，不要我就回家去了。"

程岛反握住她的手，牵着她往路口的商旅酒店走："要。"

怎么不要呢，做梦都想要。

楚芝怕在外面太久让她爸妈怀疑，甚至担心他们会不会真的下楼去那个咖啡店看看她有没有跟陈世羽谈生意。

这种焦虑的心态让她催着程岛快一点，可他这么快了她又守不住，嚷嚷着慢点慢点。

程岛被这位昏庸的指挥官命令着行军打仗，仗打得拖沓又磨人。他忍无可忍，夺了军权抢了兵符，攻城略地，冲锋陷阵。

最后还要邀功求赏，把人带到穿衣镜前，开了所有射灯，亮亮堂堂、仔仔细细地叫她看看，他这次可没留下一点指头印，完后别又赖着他。

功邀到了，赏也讨得简单，她白嫩的皮肤被他麦色手臂箍着，就像是高挑着倒进牛奶杯的咖啡液。

镜面清晰透亮，里头的人影好像清清楚楚就在面前，可楚芝又觉得那荒诞如梦的场景不太真切。

咖啡牛奶搅作一团，<u>丝丝缕缕混合不分</u>，荡起一圈圈涟漪，终于彻底地融成拿铁，你中有我我中有你，再分不清了。

回到家的楚芝脚步有点虚浮，脑子里一团糨糊，程岛太会了，她真想不管不顾地跟他喝一晚上"咖啡"。

还是程岛提醒她，时间不早了，她家楼下那个咖啡店应该要打烊了，再不回家就要露馅了，她才意犹未尽地变回灰姑娘。

楚芝知道她爸妈一定有许许多多的小问号，可她现在不想做题、不想解答，她只想带着这一身春意睡个好梦。

所以她一进门，从换鞋开始就狂打哈欠，猛搓眼睛："不行了，陈世羽跟我算了一晚上账，我头都大了，我先睡觉哈，明天再跟你们说。"

楚爸看她困得眼睛通红，纳闷："你这是喝的咖啡还是蒙汗药啊？快去睡吧。"

也不算撒谎，是算了一晚上账，只是跟她算账的另有其人。咖啡喝了，蒙汗药也喝了，迷魂汤也没落下，楚芝又亢奋又迷糊，睡着了梦里也全是程岛。

梦里的程岛还是个不小心碰到她的手都会脸红的少年，拿着镜子看她给自己脸上画的小乌龟，无奈地苦笑："不是说画小一点吗？"

楚芝理直气壮地说："这也不大呀！"

那年她在他的脸上画小乌龟，有少女的小心思，可也有她的坚守。他们全班的目标都是考清北，她可不想在关键时刻掉链子，最后清北上不了，上个北大青鸟。

楚芝跟程岛说："我要考大学，我不能分心。"

程岛："嗯。"

楚芝："你能等我高考完吗？"

程岛："等。"

楚芝满意了，可是接着又疑惑了："你不高考吗？"

少年局促地挠头："也考。"

只是考成什么样，就不是他能掌控的了，大概就像他们烤的地瓜一样"糊"吧。

楚芝沉默，问他要成绩单看。

看完，她眉头皱得紧紧的。怎么说呢，他六门成绩加起来都没她一门高，感觉是把答题卡扔在地上随意踩了两脚就交卷了。

楚芝自告奋勇："要不我辅导你功课？"

程岛倒是很有自知之明："别浪费你时间了吧。"

楚芝："不浪费，我就当一轮复习，给你把知识点过一遍，这样你学习起来就知道重点、难点在哪里了。"

不知道是楚芝比老师教得好，还是程岛更爱听楚芝讲话，也就是寒假的几天时间，他还真的跟着她把所有科目过了一遍，感觉学了不少知识。

楚芝还有其他补课，也不能总去他家，她把自己的笔记本留给他，让他誊抄，他就通宵达旦地学习，学累了，想着楚芝白皙的手指曾经磨蹭着这本子的纸张，就似跟她隔空对话一样。

寒假的最后一天，她趁爸妈出门了，又来程岛家写作业。

育才的作业好像无止境一样，学生只要想写，就能一直有。

程岛这还是第一次独立完成所有假期作业，以前倒也不是不独立，是压根不完成。

他献宝一样把他的寒假作业堆码在床头柜上，给她看。

楚芝随手翻翻，写得满满当当的，就是字太潦草，没眼看。

芝芝老师给他下任务："我写作业，你在旁边练字吧。你把字写好了，语文至少提高十分。"

她说什么他都听，跑去书架那里找了一套钢笔字帖出来，给他那墨袋都干涸了的钢笔吸满墨水，坐在她的对面开始临摹字帖。

程岛的书桌不算大，两个人对坐时，课本抵着课本，偶尔抻着脖子往前低头的时候头顶也会碰到。

楚芝写着写着太投入，把拖鞋脱下来，两只脚叠放在一起踩在鞋上。过了一会儿脚冷，又想把鞋穿上，结果右脚蹬上以后，左脚勾拉了半天才勾到鞋，但鞋子卡住了，踩着都勾不出来。

程岛："你踢的是我的鞋。"

"啊？"楚芝弯腰低头往桌底看。可不是嘛，她的另一只鞋在自己椅子后面，她的脚正踩在程岛的鞋上。

楚芝忽然指着他的嘴说："你怎么把墨水吃到嘴巴上了啊？"

程岛下意识摸了摸嘴唇，却看见楚芝笑得更开心了。

他翻过自己的手一看，食指指腹和中指指侧都洇染了蓝黑色的墨印，大概现在已经转移到他嘴上了吧。

她一直看他的嘴，看得他好不自在。

楚芝这一觉睡得特别香甜，起床洗漱照镜子的时候，只觉得镜子里的人容光焕发。

楚爸楚妈早就列好采访提纲了，连珠炮一样一个接一个地问她。

中心思想就一个：陈世羽这小子不错，你俩有戏没？

楚芝也想清楚了，反问她爸妈："如果我跟他结婚，大概就只会是一起挣钱的关系，最多再加个搭伙吃饭，这婚结得有意思吗？"

楚芝爸妈对视一眼："那结婚不就是这样吗？你还要什么？"

楚芝噎住，她还要什么？

她也不知道自己要什么，但她就是觉得自己不缺什么才不急着结婚啊。

她跟她爸妈说："我还想要像你们那样，头顶着头一起看电视。"

楚妈："那我给你们买个大电视。"

楚爸："沙发也给你们买。"

楚芝无语："八字没一撇的事呢，何况我都决定回琴市了，除非他愿意倒插门，入赘到咱们这里，不然我是不会跟他去沪市的。"

楚爸楚妈立马表示她远嫁也没关系。

楚芝："爸妈，你们可千万别觉得我是因为你们不嫁他哈，是真没你们想的那么多，他给我投钱是因为我能和他赚更多钱，他就是个不折不扣的钱串子。"

楚妈："那也挺好的，这样的男人事业心强，花花肠子就少，你不用担心他有外遇。"

她妈是不知道他忙起来多凶，不光不会有外遇，她怀疑自己真跟他结婚了，在家里遇都遇不到。

话不投机，她没有强有力的证据让她爸妈信服，最后干脆不说话了，趁机小题大做，晚上带着叨叨回了自己小窝。

人还没到家，信息先给程岛发过去了：来哦？

程岛：没空。

哼！

楚芝恨他这么冷漠，故意激他：好吧，那我去问问陈世羽有没有空。

程岛：嗯。

嗯？

他居然说"嗯"？

程岛怕她气不死似的，还补了一句：问问。

楚芝是个很有反思精神的人，被程岛无情拒绝以后，她立马对自己心中升起的这股不平之火进行了审判。

原则上来说，是她说好要跟程岛划清关系当朋友的。

既然是朋友，有难相帮那是仗义，有其他需求那就是越界了。

是她先不安分地把脚伸出朋友的界限，也就不能怪程岛反复无常，没有有求必应对吧。

她反思了一会儿，心情也平复了。

第二天楚芝家漏水了，厕所的水龙头坏了。

她刷牙刷到一半，一拧开关，那个水就"扑哧扑哧"喷溅出来，关都关不死。

楚芝赶紧拿了条大毛巾盖在上面，水不再乱滋了，都顺着湿毛巾流进水池里。

原本楚芝和陈世羽约了今天吃自助早餐，见面聊一下项目的，结果她又是联系物业又是自己找维修工忙活半天，陈世羽电话打过来了她才想起来忘跟他说一声了。

楚芝："上门维修的师傅都要九点才上班，我得在家等着，不然地板就淹了。"

陈世羽："行，不着急，我给你带点吃的去吧。"

陈世羽带着爱心早餐来看她，顺便看看那个"发脾气"的水龙头。

男人对于修理坏掉的东西有着天然的好奇心，陈世羽在维修工来之前，尝试拿着家用修理箱里的扳手去拧一拧松动的零件。

扳动了，结果那水龙头圆环直接起飞，好险没砸着陈世羽的脸。

就在他松了一口气躲过一砸的时候，水管里的水像喷泉一样成柱喷出，喷了他一头一身。

楚芝叼着煎包，震惊地瞪大了眼睛看着他：笨手笨脚的陈少爷！这要是程岛在这里，肯定已经搞好了。

维修工师傅终于上班，来解救他们了。

楚芝站在洗手间门口，比比画画地跟师傅吐槽着早上的情景。师傅说得换个水龙头，本来没那么麻烦的，但他们自己拧得滑了丝，报废了。

楚芝偷摸给了陈世羽这个笨蛋一拳，陈世羽悻悻然地笑。

师傅要回店里拿配件，他说骑着电动车很快就回来了。

楚芝和陈世羽只好等着。

"咚咚咚！"响起敲门声。

师傅果然没骗人，回来得快极了。

陈世羽勤快地跑去开门，叨叨也跟着跑过去一通狂吠。

门打开，外面站的却不是师傅，是程岛。

陈世羽不认识程岛，但程岛认出了那晚见过的他。

叨叨叫得更大声了。

陈世羽指着叨叨的鼻子训它："叨叨，闭嘴！回去！"

刚还凶猛的狗子一秒乖巧，嗯嗯哼哼地把嘴闭上，坐到陈世羽身后去。

程岛的眼睛眯了眯。

想的竟和楚妈不谋而合：狗通人性，叨叨和陈世羽这么熟，只能说明在沪市的时候陈世羽没少去楚芝家。

"您好，您找谁？"陈世羽挺有礼貌地问程岛。

他早上被水溅了一身，衣服没得换，只能等着自然干，现在衣领和胸口还有些潮湿。头发干得差不多了，被他全部用梳子拢到脑后，只有额前垂了两缕湿发。

怎么看怎么像刚洗完澡。

"谁呀？"楚芝在屋里听到不是师傅，出来看什么情况。

她穿着小樱桃图案的家居服，踢着拖鞋"哒哒哒"地跑出来。

就看见程岛站在门外，一脸要杀人的表情。

陈世羽也感受到了程岛的不友好，警惕地握紧了门把手，随时打算关门。

程岛没等楚芝开口，转身就走："走错了。"

他刚走，身后"砰"的一声，陈世羽把门关上了。

程岛的手紧握成拳。

怪谁呢，昨晚她邀请过他，是他没空过来，还自大地让她去问问陈世羽有没有空。

她可真是个狠人，居然真的把陈世羽招到家里去了。

程岛觉得自己现在想吐血，楚芝这个女人，真的没有心是不是，怎么能这么轻易地又找一个男人呢？

就在程岛黯然神伤的时候，楚芝也有些心神不宁，她烦躁地等待维修工把水龙头修好，然后问陈世羽能不能明天再约。

陈世羽摇头："明天我有其他安排，明天下午我就飞回去了。没事，你慢慢收拾，我等你。"

他虽然不介意看到她邋邋遢遢随性的居家一面，但还是绅士地等待她梳妆打扮好以后找个舒服聊天的地方。

地点在他入住的五星级酒店里的餐厅，要了一套茶点，两个人聊少儿游学的一些实操难点。

楚芝出门之前给程岛发过信息，问他找自己有什么事。

可是直到她把酒店的一壶茶喝光了，他也没回消息。

虽然楚芝觉得自己没有解释报备的必要，但她还是又给程岛发了一条信息：我今天和陈世羽约了谈事，他来我家接我。

她觉得这么说已经能表明他们俩没什么了吧？

可他还是半天没回复。

陈世羽看她没事就瞅一眼手机，拿公筷夹给她一片炸鱼："怎么了，家里有事吗？"

楚芝把手机倒扣在桌面上，扯出一个苦笑："没什么，早上把醋瓶打翻了。"

陈世羽还以为她真把调料瓶打翻了，笑她毛手毛脚。

两个人吃完午饭，有点犯困。

陈世羽："这里生活节奏是慢哈，我居然想睡午觉了。"

楚芝："被我的瞌睡虫传染了吧，我最近一般中午睡一小时，养生。"

说完，两人不约而同地想起创业初期熬夜的日子，想起节假日跟主播一起一天工作二十小时、眼都睁不开的样子。

陈世羽有些怀念，也有些期待："少儿这个项目搞起来虽然没有直播来钱快，但搞实业就是个长久的买卖，我预期三年能回本，但如果是你来做的话相信会更快。"

楚芝被他说得已经对这个项目信心满满了，不过也有要提醒他的："北方的经商环境不比南方，这边的人情往来要打点更多。"

陈世羽来之前都打听青楚了，他原本以为这次来主要是把楚芝说服挑大梁干这个事，现在看她已经开始上心了，他干脆再进一步："这样，我今晚请影视城的负责人吃饭，你也一起，咱们先探探路。"

楚芝说好。

她要回家去换套正式一点的衣服，顺便睡个午觉。

陈世羽没有再送她，约了时间地点，说好去接她。

傍晚，在堵车开始之前，楚芝坐着陈世羽租的林肯车来到大酒楼。

他俩来得早，先点了酒菜，坐在包厢里聊一些无关紧要的闲天。

"陈总，久等了！"

影视城的负责人林总终于出现了，一个大腹便便的老男人，看起来比实际年龄老十岁。

身边跟着个漂亮的年轻女人，看着二十多岁，一口一个"林哥"，也不避讳人，紧贴着林总的胳膊。

楚芝这么多年浸淫商场也算是什么世面都见过了，虽然心里不齿，面上却不露分毫。既然这位林总是这么个货色，那她就坐在陈世羽身边当花瓶好了，因为他多半不会尊重女性，更不会平等地和她聊生意。

陈世羽默契地替她挡酒，不叫老东西占她便宜，尽量把话题往正事上拉，话里话外也说了几次楚芝以前的成就。

林总嘴上夸"楚小姐真是年轻有为"，那双眼珠子却一直粘在楚芝裙子没遮到的手臂和大腿上。

酒酣耳热，林总的手在身边女人的大腿上不老实，说出来的话更让人恶心："陈总啊，咱们换换？"

楚芝面色不变，心里却已经把这人骂到祖宗十八代了。

陈世羽哈哈一笑，手搭在楚芝肩上，把人往自己怀里轻轻一揽："那我可舍不得。"

也没多久，陈世羽主动结束了酒局，揽着楚芝送走林总。等人下了楼上了车，他冷着脸松开楚芝，大骂了一句："傻×，什么玩意儿。"

楚芝给他和自己各倒了一杯茶，反而没他那么气："所以我说北方经商环境不比南方，你要不再考虑考虑。"

陈世羽："嗯，以后你少抛头露面吧，做决策人就行，这些应酬的事你找个男公关。"

楚芝被茶水呛到："男公关什么鬼？"

陈世羽表情奇怪："公关经理啊，你想什么呢？"

楚芝："没想什么。"

陈世羽凑近了看她："你不对劲。"

他晚上喝了不少酒，离得近了酒气环绕，让人有点跟着血液沸腾似的。

他问楚芝："今天来找你那男的是谁呀？你不会在包'男公关'吧？"

这是哪儿跟哪儿啊。

楚芝实话实说："前男友。"

"哦。"陈世羽也没当回事，带着个"前"字呢，不必他去解释什么。

再说，就算是现任，那也用不着他费心。

给司机打电话让来接人，陈世羽先把楚芝送回家。车只能开到小区门口，楚芝看陈世羽有点醉了，不让他下车送自己："就两步路，我自己回就行，明天我也不送你了，回头线上聊。"

陈世羽朝她挥挥手，目送她进小区。

楚芝沿着程岛发给她的那条路径走，确实亮堂有安全感，而且也没绕什么路，关键是视野开阔，一眼就能看到有没有人。

所以她老远就看到坐在长椅上等着她回来的男人了。

程岛看着她一点点走近自己。

她今天穿着法式枣红色连衣裙，领口设计别致，戴着珍珠项链和珍珠耳钉，化了精美妆容，即使因为吃饭太久有点脱妆也依旧美艳动人。

程岛坐着，仰头看她。

楚芝走过他身边，没看见这么大个人似的，径直就掠过去了。

程岛的脑袋像棵向日葵，跟着他的光源转。

他一直坐在那里，看着她一步步走进楼道。

又看着她气急败坏地从楼道里走回来，指着他的鼻子骂："你不是挺能的吗？一天不回我消息，现在跑这儿装什么可怜？"

程岛开口，等太久了，嗓子有点哑："我不知道说什么，怕说错话，惹你生气。"

屁！

他不说话，她才更生气。

楚芝有点迁怒，晚上在酒局上受的委屈，在陈世羽面前还能从容大方，见着程岛了却一股脑撒泼出来："那你继续当哑巴吧！"

她发完火，依旧转身就走。

不过这次程岛追过去了。

他抓着她的手腕，让她慢点走："喝酒了？小心崴着脚。"

楚芝："不要你管。"

程岛："我哪敢管你，你叫别的男人上门睡觉，我都得装走错门。"

楚芝甩开他的手："滚蛋，别拉我，我没叫别的男人上门睡觉。"

程岛不扶她了，两只手投降状举在自己耳边："嗯，你再大点声，全楼的人都知道你没找男人上门睡觉了。"

楚芝嘴一撇，莫名委屈，泪珠子"吧嗒吧嗒"地落下来："你浑蛋！"

楚芝骂归骂，到底还是让程岛进了家门。

叨叨警惕地围着程岛转来转去，闻味道，结果没一会儿就跟他老熟狗似的，往他怀里扑。

楚芝去卸了妆，洗了澡，换了睡衣。

出来的时候看到程岛手拿个网球跟叨叨玩传接球的游戏。

她冷哼一声："你怎么还没走？"

程岛手里颠着球，轻轻抛出去，抛到楚芝脚边，叨叨飞扑向楚芝的大腿。

"我怕我走了你一个人偷着在被窝里哭。"

楚芝觉得有点丢脸，她并不是一个爱哭的人，刚在楼道里也不知道抽了什么风，根本控制不住突然涌出的眼泪。

她现在情绪稳定，带着微醺后的困意，要休息了。

所以，她下逐客令："不会哭了，我要睡了，你走吧。"

程岛没说话。

楚芝不管他了。事实上，她也不是很在意他是走是留，反正有沙发，他要是乐意睡就和叨叨去挤一挤好了。

她转身回卧室，程岛默默跟了上来。

叨叨也跟着他的新朋友往屋里走，结果到门口的时候被程岛轻轻踢了狗头一脚，踢出门外，然后卧室门在它面前被关上了。

叨叨郁闷："呜呜呜——汪！"

楚芝进了房间坐在梳妆台前往脸上拍水，不留情面地跟他说："滚出去。"

程岛装没听见，径直坐在了她的床边。

她专心护肤，一打眼，透过镜子看到他拿着自己的小玩具在摆弄研究，脸红了："谁让你乱动别人东西的！"

程岛把东西放回原处："陈世羽不太行啊，还得用工具？"

楚芝问候了一句程岛的大爷："他今早才来的我家，什么事都没做。我俩就是朋友，你别胡说八道。"

程岛："哦，我跟你也是朋友。"

楚芝把水乳盖子拧好，扑到床上去掐程岛的脖子："你会不会说话？阴阳怪气的有意思吗？"

他那么敦实一身腱子肉，被她一推就像个轻飘飘的纸片人似的，应声倒在床上。

她骑在他身上，手掐着他的脖子，真想使使劲掐死他得了。

他却弯着嘴角笑："你看，我就知道我要是说话你指定不愿意听，所以才当了一天哑巴。"

其实不算有什么误会。

不管楚芝有没有跟陈世羽睡，他都不太在意。他在意的是她身边有这样一个男人，一个优秀的男人。

甚至，她如果只是一时兴起，跟陈世羽有点风流韵事，他可能还没那么紧张。可他们分明是默契熟稔的好拍档，是能带回家见父母的待婚人选，是打算一起创业的亲密伙伴。

说实话，程岛有些自卑了，觉得陈世羽是比他更适合当楚芝的男朋友。

哦，不对，他现在连楚芝的男朋友都算不上。

他自嘲地笑，觉得自己之前想太多，凤凰就算落进鸡窝里那也是凤凰，她虽然回了琴市，未必就要在小地方嫁人。

所以他不问、不听、不去深究。

是真的只想着能走多远算多远，他这只纸鹰的线就攥在她手心里。

楚芝不知道程岛这一天想了多少事，也不知道他居然有这么卑微的念头。

她现在只是掐他的脖子，看到他下巴连着脖子的地方有凸起的青筋，意外性感。

楚芝好像也没那么生气了，她都没想到自己居然对这个狗男人的包容度这么高。

她松开手，躺倒在他身边，用脚踢踢他的腿，说："今天没心情，你去睡沙发吧。"

程岛没动："我看着你睡。"

她对他的人品倒是很信任，他这么说了就绝不会像有些无赖的男人那样半夜哄骗女人。

当然，也可能有例外——这个例外就是她自己。

如果她主动要求，那他向来是有求必应的。

楚芝钻进他被窝的时候暗骂自己，明明今晚没什么兴致，而且也很有骨气地放了狠话。

结果，睡到半夜翻了个身，滚到他怀里被他热烘烘的体温抱醒，然后就睡不着了。

反正闲着也是闲着。

春宵苦短日高起。

楚芝醒的时候，程岛已经不告而别了，只在餐桌上留了早饭。

她怀疑昨晚酒店的贵白酒是假酒，不然她为什么今天头这么疼。

吃着程岛买的糖心炸糕、咸香甜沫，楚芝发现跟这家伙在一起的时候是那种刻在 DNA 里的舒服。

昨天陈世羽也给她带过早饭，还是五星级酒店的自助餐，品类多，味道好，却都没有面前这一碗掺了菠菜、粉条、花生、米胡、椒面的五香玉米糊暖胃。

吃过早饭，楚芝打开电脑看资料，着手项目筹备工作。她列了个思维导图，把工作流程分了几大类，然后在销售一栏里开始飙术语，从前端获客到后端转化，密密麻麻列了几十个她能想到的常见问题，然后梳理从备单接待到异议处理再到签单的十六道程序。

陈世羽人还没坐上飞机，就收到了楚芝四十多页的 PPT。她还挺谦虚：老板，我之前没做过这种直销，你看看思路对不对。

陈世羽就喜欢楚芝这个执行力，太对劲了。他这两个月来那种提不起精神的松垮状态犹如被打了鸡血一样亢奋起来。

果然还是要跟合适的人一起工作才舒服。

他大致翻看了一下，给楚芝发了好多条六十秒的语音条，先肯定了她的数据分析和指标管理部分："这个是你拿手项，我不用掺和。"

然后又针对她电销和面销的痛点、需求分析提了点意见，最后说他回沪市以后找老牌的 K12 教育老板聊聊。

楚芝盘着腿坐在沙发上啃冰棍的时候，对着手机屏幕想，小说里的霸道总裁会让女主全公司的人提前下班，以此获得女主的空闲时间共进晚餐。

而她的总裁只会发一堆令人窒息的六十秒长语音，还要霸道地说一句：不许转文字，点开听，省得吞字或者语气理解错误。

把陈世羽跟她说的那几页 PPT 翻出来标注上问题，楚芝决定先休闲娱乐一会儿换换脑子，她打开了欢乐麻将，把金豆输个精光后转发分享拿免费豆。

也不知道怎么七点八点的，点进了她荒废好久的一个账号，甚至翻出来昔日和程岛的情侣空间。

非主流的黑色背景，星星和爱心炫酷地闪烁。

救命，这个嘟着嘴、眯着眼、四十五度角看镜头的女的是谁啊？

哈哈哈。天寿啦，程岛怎么比她还会瞪眼嘟嘴卖萌啊？

楚芝拿出手机拍电脑屏幕上的照片发给程岛，高糊的像素也遮不住那"葬爱家族"的杀马特气质。

那时候程岛比现在还要瘦一些、白一些，真正的奶油小生，温柔又纯情。

楚芝把时间轴拉到最底下，是她后来传到这个空间的第一张照片，她和程岛在一片草坪上的合影。

那也是他们的第一张合影。

那应该是高三下学期的春天，寒假结束后她跟程岛都没见过面。

距离高考的百日誓师大会召开不久，育才组织了师生春游。

楚芝记得当时还有好多家长抗议来着，老师就说不想去的可以请假，结果全班都没人请假，都想在高考前放肆一下。

那是一个周六，春游的地点在游乐场。楚芝提前给程岛发消息，问他去不去。

程岛果断回复：去。

楚芝他们是在学校上完早读后，在学校统一坐大巴车出发。

所以比程岛到得要晚。

主要是程岛去得太早了，游乐场的门还没开呢。

他背着一个巨大的书包，蹲在门外的草地上无聊地拔草。

大东和小凤同样背着鼓鼓囊囊的大书包，里面装满了程岛从网吧仓库里偷出来的小零食。

大东："狗哥，海盗船就那么好玩吗？要你六点把我叫起来？好不容易睡个懒觉……"

程岛："闭嘴吧，你哪天不睡懒觉，你就没按时上过学。"

小凤："啊，对对对。"

等到大门终于开了，他们三个包场了空无一人的游乐场，程岛还有点怀疑自己是不是来错了地方。

还好没等多久，拉着育才中学学生的大巴车一辆接一辆地停在了游乐场后面的停车场上。

然后乌泱泱地下来了成群结队的学生。

都是高中生了，不必像小学生那样由班主任带着，一个个手拉手排队走。

不过大家也基本上是按照班级为单位在活动。

程岛看花了眼，站在路边，一个个短发女生看过去，找楚芝。结果育才中心的学生像是同一个托尼老师拿着锅盖统一剪的头发，从背后看，根本都长一样。

大海捞针，没处寻。

还好楚芝今天带了手机，给他发信息，让他去旋转木马那里等，那边少。

人确实少，而且都是小姑娘，他们三个男生站在那里格外扎眼。

不过这样也好找。

楚芝一眼就看到程岛了。她拉着同桌的手往旋转木马那边走，走近了，程岛也看到她了，眼睛都亮了一些。

大东和小凤提前得了吩咐，要装不认识楚芝，所以都没和她打招呼，只是一双眼睛盯着她看，看得楚芝同桌都注意到了，小声提醒楚芝："那边好像有变态。"

楚芝想笑，憋住了，也当作不认识他们，和同桌去坐旋转木马。

音乐声响起来，小木马高高低低地转动，楚芝和程岛隔了大半个转盘的距离。

他在后面笔直地坐着，向前看她的背影，她回头，透过半圆的弧度，透过那些起伏的小木马，朝他露出小虎牙笑。

清早的阳光正好，她的头发映着金色毛绒边。她的笑容甜得发腻，程岛只觉得天旋地转，要把她这一幕记在脑子里，记一辈子。

旋转木马没几分钟就转完了，大东和小凤不想玩这么少女的项目，他们想去坐跳楼机，想玩真人 CS。

程岛也没拘着他们，让他们去玩，自己则当跟屁虫，跟在楚芝后面。

毕竟是集体活动，楚芝不敢不管不顾地就跟程岛单独溜了，那样太过明显，班主任和同学又不是傻子。

于是，程岛就这样成了育才中学高三（9）班的编外人员，他跟楚芝保持一段距离，有时候是在队伍的最后，有时候又比队伍早一点进场，总之是同步地和楚芝玩着同样的项目，在楚芝扭头的时候随时都能看到他。

有种淡淡的甜蜜萦绕心头，别人谁都不知道，这兵荒马乱的游乐场里有两个人的青春故事在偷偷书写。

玩到中午，大部队开始吃午餐。

一部分人攻占了有风扇空调的室内餐饮部，还有些游兵散勇分散在各个草坪上。

楚芝就是草坪上的一霸。

她找了个视野特别好、树荫特别大的草坪，跟她的同桌还有前后桌总共六个女生一起分享彼此的食物。

"同学，能拼个座不？我们实在找不到地方吃饭了。"大东的声音从头顶传过来，问的正是楚芝。

楚芝同桌还记得这是刚才一直盯着她们看的"变态"，扯扯楚芝的胳膊，想让她拒绝。

楚芝指着她们旁边的一块空地："那不是有地方吗？"

大东还想讨价还价："那边没你们这里凉快啊。"

"走吧，别丢人了。"程岛从背后拉着大东的袖子，把人带走，就坐在楚芝刚才指的空地上。

结果没吃多久，小凤听到那边有女生说想找地方买点水，他"嗖"一下就抱着两瓶水蹿过去了，价格翻倍卖给她们，但总归比游乐场里卖得便宜。

程岛好无语，他给楚芝的企鹅发消息：我管不住他们。

楚芝回了个"笑哭"的表情。

大东也拿着他包里那些饮料和零食去售卖了，最后聊起来他们是对面十三中的，甚至还聊到一个同初中的校友，几个人的关系一下子拉近了。

以至于到了互相赠送吃食的程度。

程岛也被大东、小凤拉过去"联谊"，他们都坐在楚芝那边，大东故意留出楚芝身边的位置，让程岛坐过去。

越是这么众目睽睽的，他俩越是要装陌生，一句话都不说，甚至一个眼神都不带有的。

他们围成圈玩狼人杀，面无表情的程岛当法官。

"天黑请闭眼，女巫请睁眼。"

楚芝睁开眼睛。

程岛扭头看了她一眼，又转向目视前方的姿态，对着空气说话："今晚死的是这位玩家，你有一瓶解药，救不救？"

楚芝看程岛的手指向大东，直觉是狼人骗药，摇了摇头。

程岛顿几秒，再问："你有一瓶毒药，毒不毒？"

楚芝飞快地拉起程岛的手，在他的右手无名指上咬了一口，留下浅浅的牙印，然后又摇摇头，表示不用毒药。

程岛怔了一瞬，被她咬过的手指像是麻了。

她真是个厉害的女巫，不用毒药也能把他毒晕。

狼人杀了两局，大家休息得差不多了，楚芝的同学们要去找班里同学玩，楚芝磨蹭到最后，收拾那些没吃完的东西和垃圾。

程岛在一旁帮她。

周围再没什么人了，小凤提议："给你俩合个影啊？"

楚芝跪在餐布上，程岛坐在她旁边的草坪上，手撑着地。

天是蓝的，云是白的，风是轻的。

他们不小心撞到的手是交叠在一起的。

程岛收到照片后给楚芝回了消息：你没怎么变。

接着，又跟一条：我变帅了。

他还发了个微笑的表情，怎么看怎么贱。

楚芝关闭情侣空间的页面，合上电脑屏幕，捏了捏鼻梁放松眼睛。

楚爸打来电话："闺女，晚上去吃烧烤不？"

楚芝被老爸语气里带出来的一点求和讨好刺痛了，她都忘了前天和爸妈吵架的事了。

她问："就咱俩吗？我妈去不？"

楚妈一向注重饮食健康，觉得外面的东西不干净，为此她连外卖奶茶都不敢当着她妈的面喝。

电话那边，楚妈的声音传过来："什么意思？你连饭都不叫你妈吃了吗？"

楚芝忙说不敢不敢，一家三口约好晚上去海边吃烧烤。

时值盛夏，傍晚的海边暑气消散，从晚霞到夜幕皆是如画美景。

程岛发消息问楚芝吃饭没，楚芝拍了张海天一色的照片给他：吃着呢。

这里离楚芝的海景房不算远，程岛原本朝着她家去的，干脆改道来了海边。

他举着手机里那张照片，站在围栏边移动着手机识别标志物，然后确定方位，用眼睛当导航找到了楚芝一家吃饭的大排档。

楚芝看着他一步步走过来，手里的烤肉举着都忘了吃，以为他要跟她爸妈打招呼。

结果他拐个弯坐到她前面那一桌了，她爸妈背对着他，而她则和他正面相对。

楚芝偷偷看他，他倒是挺悠闲自在，自斟自酌，偶尔看着海对岸的高楼亮起彩灯，在海风吹过的时候微微后仰脑袋。

楚爸和楚妈在讨论，这家的蒜包肉味道不错，但这个火烧不行，太干了。

楚芝充耳不闻，还在往程岛那边看，被说作"太干"的饼她也不觉得噎人，一口一口全在分神的过程中吃下去了。

程岛举起手里的啤酒杯，隔空跟她干杯。

她不自觉也端起面前的酒杯，笑着喝了一口。

这感觉，就像是当年。

楚爸总算感觉出来不对劲，扭过身去看自己后面："你看什么呢？"

楚芝忙把视线拉远："灯光秀啊，你看播动画呢。"

她这么说，楚爸楚妈也把椅子转个方向，一起看海对岸的灯光表演。

一家三口都对着程岛，这下他不好再做什么动作了，索性也把椅子转个向。

就像是他们家的编外人员。

这个样子，程岛没法看楚芝了，却方便了楚芝看他。

所有人的注意力都在海上灯光的时候，她在全神贯注地盯着他的后脑勺。

她觉得自己不太对劲。

心跳得厉害。

是那种无关情欲的、单纯的愉悦欢喜。

只是看着他的背影，就足够让多巴胺沸腾。

程岛似乎能感觉到她在看他，忽地回头，视线撞进她眼里，她心虚地低下头玩手机。

消息弹窗跳出来他的名字：来。

楚芝再抬头，他已经起身，朝着饭店后面的方向去了。

楚芝跟爸妈说要去上个厕所，也跟着起身，沿着他刚才消失的那条路走。

走到小木屋旁边的时候，被他伸出手来拦住。

她吓了一跳，心也怦怦跳，隔着胸腔她能感受到震动。

程岛看着她，一句话都没说，手抬起来抚在她脸上，几乎是托着她的脸让她凑到自己面前，低头，贴上她的嘴唇。

他们之间多亲密的事都做过了，可此刻一个干干净净的吻，却让楚芝脸热得要烧起来。

她胳膊举高，揽着他的脖子，仰着头和他接吻。

小木屋旁边只是比较安静，但也不是无人区，偶尔有游客路过，看到这对忘我拥吻的小情侣都会匆匆加快脚步。

程岛听到声音，睁眼抬头看情况，身上挂着的这个小黏豆包却不松手，还在咬他。

程岛转了个身，带着楚芝背对那边走人的过道，不叫她被人看见。

这个吻确实是从纯洁质感开始的，只是亲到最后又变成了成年人间的那种腻歪。

果然，靠近楚芝这个大染缸，纯不起来。

他拍拍她的腰，让她先回爸妈身边。

楚芝走得有点恋恋不舍，回去后她爸妈问她怎么去了那么久，她搪塞说自己迷了路。

是迷了路，在感情这个副本的地图里。

一直到晚上躺在床上，楚芝还在回味和程岛在海边的那个吻。

唇瓣轻碰，像触电一样叫人头皮发麻。

她感觉她跟程岛之间，有什么，不一样了。

人不可能两次踏进同一条河流，也不可能两次爱上同一个错的人。

明知是错还犯错，那就不是犯错，那是选择。

这一晚，楚芝失眠了，为自己是否要做这个选择而辗转反侧。

同样失眠的还有程岛。

楚芝当然不会两次爱上同一个人，因为现在的他，和十年前的他也不一样了。

在而立之年到来之前，他想要有些成就。成家相对简单，他的一副好相貌挺受女孩子欢迎，可是遇到楚芝之后这事好像也不简单了。

立业则比他想的更为艰难。

几年前，他曾经借钱给自己的战友老吴开酒吧，老吴很快回本，他没有立马把钱要回来，当作股份又投了几年，如今已经翻了一番。

复员以后，他考虑过要做什么工作，不开玩笑地说，多数退伍老兵都去干保安或者健身教练了。

他一个不上不下的二期士官，在部队的时候能攀岩、跳伞、修坦克，能拿军事比武第一，回来了却不知道干点什么。

几番比较，他决定自己做生意，从酒吧做起，这是目前他身边做得最成功的事业。

只是从选址开始就状况百出，内部的资金超预算，外部的他爸肋骨断了。

程岛的压力与挫败感与日俱增。

生活不断翻新幺蛾子，他只能一一接招。

楚芝是从大东那里得知程岛最近缺钱的，她的项目标的找大东咨询，顺便就聊起了程岛。

听说程岛还问大东借了十万块钱，楚芝当下没说什么，到家以后却查了查账户余额，给程岛转了五十万过去。

程岛：[？.jpg]

楚芝：借你的，或者挂你的，都行。正好有点闲钱。

程岛知道她也在创业，不可能这么"闲"。

他心情复杂，问她：你不怕我赔了没钱还你？

楚芝：真要是还不上，人情债，肉偿呗。

　　程岛给楚芝写了一张欠条，还按了手印，然后手持欠条拍了一张照片发给楚芝。

　　楚芝感觉他这个酷酷的表情不像拿着欠条，倒像是拿着通缉令。

　　楚芝把照片保存以后，放大了看欠条内容，才看到他写的是借期一年，而且还写明了资金用于酒吧经营管理。如果酒吧亏损，三年内还清借款；如果酒吧盈利，三年内每年将营业额的 10% 作为利息给她。

　　她就没见过这么冤大头的欠条。

　　楚芝问他是不是把"利润"错写成了"营业额"，不然他这 10% 拿出来，可能本来盈利的买卖又要亏了。

　　程岛：没写错。

　　楚芝忍不住给他科普了一些财会知识，营业额也不能全算他的收入，结算收入才是真正的收入，比如有客人在他那里充值了两千，但今年只消费了五百，那剩下的一千五就要算到明年甚至后年的结算收入里。

　　程岛：只要赚钱了就给你。

　　不知道为什么，楚芝觉得他这一刻像个憨憨武大郎。

　　程岛把从亲友那里零散借的钱都还了，现在这店等于是他和楚芝一起开的，虽然他们之间什么合同都没签。

　　老吴也投了一点钱，还有老吴的老婆琪琪提供技术支持，负责培训调酒师。

　　程岛的酒吧最终选址在近海的景区边上，离楚芝的小窝倒是挺近，他顺理成章地可以经常顺路去看她。

　　楚芝要做的少儿项目也启动了，她跟陈世羽签了协议，在认领股份的问题上有了点小争执。

　　原本陈世羽希望她能多投些钱，把这事当成她自己的事业干。

　　但楚芝把积蓄拿出来一部分借给了程岛，又留了一部分作为她爸妈的养老金，能拿来创业的钱骤然减半。

　　陈世羽恨她不够果敢，她坦然承认自己就是有很多牵绊："不然我干吗要回老家躺平？"

她在大城市没日没夜地闯荡了这么多年才赚了点钱，如今衣锦还乡，确实没有再孤注一掷的勇气。

陈世羽气归气，项目还是继续推进，他把现金流补足了，再次飞来琴市和楚芝一起选店址。

未来是要在北上广深开分店的，陈世羽甚至有五年内在全国铺开加盟店的雄心壮志。

所以琴市的这个旗舰店就要把品牌打出去，店选在市中心人流量最大的商圈，店面装修也找了知名的设计师来定稿。

有陈世羽来盯两天装修，楚芝就抽出时间去招人了。她这摊子虽然不算大，人力架构倒是完整，她紧着先招人事和财务，等这两人招好，很多琐碎的事她就不必亲力亲为。

因为她店面还没装好，约面试的就约到程岛的小酒吧里，这边白天也营业，做西式简餐。

程岛是趁着国庆假期开始试营业的，虽然收获了一拨游客，但整体客流量不算大，尤其是白天的简餐赔钱赔得厉害。

楚芝借题发挥，拿着程岛的酒吧来考面试的人，让应聘者回答一下这家店生意冷清是怎么回事。

有个面试销售岗的帅哥，之前是做市场的，看了看酒吧的价单，一针见血地指出这个店白天卖简餐就废了："老板没想明白受众群体是谁。如果是游客，那些来旅游的人肯定更想吃当地特色美食，而不是这些牛排、意面预制菜；如果是白领，那周围一公里内就没几个写字楼，客户池子太小；居民更不会来店里吃。倒不如试试白天做线上外卖，可能还有点流量。"

楚芝把原话转述给程岛，程岛琢磨了两天，决定白天线上卖奶茶。

酒吧主要是做夜场生意，但程岛不愿意浪费白天的租子，把店招从"岛屿酒吧"改成"岛屿·日茶夜酒"，营业时间从下午两点到夜里两点。

奶茶的配方和原料都好找，常见的热门款式应有尽有，作为外卖来说已经够用了。

但程岛想要做几款独家招牌饮品，仅限在店内堂食的那种。

他记得之前楚芝调过一种咖啡鸡尾酒，味道很不错，而且他没怎么见过。

酒吧的调酒师小福是个刚毕业的应届生，小伙子挺爱学习的，程岛给他报了个速成班让他去考咖啡师证，他欣然接受。

小福一边学一边研究新品类，楚芝就是他们店的首席鉴赏员，程岛对她的品位无条件信任。

小福和楚芝有分歧的时候，他也是站楚芝这边："你嘴刁，听你的。"

楚芝："怎么感觉你这不像夸人？"

程岛本就一人身兼数职，现在打算给酒吧再招个做奶茶的小妹，刚在朋

友圈发了启事，路盈盈就给他发消息了：大叔！我！［举手．jpg］

路盈盈之前因为网吧离学校太远，做到暑假就没再做了。闲了一段时间又想找点兼职赚钱，看程岛招的这个岗只需要下午做奶茶，她觉得时间很不错。

能找个熟人自然更好，而且路盈盈挺勤快的，长了一副笑模样，客人看着也舒服。

人马就位，试营业后休业整顿了几天的酒吧再次准备开张。开张前夕，程岛请好友们来喝酒，看看还有哪里要改进。

大东和小凤没什么建议，只说已经准备好了开业花篮和大红包，就想给大哥猛猛消费。

老吴对他卖奶茶的主意挺感兴趣，把自己店里简餐的售卖情况和他做了分析。

小福跟着琪琪姐把新品类又过了一遍，路盈盈在旁边跟着学习。

楚芝最悠闲，她坐在窗边托着腮喝酒，看着窗外的风景，不知道自己也成了风景里的一分子。

她一扭头，看到程岛正拿手机对着她，见她看过来了也没掩饰自己在偷拍的行为，又拍了一张才把手机揣兜里。

楚芝笑着朝他勾勾手，他走过去坐在她旁边的位置上。

楚芝伸手去摸他兜里的手机，要看他拍的她的照片。

程岛按住她的手腕："伸错兜了，在右边。"

两人在墙角窝着偷偷闹，程岛看其他人都很有眼色地不往这边凑。他有点无奈，攥着她作乱的小手强行从口袋里拉出来，低声吓唬她："你再捣乱要揍你了。"

楚芝挑挑眉："怎么揍？"

她越说越来劲似的，程岛真想捏着她的脸用力揉一顿。

怕再待在她身边要出糗，程岛躲走了，去招待其他朋友。

直到散场关灯，送走了所有人，他和楚芝留在最后。

楚芝今天挺累的，她白天在少儿那边验收施工来着，站了一天，挑了一堆毛病。

她其实挺佩服程岛的，搞这个店的时候装修好多都是他自己动手装的，她也凑热闹来帮他刷过一面墙，刷得齐不齐整不说，刷完第二天手完全抬不起来。

都出门了，程岛才发现手机没带，又把卷帘门升起来一半，进去开灯找手机。

手机落在吧台上，他进门的时候只开了吧台的吊灯，店里大部分都是暗的。

刚把手机装进口袋，后背就贴上来一个软软的女妖精，伸手绕到他面前："给我看看照片。"

程岛两只手都插进兜里："不给。"

楚芝挠他肚子上的痒痒肉："你就是这么对待你的金主的？"

程岛笑着躲避，偏她贴得紧密，一直挂在他身上不撒手，最后他拉过一把高脚椅坐上去，把她举起来放到吧台上坐着。

楚芝居高临下，程岛仰头。她被吊灯照得明亮如女神，他的肩背却隐没在后面的黑暗中。

他纠正："是债主，不是金主。"

楚芝把手放在他的脑袋上，他新剪的短发，摸起来扎手。

程岛由着她摸狗狗似的摸了他一会儿，听到她说："都一样。反正我给钱了，你就得伺候好我。"

开业前的程岛是有兴奋和紧张的，肾上腺素高的时候，也想要释放一下。

可他顾忌着是在店里，并不想在这个吧台上和她做些什么："你这个样子，是不符合食品卫生安全的。"

意情动眼迷离的楚芝瞬间清醒了："哈？"

程岛看着她那不可置信的表情，大笑，一把捞起她来扛在肩上，关了灯，抱着她锁门离开。

楚芝对他拳打脚踢，他威胁她说要把她扔树上。她明知道他逗她的，还是老实了下来，然后不满地抱怨："我是花了钱的！"

程岛："嗯，这就是尊贵的 VIP 客户才能享受的特别服务。"

他把人放在地上，头盔递给她，骑摩托送她回家，到了她家楼下停了车，看她没动静，扭头发现她居然抱着他的腰睡着了。

程岛把她喊醒，她迷糊着摘了头盔下车，然后撒娇地扒拉着他的肩，要他背着。

程岛听命，只感觉她娇娇小小的，背起来一点都不费劲，捏了捏她的小腿："你是不是瘦了？"

楚芝嘀嘀咕咕地吐槽："是吧，最近好累，到处跑，琴市的系统太拉胯了，什么都没法网上办，有些地方要文件不一次说清楚，还要跑好几趟。"

她这么累，今天还去他那边，程岛觉得有点心疼。

他早该发现的，但他这几天把心思都放在店里了，没有注意到她的状态。

回了家，进了门，把她放到玄关的换鞋凳上坐着，他给她脱鞋。

为了将就这个凳子的高度，他是蹲着给她脱的。

她赤着脚踹他的肩，他配合地被"踹倒"坐到地上，看着她恶作剧得逞的笑。这才对嘛。

楚芝总算找到点"钱花对地方了"的快乐。

还有让她更快乐的，他帮她推拿按摩了。

他也不是有什么过人技巧，只是看她家有砭石刮痧仪，小巧的一支，能加热能按摩，还有配套使用的精油。

楚芝说是尹丹送的，按颈椎挺好用。

程岛这个半路出家的技师看了一会儿说明书就"上钟"了。

他让她趴在床上，先给她背上涂抹精油。

大老粗不讲究，直接把瓶口对着她的背挤，凉得她一激灵。

她抗议，教他要先倒进掌心搓热了再揉到背上。

虽然程岛觉得这两者没区别，但为了照顾客户情绪，他不仅照做了，还无师自通地给她揉捏捶敲。

程岛的手指修长，指腹带茧，尽管隔一层精油，磨在身上也还是痒痒的。楚芝皮肤白净，被他揉捏过的地方都留下了红色的印迹。

他刻意放轻了动作，把她揉得舒服地睡着了，又换那个刮痧仪给她热敷按摩肩颈。

令他没想到的是，他都没怎么用力，只是顺着肌肉纹理刮了一会儿，她的皮肤就变红了，再过几分钟，出痧出得厉害。

也不知道是这仪器效果好，还是她太娇嫩。

楚芝确实是太疲惫了，闭上眼睛就睡着，睡着睡着被人翻了个身，睁开眼看到程岛。

他拿毯子盖住她上身，握着她的脚踝把她的腿弯曲支起来。

"刮刮腿。"

楚芝揉揉眼睛，好困，随他吧，他爱干吗就干吗好了。

这么想的时候挺洒脱。

烂熟

第二天起来上厕所，看到大腿上紫红色的两道狰狞瘀痕，她抄起鞋拔子冲进卧室对程岛吼："死狗！你对我做了什么？"

吼声震天，惊醒了在阳台窝着的叼叼，还以为自己把主人袜子扔进垃圾桶的事情被发现了，吓得拔腿就跑，腾空跳进了脏衣篓。

楚芝握着那个红色的鞋拔子，像教导主任握着根教鞭在教训学生。

她指着自己大腿上惨不忍睹的瘀痕，问程岛："借口编好了没有？说说。"

程岛哭笑不得地坐在床边，手里拿着那个刮痧仪："我就是给你全身都刮了一遍痧，你这是出痧了这个颜色，你脖子上也是这样。"

楚芝一听，诧异地又跑回洗手间去照镜子，侧身看不清楚，她让程岛给她拍个后背的照片。看到照片后，她倒吸一口冷气。

身上明明没有疼痛感，怎么看着这么触目惊心呢？

楚芝把手机一扔，认定是程岛恩将仇报、蓄意报复，不然她以前自己刮肩颈的时候怎么没有这么吓人呢？

如果楚芝仔细看的话，会发现她腿上的紫红色血印不是条状的，而是一连串的字符"CC"："程""楚"，首字母都是C。

程岛幼稚地在别人看不见的地方留下烙印，像是狗狗圈地盘。

为了遮挡住这些痕迹，楚芝特意穿了件高领针织衫，她上午还要先去开个会。

陈世羽这两天就在琴市，给楚芝的新员工尤其是销售顾问做培训。

上午的会主要是对销售们的话术考核和谈单模拟，陈世羽主导，楚芝在一旁记录问题。

五个销售都表现得可圈可点，陈世羽很满意，提议中午团建，他请大家吃烤肉。

他这是临时起意，楚芝事先不知情，有些为难地说自己可能没法参加了，有点私人事情。

陈世羽不满地问她："你最近怎么私事这么多？"

楚芝顶回去："也没耽误公事啊。"

陈世羽："怎么不耽误？你心思如果不全放在这摊子事上，指不定哪个环节就要出纰漏！"

楚芝有点烦，也有点冤。

她怎么不够用心了？她最近一天都只睡不到七小时，天天跑那些屁手续，教育局看大门的保安都认识她了。

陈世羽怒其不争，这是自上次不欢而散后再次因为她的工作态度而吵架。他不清楚行政这些琐事有多折磨人，只觉得她分工不当，把该人事跑的活自己包揽了，出力还不讨好。

"我认为第一次团建，你很有必要参加。"他把话撂这里了。

楚芝当然知道这边重要，可她答应了程岛去给酒吧剪彩，那也很重要。

销售顾问们毕竟跟楚芝相处了一段时间，而且在店面装修好之前，他们经常借用岛屿酒吧开会，一知道今天是酒吧开业的日子，于是提议去酒吧附近的一家烤肉店吃饭，吃完再去喝两杯。

这个方案，陈世羽和楚芝都接受。

吃饭的时候，楚芝中途出去了一趟，剪了个彩和程岛说了一声又回来接着吃。

吃饱了，带着大部队去酒吧尝尝新产品。正好他们下午还要上班，一杯加了少许威士忌的咖啡鸡尾酒再适合不过了。

小福是个爱看电影的文艺青年，他给这款酒起名叫"重庆森林"，取自"5月1号过期的凤梨罐头"。

程岛觉得挺好的，毕竟菠萝饮料是他和楚芝很私人的回忆，电影却是大众熟知的。

陈世羽咬着漂浮在杯里的风干菠萝片，虽然是装饰用的，但酸酸甜甜的也挺有嚼劲儿，能消磨时间。

其他同事在互相开玩笑聊天，陈世羽的视线却在老板身上：这不是那天来找楚芝，说走错门的男人吗？

合着是楚芝的"朋友"啊。

因为是新开业的店，有路人经过就进来看看情况，点一杯今日特价的特调咖啡酒，小福的手一直就没停下。

路盈盈那边的手机也不时弹窗跳出奶茶的新订单，外卖骑手经常一次过来拿三五杯。

程岛分身乏术，忙活了半天，终于过来看看客人最多的这一桌，碰巧楚芝去洗手间了。

他给楚芝的员工们送了一个果盘、一份小吃，员工们虽然没从楚芝口里正式听说过程岛的身份，但一个两个跟人精似的，直接就"谢谢姐夫""生意兴隆"之类恭贺开业了。

程岛对"姐夫"这个称呼坦然受之，也不纠正，暗戳戳地想着这两个字是比"哥"好听哈。

当然，他也没有错过陈世羽脸上在听到这个称呼时的错愕和一闪而过的不爽。

能让陈世羽不爽，那他程岛可太爽了。

程老板还有别的客人要忙，他走的时候，迎面撞上楚芝回来。

楚芝还说呢："生意挺好啊。我们一会儿就撤，不给你添乱了。"

怎么能是添乱呢，有情人和情敌看着，程岛干劲十足。

他抬手帮她整理了一下脖子后面的衣领，楚芝还以为是淤青露出来了，轻轻道了声谢，擦肩而过，回到她的座位。

陈世羽看见了他们俩的喁喁私语和小动作，眯着眼睛拿出烟，刚抽了一口，就被楚芝蛮横地从手里抽走了。

楚芝："什么素质？"

陈世羽黑着脸："你现在越来越没大没小了。"

楚芝："以前你是我上司，我只能唯唯诺诺，现在咱俩是合伙人了，请你摆正位置，不然我就重拳出击了。"

他俩的说话声不大不小，是其他在聊天的同事竖个耳朵就能听清的程度。

陈世羽不想在员工面前频繁跟她斗嘴，也想要维护她的领导威严，瞪了她一眼，不说话了。

下午回公司又复盘了一遍培训要点，陈世羽就打算回沪市了。

他晚上九点的飞机，楚芝开车送他去机场，去的路上找了家日料店吃饭。

小包间私密性好，方便说话。

陈世羽开门见山地问："谈恋爱了？"

楚芝被手里正剥壳的螯虾扎了指头，"嘶"了一声，含着扎出血的地方，强自镇定地问："怎么了？"

没有否定，也没有肯定，那就是进行时了。

陈世羽皱着眉头涮寿喜锅，夹在他筷子上的牛肉也要疑心自己是不是假的和牛，为什么客人的表情如此凝重。

他好像终于做好了决定，把筷子一搁，忽然跟楚芝说："我前阵子回家，我爸跟我说，我也三十二了，是时候培养下自己的继承人了。"

楚芝顺杆往上爬，开口就叫"爸爸"，认了这个继承人的身份："爷爷打算什么时候带我回家培养啊？"

她插科打诨，他明人不说暗话："我最近有结婚的想法了，你如果想嫁人，可以考虑我。"

"啊？"楚芝受到的惊吓程度比他刚才问自己是不是谈恋爱了还要高八度，她怕自己听错了或者误会了，跟他确认道，"你这是跟我求婚？"

陈世羽："有点突然，不过你可以这么理解。"

楚芝做生意习惯了话不说死留三分的人情世故，她下意识地说："你让我考虑一下。"

陈世羽："没问题。我下个月还会来，你好好考虑考虑。"

因为这突然的"求婚"，两个人都有些沉默，各怀心事地吃着饭。

楚芝冷静了一会儿已经回神了，真像谈生意似的和他聊"细则"："那我结婚以后是不是就不工作了，搬去你家豪宅当阔太太，每天喝喝茶看看花，戴着鸽子蛋去牌友家输点小钱交交朋友。"

陈世羽："放心，你不会过上我妈妈这样毫无意义的生活。你依旧可以有自己的事业，这也是我最期待的，我们一起并肩作战。"

楚芝："哥，你误会了，我做梦都想过阿姨过的那种生活。"

陈世羽一噎。

楚芝看他的表情，猜测着："你不会真是因为想跟我没日没夜一起工作才要娶我吧？人家周扒皮只是半夜学鸡叫让长工干活，你为了让我干活打算自己日夜做鸡啊？"

陈世羽被清酒呛到，咳嗽出眼泪。

陈世羽确实是因为和楚芝共事时的舒服，从而开始欣赏她。

他用在儿女情长上的时间少之又少，名和利对他而言要比女人给予的刺激多太多了。

陈世羽还在思考要怎么诚实而又能打动她地回答这个问题时，楚芝已经自说自话了："那咱们这是不是算开放式的婚姻？如果你只是想跟我一起赚钱的话，我无聊的时候能找别的男人吗？"

陈世羽："不合适吧？"

楚芝："哦，随口问问。"

她这态度，一点都不像在认真打算和他结个婚，满是开玩笑的语气。

陈世羽不禁要问："找谁呢？那个酒吧老板？他有哪点比我好吗？"

楚芝从来没比较过他们俩，应该说没拿程岛跟任何人比过。

他对她而言，是个特殊的存在，是第一次交付身心的男人，是可以完全信赖的男人，是如今又让她有些意乱情迷但没想好怎么处置的男人。

陈世羽上赶着问，她就如实地答："他在床上挺好的。"

他们之间如此真诚，什么荤素都不忌口。

陈世羽："你又没跟我做过，怎么就知道我不好呢？"

楚芝觉得这不是个好话题，生硬地转移他的注意力："老陈，你值机时间是不是快到了？走吧。"

陈世羽站起来，却不是要走，而是绕着桌子转到了对面，她身边。

榻榻米的桌子高出一截，下面的地台却很狭窄，也就堪堪放个脚，放两个人的话根本站不起来。

楚芝被迫坐在榻榻米上，两只手撑在身侧。陈世羽贴着她的腿站着，弯腰低头，再进一步就是危险距离："要不然你试试，比较比较再说？"

男人该死的胜负欲上来了，真难搞。

楚芝和他朝夕相处了这些年，是真的熟得像左右手似的了。她拍他肩膀一巴掌："给你个黑幕，你赢了。"

谁知他扣着她拍他的那只手，把人按倒在席子上。

"胜之不武，我不稀罕。"

他这姿势，仅仅是把她按倒了，但他没压过来，人还是站着的。

要说冒犯是有的，可也没让楚芝觉得特别难接受，一种介于密友和情侣之间的尺度。

楚芝心里有点乱，甚至有一丝愧疚。

对程岛的。

怎么自己好像偷情少妇似的。

她把陈世羽送到机场后，又开车去了程岛的酒吧。

店里气氛不错，台上有驻唱歌手，客人虽然不算特别多，但也有一些。

楚芝在吧台找了个空位坐下，小福跟她打招呼，问她喝点什么。她说自己开车来的，只要了一瓶汤力水。

没坐一会儿，程岛就过来了，跟她说自己今天要待到店铺打烊："你先回家休息吧。"

楚芝心里憋着话，想把陈世羽向她求婚的事告诉程岛，可又不知道告诉了他是想得到个什么样的回答。

毕竟他们俩的关系她都没纠结明白呢，再加上一个陈世羽，那不更是一团乱麻了。

何况，他新店开张，她现在说这些只会让他分心，还是算了吧。

她主动问他有没有什么能帮忙的，他摸摸她的脑袋："姑奶奶能把自己照顾好就是帮了我大忙了，快回去睡吧。"

她笑，自己什么时候成姑奶奶了？

手机振动。

是陈世羽发的：登机了，下个月见。

楚芝一慌，心虚地把手机扣到台面上。

她推程岛去忙自己的："我等你。"

不知道为什么，她好像有种预感，自己跟程岛在走得更近的路上要渐渐走远了。

如果今天说的是谈恋爱，那么楚芝想都不想就会直接拒绝陈世羽，并且是拒绝得很彻底的那种无情。

她疯了才会找个工作狂当男朋友。

可陈世羽直接说的是结婚。

楚芝没想过结婚，但不意味着她就完全拒绝婚姻。

如果结了婚，生活质量火箭式提升，公公婆婆有一堆保姆照顾不用你去跟前伺候，衣食用度不必看价钱喜欢就买，生病了有一流的医疗资源可用，有了孩子不用担心学区好不。

试问这样的婚，谁会不想结？

说她是个精致利己主义者也无所谓。

反正她楚芝俗人一个，着实心动了，认真考虑是否要接受。

之前她劝她爸妈打消念头的时候，是因为她觉得她跟陈世羽没戏，他俩钢铁一样坚实的友谊，怎么会有裂缝呢？

没想到这个老铁先自我腐蚀了，居然想跟她结婚。

再说陈世羽这个人，楚芝认识他五年了，从刚踏入社会的一张白纸，到现在满肚子五彩斑斓的黑心眼，全是跟着这位"师父"学来的。

她在他身边的时间，确实比他很多女朋友待得都久，而她自诩也算是对他十分了解了，这人没什么恶习，真要生活在一起也不会有什么不适应。

楚芝在脑子里把陈世羽和程岛放在两个象限里，开始横纵列举各项对比。

从外貌来看，程岛更胜一筹，长相、身材完完全全就是她的取向。

而陈世羽长得只算是还不错，但他会穿搭，体型控制得也好。俗话说人靠衣装，他那一身贵公子气就是从小拿钱堆起来的。

从性格上说，陈世羽其实非常单纯，虽然无奸不商，但在她面前他从来不会拐弯抹角，总是直接表达真实想法。

而程岛有时候俏皮话连串，有时候又是个锯嘴葫芦，但她总能感觉到，他是在意她的。

楚芝觉得自己这样不好，虽然她和程岛也并没有确认关系。

但即使只是在心里摇摆一下，她也很有负罪感了，仿佛是在预谋出轨。

她坐在吧台边，看小福在眼前晃来晃去，看身边来来往往的客人，也看偶尔看过来对着她微笑的程岛。

楚芝给陈世羽回了消息：一路平安，下个月见。

下个月，下个月。

如果说她对程岛的感情即将被判无期徒刑，那在这一个月的缓期执行时间里，她突然很想好好地跟程岛谈个恋爱，不管最后他们会如何，哪怕真的要嫁别人，嫁人前也不留遗憾。

楚芝就是这样的一个矛盾体，会把一个不想解决的难题拖好久拖到最后，也会在有了什么冲动的想法时立马就去执行。

之前她纠结犹豫，是她觉得自己对程岛有了喜欢的感觉，但这个年纪谈恋爱总归要考虑合不合适走得更远，会不会是浪费感情和时间，再分手伤害大不大。

现在不一样了，她就像给自己开了个单身倒计时，如果她随时可能嫁给别人，那在结婚之前，她要再疯一次。

陈世羽做梦都想不到，他这一使劲，把楚芝推进别人怀抱里去了。

酒吧到一点钟左右的时候，客人都离开了。

程岛和小福把厨余垃圾收拾了一下，剩下的明天交给清洁阿姨。

也没硬等到两点钟，程岛让小福提前下了班，他去拍拍已经困得趴在桌上睡觉的楚芝，喊她回家。

楚芝迷迷糊糊的，起来跟着他走。

夜风把人吹清醒了，他开着她的车送她回家，她留他过夜："以后不去等你了，你放两套衣服在这边，要是在店里待得太晚了，回你家不方便，就来我这边住呗。"

他家虽然远一点，但晚上不堵车，也就是多十几分钟车程而已。

可她这话里透出来的亲近，程岛当然不会拒绝。

他行动力超强，第二天一早就回家搬了个行李箱到楚芝家，楚芝没说什么，把自己家的钥匙给了他一把。

这就算正式允许他登堂入室了吧。

程岛很少笑得那么开心，颧骨都高高升起。

楚芝笑话他，至于吗？一把钥匙而已。

自己却也忍不住在他笑的时候跟着一起笑，周幽王烽火戏诸侯只为褒姒一笑，看来不一定是编的。

如今楚芝的工作时间相对弹性，程岛等她下班过来了，从店里出来陪她在附近饭店吃饭。

楚芝不想耽误他赚钱，要不叫个外卖在酒吧吃。他说这会儿人不太多，盈盈也在，和小福两个人能搞得定。

程岛："陪老板娘也很重要。"

他俩进了附近一家烤肉店，刚好赶上有一桌客人离开，不用等位。

落座五分钟，菜还没上来，先听见背后一声中气十足的怒吼："你别动我的车！"

楚芝回头看了眼，不一会儿跑过来一个五六岁的小姑娘，惊慌地跑到隔壁桌，投入妈妈的怀抱。

女孩妈妈摸着她的背问她发生了什么。从女孩哭哭啼啼的叙述中，大家大概听明白了，是有位客人把自行车停靠在店里墙边了，小女孩在过道玩的时候想爬上那辆车，被吼了。

不是什么大事，可那位车主喊得太凶，把小女孩吓着了，哆哆嗦嗦地跟她妈抹眼泪。女孩妈妈想带她去跟那个车主说明下情况，小女孩也不敢，一直说"我怕"。

于是女孩妈妈自己去找车主了，问他干吗吓唬孩子。车主大嚷："那辆车八万八，你叫她碰去吧，碰坏了再赔！"

结果一个护女心切，一个护车心切，吵起来了。

女孩爸爸也加入了争执，饭店里的人都看向吵架的三人。

只有楚芝盯着那个闯了祸的小女孩看，看到她瑟缩地坐在沙发上，盯着爸爸妈妈的方向，手背一直抹眼泪，好可怜。

争吵声停止，女孩妈妈先回到座位上，安慰女儿，给她把揉乱了的头发解开重新梳辫子。

女孩爸爸则打电话报了警，抽着烟等在门外。

楚芝听小女孩一直跟她妈说对不起，小小的人儿，世界要坍塌了一样。

她看不过眼，从包里翻出今天买咖啡时送的水果软糖，走到小女孩身边蹲下："宝贝，不哭啦，没关系的，阿姨这儿有软糖给你吃好吗？"

女孩摇摇头，看妈妈。

妈妈允许地点点头："吃吧，谢谢阿姨。"

小女孩跟楚芝道了谢。

楚芝站起来："不客气，你真是个有礼貌的好孩子。"

程岛一直扭着头看楚芝，看到她回来坐好，也没评价吵架的双方谁对谁错。

楚芝倒是说了句："他自己的车既然那么贵，就应该放好了看好了啊，放在那里小姑娘还以为是店里的玩具呢。"

程岛没说话。

女孩爸爸抽完第三根烟的时候，警察来了。

当事双方围在警察旁边你一言我一语地说着，留在座位上的小女孩坐不住了，起身想去找爸妈，走了几步又害怕那个车主叔叔，不敢过去。

楚芝对她招招手，指了指自己旁边的卡座，让她坐过来。

小女孩刚吃过楚芝给的糖，对她有些信任，坐下了，伸着脖子看爸妈，然后又开始抹眼泪。

程岛坐她对面。他们这一桌靠店门口，旁边有个桶，桶里放着吹好的长条气球，旁边托盘里还有没吹的。程岛拿了个新的气球，吹成大半个长长的红色气球棍，然后开始捏着中间一扭一别，扭出来一只小狗。

他吹气球的时候，小女孩就被他吸引了注意力。这会儿，他把红色小狗给她，她拿在手里好奇地把玩，一时间都忘了爸妈还在和人争执。

程岛又给小女孩做了个蓝色的小狗气球，她小小的手掌一边握一个。

这事本来也不大，经过警察调解教育以后，双方握手言和，车主和小女孩互相道了歉，小女孩也不哭了，跟着爸妈出去逛街散心。

楚芝跟程岛聊天："你还挺会哄小孩。"

程岛："气球吗？以前哄你的时候学的。"

楚芝愣了愣，想起来了，那年高考结束的晚上，他都没等到第二天，就抱着一捧气球跟她表白，说怕她跟别人跑了。

总共十一只气球狗，程岛说是"一生一世"的意思。

没办法，太美的承诺因为太年轻。

楚芝还以为那是他在礼品店买的，原来是他自己做的吗？

吃完晚饭，他回店里，她回家。

他没再送她，让她晚上自己先睡，反正他有钥匙，可以自己进屋。

临别之际，楚芝忽然摸出两个气球给他："再做一只小狗，我也想要。"

程岛笑笑，接过气球，就在自家店门口，一口气把气球吹鼓起来，两只手扭来扭去，扭出一只紫色小狗挎包，送给楚芝。

楚芝将它挎在胳膊上，高高兴兴地上了车。

趴在奶茶外卖窗口目睹了全过程的路盈盈和小福叹为观止："程哥挺会啊。"

路盈盈举着手，学熊二的语气跟小福说："俺也要！"

小福对着她的手拍了一巴掌："俺不会。"

他俩最近因为总待在一起干活，感情发展挺快的。路盈盈也没瞒着自己以前喜欢程岛的事情，但是零零后酷 girl 对待感情相当直爽。

世上男人千千万，这个有主咱就换！

楚芝回了家，把客厅书架最中央的那一格书转运到其他格子里，空出来一格把那只紫色小狗摆上去。

她心情很好地洗了澡、护了肤，躺在床上玩手机，虽然白天工作挺累的，可这一天都没有休闲时间，晚上睡前就想报复性娱乐一下。

她玩线上麻将，玩到一颗金豆都不剩，再次分享到空间领免费豆。

切换企鹅号的时候，她找到了原来情侣空间里的气球狗照片。这个空间就是她跟程岛在一起的第一天开通的，也是他送她气球表白的那天。

她记得那一天，她就在对面十三中的考场考试，考完最后一门外语，她检查了两遍后托着腮看窗外。

陌生的窗口，看到的景色却差不多。

都是很多年以后回忆起来的时候，满眼的绿树，红色塑胶跑道，铁丝网拦住的篮球场，还有无尽的蝉鸣。

收卷铃声响，楼道里很快响起笑闹的声音，她不记得自己是怎么走回学校，又是怎么背起书包和同学们道别的。

她就记得走到教学楼外面的时候，忽然从各个窗口飘出来白花花的卷子，大家狂欢着把青春倾倒投洒，而老师透过办公室的窗看见了也只是无奈地笑笑，见怪不怪了。

她也记得有个男生在楼下扯着嗓子大喊："陈美霖，我喜欢你！"

好多人都在起哄尖叫。

她不认识陈美霖是谁，也不知道陈美霖后来有没有跟这个男生在一起，但是她却把这个名字深深地刻在脑海里了。

她还记得，那天晚上她早早吃完饭，躺在床上正不知道要干点什么的时候，程岛给她打电话叫她出去逛逛。

他们约在海边木栈道。那年的海边还没这么多会亮灯的高楼大厦，海水黑漆漆的，空气里带着海水的咸腥气息。

程岛早到了，站在有灯光的音乐喷泉边，不时有小朋友尖叫着从喷泉中间跑过去，据说声音越大，喷泉的水柱就会喷得越高。

程岛一边皱眉躲避着乱跑的小孩，一边四下张望，看楚芝来了没。

楚芝刚见到他就被他背在身后的手吸引了注意力，问他藏了什么。

他把手拿到前面，还有那一捧五颜六色的气球狗狗。

大概是有些紧张，他嘴一秃噜，问她说："我现在可以当你男朋狗（友）了吧？"

程岛是半夜回来的，带着沐浴后的清爽气息躺到她身后，把半梦半醒之间的楚芝拖到怀里从背后抱着，像两把勺子严丝合缝地贴在一起。

他睡得那样晚，醒得却挺早，看楚芝摸索着把闹钟关了，等了五分钟后，好心提醒她："是不是该起了？"

楚芝闭着眼回他："今天不用早起，约了银行经理，我再睡半小时你再叫我。"

"好。"程岛坐起来，把敞开的被角在她肩膀上掖好，起床去做早饭。

他打开冰箱想要看看有什么食材，结果这个智能冰箱有些弱智地开始跟程岛打招呼，并自说自话地在预报完天气后开始播放早间新闻。

程岛："嘘，嘘，小点声。"

冰箱不听他的。

程岛："嗨 Siri！小度小度！小爱同学！天猫精灵！"

他把自己知道的所有智能设备叫了个遍，都没能唤醒机器人。

最后只好把厨房门关上，抽油烟机打开，听这台冰箱跟他讲了半天新鲜事。

楚芝没等到半小时自己就醒了，家里似乎挺安静，又隐约有些嘈杂的噪声。

她打着哈欠伸着懒腰去卫生间洗漱，看到自己的牙缸旁边放着另一个玻璃杯，杯子里有一个蓝色牙刷，刷头上还有水珠。

哦，程岛昨天住过来了。

想到这儿，她飞快洗漱完就兴冲冲地跑去找程岛，隔着厨房的玻璃门看到了他。

入秋有段日子了，屋里有点阴冷，楚芝自己在家时都在睡衣外面套着针织开衫，程岛却只穿了一条平角短裤，上身赤裸没穿衣服，单手颠着平底锅煎鸡蛋，嘴里叼着袋酸奶。

楚芝把门推开，在抽油烟机轰轰的声音背景下指责他："你怎么把叼叼的酸奶喝了呢？"

哦，这是给狗喝的吗？

程岛只是跟冰箱"吵架"有点口渴，看到箱门上放着无糖的纯酸奶，就拿了一袋喝。

奶是琴市本土品牌的酸奶，楚芝好像在外地还没见过这种，它的包装是像日本豆腐那种鼓鼓的一长条。楚芝小时候经常喝，因为开口太窄，还经常一不小心就在撕开的时候把奶喷洒出来。

她刚才看程岛叼着酸奶的样子有点可爱，就故意想逗他，其实她也会喝，并不是狗子专享。

正和程岛开着玩笑，忽然听见"嘭"的一声。

楚芝吓了一跳，第一反应是冲上前把炉灶的火关了。

程岛安抚她："不是厨房的响。"

他俩走出去，到客厅，看到原本很显眼的那只紫色气球小狗不见了，书架前的地板上落了几片气球碎片。

原来是气球爆炸了。

这也挺正常的，楚芝只是有点遗憾地把碎片捡起来："我以为它会慢慢撒气呢，怎么还是个暴脾气。"

程岛："再给你做新的。"

以为这事告一段落了，可楚芝忽然觉得有点不对劲，她家最爱凑热闹的叼叼怎么没围过来呢？

她疑惑地喊了声："叼叼！"

正蹲在阳台飘窗上背对着他们看窗外风景的叼叼，听到主人的呼唤，扭过头来开心地咧嘴笑，大舌头一伸，露出一截粘在舌头上的紫色气球皮。

楚芝有些无语。

以前楚芝吃饭，吃不完的剩菜虽然不会直接喂狗，但也会挑出来一点肉肉过遍水给它，或者是不小心掉在地上的饭渣就直接被它给消灭了，都不用怕浪费。

这是它作为狗子的职业素养。

现在多一个程岛一起吃饭，直接包圆了楚芝不爱吃和吃不掉的食物，叼叼狗生大危机，职场遭遇滑铁卢。

更过分的是，为了惩罚叨叨咬坏楚芝的气球，她把冰箱里那一大包酸奶都拿出来，当着它的面一袋袋都塞进程岛怀里，告诉它："本来这是你的，但因为你做坏事，这些酸奶现在都归他了。"

程岛以为自己应该是叨叨"爸爸"的角色，怎么现在感觉好像变成狗子的同僚了？

虽然没有一个仪式感的开端，但从楚芝把家里钥匙给程岛的那一刻起，他们俩就心照不宣地默认了这段感情的开始。

只是赶上两个人都在事业忙碌期，能面对面的时间反而不多，常常是她上班的时候他还没醒，他下班的时候她已经睡了。

相拥而眠就是他们约会的方式。

过了几天，楚芝回家的时候发现书架上又多了一只黄色气球狗。比上次的狗大一些，位置也比之前高了一个格，是叨叨够不到的高度。

楚芝拍照，发给程岛：我家跑来一只小狗。

程岛："你家马上还会再来一只小狗。"

她刚收到这条语音消息，没几分钟，响起门锁拧开的声音，居然是程岛回来了。

楚芝有些惊喜，上前去帮程岛把大包小包拿进家门："今天怎么这么早就回来了？"

程岛和她分享酒吧的新鲜事："刚招了一个新服务员，我今晚翘个班。"

楚芝："咦？没听你说过要招人啊。"

程岛："没计划招，以前网吧的客户，朋友圈看见了，问我能不能来打工，我记得对方是个夜猫子挺能熬夜的，干游戏代打的，耐性也好，我就让他来了。"

楚芝又要佩服他了，她公司在几个招聘平台上的账号服务费一年都要上万，招到合适的人还特别费劲。他发发朋友圈，一分钱不花，甚至不怎么需要面试就能招到满意的员工。

野路子有野路子的打法。

程岛回家的路上买了熟食小吃，又从饭店打包了两个菜，还有他从店里带回来的好酒。

一顿晚饭做得非常轻松，就两步：摆盘，开吃。

楚芝工作一天积攒的戾气在这顿饭里慢慢消弭，原本她还在跟程岛吐槽物业经理，程岛静静地听，有些不太明白的地方会问，她就给他解释。

讲了一会儿，她就不再说那些烦心事了。

不是因为跟他解释麻烦，而是说着说着忽然觉得好像也不是什么大事，与其浪费时间再说一遍，还不如珍惜好时光纵情谈恋爱。

饭吃完，她主动把碗筷收拾了放进洗碗机去，程岛把桌子和地板清理干净。

等楚芝把洗碗机启动了，走出厨房关上门挡住噪声，看到程岛正站在书架前开音箱，放歌。

楚芝走过去，他回头，眉头一皱，问她："你看这个狗，怎么好像变小了？"

楚芝听他这么说，随口接话："是不是又撒气了啊？"

她说这话的时候还看了眼叨叨，叨叨后退两步，汪汪狂叫，表示和它无关，我们叨叨王子拒绝碰瓷。

楚芝站到程岛身边，仰头看气球，没觉得有什么变化："你怎么看出来它变小了的？我看好像原来就这样啊。"

程岛抬手把气球拿下来，拿到她面前："你再看看，真的没变小吗？"

楚芝低头，很认真地看了，摇摇头。

"啪"的一声，楚芝都没看清发生了什么，黄色气球就被程岛捏破了。

他手掌朝上放在她面前，手心里放着一条项链，吊坠就是个金色气球狗造型的。

程岛："现在呢，变小了吧？"

楚芝吃惊过后，抿着嘴笑。她拿起那个吊坠看了看，故意拈酸："哦，给前女友送 Tiffany 的大钻戒，给我就用个小金项链糊弄了？"

程岛："不是黄金。"

楚芝以为自己看错眼了，就是金呀，难道还有什么新科技？

程岛："是 925 银镀黄铜的。"

他在这儿胡说八道，楚芝愤愤捶他："你怎么不干脆买个 304 不锈钢的！"

程岛抓着她的拳头按在自己身上，笑着搂住她的腰，等到她不乱动了，弯腰给她把项链戴上。

楚芝低着头看自己脖子上的小狗狗吊坠，精致小巧的一枚，还挺好看的。

程岛用食指勾了勾她低头时挤出来的双下巴，跟她说："最近手头不富裕，到年底应该能有点钱，你想要什么都给你买好不好？"

他这理所应当的语气，叫楚芝都要忘了他还欠了一屁股债。

他还说："跟我在一起，总不能委屈你。"

楚芝有点感动了，她把脸埋在他胸口，被他两只手臂拥在怀里，轻轻慢慢地晃动。

程岛不会跳舞，但是像这样跟随音乐的节奏抱着她在客厅里蹑步摇摆，他也觉得快乐。

舒缓的钢琴曲过后，是一首鼓点欢快的舞曲，楚芝脚步轻盈地跳起来，拉着程岛和他一起转圈圈。

叨叨也站起来，申请加入舞蹈队列，扒拉着两个人的腿跳来跳去。

客厅因为放了一张巨大的木桌，并不那么适合跳舞，他们在有限的空地里绕着桌子转了几圈后，转到了衣帽间的门口。

楚芝倒退着，拉着程岛的手进屋："帮我选套配项链的衣服吧。"

刚才还嫌弃这项链便宜，现在倒好像有多重视它似的了。

程岛跟着她的步子往里走，衣帽间不算小，和主卧面积差不多。没有放柜子，视野开阔，四周墙上装着各式储物挂衣架，顶灯一照如同白昼，还有点缀着暖色灯球的试衣镜，把整个房间空间都拉大了。

一般人家里如果不到一百平方米，真不会拿出一间卧室这么浪费。

可楚芝不是一般人，她就喜欢换衣服时这种享受的感觉。

气温下降，衣帽间里挂的几乎都是秋装。

她把窗帘拉上，灯都打开，从右手墙边的衣服找起来，那是一排连衣裙，从针织到棉纱到牛仔质感的都有。

叨叨从裙子底下拱出来，用爪子扒拉扒拉那件黑色衬衣，给她出谋划策。

衬衣很大，明显不是她的，是程岛带过来的为数不多的几件衣服之一。

楚芝把衬衣连着衣架取下来，跟叨叨道谢，然后拿出衣架轻轻抽在狗子屁股上，把它赶出门外去："你最近掉毛太多啦，会把妈妈的衣服弄脏。"

门无情地在叨叨面前关上，它已经不知道这是这个月的第几次了。以前楚芝都允许它上床睡的，但是只要程岛来，他们就把它关在门外。

叨叨用爪子刨了半天门，又装委屈地哼唧了好多声，才不情愿地咬着它的 bunny 兔子回狗窝趴着。

楚芝已经把程岛的那件黑色衬衣穿上了，她坦荡得像是走秀的模特，把家居服脱了用脚踢到一边，只着内衣在他面前试衣服。

程岛支着腿坐在地板上，欣赏眼前的景色。往常多半是急不可待地关灯办事，有光亮也没把注意力在别的上面。

这样认真地看这样的她，还是第一次。

如果楚芝表现得害羞或扭怩，那程岛可能会离开，不让她感到不舒服。

可她这么自然，像是穿着比基尼在海滩上一样行走在他面前，他脑子里便抑制不住各种龌龊想法，想让她知道害羞。

楚芝把衬衣扣子都扣好，袖子挽到胳膊肘，再找一条浅蓝色的牛仔裤穿上，衬衣下摆一半塞进裤腰，一半遮住口袋。

她在试衣镜前转了个圈，摆弄了一下她的小狗项链，又解开领口一颗扣子，然后跪坐在程岛面前，问他："好看吗？"

"好看。"程岛不假思索地答，看着她，又答了一遍，"真好看。"

"唔，我觉得裤子不是很搭。"楚芝用指头戳在自己嘴边，思考了几下，然后往前跪爬几步，坐到他腿上，霸道地抠开他裤腰的纽扣，"我要这个，给我……"

程岛骨头酥了一半，给，给她，命都给她。

楚芝第二天就是穿着程岛的衣服去上班的，当然，裤子穿的是她自己的，在外面她还是要脸的。

她平时的穿衣风格偏向 OL，衬衣都是一水儿真丝光面，突然穿得这么休闲，实在叫人很难不多想。

有跟楚芝关系比较好的同事直接开玩笑问："不会是偷穿男朋友的衣服吧？"

楚芝笑而不语，算是默认。

程岛中午在家做了饭，去酒吧之前先去楚芝公司给她送饭。

楚芝出门去拿，两个人在两栋楼之间的连接天桥上碰头，天桥上没有人，风呼呼地刮，程岛把饭盒给了楚芝就让她回办公室去吃，免得在外面吹着凉了。

楚芝还想跟他多磨叽两句，说起同事的议论："他们都觉得我今天风格大变。"

程岛曲解她的意思："谁说你像大便？我去揍他。"

楚芝跳脚，要把饭盒扣他头上，奈何不够高，他站直了身子一踮脚，她根本碰不到他的脑袋。

楚芝佯装生气："我今晚不回去了，我去找我爸妈吃饭。"

程岛："好，正好我也回去看看我爸。"

楚芝："啊？那你不回来了？"

她原本只是打算吃顿饭，吃完了还要回的。不过程岛他爸肋骨还没好利索呢，他回去看看也是应该的，她不能一直霸占着他。

楚芝贤惠地摆摆手："那好吧，你不要回来了，我也住我妈家里，我们明天再见吧！"

结果没到明天就又见了。

楚芝陪爸妈吃完饭遛完弯，担心叨叨自己在家会害怕，睡觉前还是回去了。

而程岛，晚饭时间去看了他爸，等他爸睡着了，他又去店里遛了一圈，打烊以后就近回了楚芝那儿。

进门，发现玄关还开着灯，叨叨激动地跑出来扑他，叼着绳子递到他手里，意思是赶紧带它出去。

程岛不知道楚芝在不在，也没换鞋进屋，直接带着叨叨先下楼去遛了两圈再回来。

路过卧室看到门开着，床上明显有人。

程岛放轻动作去洗漱，洗干净了上床，她已经被他吵醒了，有些不高兴地嘟囔："你进进出出干吗呢？"

程岛："遛叨叨，他刚才咬着绳扑我。你几点回的，是不是没带它放风？"

楚芝："遛了啊，我一回家它也是扑我要出门，我以为你上午没带它下楼逛逛呢。"

程岛："我走之前带它慢跑了四十分钟。"

所以这臭狗是两头演两头骗呗，合着它是打他俩的信息差呢，叨叨这狗可真不傻。

她滚进他怀里，觉得他洗完澡有点凉，又想退出去。

他接受投怀送抱，不接受临阵脱逃，把身子睡得软软的人搅和成一池春水，混着他这坏陶土捏成两个相连的泥人。

她一直闭着眼闷着声，忽然想起他说不回家的话，舔着他的喉结坏笑着问："是不是舍不得我？万一我没回来呢？"

程岛承认："嗯，放不下。"

不管她回没回来，他都要来看看才安心。

程岛不仅人回来了，还让他的气球小狗来站岗。他买了一袋长条气球，一天扭一只新的小狗替换书架上原来的那只。

楚芝问替换下去的那只程岛放哪儿去了，别扔了。

程岛："变成蝴蝶飞走了。"

他编瞎话总是很认真，有天还真的扭了一只气球放在她枕头边上，在她起床时夸张地叫她看："是小天狗蝴蝶！"

他就爱搞这种逗小女生的招数逗她，楚芝从来不知道，自己居然还挺吃这一套。

自己创业比起上班来说，最大的缺点是全年无休，优点是办公地点和打卡时间可以随意一些。

少儿项目第一期活动已经开营了，因为是面向全国范围招生，很多家长和孩子还没放假，网上咨询的客户到访转化率很低。

第一期总共三个孩子报名，就是在赔本赚吃喝，拍点物料给品牌继续做宣传。

虽然早就有预料，同事们也信心满满地互相打气，说下个月新年季和再下个月冬令营一定会爆满，但楚芝直面挫折，还是有点心情不好。

她给自己放了一天假，说是放假，其实只是没去公司，换了个地方继续办公而已。

程岛原本看她在家窝着，还想说自己也休息一天陪她出去逛逛。

结果楚芝懒得出门吹风，中午在家露了一手厨艺，烤了个海陆空拼盘，程岛给面子地都吃光了。

叽叽在桌子底下蹲守着，眼神由期待逐渐变为愤慨：你骨头不用啃得那么干净的！

下午她陪程岛去酒吧，他干他的活，她找了个角落打开电脑做数据分析，复盘这次活动的经验教训，以及下次活动的改进方案。

她正激情做表，程岛跟她说有批货要他去看一下，她也没注意，挥挥手让他走。

店里生意不太忙，小褔跟着程岛看货去了，那个夜猫子店员好像是叫奥奥的男生给她添了一次柠檬水，就在前台坐着偶尔服务下客人。

路盈盈忽然跑过来，坐在楚芝旁边，欲言又止的样子："芝芝姐，你现在忙吗？"

楚芝把电脑屏幕合上，问："有什么事要我帮你吗？"

路盈盈摆手："不是不是，我就是，前几天听到点事，琢磨了好几天要不要告诉你。"

楚芝"嗯"了一声表示自己有在听："那你要告诉我吗？"

路盈盈重重地点头："我得跟你说声。"

楚芝拿起柠檬水，喝一口润嗓子："你说吧。"

路盈盈："程哥可能不行。"

"噗——"楚芝差点被水呛到，歪过头去把嘴里的水喷在地上。

路盈盈看她这么吃惊，长话短说，连珠炮一样把自己听到的八卦都分享给楚芝："是那天大东哥和小凤哥他们喝酒聊天的时候我听说的，你知道程哥之前谈了一个女朋友，都到谈婚论嫁的阶段了结果分手了吧？"

楚芝点头。

路盈盈："就是她，她跟程哥他们都是同学嘛，然后好像他们同学聚会的时候，那个女生就说别人都说她是爱慕虚荣才跟程哥分手嫁给别人，但是她也有难言之隐，她觉得程哥好像不行，程哥一直说自己是个很传统的人，抱着'贞节牌坊'非要留到结婚后。"

楚芝惊讶地把嘴巴张成个"○"形。

路盈盈继续说她的推测："我觉得，那个姐的话也不对，程哥未必是不行，可能就是不想碰她。"

楚芝点头。

路盈盈："他也可能是骗婚！我看他好像更喜欢跟男的待在一块。"

楚芝刚合拢的嘴巴又变成"○"了。

窗口的手机响起"您有新的订单请及时查收"的提示音，路盈盈要去干活了。

她还关心楚芝："他是不是也跟你说过他很传统之类的？虽然对你很好但不乐意跟你有亲密行为？"

楚芝："啊，是说过……"

这种私人的事情楚芝不知道怎么跟路盈盈说，而且她好像是出于好意，并不是在窥探人家的隐私。

"那就是了！"路盈盈没等楚芝说完，一拍桌子，"虽然他是我老板，但我还是得提醒你擦亮眼睛，好好观察一下，最好能说清楚，可别糊里糊涂地就被骗了！"

楚芝还处在震惊的状态中，都不知道要思考些什么，只能跟路盈盈道谢。

路盈盈已经起身去做新订单的奶茶了，身形潇洒："不用谢！ Girls help girls！"

被"帮助"了的楚芝木然地把电脑打开，对着屏幕上的"动机"两个大字发呆。

她倒不怀疑路盈盈跟她说这些话的动机，虽然小姑娘之前好像对程岛有点意思，但自从她和程岛有纠葛以来路盈盈从来没作过妖，平时交往过程中也觉得是个挺直言直语的小姑娘。

她更不怀疑程岛行不行的问题，行不行她还不知道嘛。

她就是震惊程岛居然没跟前女友睡过这件事——如果消息来源真实可靠的话。

楚芝心里感觉有点复杂，说不上高兴，也没自作多情地觉得他那是为自己"守贞"，但是又觉得奇怪，他如果真不喜欢那个王小姐的话干吗和她谈恋爱？

她在脑子里想了几十种可能性，家庭伦理剧都演了八百集了，程岛终于跟小福进完货回来了。

他跟她打了个招呼，先去仓库卸货。

楚芝不知道自己要不要问问程岛前女友的事，她不是个爱刨根问底的人，从前谈恋爱的时候也从来不过问男朋友的情史。

她觉得过去了就过去了，本来翻篇的事，你一直问才会让人家总想起来，总想总想的，那不更放不下了嘛。

可她太好奇了，好奇到自己的人设都立不住了，甚至没有等到回家，在回去的路上就问出口："你跟王瑾萱，为什么分手啊？"

她问完了，心里默念：拜托，别跟我分享恋爱细节，不感兴趣，就直接快进到为什么好了几年都没睡觉就可以了。

程岛下午看她表情就觉得她心里藏着事，他还分别问了路盈盈和奥奥下午有没有事，一个眼神闪躲说没注意，一个回忆了一下说路盈盈跟芝芝姐聊天来着。

程岛把最近几天的事脑子里一过，就知道路盈盈跟楚芝可能说什么了，那天大东和小凤喝多了，跟他在店里瞎咧咧的时候，路盈盈也在。

现在楚芝这么问了，他十分了然地说："是不是路盈盈跟你说了什么？"

楚芝还想着替盈盈遮掩一下："没啊。怎么了，有什么见不得人的事要瞒我？我还不能好奇你的上一段感情了？"

程岛："有什么好奇的你直接问，不用拐弯抹角的。"

楚芝："哦，问了啊，你为什么分手啊？"

虽然她听过好几个版本了，但还是想听听当事人怎么说的。

程岛的回答和大东差不多："我在部队，异地恋聚少离多没空陪她，后来她家里人也不太支持她和我在一起，压力太大了，就跟我提分手了。"

楚芝又问："她要分就分了？不是还求婚了吗？"

程岛很坦然，说："嗯，在一起两年多，我以为她说分手是不想这么无限期拖着，所以想给她一个承诺，后来她拒绝了，我才知道她已经跟她现在的丈夫相亲过了。"

铺垫差不多了，楚芝问他："你没跟她睡过啊？"

程岛："嗯。"

楚芝："为什么啊？"

程岛："就是没睡过，谈恋爱为什么一定要睡过？"

楚芝被他这一反问，觉得他的话好像有点道理。

她有一个大胆的猜测："你不会之前谈恋爱一直没跟女朋友睡过吧？"

程岛："嗯。"

楚芝像是打开了潘多拉魔盒，好奇心被他这一个个"嗯"字勾得越发旺盛，一个问题接一个问题地抛出来。

楚芝："你总共谈过几个女朋友啊？"

程岛："三个，加上你的话。"他不用她挤牙膏了，主动交代，"大学的时候谈过一个，很短，十几天吧。"

那是他和她分手没几个月，心里总觉得空落落的，有个女孩很高调地追他，他答应了，可是在一起总觉得不对劲，他意识到自己还没放下楚芝，就跟人姑娘说明白了分手了。

程岛："后来一直单着，去了部队也没时间谈，再后来就是跟王瑾萱在一起了。"

和王瑾萱在一起的时候，他已经把楚芝放下了，也偶尔通过各种渠道知道她过得很好。他是想开始自己的新感情的，只是可能楚芝确实给他留下点心理阴影，他害怕激进冒失的亲密，只想要循序渐进地恋爱，按部就班地生活。

何况他跟王瑾萱一年到头待在一起的天数也有限，他又不是为了生理需求跟姑娘谈恋爱的，见面约约会、吃吃饭、看看电影什么的，也挺舒服。

楚芝还是觉得不可思议："你们在一起两年啊，两年你都没有过冲动？"

程岛的手搭在方向盘上："不是冲不冲动的问题，我是个很传统的人好嘛，恋爱、结婚、上床，这才是正常的顺序。"

楚芝点点头："OKOK，我不正常，你最正常。"

程岛的感情经历如此单纯，楚芝挺好奇他对王瑾萱投入了多少。

她自然不会直接问"你更爱我还是更爱她"这样的蠢问题。人嘛，感情也是分阶段的，你拿现在的感情和过去的爱做比较，时间轴都不在一个刻度上，有什么好比的。

但她想知道他最爱一个人的时候能做到什么地步。

所以她问他传言的真实性："你把给王瑾萱的钻戒卖了，然后买了物资去疫区支援，是吗？"

程岛："嗯。"

楚芝说："为了疗伤，你还去抗洪抢险，去扑森林大火了，是吗？"

程岛："你说的这些确实是真的，但那是服从命令去支援的，不是什么疗伤。"

他哪有那么大能耐，想去哪里就去哪里，都是听上面指挥行动的。

楚芝："但是你花光所有积蓄给她买钻戒了吧，被拒绝了还把卖戒指的钱捐给疫区，你一定很爱她。"

程岛："我当时大部分钱都借给老吴开酒吧了，手上就剩不到两万。你要说花光积蓄买钻戒，那也行吧。捐物资是因为当时我正好认识一个搞医疗卫生出口贸易的，有些库存我就买了。那时候 W 市的情况很凶险，我们很多战友都捐钱让我去采购，我们那点物资只是杯水车薪。"

他说这些正经事如此大义凛然，她感觉自己再问那点小情小爱的都是辱没他了。

她没再问，其实他不只是去过她说的那些地方，他的足迹还要更多更远，他也去过沪市，在全城实施管控的时候。

他站在沪市的高楼大夏前，昔日繁华的街道如今空无一人，整个城市都静音了。

一个城市如果有特殊的意义，那一定和某个人相关。

楚芝，就是程岛和这个陌生城市的联系。

想到自己守护的这方土地上有一个自己在意的，或者说在意过的人，程岛便觉得冷清的街也有了温度。

车子开进车库，程岛停好车，也有时间问问题了："我说完了，你呢？"

楚芝呢，确实也忙，上学的时候忙着读书，毕业的时候忙着考研，工作的时候忙着赚钱。

但她忙里偷闲地也谈过三四次恋爱，跟实习带她的人，跟合作公司的项目负责人，有谈了几个月的，也有谈过快一年的，基本是好聚好散。

最近的一次分手是两年前，因为连续加班十一天，男朋友总觉得她是晚上跟陈世羽在一起找借口不回家，吵了一架，睡不醒的楚芝根本没力气吵架，干脆分了。

但是楚芝并不想和程岛聊这个。男人，表现得再豁达，心里也还是有独占欲，她才不想把话柄递给他。

她拉开车门，迈出一只脚去："忘了，我记性不好。"

程岛熄火锁车，几步跟上去："骗子。"

楚芝把拇指和其他几个指头捏着，在他面前伸开手："哥，格局打开。"

程岛哼了一声，揽着她的腰，接过她背着电脑的帆布包挂在自己另一边肩上，然后把人收紧到身边："不爱听'哥'，换一个。"

楚芝："想听什么，叫你'给前女友买大钻戒的纯爱战士'？"

她就说吧，很多事不提上心，越说越放不下了，她怎么感觉自己还真醋上了。

程岛停下："你以前，叫我'老公'。"

是很久以前，她刚跟他谈恋爱的时候，他们在网上一起玩，穿情侣皮肤，改情侣头像，用情侣昵称。

然后有天组队打游戏的时候，程岛跟人说"她是我 LP"。

楚芝那么聪明的人愣是没看懂 LP 是什么，她根据语境分析，觉得这是 love person 的缩写，她是程岛的爱人。

后来她才反应过来，那是"老婆"的缩写。

终于想明白的时候，她脸涨红，为这个俗气又亲密的称呼。

高考结束的那个暑假，她要练车，还要做家教，几乎每天都在往外面跑，程岛每次都会去接她。

有天她从做家教的那一家下课，在楼下看到程岛坐在自行车上支着脚等她，她飞快地跑到他面前，快乐地扑到他怀里，把自行车都撞得晃了两下。

她将脸埋在他肩膀上，蹭了蹭鼻子："老公，我好想你啊。"

其实才两天没见面而已，昨晚睡前还打电话了。

程岛被她这么抱着叫老公，心里软，身上硬，骑车骑到个没人的小胡同，把车停在胡同口挡路，拉着她快步穿过二楼住户晾晒的碎花被单，在被单和墙面形成的封闭小空间里把她推在墙上按着亲。

那是他们第一次接吻。

楚芝搂着他的脖子亲亲脸、亲亲耳朵，贴着他小声说："好热啊，我想喝可乐，还想吃棒冰，给我买——"

程岛的手臂放在她背后，替她挡着不让她被墙磨到身体，现在他感觉那只胳膊有点疼，因为他贴得太紧，挤得太凶了。

这一方小天地叫人理智全无，他也不记得后来两个人如何收场的，只记得她穿着蓝色百褶裙，明明是湿热的天气，她却带着干爽的花香。

第六章

一狗两人三餐四季

车库可不是当年的小胡同，这里到处都是监控，楚芝没有当着监控室保安的面重温旧梦的癖好。

她"哦"了一声："我叫你老公，那你叫我什么？"

程岛咬她耳朵，"宝贝儿。"

楚芝被他肉麻地打个哆嗦，抓着他的肩膀狂晃："你清醒一点！"

程岛："好吧，芝芝。"

她家里人也管她叫芝芝，这名字听起来顺耳一些。

不过她开始改口叫他"老公"了，因为她发现这两个字有奇效，基本上她一喊他"老公"，让他干吗他都会立刻屁颠屁颠去执行。

楚芝是个实用主义者，叫什么不是叫呢，反正他高兴她也不为难就好。

为了冲第二次活动营的业绩，楚芝跟同事们加了一个星期的班，她自己也上阵咨询岗，经常到了晚饭时间还在跟家长聊天。

感兴趣的家长多半是有个童星梦的，想要让自己小孩有个平台出道。楚芝公司的主要目标客户群体就是这些人，招起来带去影视城做做活动，简单教一些表演技巧，然后择优进行广告和影视角色的分发。

择优通常指"长得更好看的"。

也有一些带着孩子来店里看的家长，没打算让孩子做演员，只是想要锻炼一下孩子的社交能力，或者练练普通话什么的。这种通常是本地的家长，问有没有长期班，每周过来上课。

楚芝做了一番市场调查，这种培训班课单价太便宜，课时消得慢，还要投放长期的教师资源，人力成本太高，不符合他们的发展计划。只能先把这些客源放回蓄水池里，等待合适的机会再挖。

她还在碰壁中摸索着可行的发展道路，程岛的店倒是顺风顺水。不知道是哪位顾客把酒吧分享到了社交平台，说这家店酒水便宜，特调咖啡酒味道好，老板和店员都是帅哥。那个帖子小火了一把，很多人慕名来打卡，顺便看帅哥。

程岛干脆推出了一周的活动，来打卡并在社交平台发帖的顾客都可以获得一杯免费的特调酒饮料。小福在《重庆森林》的基础上又做了几款新品，有《红白玫瑰》《海街日记》《路边野餐》，都是酒加咖啡或者花茶以及电影里的元素，点缀装饰物，非常出片。

楚芝没什么时间去酒吧看程岛，倒是在社交平台上被推送了几次"这家景区的日茶夜酒值得一尝"，甚至看到了有漂亮妹妹跟程岛的合影。

啧，他笑得还挺甜。

她把那张合影下载到手机上，发给程岛：看来哥哥有别的宝贝儿了。[可怜.jpg]

程岛在忙，没看手机，过了挺久才回她："这是之前发帖子吸引来好多人的那个博主。"

楚芝没回复。

程岛提前回了家。

进门的时候静悄悄、黑黢黢的，叨叨摸黑来门口迎接了他，但他没去遛它，径直回卧室先看楚芝。

床头上的小夜灯亮着，粉色的郁金香好像散发着香气，她闭着眼睛，眼球轻微滚动，被他看到了。

程岛："不要装睡。"

楚芝不出声。

程岛弯下腰去，用下巴上的胡茬刺她的脸："起来。"

楚芝被扎得难受，装不下去了，笑着坐起来，嫌弃地骂他："你怎么穿着外面衣服坐床上啊，脏死了。"

程岛"嗯"了一声，当着她面一件件把衣服脱了，再来抢她的被子盖。

她躲他、踢他，他通通当成是撒娇，打在身上不疼不痒的，不是撒娇是什么？

他逮到哪儿亲哪儿，很快亲得她变了声调，揽着他的脖子和他贴贴。

程岛忽然直起身来，对她笑："给你看个大宝贝。"

她以为他在开黄腔，结果他捞过手机，打开相机的前置镜头举到楚芝面前，问她："看见没？"

她就是他的大宝贝。

楚芝觉得他好土，可是她对这种土味表达好上头。

酒吧的发工资日，程岛给自己也发了一笔奖金，然后订了海边有落地玻璃窗的大房子，邀请楚芝去度假。

他们不必赶周末人多的时候，挑了个工作日，自己做主放假休息，什么都不带，背个包牵着狗就去玩了。

初冬的海边是冷寂的，但坐在房子里的木地板上，晒着玻璃房透进来的阳光却很温暖。

白天他们在窗边亲吻，夜里他们去露台烤火。

两个人围着一床厚厚的珊瑚绒毛毯，坐在秋千上拥抱在一起，共饮一瓶啤酒。

　　海是黑的，天也是黑的，星星并不明亮，炉火兀自跳跃，他们摇摇晃晃。

　　楚芝往后仰头，背后是他的肩膀，她枕着他，说着没有意义的废话："我觉得他们可以在露台上搭个烧烤架，可以在屋里安个壁炉。"

　　程岛也跟她一起替房东出谋划策："那样要改造烟道，不然容易一氧化碳中毒。"

　　时间过得很慢，才晚上八点多钟，平时这会儿才吃完晚饭。时间又好像过得很快，他们也不知道今天干了点什么，一天的假期就结束了。

　　"啪嗒啪嗒"的脚步声响起，叨叨爬到楼上来，看见这两个人抱在一起，吃醋地叫唤，跳起来挤到他们之间蹲下。

　　楚芝微笑着撸着狗狗的脑袋，一下一下的。

　　风从不知道哪个管子经过，"呜呜"作响，看不见的海浪拍打着礁石。楚芝好像没有那种世俗的欲望了，只想一直这么静静待着。

　　她忽然觉得这才是自己从沪市回来前幻想的生活，一狗两人三餐四季，慢慢生活，虚度时光。

　　缱绻时光短暂，归于尘世还是得为五斗米跑断腿。

　　楚芝在跟物业扯皮扯得一肚子气的午后，接到尹丹的电话："姐，猜我找你干吗？"

　　楚芝掐指一算："我小姨又有什么指示？"

　　尹丹："不愧是你！我妈让老王给你介绍个对象，怕你工作起来又不顾家了。"

　　楚芝："哦，那你家老王给我找到了吗？"

　　尹丹一点都不避讳，哈哈大笑，说："老王说你没编制，在他朋友圈里不好找。"

　　楚芝自嘲："哎，怪我不争气。"

　　尹丹："所以我妈现在让我劝你考公，趁着还没到三十五岁，还有机会。"

　　楚芝沉默，她疯了吗？放着钱不赚，去考公。

　　尹丹好像听到了她的内心世界："没办法，咱这儿的宇宙尽头就是编制。你赚再多钱，在他们看来也没有铁饭碗香。"

　　楚芝怕了，她小姨要是在她妈那儿念叨着让她考公考编，她妈说不定真会被说服。

　　她求尹丹想想办法，她只是单身创业，又不是杀人放火，小姨能不能放过她啊。

　　尹丹爱莫能助："我要是说得过她，我现在就不会当老师嫁给你妹夫了。"

　　楚芝怕怕的，感谢了尹丹的通风报信，没多久又接起小姨的电话。

小姨约她去家里吃饭，楚芝推说最近公司太忙了，下班要晚上了，没空过去。

小姨："哦，你有空去看海，没空看我？"

楚芝一噎。

她发朋友圈的时候忘记屏蔽小姨了！

小姨已经开始哭诉了："当年你出生从医院回家就是我抱你回去的，你一岁的时候要断奶也是我搂着你睡觉哄你，我抱着你的时间比抱尹丹都多，手上腱鞘炎也是生她之前因为抱你得的。我以为我们亲如母女，你却连吃顿饭都抽不出时间。"

楚芝几次想打断，奈何小姨唱评戏出身的，一口气吊老久，她只能等小姨翻完旧账，才赔着笑脸说："去去去，我今晚就去！我把晚上那几个会议都取消。"

小姨："你也不用这么说，你该开会就开会，我等着你下班。哦，你不吃饭，你那些员工也不吃饭？那你这可是违反劳动法的。"

楚芝："我小姨觉悟就是高！"

楚芝挂了电话，头疼地捏捏额头，又给程岛打了个电话："我晚上去我小姨家吃饭。"

程岛："好。"

楚芝觉得他没领悟到重点："我小姨现在不光想给我找对象，还想让我去当老师！"

程岛低笑一声。

楚芝："你笑屁，你去考公务员吧，我看你肯定能行。"

程岛："我研究研究。"

楚芝听他还挺认真的语气，赶紧改口："你研究屁！别瞎折腾，好好开你的酒吧！再见！"

程岛："嗯，我正准备去店里，你午饭记得按时吃。"

他早上给她装的饭盒。

楚芝哼唧一声，去冰箱里拿出饭盒到茶水间热饭。泡了一杯大麦茶，还没喝两口，人资过来跟她说悄悄话："路西好像想辞职。"

路西是一个销售，业绩垫底。

楚芝眉头一皱，反思自己是不是最近对路西态度不好，伤到小姑娘的心了。这几个销售虽然能力有高低，但她并没有特别不满意谁，培养一个合格的员工花费的人力和时间成本都很高，她无意开除谁。

人资把自己打听到的消息分享给楚芝："她已经报名国考了，我听她打电话给家里人说现在工作太忙，没空复习，不想干了。"

国考国考，又是一个要考公的。

合着在这里非公非编就不配活了是不是？

程岛的爱心午饭楚芝都吃不下去了，她把官网的宣传图文拉出来重新筛查一遍，一个字一个字地抠完，发给品牌部让他们去改。

有事干着，时间过得就快些，心里也没那么烦躁了。

楚芝把物料清单确认好以后，看一眼时间就先下班了，在楼下水果超市买了点瓜果礼盒，开车直奔小姨家。

到了才发现，不只是她，小姨还给她找了个"饭搭子"。

这男的楚芝看着眼熟，互相打过招呼以后才想起来这是小姨楼下邻居家的儿子唐识，之前和她一个初中的，后来他去法国留学了。

说是今年硕士毕业回家了。

即使算上语言预科，那也是延毕两三年了。

小姨："人家外国毕业卡得就是严哈，治学严谨。"

楚芝心里嗤笑：得了吧，就是没好好学呗，再严卡的也是玩咖，要么就是智商不行的笨蛋。

小姨一心撮合楚芝和唐识，把两个面都没见过几次的陌生人愣说成两小无猜、青梅竹马。

楚芝无意应酬，只扮作天真少女状，发出"哦，是吗""哇，厉害""可以可以"这些无意义的夸赞词。

她觉得自己这样已经像个傻子了，没承想真就有人吃这套，觉得她"善解人意"。

饭吃完了，唐识先回了家，楚芝这才坐到沙发上抱怨小姨："小姨，你怎么不跟我说还有别人在啊？"

小姨："说了你不就不过来了？"

楚芝嘿嘿一笑："那倒也是。我呀，最近有对象了！"

小姨："啥？谁？我怎么没听你妈说过？"

楚芝食指比在嘴上："嘘，我还没和我妈说呢，就你知道，这是咱们的小秘密哈。是我之前的好朋友，现在想试试看能不能处得来。"

她在来前的路上就想好了，要把小姨这颗火热的媒婆心降温，只能主动出击先把男友亮出来。

只是没想到她小姨这个老辣的姜还是先出手了，把人都约家里去了。

小姨震惊地瞪大眼睛，鱼尾纹都扯平了好几根。她细细询问这个"男朋友"的情况，从学历、工作到家世背景。

楚芝也不算编的，能说的都说。

——"对，认识很多年了，人品蛮好的。"

——"个子很高，不胖不瘦，是个衣服架子，长得也好看。"

——"对我好啊，对我当然很好，舍得花钱。"

——"是做生意的。"

她本来说得似是而非，尽量含糊过去，因为不想以后自己真带回家里去的男人和自己描述的差别太大。

可是小姨就像个搞情报工作的，侦查意识极强，最后连名字都问上了："你可别糊弄我，叫什么名你说说，哪个学校毕业的？回头我给你打听打听去。"

叫什么名字？

"chen……"陈世羽的名字在嘴边打转，楚芝却莫名想起很多年前的一个场景。

那年高考，她发挥正常，没有什么意外，也没有特别惊喜。她爸妈咨询了很多教师朋友，最后帮她填报了北城排名数得着的好大学，也如愿被广告学专业录取了。

程岛则在好学生楚芝的带领下，成了十三中的黑马。

可惜现实不是电视剧，他再聪明也没办法在半年时间里逆袭成清北之才。

他考了全校第二的成绩，超过一本分数线十多分，最后去了本省一所一本大学的二本专业，和王瑾萱做了校友。

那时候十三中还给程岛做了专访，投放在本地电视台做招生宣传视频。

楚芝恰好看见了，录了一段发给他：牛啊狗哥。

程岛：什么牛啊狗啊的，叫老公就可以了。

他们肆意纵情了一整个漫长的暑假，在开学来临之前，才意识到两个人之间即将相隔千里。

程岛安慰她："没关系，我每个月都去看你，不，每两周就去一次。"

楚芝眼泪汪汪地问："你为什么不每周都去看我呢？"

程岛点头："那也行，我每周都去看你。"

他答应了，就真的每周六都坐五个小时的动车去看她，跟她厮磨一晚，第二天出去逛逛景点或是干脆继续厮磨，然后吃过午饭回去。

只是渐渐地，她参加了一些社团，周末经常要参加一些集体活动，每周约见改成两周一见。

他来看她，并不只为泡在学校旁边的快捷酒店，他也喜欢看她忙碌的样子，喜欢她在镜头前闪闪发光的眼睛。

有次他来找她，刚好赶上她跟同学做大作业，拍完视频已经天黑，寒冬天，同学建议带着他一起去吃旋转小火锅。

那群同学里，有一个男生是明显不友善的，他在追楚芝，但是听闻楚芝已经有了男朋友。

男生家境优越，成绩也好，从小就是天之骄子，受不得挫败，鼻孔朝天地问程岛："你和楚芝是高中同学吗？听说她是省重点的，那你成绩应该也很厉害吧？在哪个大学啊？"

程岛没回他那么多，只报了自己的学校名。

男生摇头："没听说过，是 985 吗？"

旁边另一个同学探头过来："好像不是吧，211 ？"

程岛回答："也不是 211，就是省属重点大学，挺一般的。"

楚芝感觉自己同学"哦哦"的语气里带着不屑，她不想他们把程岛看低，谎称："他之前是想留学的，高考随便考考，现在在准备托福考试。"

程岛扭头看她一眼，她避开了。

后来他们再问程岛什么问题，程岛就不回答了，楚芝也有些恼怒，对着追她的那个男生发了火："你什么时候改行查户口了？"

那一晚程岛没留宿，吃完饭就改签了当晚回去的车票。

她送他去火车站，全程一言不发，没有解释自己为什么要撒谎。

解释什么呢，他有什么不懂的。

少女的虚荣心和少年的自尊心博弈，在他们感情世界的镜子上狠狠刮了一道裂痕。

那是他们第一次冷战，又到两周约期，程岛却没来找她，发了条信息说学校组织公益活动，算课时的，不能翘。

哪有什么不能翘的，课时学分在程岛那里都不值一提，不过是找个借口不见她而已。

楚芝自知理亏，这次换她巴巴跑去他那边。

她一个小姑娘背着书包来到人生地不熟的城市，天又黑，风又大，车站外面连辆正经出租车都没有，全是黑车司机和举着宾馆牌子的大妈。

她也不想去程岛学校给他惊喜了，委屈巴巴地蹲在车站门口给他打电话："快来接我呜呜……"

程岛已经去得很快了，但楚芝看到他的时候还是把嘴巴噘得像只小鸭子："你怎么才来呀？"

程岛手插在外套口袋里捏成拳头，面上冷冷地答："在宿舍复习英语，考托福。"

楚芝站起来，踢他的脚："小气鬼！我冷死了！"

程岛把自己戴着的她织的那条不怎么好看的灰色围巾解下来，几下围到她脖子上，挡住她的耳朵和嘴巴，带着人去找住的地方。

在那个窗户透风、暖气不热的破酒店房间里，他们用更为激烈的方式取暖。楚芝不知道是冷的还是哭的，鼻头红红的，控诉程岛"你好凶"。

程岛只是严肃地警告她："没有下次。"

时隔这么多年，楚芝好像还能记得他说这四个字时咬牙切齿的不爽、不甘、不忿。

她回神，已经不是那个要靠撒谎抬高男友身价的十八岁少女了。

楚芝跟小姨说："程岛，你见过呀，就是上次相亲认错人的那次。"

楚芝跟小姨摊完牌就后悔了。

她原本只是想表达一下自己在恋爱状态，告诉小姨那人姓程不就得了，干吗要把全名说出来啊。

以后再谈婚论嫁的时候，陈老板、程老板这么像，只说小姨听岔了不就得了。

她不是虚荣，只是怕麻烦。

毕竟她都没想好未来要嫁谁呢。

和程岛在一起很快乐是不假，可是嫁豪门当阔太的选择项她也没完全抛弃啊，她还想再考虑考虑呢。

怎么就想着程岛那张凶脸，嘴一瓢把他名字给说出来了，冲动是魔鬼。

程岛也是魔鬼！

她心情郁闷，从小姨家离开以后去了程岛的酒吧，点了一瓶威士忌喝闷酒。

才喝一杯，程岛过来坐在她旁边，拿过酒瓶看了眼："12年的山崎，你挺会喝啊。"

楚芝把酒拿过去又倒了一杯："干吗，我付过钱了。"

程岛握住她端杯子的手，把要送到她嘴边的酒转个方向送到了自己嘴里。

楚芝看他喝酒，杯子里的冰球折射出彩色的光，他脸上也被灯光映得五彩斑斓的。

酒被他喝光了，她像是泄了气的皮球，任由他牵着手，把剩下的酒封瓶暂存，一起提下班回家。

都喝了酒，楚芝还知道叫个代驾，但是琴市比起沪市的代驾业务范围着实不大，她订单下了十分钟都没人接单。

程岛提议："公交车还没停，咱们坐车回去吧？"

和他这么拉着手沿着马路牙子走，不知道为什么心情好像就好了。

楚芝说："那也行。"

晚上的公交车次比较少，他们坐在站台的细长金属椅子上等了挺久。

程岛问她："晚上吃得好不好？"

楚芝回他："没注意吃了什么，光听我小姨给介绍的男朋友侃大山了。"

程岛吸一口冷气："啧，你要找几个男朋友啊？找那么多组队打麻将吗？"

白天他听她电话里的那意思，还以为她小姨真是要和她聊工作的事，没想到醉翁之意不在酒啊。

楚芝跳脚，说："我才没！我跟小姨说了！说我有男朋友了！叫程岛！她见过！"

见到他之前还在后悔把话说太死没有回旋余地的楚芝，现在倒邀起功来了。

程岛听她说这话，果然笑了，捏着她的脸蛋，也不管是在大街上，就揪着她亲了一口："乖。"

楚芝嫌弃地抬手擦被他亲过的脸蛋，却也忍不住跟着一起笑。

公交车终于来了，车上人不多，司机擅长突然启动把人摔出去和突然刹车摔人屁股墩。

楚芝被这么搞了两回以后，跟程岛说自己想吐。

程岛听了，也不敢劝她再忍忍了，下一站到站的时候拉她下了车。

离家也就一公里多点路了，程岛觉得打车更折腾，不如散散步，以免再晕车。

楚芝觉得也不是不行，但他得在她走不动的时候背着她，最好是公主抱。

程岛满口答应。

路上又问起她今晚还有什么不高兴的，楚芝隐瞒过去陈世羽的那一段，只说自己想起以前和他冷战他不理人的事了。

程岛心虚，郑重地承诺："以后有求必应，绝不冷战。"

楚芝还是不满意，他就跟她说起自己的"小秘密"："我不是故意不理你，我是自己躺床上哭，哭得没法跟你说话，那个表情包你知道吧。"

他特意找出来他说的表情包，一个漫画小人双手放在肚子上躺着流眼泪，身下是成摊的蓝色水渍。

程岛："不夸张，我就这样哭的，把床铺都哭湿了，我室友看我晾被单，还以为我尿床了。"

楚芝不知道他是认真的还是在逗她玩，她才不信他会哭，她分手都没见过他一滴泪。

他这半真半假的话唬得她发愣："那你哭一个我看看。"

程岛："伤心才哭，我现在这么高兴我哭啥？"

楚芝抬手"啪"地给了他一巴掌："现在还高兴吗？"

她打得不算用力，跟拍蚊子似的，但是出手比较突然，让人措手不及。

程岛反应过来以后，气恼地抱着她的腰就把人给举起来，扛在肩上用力拍了两下屁股："打人不打脸知不知道？"

楚芝腿脚乱蹬："打人也不打屁股啊！"

程岛两只手按住了她的腰，不让她掉下来，脚步加快："不是走不动吗？我抱你走。"

楚芝看到有骑自行车的路人经过，诧异地看着他们。

她嫌丢脸，把脑袋低下去埋在他背上："放我下来，人家都在看我们！"

程岛不放："看呗，没见过谈恋爱的吗？"

楚芝因为脸贴着他外套，说话的声音好像被衣服给吸收了一样，闷闷的，她骂他："你怎么年纪越大脸皮越厚？"

他今晚是有点兴奋，因为她在家人面前承认自己的身份，他不是非要现在谈婚论嫁，只是想要和她走得更久更远一些。

因为她头朝下充血不舒服，最后换成背着她走。

琴市的路不平，上坡下坡特别多。

她趴在他背后，看他往上坡走得极稳，腿不抖气不喘的，不由得佩服他的体力。

　　结果都快到小区门口了，乌麻麻的天上忽然落雨点。

　　冬雨寒凉，再背着她的话就等于把她当人形雨披挨淋了。

　　程岛把楚芝放下地来，拉着她一通快跑，跑到家的时候身上衣服都没怎么湿。

　　楚芝不高兴地嘟囔，怨他跑得太快，自己脚崴了一下。

　　他没什么，把她扔进浴室里洗热水澡，又给了热奶茶暖胃。

　　以为没什么事的，谁知道半夜三点楚芝起来上吐下泻，一会儿说冷一会儿说热。

　　程岛连夜送她去急诊，验了血说是肠胃炎，退烧药吃完又输了液，折腾一宿，天大亮的时候才回了家。

　　楚芝身上没劲，脑袋发沉，嘴倒是闲得很，一桩桩细数程岛的罪过。

　　"你那酒哪里进的？是不是假酒啊？

　　"都怪你，非要拉我坐公交车。

　　"你还把我扛肩上倒着颠，我的胃就是被你颠坏了。

　　"你跑那么快，我吹风淋雨就着凉了！"

　　她每说一条就看看程岛的反应，看到他虚心认错，身体的不适感好像就弱几分。

　　在医院的时候烧退下来了，回家几个小时又有反复。程岛给她量了体温，喂了片布洛芬，看她昏昏欲睡，嘴里还在念叨他。

　　"我就说那个煎饼馃子不干净，你得去小鱼街那家店买……"

　　她吧唧着嘴睡着了，眼底有些发青。

　　程岛开始还没想明白什么煎饼馃子，后来煮着粥突然记起来从前有一次吃煎饼馃子食物中毒的事。

　　不过那次生病发烧的人是他。

　　那是大一那年的寒假，他们终于又能天天见面了，也是这样一个下雨的天气，他们从电影院看完一个不好看的喜剧片出来，往回走的时候遇到个卖煎饼馃子的小车，买了两套，边走边吃。

　　楚芝觉得不好吃，吃了半个不要吃了，剩下的都被程岛包圆。

　　然后那天晚上程岛就食物中毒了。

　　楚芝白天跑他家去照顾他，端茶倒水、嘘寒问暖的。

　　她问他想吃什么饭，他也不知道自己赌什么气，还说想吃煎饼馃子。

　　那天中午，他吃到了她用电饼铛做的巨厚无比的饼皮，和油炸得有点焦煳的薄脆，还有乱搭的番茄黄瓜鸡米花。

　　楚芝举着自己纤纤十指给他看："那个锅好烫！你看我被烫红了！"

　　她左手手背和食指被油点子溅到了，当时看只是有点红，第二天却变成红褐色，用了一个星期才脱落长出新皮。

程岛把煮粥的电饭锅定好时，去看了一眼楚芝睡得正香，摸摸脑袋在发汗了。

他悄悄关上门，拿着车钥匙骑上摩托去她说的小鱼街那家店买煎饼馃子。

她嘴那么挑，他做的她可看不上。

真奇怪，已经过去了这么多年，她说过的话、做过的事他都记得清楚，平时不会想起来，可她好像握着什么遥控器，按一按开关他就把回忆解锁。

楚芝是被脑袋边上的香气熏醒的。

她一睁眼，就看见了床头柜上的托盘里摆着皮蛋瘦肉粥和煎饼馃子。

原本发苦的舌头好像突然就开始分泌口水了。

她垂死病中惊坐起，抱着馃子啃起来。

程岛也就是出门去洗了盒车厘子的工夫，回来看到比她脸还大的煎饼馃子已经被吃得只剩下一角了。

他笑说："看来病得不严重。"

楚芝把最后一口饼塞嘴里，四仰八叉地一头躺到床上，耍赖道："谁说不重的，我都快不行了，手也没劲，脖子也没劲，腰也没劲，你喂我喝粥！"

她腻腻歪歪等他喂完粥，吃了水果、喝了水，又揪着他要亲亲。

程岛奋力反抗了，他才不像她一样不懂事呢，他要为她的身体健康着想，生病了就好好养着，亲什么亲！

楚芝抓着他的衣领不撒手："你是不是怕被我传染感冒？连女朋友都不亲，你还敢说爱她？"

程岛："拉倒吧，我跟你一起病倒了，谁照顾你？"

楚芝："亲亲我就病倒？"

她胡搅蛮缠，程岛被闹得没办法，只能由着她搂着自己脖子啃。

再后来，她又蛊惑他说："出出汗，好得快！"

听起来好像有点道理。

楚芝的歪理邪说没有得到证实，相反，她好像烧得更厉害了。

程岛把店托给小福盯着，在家照顾了她两天。

楚芝虽然没法去公司，在床上也没闲着，开会、做表、发任务，都要程岛催着赶着才知道做做拉伸吃点东西。

就在这个节骨眼上，小姨喊她吃饭，这次算是喜事，王韬正式升迁，摆酒请家里人吃饭庆祝，楚芝爸妈也被邀请了。

小姨特意说："把你那个朋友也叫上啊。"

楚芝头大："小姨，还没到那个程度哈。"

又说了几句，严词拒绝带男朋友出场。

挂了电话，看到程岛正好来给她送水，楚芝心虚，不知道他听没听到，干脆主动交代："我妹夫请客吃饭，小姨想让我带男朋友去，你方便吗？"

她如果想让他去，就不会这么问了，会直接让他空出来什么时间。

程岛听懂了，没在意，不过不太放心她的身体，说："我接送你吧，饭就不吃了，也不认识他们，有机会单独拜见一下你爸妈就好。"

他这样想就最好了，楚芝点头，到了要去吃饭那天化了个妆遮盖自己的病色，以免爸妈看见担心。

宴席的主角是王韬，他春风得意马蹄疾，亲戚们谁跟他敬酒都来者不拒。楚芝吃饭吃饱了，觉得屋里有点吵有点闷，尹丹在应酬别人也没空一直和她说话，她干脆去外面大堂坐着透透风。

她还算有点良心，给程岛发消息问他吃饭没。

程岛就坐在酒楼对面的便利店里等着她，刚把她送来以后觉得走了再过来麻烦，干脆买了点吃的，坐那儿玩手机等她。

他回她：吃了，几点撤？

楚芝：现在就想走了，你可以出发了。

程岛：你闭上眼数三个数。

楚芝：真的假的？

她虽然这么问，还真的在心里默念三个数。

无事发生。

程岛：我猜你数的是三二一。

楚芝：［省略号.jpg］

程岛：看来我猜对了。

好无聊一男的。

楚芝发给他一个扇狗狗嘴巴的表情包。

"芝芝，看什么呢这么开心？"

忽然有声音从头顶传来，她抬头，是王韬。

楚芝站起来，把手机揣兜里："没什么，看段子呢。"

王韬喝得有点多，刚去洗手间洗了把脸，现在头发还有点湿。

他要往回走，喊楚芝一起。

楚芝想着回包厢去跟爸妈打个招呼再走，于是跟了上去。

他们的包厢在最里面，因为王韬不想请客太高调，特地选了个最僻静的房间。

古典装潢的走廊笔直又安静，地毯和墙面都是吸音的材质。王韬忽然跟跄了一下，楚芝就在旁边，顺手扶了他胳膊一把："你没事吧？"

没想到他反手就握住了她的手，对她笑："没事，绊了一跤。"

他喝得脖子脸都通红，笑容带着那种醉鬼的轻浮，眼镜片反光看不清眼神。

楚芝有点不舒服，把手拽出来。

他却干脆一把搂住楚芝的肩，往自己怀里抱："躲什么呀，不是喜欢看我吗？近距离给你看个够。"

再往前走一点拐个弯就是他们吃饭的房间，她的爸妈、他的妻子都坐在那里。

他却在这发癫。

楚芝可不管他是不是喝醉了，一点面子都不想给他留，用力一挣刚要给他一巴掌。

这手还没扇出去，王韬人先飞出去了。

她纳闷，回头。

身后站着刚挥了一拳头的程岛，黑着脸甩甩手腕，对趴在地上的人骂："你大爷！"

程岛跟楚芝发短信的时候就往这边走了，说数三个数是逗她，但数三分钟过来没问题。

他刚进酒楼大堂的时候就看到楚芝跟一个男的一起走了，白天他给她拿的衣服穿上的，对她的背影一眼都不会认错。

他本来想在大堂等的，可是直觉让他不太放心她旁边那个男的，于是在后面跟着走了一段。

结果就被他看到这男的歪歪扭扭地走路，还把楚芝给抱住了。

程岛几步冲上去，他跑得快，这地毯又吸声没动静，在楚芝挣扎之前，他已经到了王韬身边，一拳挥在王韬脸上，把他给干倒在地。

他那一拳没收一点劲儿，王韬颧骨直接被打肿了，疼得眼冒金星，摸索着把掉在地上的眼镜戴上："你是谁啊？"

程岛走到他面前，弯腰把人拎着衬衣领子拽起来，想让他做好准备再挨自己一顿揍："她男朋友。"

王韬两只手举起来，觍着个脸求饶："误会误会，我喝多了，还以为是尹丹呢。"

程岛手没松开，回头看楚芝。

楚芝满脸晦气，只想着也揍他一拳，又怕手疼，于是跟程岛告状："他放屁！"

程岛挑眉，他还是头一次听楚芝骂人，看样子气得不轻。

他们闹腾的声音这么大，有人从包厢里面出来看，一看王韬让人"挟持"着，惊慌失措地喊要报警。

王韬先是紧张地让亲戚别报警，说是小误会别闹大。

等看到自己岳父岳母出来了，他立马变了副嘴脸，痛心疾首的样子："爸，妈，你们看这是闹的什么事啊？刚才我崴了一下，楚芝来扶我，可能是怕我走不稳就揽着我腰了，结果她这男朋友还是谁的，也不问问清楚，上来就打我。"

他这红口白牙的就颠倒是非，话里话外甚至透露出一丝是楚芝主动勾引他的意思。

楚芝想到上次自己多看他两眼都要被小姨和妈妈警告，这次他这么胡说八道，她更是有些说不清了。

不行，不能让他就这么遮掩过去，比不要脸是吧，她也行！

这么一想，楚芝"哇"的一声嚎啕大哭，一屁股坐到地毯上，嚷嚷着："他撒谎！我好好地走着，他过来捏我大腿摸我胸，我喊非礼我朋友才冲上来的。程岛，你快报警，让警察来调监控，看看谁骗人，把这个人渣抓起来！"

王韬惊呆了。

程岛也很吃惊，他就跟在后面，没看见这男的还有那些下贱动作啊。

正在哭号的楚芝悄悄朝他眨眨眼，他心领神会，掏出手机拨打110。

王韬急了，也不怕挨揍了，冲过去抢程岛的手机不让他报警。

只是他哪里是程岛的对手，程岛看他一直纠缠，烦得很，轻轻松松一只手把他的胳膊反剪，扣着人把他脸贴在墙上。

然后在他嗷呜喊疼的背景音里，程岛跟接警员说："你好，这里是海坝大酒楼，有人性骚扰我朋友……"

"够了！"楚妈把楚芝扶起来，拢了拢她的开衫，"让你朋友先把电话挂了！"

程岛眼神一直关注着楚芝那边，他认得楚芝的父母，听楚妈那么说了，报警的声音一停，看楚芝。

楚芝点头："那你先挂了吧。"

程岛立马跟接警员道歉，挂了电话。

酒席注定要不欢而散了，那些亲友离场后，房间内只剩下楚芝一家和小姨一家。

程岛拿把椅子坐在不远处的窗边，给他们处理"家务事"的空间，但要是情况不对，他还是会出手。

楚芝刚才那样一闹，脸面丢光，但众人也看了不少王韬的笑话，一时大家都不知道从何说起，沉默着叹气。

王韬先开口："我不知道楚芝是撞了什么邪，我绝对没做她说的那些事。"

楚芝的眼泪说来就来："你既然说我冤枉你，你报警啊，让警察来看看谁在撒谎！"

一提警察，王韬就发怵，但还是咬着牙骂她"神经病"。

楚芝小姨终于站起来打破了两人的争执，她看向楚芝，表情很是一言难尽。

楚芝也看她。

小姨就问了她一句话："他真的欺负你了？"

楚芝扬着下巴："真的！"

小姨走到王韬面前，抬手就给他一巴掌："畜生！"

王韬震惊地捂着脸："妈？你也疯了？"

小姨："我看着长大的外甥女，我能不知道她是什么样的人吗？"

尹丹也站起来。

王韬看向自己的妻子。

尹丹却是拿上包打算走了："朵朵托班要放学了，我去接她。"

她人都走到门口了，又回头对楚芝说："哦，对了，姐，你要想报警就报，要是嫌丢人就让你男朋友再揍他一顿，不用看我面子手软。"

门"咚"的一声关上，尹丹是真的一分钟也不愿意多待了。

楚芝回头找程岛，程岛的目光从被甩上的门上转移到她身上，朝她笑笑，似乎是她一个指令他立马过来揍人。

这一通哭，楚芝觉得自己又有点发烧了，她捂着发晕的脑袋，跟她妈说："妈，我难受。"

楚妈又心疼又上火，让小姨自己去处理，她要带楚芝去医院。

这次程岛不用招呼就跟过来了。

他开车当司机，楚爸坐副驾驶，楚芝和楚妈一起坐后排。

程岛通过后视镜看了几眼楚芝，她妆都哭花了，一张小脸惨白，看着真是可怜。

去了医院依旧是抽血做化验，白细胞有点多，医生给开了药让她挂个水。

楚芝不想爸妈跟着折腾，说程岛陪着就可以，让他们先回家去收拾收拾，她打完针就回家，还点名了几个她晚饭想吃的菜。

楚爸深深地看了一眼程岛，这一看，他忽然想起什么，皱着眉头问程岛："你小子，是不是上学时候总在我们家楼下晃悠啊？"

楚芝爸妈离开以后，楚芝放松了不少，找了个输液大厅角落里的双人椅，坐在程岛怀里玩手机麻将。

程岛由着她软脚虾似的靠着，不想打扰她玩游戏，但又实在好奇："你为什么要那么说？万一他真报警了呢？"

楚芝盯着手机屏幕算牌，不以为然地说："他不可能报警，他刚升官，对名声看得紧。他冤枉我，我受不了那个气，叫他也试试有嘴说不清是什么感觉。"

程岛哭笑不得："你这么给自己泼脏水，伤敌一百，自损八千，何必让人说三道四呢，吃亏的还是你。"

楚芝把手机一撂，老大不爽地和他分辩："要流氓的是他，被欺负的是我，他们要说也是说他臭不要脸，说得着我吗？哦，我被轻薄了我还有错？"

程岛轻拍她的背："没说你错，只是不想你听到什么难听的风言风语，毕竟事关你的清白。"

楚芝把他的手推开，有些迁怒："他们说话难听是他们的问题，不是我的问题。他们要骂应该骂王韬不是个东西，而不是骂我'不清白'。"

那王韬不就是吃准了她一个女的要面子、重名声，肯定不会声张，这才一开始说什么醉酒误会，想把丑事盖过去。

可他惹错人了，楚芝才不是任人拿捏的软柿子，今天是程岛正好撞见了，要是程岛没来，她能回屋去抢个酒瓶子给这杂碎开瓢。

楚芝越说越气："你们男的，没一个好东西！"

程岛冤得很，拉着楚芝的手表明立场："我宣布，从今天起，我退出'我们男的'这个组织，加入无敌芝芝教，拜我无敌芝芝神……不过这个神怎么听起来像是老鼠精？"

他一通胡话，把楚芝逗笑了，还追着他打，被他搂住："别打了别打了，你针都回血了。"

吊瓶打完，程岛送楚芝回爸妈家，以为她要在那边静养几天，没想到楚芝只歇了一晚上就去上班了。

第二天一早，程岛听到大门开锁声音，还以为楚芝回来拿什么东西："落什么了啊？"

刚掀开被子下床打算看一眼，拖鞋还没穿好，卧室半掩的门被推开。

门里门外的人都吓了一跳。

楚妈："小程？"

小程把刚穿上的鞋一脱，躺回床上用被子盖住了自己只穿了内裤的身体。

楚妈嘴角都要抽抽了，不知道说句啥，把卧室门给他带上，退出去了。

程岛昨天夜里在酒吧待到打烊才回家，现在还有点没睡醒，脑子乱糟糟的，凭着肌肉记忆穿好衣服出去，真不知道怎么跟楚妈解释。

楚妈是刚从早市过来的，楚芝说要回自己这边住，楚妈怕她天天吃外卖肠胃更不好，特地买了些肉菜熟食之类的来帮她填满冰箱。

刚进门就看见沙发上有男人的衣服，卧室里好像也有人说话，过去一看吓一跳。

一老一少对坐在饭桌前，不只是程岛没想好说什么，楚妈也蒙了，站起来往厨房走："你吃什么，我给你弄点饭。"

程岛赶紧抢在她进厨房前先一步进去，说："不用不用，有牛奶和面包，我自己来。阿姨你坐，我给你倒杯水。"

楚妈在女儿的房子里倒成了客人。

她喝着程岛给倒的水，心情复杂，半晌问了句："住这多久了？"

程岛不知道楚芝怎么说的，也不知道自己的回答会不会让楚妈不高兴，斟酌着说了句："偶尔借住一下。"

借住啥啊，衣帽间男人的衣服挂了一排，洗手间里的毛巾和牙刷都是成对的，这偶尔的频次是每天呗。

楚妈不和他掰扯这些，又问："什么时候结婚啊？"

程岛表情严肃了起来。

楚妈还以为他这是不想结婚，结果他来一句："我随时都行，户口本一直在手边。"

楚妈沉默了。

他俩在这儿讨论的这个问题，谁都没有决定权，能决定的那个人在办公室和人吵架呢。

物业的一个经理，拿着鸡毛当令箭，平时节庆里"吃拿卡要"，楚芝就当打发要饭的了，现在又说什么他们的易拉宝占用公共空间了，还要求撤掉商场内的咨询摆台。

就是想趁机要好处罢了。

楚芝现在是易燃易爆状态，不想惯着任何一个不合理的存在，跟物业硬刚起来，要人资把市长热线、市场监管热线都打起来，跟陈世羽说让法务出动拿合同告他们去。

真是甲方、乙方都分不清了，到底谁服务谁？

楚芝找自己的占星大师朋友看看星盘，怀疑自己最近运势不好，怎么哪儿哪儿都能给她气受？

拖着疲惫的身躯回了自己家，桌子上放了饭菜，程岛给她在冰箱的留言板上留了话，告诉她冰箱里有做好的菜，微波炉热一下再吃。

他现在的字已经和当初的狗爬字不一样了，听他说是在部队的时候闲暇时间练的。

楚芝胡思乱想了一下，如果他高考的时候能有这笔字，分数是不是还能提十分？

把饭菜端出来加热，一个人坐在餐桌上吃着饭，她忽然敏锐地看到了桌面上有一根弯曲的长发。

她捏起头发，捋直了看长度，不是她的，也不是程岛的。

她想了一下，又起身打开冰箱重新看了一遍，土豆、豆角、黄瓜、西红柿、猪肘子，尝一口，嗯，周记的。

全是她妈喜欢做的菜，应该是她妈来过了。

这个节骨眼上，她甚至都没心情问问程岛或者她妈两个人碰上没有、说了什么。

她觉得身心俱疲，只想睡觉。

睡醒了，又变成女战士去公司跟物业干仗。

办公室里，人资跟她说着投诉举报以后那边给的回复。

楚芝听着那踢皮球的诡术就觉得头大。

她正跟人资发着牢骚，办公室的门忽然被推开。

楚芝要看看是哪个不长眼的、没礼貌的家伙这么直接进她办公室。

一抬头，居然是本来应该下周过来的陈世羽。

陈世羽昨天接了她的电话，改了一堆行程，今天就飞过来了。他下了飞机一路往这边赶，平时总是一丝不苟的发型今天有几缕碎发没定住型。

他走进来，把呢子大衣往椅背上一搭，来到楚芝身边，拍拍她的肩："没事。放着我来。"

烂熟

第七章 /
凭你喜欢我喜欢得要命

楚芝从来没有想过自己能有指望得上陈世羽的一天。

人资回自己工位了，办公室里只有他们两个。楚芝抱着靠枕躺在沙发上，看着陈世羽挽起袖子，拿了支笔在纸上涂涂画画，同时戴着耳机一直在打电话。

楚芝听他切换了几次频道，见人说人话，见鬼说鬼话。

楚芝一颗浮躁的心在陈世羽有条不紊地挨个打电话联系声中慢慢落稳。

她毫不吝啬地夸他："有你在真是太好了。"

陈世羽拧开大板桌上的一瓶水，喝了两口润润嗓子，反倒安慰楚芝："你最近身体欠佳，影响情绪了，不然这些事你也可以搞得定。"

楚芝纳闷地看着陈世羽："你不太对，怎么从周扒皮变身大善人了？"

陈世羽："图谋更多呗了。"

他这话带着点意味深长，搁在从前楚芝会觉得他是想养着自己，以后给他出更多力赚更多钱，现在她知道了他对她的"野心"，莫名从这话里听出来一丝撩。

以前谈恋爱全凭心情，喜欢就心动脸红，不会追根问底。可现在谈恋爱得凭脑子，她自诩只是有点姿色，但陈世羽什么美人没见过呢，他是什么时候喜欢上她的，总不至于真就为了找个全年无休的优秀员工吧？

她不懂就问："你喜欢我吗？喜欢我什么啊？"

这个问题陈世羽也问过自己，他这大半个月除了忙工作，闲暇之余就琢磨他是不是真的想娶楚芝，她有什么动人之处？

思来想去，还是那两个字：习惯。

他不知道自己什么时候喜欢上她的，但他清楚地知道，自己在听说她有男朋友并且可能嫁给别人的时候，那种非常不爽且不愿意的情绪。

那已经远超同事或者朋友的嫉妒心。

和她在一起，一直和她在一起，是一个想象中很不错的画面。

他也有自信，楚芝会选择他的，不管是出于情感或是其他更理性更现实的原因，无所谓，他就喜欢地识时务的"聪明"。

陈世羽不擅长哄女人，但他也有自己的魅力，他对她承诺："喜欢不是几句话能说得清的，我会接纳你的全部。"

这个答案楚芝是没想过的，她忽然想起程岛来。

她从没问过程岛喜不喜欢自己，又或者喜欢自己什么。

在程岛的眼睛里，她根本不需要有任何怀疑，她非常自信，他喜欢她喜欢惨了，不管她什么样他都喜欢。

他才是真的接纳她的全部。

陈世羽看到楚芝恍惚出神，以为她还不太舒服，让她先回家休息，他来处理和物业的官司。

楚芝觉得自己没那么弱鸡，把办公室让给他，到外面的谈单室里打电话追单几个高意向客户。

一直忙到中午吃饭时间，其他同事都去吃饭了，她敲敲办公室的门，问陈世羽要不要吃饭。

陈世羽不太饿，刚好楚芝也没胃口，两个人干脆出门买了两杯咖啡，在消防通道外面的楼梯阳台上边喝边聊。

陈世羽上午把情况处理得差不多了。他们势单力薄，无论是投诉举报还是打官司都没有什么优势，耗不起。所以还是找了方方面面的中间人出面，他也约了物业所属集团的高管吃饭。这事最终大概归结为这边经理的个人问题，不管是追责还是换人，总之以后不至于再找楚芝的麻烦。

聊完正事，也说了点闲话。

陈世羽笑着问她："你这桃花开得挺旺啊，是那个李主任说认得你，是和你一起参加什么表妹婚礼的伴郎伴娘，还问我要你的联系方式，说以后有事你直接找他。"

尹丹的婚礼吗？哪个伴郎、什么李主任，她毫无印象。

但是说到桃花，她不禁自嘲："烂桃花吧。"

陈世羽："看来我要尽快出手。"

又绕到他俩的事上了。很奇怪，谈及他们感情的时候，她一点都没有不自然，好像真是相恋多年的情侣在谈婚论嫁一样。

又或者说，像是他们之前开公司签合伙协议一样，态度友好，偶有争执，未来可期。

她想着他曾经说他爸已经开始催婚催生了，好奇地问他："你想什么时候办婚礼，什么时候要孩子啊？"

陈世羽："都可以，随你吧，尽量早点回归。"

早结完，早生完，就可以早回归专注工作的状态。

楚芝听出了弦外之音，摇着头笑他："你没救了。"

他们撑着雕花石台远眺聊天。

旋转楼梯的下一层，有人听得脸黑心冷。

程岛是来给楚芝送饭的，他昨晚回家时她已经睡了，今天起床时她又走得匆忙，两个人没能说上话。

程岛特意炖了鸡汤小馄饨送来给她，还想跟她说一声昨天被她妈见到了，还催婚的事。

只是来的时候正是午间下班用餐高峰期，他等了两趟电梯都是满员，索性从楼外侧爬楼梯上去。

她在十一楼，他爬到十楼的时候听到她的声音。

她在问什么时候结婚、什么时候生孩子。

如果说只这一句，还可能是在打听同事的事，可下一秒，陈世羽的声音传来，那句"随你吧"把程岛的脚步钉死在了楼梯上。

他想上去问问，问他们在聊谁的婚事，不会是自己女朋友和别的男人的吧？

想想还是算了，这会儿他出现，除了收获一堆尴尬还能有什么。

来时这楼梯上得如履平地，原路返回去却觉得每一阶都很陡，好像一不小心就会踩滑摔下去。

手里的保温桶他带到酒吧去了，自己没心情吃，随手扔给小福，让他和路盈盈分着吃。

酒吧门口有个灯牌，灯牌旁边有把钓鱼椅，他在隔壁买了盒烟，坐在那把椅子上一根接一根地抽。

他说什么来着？不要招惹楚芝，不然吃亏上当心碎一地的还是他。

十年前是这样，十年以后好像也没什么区别。

《罗马假日》里的公主和记者再怎么相爱，也只是一日艳情，没有什么更多的交集了，更遑论未来。

地上烟头落了一地。

程岛起来，从酒吧找了把扫帚，把烟头扫到墙角，去后面仓库点货了。

小福和路盈盈坐在吧台上，你一口我一口分食着爱心鸡汤馄饨，好好吃，可是做饭的人看起来好可怜。

小福："老板是失恋了吗？"

路盈盈有点心虚，好像是自己的锅，又觉得自己没做错什么，如果真分手了，那就说明自己提醒楚芝姐有用了，老板果然有问题！

看他这么伤心，是不是真的身体有硬伤啊？

他俩还在天马行空地乱猜，程岛却已经想开了。

是真的想开了，没有愤怒，心情平静，像是隔着十年来接受一个结果。

楚芝下班接到楚妈电话，要她回家吃饭，她感觉像是一场鸿门宴。

果然，刚进门，爸妈就开始话里话外都是"小程"了。

楚爸："他是不是你同学？上学的时候就对你有意思吧？我不可能记错，我在楼下遇到他好几次。"

楚妈："既然都住一起了，那就把证领了吧，婚礼慢慢来，先合法再说，这要让人家看见了像什么话？"

楚芝挠挠耳朵，她以前真是被蒙蔽了眼睛，居然觉得她爸妈是最开明的父母，不会催婚。

她试探着转移话题："这又小程小程了，你们之前不还对陈世羽很满意嘛，怎么的，是个男的就行啊？"

楚妈拍她背一巴掌："这孩子，净胡说。那你不是说你那领导对你没别的意思嘛，我们满意有什么用？"

楚芝："那他要是对我有意思呢？"

楚妈："有意思也不行了啊，你这不是有男朋友了吗？"

楚芝："男朋友，也不一定就非要结婚啊。"

她大放厥词，语出惊人。

楚爸楚妈觉得她这思想很危险，一番苦口婆心的沟通以后，楚芝把自己的现状和盘托出。简单说就是她现在有点动摇，觉得嫁给陈世羽也很不错。

楚爸楚妈沉默了。

楚爸："你这不是脚踏两条船吗？"

楚芝觉得自己还没踏呢，只是坐在这条船头看看那边船尾。

毕竟是自己的女儿，没法站在客观角度去评判她的对错，楚爸只希望她能幸福："不管选哪个，尽快做好决定。哪怕都不选，也不要这样朝三暮四的，对小程太不公平了。"

楚芝小声狡辩："我知道的。"

她也知道这样不好，她需要尽快做决定，其实心里已经隐约有所偏重，就是因为放不下程岛，才没跟陈世羽有进一步的承诺。

阔太的梦多做几天也不犯法吧？如果注定无缘豪门，让她想想总可以吧。

从爸妈那里回了家，意外地发现程岛今天回得早，正在楼下遛叨叨。

叨叨见到楚芝，兴奋地想扑上去，被狗绳勒着跑不动，着急地对着程岛叫。

程岛只好跟着叨叨一起跑。

楚芝就看见路灯下，穿着橄榄绿外套的男人牵着一蹦一跳的白色狗狗，一起朝着自己奔来，脸上都带着笑意，让她心里洋溢着幸福。

因为生病老实了几天的楚芝，今晚非常热情主动地往男人被窝钻，只是程岛没什么状态，推说"今天有点累"。

楚芝自讨了没趣，讪讪地转过身去，心里想着给他扣分扣分扣分。

结果刚才拒绝她没多久的人，离开卧室去阳台待了一会儿，带着一身烟味回来了，从身后抱住她亲咬她的耳朵。

楚芝又痒又麻，带着气恼指责他："你不是累了吗？"

"嗯。"程岛亲她耳后颈子上那一小片肉，一下一下像只烦人的啄木鸟。

楚芝被亲得想笑，回过身来把一只脚搭在他腰上，主动凑上去亲他的嘴唇，温热的。

"你不要抽烟了。"她亲了一会儿，忽然皱起鼻子，"不喜欢。"

"好。"他答应，抬手蒙住她的眼睛，更深地吻她，拥抱她。

等她如愿了，满足了，睡着了。

他靠坐在床头，看着墙上那一条亮光，从窗帘没拉紧的缝隙里透过来。

不知道是不是外面的灯光闪烁，那条墙上的光带会移动，忽明忽灭。

他好像闻得到楚芝身上的香味，又或者是他自己的味道，和她同款的沐浴露。

他记得他们分手那天下雨了，春夏的雨，没浇灌出什么艳丽的花，只是让人淋个透彻清醒。

那时候她报了学校的双学位专业，还有学生会的工作和许多志愿活动，生活丰富多彩。

而他在学校能把课都上满了就实属不错，多数闲着的时间都是跟同学在宿舍联网打游戏。

他去看她的时间跟着她的空档调整，最久的一次有二十六天没见。

他知道她身边有很多优秀的男生喜欢她，虽然更多时候是她在吃醋说哪个女生明显对他有意思而他却不自知。

他感觉他们之间有一道明显的鸿沟，那种距离不是五个小时的高铁能跨越的。

她跟他提过一次让他准备考研，他沉默以对，后来她就没再提了。

然后某一天，非常突兀地，她说："分手吧，我看不到我们的将来。"

这个理由太现实了，没有争吵，没有误会，就是她长久以来的认识与判断。

她的目标在海阔天空，他却只是一座孤独的岛屿，供她短暂停歇，然后继续远行。

当初分手，程岛怨过她的心狠，却也只归咎于他们不是一个世界的人。

再相遇，他已经努力向她靠拢了，也以为他们这次结局会不一样。可是陈世羽的出现，仍然像一根木刺扎进手指，时时提醒着他现实，不疼，但难受。

他真是非常讨厌她身边的每一个优质男性。

程岛整夜没睡，清早起来给楚芝做了份三明治，煮了牛奶。

她吃好饭，他才开口："你想嫁给陈世羽吗？"

楚芝一愣："啊？你听谁说的？"

不是矢口否认，便是真有其事了。

他笑了笑："没什么，随便问问。上班去吧，我补个觉。"

楚芝抿着嘴，看了眼时间，先出门了，上午有例会，她不好迟到。

只是这一天都有点心神不宁，感觉早上程岛的笑有点不对劲，等她回到家，心里的那份不安得到了证实。

他把当初搬过来的所有衣服和日用品都带走了，包括住进来以后才买的口杯和浴巾。

这个家里好像从来没有存在过他的痕迹。

楚芝给他发消息：什么意思？

他很快就回了：分手吧。

楚芝觉得他回消息从来没这么快过，就像是一直守着手机，就为了第一时间告诉她这个决定。

她坐在沙发上，编辑了好多字，最后删到只剩一句：我不同意。

楚芝不同意，她没想过分手，她也不想分手。昨晚还跟她厮混着你侬我侬的人，怎么穿上裤子就翻脸无情了呢？

早上他问她的那个问题，是让她有些惭愧，可她也没有背着他答应要跟陈世羽结婚啊，她就是，就是心里摇摆了一下而已。

昨天和爸妈聊过以后，她都打算等这次陈世羽回沪市之前和他说明白，说自己和男朋友感情挺好的，不考虑结婚的事。

当然，她承认，这次这么快做了决定，有一部分原因是早上他的问题让她有了被戳穿的尴尬和不安。

她给程岛打电话，程岛挂了。

她一阵心塞，又给他发消息：不行，不可以分手。

程岛：凭什么你想怎么样就怎么样呢？

楚芝：凭你喜欢我。

她耍起无赖，被偏爱就有恃无恐：凭你喜欢我喜欢得要命。

她这样理直气壮，程岛还真不知道怎么回她，索性关机。

楚芝联系不到人，也不知道他会不会在酒吧，不想白跑一趟，躺在床上生闷气。

气着气着，实在气不过，又爬了起来，打算去酒吧抓人。

还没出门，接到了尹丹的电话，约她吃夜宵。

楚芝犹豫了一下，先去赴表妹的约。

尹丹约她去的是个大排档，就在楚芝爸妈家附近，以前暑假她们姐妹俩很爱来这里吃海鲜。

楚芝刚坐下，尹丹就跟她说："我不离婚了。"

楚芝拿手机扫桌子上的点餐码，闻言抬头看了她一眼，又低头看手机上的菜单。"哦。"

尹丹只说了那一句，便沉默着和楚芝各自点餐，点好了，手机放下了。她看着桌子，说给楚芝听："我不能离婚，朵朵不能没有爸爸。不管我嫁给谁，对方都不会像她亲爸那样对她好；如果我不再嫁，朵朵也会受人欺负。"

楚芝表示理解，表妹还是她表妹，只是表妹的老公她这辈子大概只愿意去出席他的葬礼这种大场面了。

炒菜上桌，尹丹吃着吃着开始流眼泪。

楚芝抽了一张纸巾递给她："你都想好了，就别觉得委屈了。"

路都是自己选的，既然做了决定，那就受着呗。

但她看着尹丹哭实在心疼，把跟爸妈都没说的秘密告诉了尹丹："那天王韬确实抱我了，也跟我说了过分的话，但还没来得及摸我就被程岛揍了。"

不知道这么说能不能让表妹心里好受些。

"无所谓了，不管他莫没摸你，都改变不了他想出轨的事实。他求我不要离婚，说以后夹着尾巴做人，绝对不会再动歪心思。"尹丹握了握楚芝的手，"不过你没被占便宜，那还是很好的，不然我都不知道以后怎么面对你。"

她擦擦眼泪，继续吃："那天那个男的就是你说的程岛是吧，是挺帅的，你们在一起挺好的。"

楚芝："好什么啊，刚跟我提的分手。"

尹丹："为什么？因为王韬？"

楚芝："那倒不是。"

楚芝把自己的事大概跟尹丹分享了一下，尹丹听完却说："那挺好的啊，你可以安心和你老板在一起了。"

楚芝愣住。

尹丹拿自己的事举例："以后的事谁都说不好，如果有一天你失去了感情，起码还有钱能花，就算是离婚，也能多分点钱。这么多年我算是看明白了，感情是最不值一文的，说不见就不见。你还没孩子你不知道，养一个你就懂了，琐碎事太多太多，有钱人家就不用考虑那么多。"

尹丹劝她："家庭说到底是个经济单位。"

她们喝了点小酒，尹丹可能有点醉，说着以后夫妻俩各过各的，她也找个帅哥玩玩去。

楚芝虽然知道她说的是气话，但还是提醒她："你如果为了朵朵不想离婚的话，还是不要那样吧。"

这个社会对女性太不友好，丈夫出轨的多半劝老婆再给次机会，老婆出轨的却没几个男的能忍受戴绿帽子。

尹丹抱着楚芝的肩膀又哭了一通，哭到眼睛肿了酒醒了，和楚芝一起打车回了楚芝小姨家。

楚芝没上楼，看表妹回去以后就让司机又把车开到酒吧去。

程岛大概是知道她会来找自己，压根不在店里。

楚芝挑了个安静的位置坐下，点了一壶白桃乌龙，小蜡烛烧着，透明的壶底"咕嘟咕嘟"冒泡泡。

从前听人说嫁人是女人第二次投胎，楚芝不以为然，总觉得万事不由天，只要自己够优秀，婚姻只是点缀，不是必需。

可是看到表妹尹丹这样算是优秀的女人，面对婚姻却过得不得不装糊涂的时候，她混乱了。

她反思自己，发现她一直把恋爱和婚姻看成两个割裂的事情，恋爱是冲动、激情、荷尔蒙，结婚是理智、判断、结同盟。

她好像一直活得很明白，可是又好像活得不太明白。

比如她明白，嫁给陈世羽是一个很好的跃升阶层的机会，可以直接帮下一代少奋斗三十年。

但是她想不明白，为什么程岛跟她说分手，她的反应却是想跟他结婚来挽回他。

当年分手，并不是毫无征兆的，是因为她觉得他不够上进，安于现状，或者是对现状妥协。

那时候他们天真，也想当然。自以为老成地分析着未来的趋势，想象着一份学历所能带来的直接相关的就业优劣势。

楚芝觉得他只要努力，考一个985的研究生，然后他们还是可以携手在大城市出人头地。

程岛却自觉不是什么搞学术的料，他厌恶周遭那种平凡堕落的学校气氛，又被身边人影响没法做那个格格不入的上进青年。

他们的争执只有三五次，却已经把该计较的都盘算过一遍。

唯独爱情本身，楚芝忘记算进去。

明明一开始，只是简单地因为喜欢啊。

说了分手以后，楚芝也后悔过，她每天每天地等他挽回，等他突然出现在她宿舍楼下，像从前他们吵架以后那样。

可是他没有。

他也有他的骄傲和自尊。

后来她就不等了。她太忙了，她所幻想的未来被她的野心撑满，这十年几乎是马不停蹄地向前走，她是楚芝，不回头、不后悔的楚芝。

她说什么来着，就不该和他恋爱，她太了解他们之间的差别，也清楚明白如果有一天分手，会是因为什么。

她甚至能想象得到，如果今天程岛没躲着她，就在这里，他要跟她说些什么。

他要说是他的问题，他们不是一个世界的人，他当初不该强求。

一壶茶很快就喝完了。

奥奥问她要不要添点水。

楚芝看向年轻帅气的服务生，忽然笑了："好呀，谢谢你。"

对，就是他的问题，本来她也只是想和他春风几度，他玩不起还硬要挽留她，现在回过神来了又一副受伤受害的样子。

他要分，那就分吧，他不后悔就行。

奥奥被她这明艳的笑容搞得有点慌，又不是不知道这是老板娘，他可没

· 140 ·

那熊心豹子胆去勾搭程哥的老婆。

　　奥奥低着头不敢看她，火速端着茶壶去添水。等他再把壶端回来的时候，楚芝原本坐着的地方空了，人已经走了。

　　说来容易，只是这空荡的被窝冷暖自知。

　　楚芝之前还觉得这个"公摊二十，实用面积八十"的一百平方米房子小得很，可是程岛把他东西都搬走以后，她居然觉得这房子好像还挺宽敞，不然怎么能让她看出来那些空缺呢？

　　她打算购置一些没用的家居用品来把那些空填满。

　　购物是快乐的，拆箱也是愉悦的，钱果真比男人有用，且忠诚。

　　哦，忠诚的还有狗狗。

　　叨叨大概是对这门亲事告吹最为喜闻乐见的一个了，它终于又能爬床，给心爱的主人当脚垫，一起在这个寒冬取暖。

　　在暖气还没有放送之前。

　　处理完物业的事情，亲自参与了第二期的活动营，陈世羽和同事们复盘完经验，策划好"双旦（诞）营"活动的细节后就要回沪市了。

　　楚芝依旧送他去机场。这几天一直没提过的话题，临别的时候他终于又问起："想好了吗，要不要嫁给我？"

　　这个问题，楚芝最近没想。

　　不过，程岛不是替她做出决定了吗？他退出，成全他们。

　　既然这样，why not？

　　她没有立马回答，陈世羽要去过安检了，在门口单手拥抱了她一下，极快地贴了下她左侧头发："没关系，再想想，年底我来陪你跨年。"

　　楚芝本能地在他靠近的时候抬起手来，只是没等她推开，他已经松开了她，她都不确定他是不是给了她的头发一个若有似无的亲吻。

　　他转身离开，她在背后看着他忽然觉得一阵肉麻。倒不是对他反感抗拒，就是觉得很别扭。

　　多年兄弟情都快混成血缘亲情了，她好像真的有点难以接受和他有亲密关系。

　　之前考虑跟陈世羽结婚的事情，想的都是利益关系，她这还是第一次考虑肉体关系。

　　夜深人静的时候，她闭上眼，幻想着今天在机场分别时，如果陈世羽更进一步，如果他的吻落在她耳朵上、脖子上、下巴上……

　　不行不行，她感觉自己拳头硬了！

　　想一拳把他的脸打歪，让他别亲了。

　　楚芝躺在床上，一些画面掠过眼前，是当年青涩的、生疏的但是有无尽精力的她和程岛。

那是刚上大学的时候，军训结束，他去北城看她，住在学校旁边的小旅馆。她晚上不想回宿舍，硬要跟他住一起。

他们开的是标准间，夜半却又觉得床太窄，容易掉到床下去，于是把两张床人为地拼到一起，拼成一个比大床更大的床，无论怎么翻滚都不必担心掉到地上了。

程岛是个挺守规矩的男朋友，楚芝却是对什么都感到好奇的问号少女。毫不夸张地说，伊甸园的第一颗苹果是楚芝主动摘了喂程岛，把纯情男大学生的食欲给勾了出来，一发不可收。

楚芝闭着眼，想着那个老旧的宾馆房间里抵死缠绵的场景，窗户被纱帘遮挡，却仍有日光透进来打在他们身上。

她想着程岛总是痴迷地吻遍她，不知疲倦地说爱她，说她真美，说她好甜，说他要死了。

她想着他汗湿的头发，想着他黑漆漆的眼睛。

情绪释放过后的空虚感涌来，楚芝发了一条或许算是冲动的信息，给陈世羽：想清楚了，和你，还是一起搞钱最好，其他的算了。

陈世羽回她：不要在睡觉前做任何重要决定。

楚芝把一句"你也没那么重要"都打好了，想想有点狠，不要得罪自己的合伙人，又删了，改成：我讲真的。

陈世羽没回她。

她觉得没意思，转而给程岛发：想你了。

消息前冒出了熟悉的小叹号。

很好，他又把她删好友了。

就在楚芝暗暗骂着程岛"真有种"的时候，程岛正在当"香炉"猛抽烟。

他不是"有种"，他是怕自己忍不住，忍不住找她，忍不住发信息问问她在干吗。

分手那天她来酒吧，其实他就在后面仓库的破塑料板凳上坐着，只是吩咐店员别告诉她。

后来她走了，也再没来了。

他说不清自己是想她来还是想她别再出现。他想得再清醒透彻，可一对着她就容易没有原则底线，倒宁愿她把负心人的罪名担到底，他和她之间再不见，不讲亏欠。

从楚芝家里搬出来的时候，他每放进行李箱里一样东西，就觉得心里被扎一把刀子，他正在和楚芝告别，自此以后他应该真的要从她的世界里消失了。

也不算完全消失，他还欠着她钱呢，未来三年内，理想估计快的话也要两年内，他们还会因为借钱还钱的缘由产生一点交集。

来的时候只有一个拉杆箱，走的时候却多出来三个大袋子，零零碎碎，全是他们的回忆。

自此以后，都别再提。

行李里面还有半包气球，程岛坐在店里喝水，也不知道自己什么时候扭了一只小狗气球出来。

放下，原来比想象中的还要难。

十年前他还一腔热血的时候，尚且知道他两个不是一路人，分开是迟早的事。

现在，不过是用事实证明了十年前的论断。看，她现在多优秀、多有志向、多能赚钱，多的是想要娶她的优秀男人。

可是一日夫妻百日恩，他们之前夜夜笙歌，这难受的恩不知要持续多久？

但不管多久，这次是一定要彻底断了，程岛这回真的想清楚了。为了自己，也为了她，没必要彼此浪费了。

气球被他扔进垃圾桶，无辜的绿色小狗看上去非常难过。

就快要到圣诞节和元旦了，程岛和店员们商量店里要搞点什么活动。在一个个馊主意里，小福举手问："要不请楚芝姐来提点建议吧，她点子多！"

程岛瞥了他一眼，他闭嘴。

路盈盈替小福解围："要不搞个'三人同行，一人免单'怎么样？"

程岛现在听不得"三"这个字，黑着脸扭头走了。

留下三个店员面面相觑，各自散了去忙活。

天黑了，陆陆续续有客人过来。

在这些生面孔里出现两个熟人，大东和小凤不知道从哪儿听说他分手了，紧赶着来慰问他。

程岛不想理他俩，结果这两个货扯着大嗓门吆喝："你一晚上多少钱啊？我们哥俩包你一晚上。"

还没喝一口就像已经醉倒了，引得其他顾客纷纷侧目。

程岛觉得丢人，双手合十跟他俩拜一拜，求他们闭嘴。

他拉开椅子坐到他们旁边，手圈在椅背上："谁嘴这么碎啊？小福？盈盈？"

大东一挥手，给他开了一瓶啤酒送到跟前："你甭管谁告诉我们的，就这么大的事，你怎么能不告诉我们呢？"

小凤也不满地捶桌子："就是！你忘了，当年你分手，我和大东可是连夜坐车去陪你的！"

确实，那年和楚芝分手，雨夜淅沥，他不过在空间说了句"大道朝天，各走一边"。他们俩就轮番电话轰炸他，听到他情绪不高，同在琴市的他俩一起坐城际大巴跑去邻市看他，夜里走的，清晨到的，早上八点早饭都没吃，拉着他去喝酒消愁。

愁没消多少，三人给喝出肠胃炎来一起进医院了。

大东十分感慨："你跟王瑾萱分手那次，咱俩也想去找你，可惜部队进不去，只能让你一个人独自伤心。现在好了，又能陪你喝酒到天亮了，我真是太高兴了！"

程岛无语。

他失恋是什么值得高兴的好事吗？这都是什么损友啊？

程岛没打算跟他们喝太多，大东的老婆和孩子还在家等着呢，他哪能让人家家属担心。

喝了几瓶，他正想找个什么理由逃走的时候，看到奥奥领着个快递小哥朝他走来。

小哥："程岛是吧，这有个快递需要你本人签字签收。"

程岛扫了一眼，知道是什么，飞快地把字签了，还没来得及把快递收起来，小盒子已经被小凤抢走了。

小凤在酒吧昏暗的灯光下辨别面单上的字："蒂凡尼……"他边说，还边摇了摇快递盒，听到里面有晃动声，"啥呀？戒指？"

程岛："嗯。"

大东和小凤一起沉默。

在和楚芝妈妈见过面的当天，他就去店里挑了戒指，不算求婚，只是想向她和她爸妈表明态度。

他挑的款式要调货，所以他先付了钱，留了地址，让他们寄给他。

这几天把这事给抛之脑后了，没想到这会儿却收到了迟来的礼物。

大东咂咂嘴，好心劝他："狗哥，咱就说，下次再求婚的时候换个牌子的戒指吧，你好像跟这个绿油油的牌子不太对付，求一次婚对象就跑一次。"

程岛礼貌客气地反问他："能不能请你滚？"

大东和小凤识相地滚了，主要是他们看程岛好像精神状态挺稳定的，不像十年前抱着酒瓶子哇哇哭那么惨。

他俩刚出酒吧，站门口打车的时候，看到了楚芝。

楚芝穿着黑色的羊毛大衣，里面露出茶色的羊毛衫和浅色的牛仔裤，十二月的冷天，脚上却蹬了双小高跟，没穿袜子的脚背裸露在外面，能看见青色的血管。

他俩没看那么仔细，就是觉得一打眼就看她娉娉袅袅，像个女妖精似的走过来。

大东是程岛的忠实拥趸，他一身正气地喊停女妖精，不许她进酒吧："你都把狗哥伤成什么样了，你还要来刺激他吗？不行，不准你欺负他！"

楚芝把落下来的碎发别到耳后，退后两步，离这一身酒气的家伙远一点，翻了个白眼："大哥，你要不要问问是谁甩谁？"

大东愣住："哼！咋的？难不成还能是狗哥甩你吗？"

楚芝气笑了："对，没错，是你们英明神武的狗哥甩了我，删除我，拉黑我，还有事吗？"

小凤："哈？不可能！为什么？"

楚芝："对呀，我也想知道为什么，所以你们可以让开，让我进去问问为什么了吗？"

他俩叫的网约车已经到了跟前，又被他俩摇手给送走了。

这哼哈二将站在楚芝身后，像她的小弟一样重新进了酒吧。

程岛正站在吧台擦杯子，看到这样一个奇异组合走过来的时候，太阳穴直突突。

大东指着楚芝，嘴皮子可顺溜："她说是狗哥你把她甩了，你快给她看你给她买的大钻戒，啊，带不带钻啊，反正，你放心，兄弟给你撑腰！"

程岛太阳穴突突得更严重了。

小凤没那么莽，他站在旁边，顺手接过楚芝脱下来的大衣外套，像个站岗的侍应给她抱着衣服，说出来的话却像串台到了婚庆司仪："看来是误会一场了。那太好了，咱们把分手翻篇，该来的人都来了，狗哥，你要求婚就求吧，我们都给你们做见证！"

楚芝眉毛一挑。

程岛感觉已经有看热闹不嫌事大的路人掏出手机来要拍他们了，说不定他真求婚的话，那些人会拍着手高呼"嫁给他"。

反正尴尬的又不是他们。

程岛掀开吧台的挡板，走出来，一只手揽住一个好友的肩膀，把他俩硬推出门外。

小凤被钳制住，扭不过头去，挥着手里的大衣："衣服！楚芝的衣服！"

程岛一松手，拿回楚芝的衣服，求这两兄弟快走："别添乱了。"

少了两道聒噪的声音，程岛看一眼手里的大衣，垂着手回到店里。

楚芝正坐在吧台上，他从她背后路过，把外套挂在高脚椅的椅背上，问："找我吗？"

楚芝不是来刨根问底的，上次在这里喝茶，她想通了，他觉得不想跟她在一起，那就不要在一起好了。

和陈世羽摊牌并不全是为了程岛，是她真的受不了跟陈世羽发生什么关系，而且她觉得他们两个奋斗怪在一起，早晚一起英年早逝。

尹丹说得对，婚姻以经济为基础，如果五年、十年、二十年以后终归会遭遇感情的叛变，那么，在最开始的时候，她可以选择不要婚姻，自己存钱。

这不就是她一开始想的吗？干吗非要结婚？她是人在局中糊涂了，什么时候她的选择只剩嫁陈世羽还是嫁程岛这两个了，姐可以哪个都不嫁。

她今天来，只是有点不爽，想来看看程岛是不是长了三头六臂，哪个头这么铁敢一声不吭就离开她家，又是哪只手这么贱一次又一次删除她好友。

楚芝喝着小福送过来的血腥玛丽，对程岛笑笑："对呀，来找你，怕我这个债权人财色两空。"

她提起钱的事，程岛便把自己的计划跟她说："最近店里生意不错，运转需要现金，你的钱我会按年结算给你，欠条在你那儿，一分都不会少你的。"

楚芝点头，她本来也不是为了欠款来的："行，先把我微信加回来。"

程岛别开眼去："没事就别联系了，有事的话你可以来店里。"

楚芝："真有事的话，还没等到你店里，事可能都解决了。"

程岛："那就不是什么大事。"

楚芝恼了，这狗男人，是打定主意跟她划清界限了是吧？

好好好，好得很。

程岛去后面仓库里了，楚芝也没走，坐在那儿继续喝她的鸡尾酒，脑子里想着要怎么跟他"好好说"。

她越想越气，觉得程岛真是人格分裂，分手前一天还抱着她亲吻的浓情蜜意，怎么会说消失就消失的？

身边忽然一阵风落下，她转头，是个帅哥。

对方冲她招招手："嗨，我叫 Milo，交个朋友啊？"

看起来是个玩咖，还有花名呢。

楚芝闲着也是闲着，有人这么凑过来给她讲笑话逗她开心也不错，她不咸不淡地应酬着，偶尔听到很有意思的事也会笑几声。

小福远远瞅着，不知道该不该跟老板通风报信。

他能做的，只是把店里那个印着"搭讪借钱莫理，注意人身安全"的 KT 板从前台挪到了吧台，就挪到楚芝的正前方。

挡她视线了。

楚芝抬眼看他，他又把板子移到旁边一米远的位置。

老板，小福尽力了。

Milo 对楚芝很感兴趣的样子，跟她喝了两杯酒看她并不反感自己，贴近她耳边问询："这边清吧比较无聊，我知道有个店特别燥，要不要换个地儿咱俩蹦迪去？"

楚芝："蹦不动，姐老了，小兄弟你自己去吧。"

男人："那算了，我自己有什么意思啊，姐你多大啊？"

楚芝实话实说："我过了年二十九。"

男人："29？不能吧，我以为你这怎么也得是 34，C？"

楚芝反应了一下才想明白他说的是胸围。

她大笑，为这种明晃晃的调情手段。

她没试过一夜情，觉得脏，怕染病。现在看这小帅哥，虽然有几分顺眼，却也不至于就要跟他做点什么，只是消遣一下晚上的空闲罢了。

"你刚说的，去哪儿蹦迪？"她改主意了，想去散散心。

她一起身，男人就殷勤地把外套拿起来给她披上："过两条街就是，步行五百米。"

楚芝跟着他往外走，结果还没走到门口，就被程岛拦下了。

程岛："去哪儿？"

旁边男的认得程岛是老板，开口："关你什么事？"

程岛只盯着楚芝："问你去哪儿？"

男的回过神来，问楚芝："认识啊？"

楚芝："前男友。"

她特意把那个"前"字咬得很重。

男人抱着手臂，看戏似的，也把重音放在"前"上："哦，是前男友啊，那管得是不是有点多了？"

"没错呀。"楚芝走到程岛跟前，伸出食指一字一顿地戳他的胸口，"你，是不是管得，有、点、多。"

她问完，仰头看他。

程岛低垂着眼睛，看向她。

忽然用力一把攥住她那根青葱一样的指头，一言不发地把人拽走，拽去后面仓库。

Milo 傻眼："哎哎哎，哎，怎么走了啊？"

奥奥端着托盘从他身边路过，手机铃声外放着："人家郎才女貌，天生一对，轮到你这妖怪来反对？"

楚芝被程岛拽着，像个透风的麻袋，摇摇晃晃，每每像要坠落的时候又被人用力提起。

她走路跟跄，却并不抱怨男人的粗暴，甚至心里带着隐秘的期待与兴奋，想要他此刻箍着她的有力手臂过一会儿以同样的力量给她别的快乐。

酒吧到仓库之间要穿过一个小小的院井，森冷漆黑，只在墙顶亮着一盏功率不高的节能灯。

楚芝望着那盏灯出神，好像要进入一个梦境世界。

仓库的门板是木头框，玻璃窗口贴着很多海报和报纸遮挡，门上挂着锁链，因为程岛刚从这边走开，铁链现在垂坠着没有锁上。

程岛把门一拉，把楚芝带进去，按在塑料板凳上坐下，同时手按在墙上的开关，把所有灯打开，亮如白昼。

楚芝下意识地眯了下眼，适应突然而来的光亮。

程岛立在她面前，膝盖抵着她的膝盖，但他好像无所察觉，还在生气地质问她："你到底想干吗？"

周围都是一排排、一摞摞的酒箱，抬头是没有吊顶、能看见各种管道的灰墙。

她把膝盖分开，脚放在他脚的两侧，小腿去蹭他，无辜地问："我干吗了呀？"

程岛往后退了一步，又退了一步，拒绝她的勾引。

他斥责她要跟第一次见面的野男人去不知道什么地方的行为，甚至是在酒后："多看看社会新闻，不然怎么死的都不知道。"

楚芝见他真的在拉开两人的距离，并没有想在这里和她发生什么的意思，觉得有点没劲，但也终于找到一个机会和他好好聊一聊了。

她说话还带着三分刻意的娇气："那你这么担心我的安全，就不要和我分手呀，我只听我男朋友的管。"

这话就是胡扯了，她谁的管束都不会听。

程岛眉头像是纹了半永久一样深深皱着，楚芝都怀疑他再这么皱下去会不会留下印子。

小心变成小老头！

她被自己的胡思乱想逗笑了，弯着嘴角，心情很好。

这在程岛眼里就是她喝醉了，酒精控制下抑制不住地傻笑。

程岛也不管她这会儿脑子清不清醒，问她："我跟你分手是为了让你出来乱约的吗？"

不是什么好话，但她没计较他语气里的冒犯，很认真地问他："哦？我不知道啊，你跟我说说，你和我分手，是为了什么呢？"

程岛盯着她。

她一派无辜，好像真的什么都不懂不知道。程岛觉得有些难堪，把脸转向一边，自嘲地说："你不是想嫁给陈世羽吗？我离开，你就不用纠结了。"

楚芝恍然大悟似的："你居然是这么想的？啊，那可怎么办，我已经拒绝陈世羽了，我不打算嫁给他哎。"

她觉得自己已经给他台阶下了，再别扭两句，他应该就要后悔了吧。

没想到程岛听了并没什么反应，他像一尊古井无波的佛，参透了爱情这个东西的真谛，用最冷的神情说最冷的话："拒绝了陈世羽，还可能有赵世羽、王世羽。楚芝，我不想做你的备选项，不想一次次经历这种难堪。所以算了，我们确实不合适。"

楚芝刚还挂着笑意的脸也随着他的话一个字一个字地落下而变冷："哦，你现在又觉得不合适了？"

程岛："一直都不合适，你是天鹅，我是鸭子，你有广阔的天地去飞，我只能在池塘里扑腾。"

她不喜欢听他这样贬低自己，虽然她难得能听见他说出这种带修辞手法的话。

楚芝明白了，他这是真的不想再和她好了，不想被拿来跟别的男人比，不想成为她"璀璨人生"里被考虑替换的"普通部分"。

陈世羽只是个引子，他们之间的雷一直都在，被过往激情掩盖得太好，现在炸了才看清那些缩手缩脚藏着的"局促"。

楚芝太过自信，自信过头到没发现程岛对自己是这么不自信。

旖旎的心思全无，她从板凳上站起来，也学他那样皱眉："你想好了吗？再不会跟我好了？"

"嗯。"程岛只说得出这一个字，再要多说一句话都说不出了，他觉得心里好难受。

楚芝又问了一句："我就给你这一次机会，你想好再说。要和我分手，对吗？不后悔？"

程岛："嗯。"

楚芝居然还勾出个笑容来，她呼了一口气，从这四面漏风的库房往外走："明白了，你最好真的是。"

你最好真的是不会后悔。

她人已经走到门口了，又转过身，心里的气到底憋不住，恶意气死人的话她这个辩论队队长可最擅长。

她对程岛说："有两句话我得纠正一下。首先，你从来都不是备选项，因为我压根没想过和你结婚；其次，'鸭子'可不会像你这样跟金主说话，他们会很乖。不过你提醒了我，反正我还有点闲钱，干吗不去找两个能讨我欢心的呢？"

她还很贱地在那个疑问句后补了句："讨我欢心的，嘎嘎，你说是吧。"然后在他铁青着脸的注视下款款离开。

这一次算是把话说清了，她知道了，他不是吃醋，不是赌气，不是以退为进。只是和十年前的她一样，觉得终于看透所以断尾求生。

楚芝不是死缠烂打的人，或者说她死缠烂打的手段也比较体面。

她不再跟程岛联系，也不和人打听他的近况。她只是每天下了班去酒吧坐坐，点杯酒，复盘一下工作报表，对着窗外发发呆，然后就回家遛狗吃饭休息。

也遇到过几次程岛，他总是面无表情地在吧台那里擦杯子，听到小福跟他说"楚芝姐来了"，也只是抬头朝她的方向看一眼，点个头算是打招呼，然后就做自己的事了。

楚芝说不清自己现在是什么感觉，一种很纯粹的宁静，如陈世羽所期全身心投入工作里。

圣诞将至，酒吧开始装扮得充满节日气氛，店里最终推出的活动是圣诞那三天画小鹿妆到店的顾客，可以享受酒水五折、小吃拼盘免费的优惠。

楚芝也凑热闹参加了活动。

马上就要开始双旦营了，在开营忙碌之前，楚芝和员工们一起团建去吃了顿自助铁板烧大餐。

吃饭的时候已经喝过一些酒了，酒酣耳热，大家还想再喝一会儿，于是又一起来了岛屿酒吧。

就像当初楚芝和程岛在一起的时候没有特别公开，分手了也没昭告天下，所以她的同事们只是隐约猜测这两人可能掰了，但又因为知道这酒吧楚芝投钱了，所以照顾店里生意依旧是理所当然的。

在门口看到店招活动，几个年轻的女生把各自的化妆品一凑，还真凑出了一套能画小鹿妆的装备。

路灯下还有大妈大叔摆摊卖发饰，楚芝请客给每个人买了发箍发卡，小鹿角的也买了几个。

今天店里比往常热闹一些，驻唱的乐队引导着顾客们一起站起来摇手蹦跳。

楚芝也和大家一起开心欢笑，摇头晃脑地沉浸在音乐里。

奥奥突然端着餐盘出现，吓了她一跳。

奥奥："姐，炸鱿鱼圈，就剩一份了，我特意给你留的。"

楚芝又回头看了一眼，问奥奥："程岛在吗？"

奥奥欲言又止。

楚芝："咋了？"

奥奥："不在，他说他不在。"

很实在的小伙子。

楚芝夸他："你今天这个绿色圣诞帽全场最帅。"

等奥奥走了，楚芝用指尖捏着鱿鱼圈往嘴里送，像只偷腥的猫，到处看会不会有人来抓她。

说到抓人，她想起那次被搭讪的经历。

大概是太无聊了吧，她居然有点想试试如果她再和陌生男人一起走的话，他还会不会再出来挡她。

说干就干，楚芝把外套放在卡座上，到前面围在一起听歌嗨蹦迪的人群里，纵情扭摆。

她穿的是紧身鱼尾连衣裙，腰是腰胯是胯的，扭起来真漂亮。

很快就有鱼儿咬钩，有跟同学一起来玩的男大学生主动来问姐姐要联系方式了。

楚芝从上到下打量男生，不行，长得太瘦了，不是她的菜。

再过一会儿，又来一个单身男的，这个个子高，肩膀宽，感觉是特意照着双开门冰箱在练的。

楚芝觉得他肌肉太多了不好看，而且像是那种吃蛋白粉吃出来的花架子，No No No。

最后终于来了个正常的，长得不错，说话也不碎，她觉得还可以聊聊天。

音乐越来越躁动，大家都在贴身热舞，楚芝跟新认识的男人也跳得挺欢实，然后就觉得手臂被人拉着往后退了。

楚芝心想，这次来得还挺快，人还没出酒吧门呢。

　　她笑着转过身去，却在见到对方的脸色时惊讶地问："怎么是你呀？你怎么来了？"

　　陈世羽黑着脸看一眼刚才把手放在楚芝肩上和她跳舞的男的，带着她往安静的地方走。

　　他原本是想年底过来的，之前还约好和她一起跨年，只是双旦营就要开营了，他想亲自督办，于是提前来了——反正他是这么跟自己说的。

　　陈世羽知道今天公司团建，问了其他同事聚会地点，从机场一路过来，结果就看见她跟别的男的跳得正带劲，看着真不顺眼。

　　他拉着她的小臂，找了一圈安静地方，最后找到了洗手间旁边的空地，这里人少，而且音乐声几乎被阻挡了。

　　楚芝挣脱自己的手，跟他抱怨："你弄疼我了！"

　　陈世羽脸色依旧阴郁："这就是你拒绝跟我结婚的原因吗？"

　　楚芝揉着自己的手腕："什么呀，什么乱七八糟的？"

　　她有点烦，这段时间以来她跟陈世羽只谈公事，效率贼高，陈世羽甚至还把非少儿项目的其他一些决策规划和她讨论，两个人沟通得高度默契。

　　她以为前面结婚那一茬可以翻篇了，没想到他又提起来。

　　陈世羽看着眼前的女人，她戴着红色的鹿角发箍，脸颊上涂着棕色的腮红和白色的圆点，鼻子上有个黑色的三角形，眼神湿漉漉的，像是山岗里迷了路的小鹿。

　　这一个月，他跟她合作得确实非常愉快，就像从前她在他身边时一样。可他却高兴不起来，他好像有了更多的废话想和她说，想把他收藏的饭店分享给她，约她一起去吃。

　　他清楚地认识到，他提出的结婚建议不只是心血来潮，他的喜欢在一点点积蓄，现在已经满溢出来了。

　　楚芝靠着墙，陈世羽就在她面前，抬手把她的鹿角拔了。

　　楚芝看着被他收走的发箍，不太理解："你要是喜欢的话，小雨那儿还有多的，你可以拿一个。"

　　陈世羽低头，看她："我要是喜欢的是你的话，也可以拿一个吗？"

　　楚芝这个人，虽然容易纠结，可一旦做了什么决定，那也是挺有原则的。她无意跟她的合伙人纠葛，手握拳抵在两个人中间："不是说了吗？不想跟你结婚，你别闹了。"

　　陈世羽："你知道我没在闹，为什么不想结婚，给我个理由。"

　　楚芝："你又不喜欢我啊，咱俩结婚也跟谈生意似的，有意思吗？"

　　陈世羽："你怎么知道我不喜欢你？"

　　他说这话的时候，手自然而然地搭在她背后的墙上，俯身向前，想要证明自己对她的喜欢。

"咚"的一声，对面洗手间有人出来，木头门摔得震天响。

　　楚芝捂着自己的嘴往声源处看，就见程岛从门里走出来，走到洗手池边洗手，洗完也没用纸擦干，很没素质地用力甩甩手上的水。

　　水珠溅了这边站在一起的两个人一脸。

　　陈世羽一顿。

　　楚芝还在捂着嘴，怕陈世羽亲过来。

　　她另一只手把他推开一点距离，坚决地告诉他："那你喜欢我也没用，因为我不喜欢你。"

烂熟

第八章 /
说过的话还算不算数

　　距离上次撞见楚芝和陈世羽在洗手间外面"调情"已经五天了，这五天楚芝都没有再出现在酒吧过。

　　小福是跟着程岛最近的人，下午没有客人理货清扫的时候，他和奥奥还有路盈盈交头接耳地讨论着老板的爱情八卦。

　　路盈盈这个"告发者"是一直有点心虚的，虽然她曾经问过楚芝是不是老板真的不行所以分手，而楚芝也告诉她不是因为她的话才分开的。

　　楚芝原话是这么说的："他确实不行，不过不是那里，是这里。"说完点点自己的太阳穴。

　　总之路盈盈对脑子和脾气好像都不太好的老板不予置评，专心跑她的奶茶订单。

　　奥奥年纪稍大，擦着杯子饶有兴致地跟他俩说："我瞧着像是楚芝姐在哄老板，但是老板总摆臭脸，楚芝姐不耐烦了，就不哄他了。"

　　小福点头附和："我也觉得是，而且那天跟楚芝姐一起走的那个男的，好像是她领导还是什么的，反正他俩看着挺像一对的。啊，就是那天以后楚芝姐就没来了吧？"

　　奥奥回忆了一下："嗯。"

　　小福撇嘴："然后老板从那天开始就变成哑巴了。"

　　平时不怎么爱笑的老板看起来起码像个好人，现在大半天一句话不说的老板看着随时要砍人。

　　把人家老板搞"失语"的肇事者其实最近忙得起飞。

　　为了更好地吸取经验做改善方案，这次的活动营她从第一天就作为带队老师跟着去了。

　　七天六晚的活动，小朋友们要排演出一场儿童剧，还要参演影视剧和广告的拍摄，虽然有家长跟队，但课堂上是只有老师和学生的。

　　楚芝每天跟着授课老师做助教，跑前跑后哄小孩，累到翻白眼，根本没时间去喝酒，她连睡觉都是在营地的合作酒店里。

陈世羽也在，不过他只是在营地的咖啡厅里拿着电脑办公，晚饭时间和员工们碰头，简单复盘一天的情况，确定后面的行程。

这次活动营的报名费用比较高，他们对接的商务也比较好，剧组安排挑人，每个小朋友都获得了上镜的机会。尤其是一个卫生纸的广告，他们要拍十个家庭主题短视频投放网络，不仅是小朋友出镜了，有些爸妈也被邀请出镜拍摄。

最后连营地老师也被拉来凑人头，包括楚芝。

楚芝原本是拒绝的，但是为了活动的效果和氛围，只好硬着头皮去化妆当妈了。

化妆室里，有装扮好的小朋友跑来跑去地闹腾，楚芝一边由着化妆师给她盘头发，一边用手机回复员工在群里问的问题。

一抬头，从镜子里看到了刚进门的陈世羽。

陈世羽来探班，看到她那个妆造，嫌弃地问："怎么化得这么老？妆也有点重吧？"

化妆师跟这个气场有点强、看起来不好惹的大佬解释："镜头吃妆。这样看着有点假，上镜以后很自然很有气质的，不会显老。"

楚芝都已经接受出镜拍广告了，其他这些细节她就觉得是可以商量的，没那么在意。

陈世羽还没说两句，副导演跑过来跟楚芝说她的拍摄伙伴路上遇见车祸来不了了，现在需要临时再找个男演员。

楚芝刚想说太好了，那要不女演员也罢演好了，扭头看见蹲在地上看绘本的小女孩——她的小金主。算了，钱难挣，屎难吃，她是高素质的职场人，咬着牙要给她找个"爸爸"。

副导演问楚芝营地还有没有男老师在，他们的老师都是播音和表演老师，外形条件很不错。

楚芝摇头，老师已经告罄，老板倒是还有一个。

她一把拉住感觉不妙打算溜走的陈世羽："就决定是你了！妙蛙种子！"

陈世羽："你才是蒜头王八，我不演。"

楚芝拽着他袖子不让他走，把他昂贵的西装扯变形。

当年做直播的时候，陈世羽探班都非常小心，拒绝被拍到，现在他也说了一样的话："要拍我，给得起出场费吗？"

他俩的声音已经引起屋里人的注意，演楚芝女儿的小姑娘跑过来，紧张地抓着楚芝的手："芝芝老师，我害怕。"

楚芝安抚地摸摸小孩的脑袋，另一只手还抓着陈世羽不放："你看你，吓到我们'女儿'了。"

陈世羽："……你先松手，拉拉扯扯像什么话。"

楚芝："那你不许逃跑哈。"

陈世羽："嗯。"

结果她刚松开，他转身就大步流星地走，楚芝像是抓什么逃窜的犯人一样，对门口的工作人员大喊：'快关门！快关门！别让他跑了！'

陈老板人生中还没经历过这么狼狈的时刻，最后他是被楚芝和那个小女孩一人拉住一个胳膊，挟持到片场拍片子的。

陈老板拨冗了半个小时，最后成片不过三十秒。

只是这三十秒也已经足够让某人心塞了。

最先刷到这个广告的是小福，在楚芝消失的第十三天，他在短视频平台上和芝姐重逢了。

小福自己看完了，拿着手机和路盈盈分享，之后又带上奥奥三个人一起看。

小福："楚芝姐挺上镜哈，看着跟明星似的，大气。"

路盈盈："这男的好像也不错，鼻子很挺，轮廓感很强。"

奥奥看不惯路盈盈长他人志气，硬要中伤陈世羽："阴影打得多吧，我记得他本人长得一般啊。"

他们津津有味地聊着，完全没注意到身后站着他们老板，已经在循环播放的手机屏上看完了"相亲相爱一家人"的小视频。

路盈盈："但是他们这一家三口看起来好和谐啊。"

小福："不行，我反对，我站老板。"

奥奥的手机铃声又响起来："人家郎才女貌，天生一对，轮到你这妖怪来反对？"

小福："你能不能把你那破铃声换了？"

"换换，马上换啊福哥。"奥奥拿起手机，站起来打算找地方接电话。

结果一扭头差点撞程岛身上，吓得他慌不择言："啊，程哥，我也反对！"

几个人都不说话了。

程岛从口袋里摸出烟盒和打火机，沉默着去了店外面的渔夫椅坐下。

从烟盒倒出一根烟，叼在嘴里，火还没点着，忽然想起她软软娇娇的声音。

——"你不要抽烟了……不喜欢。"

程岛垂着眼，把打火机又揣回兜里，叼着那根没点着的烟，看路上的枯叶沙土被风卷着乱飞，没有什么规律地运动。

有客人站在门口往里看，他站起来，扯出个礼貌的微笑招呼："你好，要喝点什么？"

活动营顺利结束，儿童剧也演出成功，楚芝累得回家倒头大睡，一天一夜都没吃喝，直到第二天凌晨饿醒，用冰箱里冷冻的红烧牛肉块煮了碗泡面吃。

这个方法还是跟程岛学的，他有时候早上给她下面条吃，就用提前冻好的卤肉块。

一周没见主人的叨叨蹲在楚芝脚边，尾巴像拖把一样在地上来回扫荡，伸着舌头等楚芝投喂。

夜深人静的小餐桌上，吊灯投射出小鸟的影子，楚芝吃两口面，摸一摸叮叮的脑袋，沉睡过后并没觉得轻松，好像还是很累。

她摸摸有了点肉的小腹，计划着明天开始早起跑步或是晚上去健身房，运动应该能让人更有活力一些。

这次的活动营比前两期效果都要好，又赶上寒假马上到来，咨询冬令营的客户量翻了一番，所以她只休了一天就又投入工作中，每天跟销售们开策划会确定新话术。

不知不觉时间过得飞快，等她想起来自己已经很久没去过酒吧的时候，是大东给她发来她那个广告视频的早上。

楚芝也没想到她那条广告能那么出圈，不知道是品牌方投流量投太多，还是熟人世界太小了，好像一夜之间她所有的亲朋好友都看到了她和陈世羽还有小女孩抱在一起的画面。

最炸裂的是前公司同事们，纷纷发来截图问楚芝：大老板偷偷摸摸跑外地，就是为了跟你拍卫生纸广告吗？

楚芝终于知道陈世羽为什么这么抗拒参演了，她怀疑他现在已经在他的朋友圈子里被笑话得抬不起头来了。

楚芝爸妈也来凑热闹，夸她这视频里的一家三口赏心悦目，并暗戳戳地期待什么时候也能抱上个外孙女。

楚芝可最怕这个话题了，赶紧转移她爸妈的注意力，说自己想吃糖醋排骨了，让她爸给她做，她晚上回家吃饭。

结果到了饭桌上，她还是没能逃过被追问的命运。知道她跟程岛分手的楚爸楚妈，现在打算努力撮合她跟陈世羽：“你之前不是还想嫁给他吗，怎么说变卦就变卦了？”

楚芝不知道怎么跟他们解释，索性耍赖：“我不想结婚，我谁都不想嫁，我就想当爸爸妈妈的小宝贝，咋的，你们不想养我了？”

是耍赖也是摊牌，她希望她爸妈不要再聊结婚生子的事了，这样搞得她压力好大。

她把工作上的事情说给他们听，说起那些小朋友各自的问题和家长的烦恼，试图让爸妈知道现在养小孩可不像从前那样随便养养就养大了。

从爸妈家离开，她油然而生出一股好累的感觉。

得喝两杯。

转道向酒吧。

楚芝刚坐到店里，就受到了奥奥的热情欢迎：“姐，你好久没来啦！今天喝点什么？”

搞得楚芝还有点歉疚，好像奥奥是她经常照顾的男公关，一朝失宠无限幽怨似的。

不过失宠的不是奥奥，是另有其人。

这个"其人"端着小福刚调好的长岛冰茶送到楚芝桌前，说了句"慢用"就转身走了。

感情这种东西，是越热越黏，越冷越清的。都清清白白了，这感情还能有几分呢。

刚分开的时候楚芝还有些不平的心绪，还想着再腻歪。可是分开时间久了，她还真能平静地把程岛就当个店老板来看了。

酒吧里让人放松了不少，果然堕落放纵的方式比起暴汗运动要容易得多。

只是从长久的效果和身体健康来说，必然还是跑步要更好。

楚芝的自驱力强到近乎有些自虐的程度，无论再怎么难，有益的事情她都可以坚持。

她又叫了一杯酒，这次是奥奥来送的。奥奥不像他老板那么寡言，送完酒问她最近是不是很忙。

楚芝点头，说："是有点忙，而且我打算健身少喝酒了，后面可能也不会常来。"

她这番话被奥奥原样转述给了小福，至于同样站在吧台的程岛听没听到，那他就不知道了。

楚芝喝完两杯酒，就起身走了。

她提前叫了个代驾，出门时想起自己的口红之前掉到车座底下了，怕被人踩到，她先解了锁，拉开门坐上驾驶座，把座椅往后调，拿着手机打开手电筒找口红。

口红刚摸到手，车门被人直接从外面拉开。

程岛弯腰，居高临下地看她，眉眼冷冽："酒后驾驶，不要命了？"

楚芝原本可以解释的，但她也不知道自己怎么想的，说出口的却是："没喝多少。"

程岛皱眉，似乎把要说她的话忍住了，只是往后让开些距离喊她："下来。"

楚芝下车，站稳，想看看他要说什么。

他却是直接坐上了她的驾驶座："上车，我送你。"

楚芝在取消代驾订单还是让程岛送自己回去之间犹豫了几秒，直到绕到副驾驶座坐好系上安全带才反应过来。

这两个选项好像是指向同一个结果！

她在车上关闭代驾的服务订单，并且补偿了红包。

然后把手机揣起来，人靠在椅子上闭目养神。

她虽然闭着眼，可听力敏锐得很，能听到程岛操作手机的窸窸窣窣声，然后车厢里就流淌出优雅的钢琴音乐声了。

楚芝太累了，累到在车里这么坐着两分钟就睡着了。

酒吧离她家并不远，起码程岛感觉好像一脚油门就到了。

他轻车熟路地把车停到地库里她的车位上，刹车熄火，按开车顶灯。

她还在睡。

眼底好像泛着青紫的黑眼圈，即使打了粉底也没完全遮住。

他凑过去看她的眼睛，想知道她到底是累成什么熊样。

结果才凑近一些，她忽然抬起手扣住他的脖子，下巴一扬，亲了上去。

眼都没睁。

楚芝的吻并不强势，腻腻乎乎的，虽然主动但又不过分热情，更像是一种试探，给对方随时喊停的机会。

可是程岛好像被亲蒙了。

他没料到她会来这么一出，身体本能比大脑更早做出反应。

忽然，程岛感觉到自己腰上一凉，是她伸手进他的毛衣里面摸他的腰腹。

这冰凉的小手把他摸清醒了，他立马推开楚芝，坐回他的位置。

楚芝睁开眼就看到了他的神情，那是一种可以称得上是厌恶的表情。

对，虽然楚芝觉得诧异，但她绝对没看错，他居然对着她表现出了厌恶的样子。

怎么呢，是觉得自己臭不要脸，分手了还往他身上贴？那他刚才亲自己不也亲得挺带劲嘛。

程岛推开车门，要走，走之前跟她说："对不起，你喝醉了。"

对不起个锤子，喝醉个锤子！

楚芝跟着恨恨地下车，舍不得摔自己的车门，于是把一双小高跟踩得震天响，整个地库里都回荡着"咚咚"的声音。

还有一声突然的"哎哟"惨叫。

她崴脚了。

程岛听到声音只是驻足了一下，没回头，又继续往外面走了。

楚芝看着他的背影悲愤交加，瘸着一只脚，气呼呼地坐电梯上了楼。

她也真是鬼迷心窍了。但是！他都已经抗拒她到讨厌她的程度了，她干吗还要觍着脸去求亲热。

Stop！楚芝，到此为止！别再丢人犯贱了！

她躺靠在沙发上抱着自己的脚踝观察伤势，心里不知道多少次告诉自己别再上赶着找程岛，天底下好男人多得是。

不能再让狗男人伤自己的脸面。

而此刻那个被她又气又扔不开手的狗男人就在楼下。

程岛从地库出口走上来以后就到了花园那边，看着楚芝家的灯亮了，才转身回去往酒吧走。

寒冬腊月，风像刮刀，吹得人更加面无表情。

程岛刚才回过神来确实感到厌恶，只是他厌恶的是动物一样轻易发情的自己。

那些克制的、坚持的、疏远的原则一概成了笑话。他厌烦自己总是说话不算数，厌烦自己记吃不记打，活该一次次被拐上楚芝的贼船。

到底有什么好动摇的，他没有另一个十年能被浪费了，剜肉刮骨疼是一时，纠缠不清痛苦一生。

放手对他们都好，就算她现在任性不甘，他也绝不再招惹。

走着走着，天上落雪花，今年的冬天是暖冬，地球变暖，气候异常，直到一月份才迎来琴市的第一场雪。

可惜今年再没有人在初雪的时候，和他一起坐公交车、吃炸鸡、喝菠萝饮料了。

程岛迎着风雪前行，背影在一排街灯的拉扯下细长伶仃。

若是被楚芝看见了，怕要叹着气说一声：该！

可惜楚芝没看见，她洗完热水澡就早早睡了。

是第二天起床拉开窗帘才知道昨天下了一夜的雪，地上白茫茫一层厚厚的冰雪，冬青树也覆着雪盖，像是晶莹可爱的甜品。

楚芝特意穿了双雨靴出门，将车停在小区门口，下车，然后蹦蹦跳跳一顿踩，在纯白无瑕的雪地上留下一串脚印。

拍照，发圈：随机抽选一个倒霉蛋今天请我喝热红酒～！

有个没备注的号回她：姐姐抽我。［害羞.jpg］

楚芝寻思谁呀这么不矜持，点进他主页去看了看，想起来了，是在酒吧有过一面之缘的 Kilo？Miko？呃，应该是 Milo！

对，就是那天晚上程岛在仓库说自己是鸭子的那天认识的。

想到程岛，就想起昨天晚上那个眼神，太伤人了，楚芝是真咽不下这口气。不行，他恶心她，那她就要去恶心恶心他。

这已经不是幼稚不幼稚的事了，她现在好像陷入了一种"报复"程岛的旋涡里，理智出离，只被愤绪裹挟着无目的游走。

凡是能让程岛生气的，就是让她楚芝高兴的。

楚芝跟 Milo 发消息，约他晚上去岛屿喝酒。对方欣然应允，也没说什么油腻的话，像是要和相识已久的好友下班后小酌一杯而已。

她想要消遣和气死程岛的计划只让她的好心情维持了几个小时，就晦气地收到了市场监督管理局送来的行政处罚告知书。

告知书显示有人举报她们公司违反广告法，使用绝对性词语，进行虚假宣传。

楚芝把这个消息同步给陈世羽后，立马跟品牌的同事一起检查各项宣传物料。

忙活到下午，中饭都没来得及吃，也只找出来一些似是而非、无关紧要的小问题。

陈世羽在参加一个商业管理论坛，结束以后才给楚芝打电话："你查查官网。"

楚芝已经查了一遍了："之前官网的内容都是我亲自编写的，我很注意，不会出问题。"

她和陈世羽正打着电话，又从前台那儿接收到一个新的消息，有人电话过来表示是他举报的虚假宣传，现在商量五万块钱私了，钱到手他就撤销投诉申请。

不然真的被罚可不止五万块。

这是遇见"职业打假人"了。

楚芝没具体参与处理过这些事情，陈世羽以前倒是遇见过几次，他给楚芝把两个选择都理顺了一遍："要么和解私了，把出问题的地方改了，好处是这样可以花费最低的人力和钱，缺点是这帮打假人就会盯上咱们，就像狗盯着肉骨头一样，以后一点点 bug 都不能有，不然他们还会举报然后来要钱，这就是他们的工作形式。"

楚芝只是想想就觉得很烦，问他另一种选择是什么："还有，你能别拿狗打比方吗？"

"OK！"陈世羽继续说，"要么就是认错挨打，该怎么处罚怎么处罚，罚完了下次注意，不和职业打假的产生任何联系，虽然这次罚得多点，但是他们无利可图，以后可能不会一直揪着我们。"

楚芝并不觉得有那么简单，有一就有二，一次举报不成功，说不定反而刺激了这群人继续挑刺。

她按按自己的太阳穴："那以前你都是怎么处理的？"

"找关系摆平，明的暗的都有，让他们知道我们不是软柿子。"陈世羽的路子只适用于他那边，不过琴市也不是完全没有办法，"我记得之前有个李主任，好像说跟你认识的？你可以先找他聊一聊，卖卖惨，说一下咱们刚开业不久，根本没盈利，还是亏损状态呢，如果再罚款更是雪上加霜。本来也不是什么大事，咱们是被人阴了，求求情看能不能从轻发落。"

楚芝应好，挂了陈世羽电话以后翻看手机通讯录的联系人，给李主任拨过去之前，先找了表妹尹丹。

正是周六，尹丹刚陪朵朵去早教中心上完课，在麦当劳吃甜筒。

楚芝问她："王韬呢？"

尹丹："在街上捡垃圾。"

楚芝："啊？"

尹丹："哈哈哈，创城啊，他们都得去维护市容。"

楚芝不是很了解创城和捡垃圾的关系，但也没打算多问，她说明来意："向你打听一个人，姓李，好像是个主任，是王韬的朋友，你们结婚的时候他当伴郎的。"

尹丹知道："哦，李文复吧，认识，但不特别熟。怎么了，什么事找他？"

楚芝把公司的状况简单讲给她听，主要想打听一下这个李主任是个什么样的人、喜欢什么，她求人办事总要投其所好。

尹丹好像在跟朵朵说让她去儿童乐园玩，然后才跟楚芝答："我帮你问问王韬吧，他应该更了解，我只知道李文复今年上半年离婚了，其他的，他人怎么样啊我还真不知道。"

有点尴尬，但楚芝还是跟尹丹道了谢。

成年人的无奈大抵如此，昨天还想着老死不复相见，今天就要折腰求人办事。

楚芝憋屈得慌，但公司是自己实打实投了钱和精力办的，她没法子置之不理。

这时候倒突然觉得当个打工人也不错了，起码想硬气就硬气，公司死活与她何干。

员工们都感受到了楚芝周身的低气压，走路都踮着脚，不敢搞出噪声。

品牌部的人更是压力巨大，一个个恨不得学会隐身术，唯恐不小心惹老板不痛快。

终于，他们发现了问题所在，确实是官网出的岔子。

虽然正式页面上的图文都是由楚芝确认过的，但在页尾小字上，甚至是调成和背景色一样颜色的"隐形字"里，出现了"最专业""全国第一""琴市最好"这样的词语。

如果不是调代码，肉眼还真看不出来。

楚芝大发雷霆："谁搞的？闲的啊？"

品牌部的负责人被迫站出来顶雷："刚确认过了，是合作的SEO那边改的，他们做网站优化的时候为了提高搜索排名，在隐秘的角落加了这些，客户搜索的时候能搜到关键词点进来，但是官网主页看不到。"

楚芝揉了揉眼窝，让品牌的负责人联系法务拿着合同找SEO那边追责，然后就有些疲惫地先回办公室了。

手机振动。

Milo发了一张在走路的自拍：出发！

楚芝陷在老板椅里，被一种无力感的烦躁淹没，剩下的细节有专门的人去处理，她暂时也没什么能干的，只需要等尹丹的回复。

想到尹丹，她又难受起来，好像因为她求人办事让尹丹在王韬面前也要低一头似的。

她起身拿外套和车钥匙，去赴热红酒之约，短暂逃离一会儿工作的压力。

酒吧只有简单的油炸食品小吃，并没有像样的餐点。

Milo听说楚芝还没吃饭就过来了，夸张地惊呼："你不用着急呀，先吃东西，迟到了也没关系的！"

他们依旧是坐在认识时坐的那个吧台位置，站在里面调酒的小福因此能听见他们的对话。

小福挪到楚芝跟前，问："姐，给你点个外卖？"

Milo："你家还能外带餐食的？"

小福："你不行，她可以。"

Milo 一噎。

楚芝倒是问了下 Milo 有没有想吃的，最后点了个附近店的比萨和沙拉，很快就送了过来。

上次刚认识说的都是些没正形的废话，这次更像是在交朋友，聊了聊彼此的工作。Milo 是奢侈品店的柜哥，非常擅长讨有钱姐姐的欢心。不管他是有心还是无意，楚芝确实觉得白天的那股子憋屈劲儿得到了释放。

她还约好了要去他那儿买包，给他冲业绩。

饭吃好了，热红酒也喝完了，楚芝去前台买单。

程岛在前台站着，说出的话透露出他刚才有在关注她那边："你都要从他那里买包了，这顿不该他请吗？"

楚芝："我乐意，多少钱？"

她语气这么重，程岛只好说："记账上行了。"

楚芝："别，一码归一码，喝多少就付多少，不然最后一笔糊涂账。"

程岛："我还能坑你吗？"

楚芝脸比他还臭："谁知道呢，你也不是没坑过我。"

程岛满脸问号，他什么时候坑过她了？

楚芝扫码付了二百，也不问到底花了多少钱："多的就当给小福的小费了。"

"你等等。"程岛喊停她，"说清楚，我怎么坑你了？"

他还敢质问她，楚芝觉得自己要炸毛，被 Milo 安抚好的情绪一秒钟崩溃。

原来她的脾气只是被漂亮的包装纸包装得可爱，撕开一道口子，就能窥见里面张牙舞爪的荆棘。

楚芝把他说过的话都送还给他：

"是谁说我可以找他，在任何想找他的时候？

"是谁说跟他在一起，不会让我受委屈？

"又是谁说只要我还喜欢他，可以原谅我一百次？"

前两句是他今年说的。

最后那一句是十年前，他跟她第一次事后缱绻时的承诺。

程岛看她越说越气，眼泪都在眼眶里打转了，心也被揪得难受。

他觉得她才是个大坑，只要掉进去了，这辈子别想爬出来。

楚芝的一连串质问让程岛噤声，也让包括 Milo 在内的路人看愣了。

奥奥上前挡住这两人的身影，让顾客们别再关注："老板给大家每桌送一盘超好吃的印尼虾片哈！"

程岛也不想被人围观吵架，低声跟楚芝说："去后面说。"

楚芝才不要再跟他云那个鬼仓库呢，一仰头，让眼泪回流不要落下："没什么好说的，我走了。"

程岛握住她的手腕不撒手："你这个样子，走哪儿去？"

楚芝："不用你操心。"

程岛看一眼还在吧台坐着、抻着脖子看这边的那个小白脸，用了几分力气："跟我走。"

楚芝不要，手劲大得惊人，程岛都差点被挣开。

仅仅是差点，人还是握得紧紧的。

他换了个说法，哄她："我有东西给你看，过来。"

楚芝露出狐疑的表情。

她这辈子就败在好奇心太重，明明感觉他像是骗人，却又忍不住跟着他去了仓库。

故地重游，她反客为主，抱着手臂问他："什么东西？拿出来吧。"

程岛哪有什么东西，不过是诓骗她的话术，他还有脸耐着性子继续装："一会儿再给你看，你得先跟我说你哭什么。"

楚芝确定他没有啥"宝贝"了，扭头就要走。

他从背后拉住她，看她抗争得实在厉害，一把抱住了她。

楚芝于是就不挣扎了。

程岛对着怀里安静下来的人叹气："到底出什么事了，总不至于真就因为怕我坑你的钱哭吧？"

楚芝白日里受的那些委屈倾泻而出，背对着他，盯着玻璃门上的啤酒海报终于忍不住哭出来。

她也不出声，就是抽泣，肩膀跟着一耸一耸的。

这样无声地哭了一会儿，她好像释放了一些，也有力气说话了，说的第一句就是："你是禽兽吗？"

她这么真情实感地挥洒泪水，结果后背抵着的凶器竟然越来越嚣张，这是人干的事？

程岛尴尬地松开她，退后半步，此地无银地把掖在裤子里的衬衣拽出来，挡着腰。

楚芝吸吸鼻子，到底也没跟他说自己遇到什么麻烦了。但这会儿，心里是真的舒服了很多。

和 Milo 的刻意取悦不同，程岛哪怕冷着脸嘴硬地让她别招他，但还是会一不小心就暴露出对她的那种无底线纵容。

她想，她之所以总放不下他，就是因为在他身上看到了那种毫无保留永远纯粹地对她的爱吧——不管他承不承认。

这十年她经历了很多，于是越发知道这样的爱稀有难寻。

爱情真是个奇怪的东西，让人一秒前还恨得咬牙切齿，一秒后又心痒痒得要命。

楚芝高兴了，往他腰下扫了几眼，看他窘迫地把背微微拱起，这才露出个刻意嘲讽的笑。

她像是调侃，又好像很认真地跟他说："什么时候想我了，给我打电话哦——"

看着程岛的脸一阵红一阵黑变幻多彩，楚芝笑出心中郁气，开开心心地回家去了。

感情的事虽然磨人，但还是可以归于甜蜜的烦恼。

工作的烦恼就真的是烦，烦得人脑瓜子疼。

尹丹晚上就给楚芝回电了："王韬说李文复这个人挺和善的，喜欢交朋友，能帮忙的事会很乐意帮忙，不贪财不好色。"

楚芝觉得不太相信："哟，那还真是个很好的人呢。"

尹丹："嗯哪，王韬说他就是太顾工作不顾家，老婆才跟他离婚的。不过这事真相如何，只有人家心里清楚，怎么说都行。"

尹丹的消息就这么多了，她询问需不需要王韬搭桥请李主任出来一起吃个饭，楚芝纠结了几秒说"算了"，她还是自己来吧。

虽说找王韬打听消息已经算是抛弃自尊，但她还是没办法跟这男的共坐一桌吃饭，她怕自己随时想起过往就忍不住给他一瓶子。

她去楼外阳台对着天空"嘿哈嘿哈"呼吸吐纳了一番，挂起最甜的微笑，给李文复拨了个语音通话。

还好，他没拒绝，接起来了。

楚芝自报家门，闲聊几句套套关系，接着把自己遇到的麻烦给他说了说，问他有没有时间一起吃顿饭。

李文复听起来确实像个很友善的人，他一点也不勉强地跟她说"好啊好啊"，刚好今天休息，于是就约了晚上去吃火锅。

楚芝出发前补妆的时候，突然想起以前陈世羽曾经建议她招一个男公关，负责招待应酬。

她回到琴市以后发现这边的经商大环境确实不太好，应该说这边整个环境对职场女性都不太好。

即使是她公司的这些年轻女生，也有好多是打算考编、考公，或是嫁人生子后就全职带娃的。

因此，像她这样的"女老板"，在很多人眼里莫名其妙就不太是正经人，好像她能发财就一定是不安本分，靠一些歪门邪道赚钱，吃性别女色的红利。

楚芝把粉扑装进盒子里，抿了抿嘴上的口红，又从包里拿出香水喷了喷。

好吧，如果这张脸能让事情解决得更轻松，那她就是陪个笑也没什么不可。

去饭店的路上还在忐忑，不知道李文复是真高风亮节还是装模作样，落座见到本人了倒是安心了几分。

她想起来了，几年前给尹丹当伴娘的时候确实见过这个伴郎。

那时候他还是短发羌身汉，瘦削的脸戴个黑框眼镜，对谁都笑呵呵的，问新娘抛捧花的时候他可不可以接。

现在他的脸上肉多了一些，头发全剃光了，笑起来像个慈眉善目的和尚，让人很容易心生好感，觉得他是个好人。

他到得更早一些，菜已经点好了，她一来就能开锅。

"不知道合不合你口味。"

楚芝忙说自己没什么忌口，这些菜她都挺喜欢吃。

两人客气寒暄，伴餐酒是低度数的香槟，喝一点并不影响谈事。

楚芝看气氛差不多了，才又把公司的事提了一遍："我们犯了错，愿意认罚，只是开业没多久，确实账面上一片惨淡，看能不能在合规合法的基础上少罚点？"

这事属于可操作范围内，他们又没犯什么大错，没必要顶格处理。

"你们做得很好，不要跟那些职业打假的妥协，一来二去地，不仅助长这些人的不良风气，也会影响琴市的招商引资，我们都希望有更多像你们公司这样的大品牌、新业态入驻琴市。"

楚芝听他说得冠冕堂皇的，感觉有戏，又敬了他一杯酒："那就麻烦你给活动活动？"

李文复摆摆手："哎，别讲那个，咱都是正规程序，没什么活动不活动的。"

楚芝迷糊了，怎么他好像又要推拒似的。

李文复没说帮不帮忙，但他给楚芝指了一条明路："我看过你公司的股份组成，大头是一个叫羽飞传媒的上市公司对吧。你这样，你提供证明材料，追诉申请把这个案子转到沪市去办，那边你们应该更熟吧。"

后面的话他没说了，但他估摸着那个开了五年就上市的羽飞传媒在沪市也是有点路子的。

楚芝觉得他提的这个建议可行，迫不及待地去外面打电话跟陈世羽通报了这个消息，得到陈世羽肯定的答复后，又回去跟李文复继续吃饭。

饭吃得挺早，该聊的已经聊好了再没什么好说的了，对着热气腾腾的锅子又有点闷。

楚芝搜肠刮肚想着接下来再去哪里续个摊，不然人家会不会觉得她太势利，用完就扔，过了河就拆桥。

要不带他去捏脚？中年男人好像喝完酒都爱去足浴城。

她神游甚远，去洗手间顺便去前台结账，才知道刚才她出去打电话的时候李文复已经买好单了。

这哪行，说好是她请人家吃饭的。

看来第二摊是势在必行了，只是楚芝也挺有防范意识，单独跟男人夜深相处怎么想都不合适，索性带他去岛屿喝酒。

"李主任，这儿的香槟味道一般，我朋友有家酒吧的酒不错，都是真货，我也入股了，算自己家的。你要是不急着回去，咱们去坐坐？我还有些证件办理的问题想再问下你。"

最后那句是临时编的，她没什么问题了，单纯就是想客气邀请李文复再坐坐，随便找个理由让他觉得是自己有事相托。

李文复爽快答应了。两人打车去酒吧，他为了避嫌还特意坐在副驾驶上，留后排宽敞座椅给楚芝自己坐。

楚芝盯着他夜色里被路灯照过会反光的脑袋看了一会儿，觉得这人真不错，她是不是应该做个锦旗给他送单位去？

今天酒吧人很少，他们找了个靠玻璃窗的位置坐，奥奥来招呼楚芝，楚芝站起来推着他往吧台走，说："让我来看看今天有什么特调？"

奥奥纳闷，边走边小声说："姐，每天特调都是那几样啊。"

楚芝"嘘"了一声，到吧台前才跟他说："一会儿你去店外面等着，我有个外卖，是两盒海参，你拿回来把外面纸箱拆了，小票扔了，然后拿到我那边说是酒吧的年礼，明白不？"

送礼也得讲究技巧。

奥奥点头，又摇头，听清了但没明白。

楚芝："啧，你就照我说的就行。酒，给我们上龙井、观音那几个茶基底的吧。"

她很快交代完，回座位坐下，和李文复闲聊："放寒假了，大学生都回家了，人就比较少。"

李文复："是哈，快过年了，我这'就地过年'也就了两年了，今年总算能回去看看老母亲。"

楚芝："哦，你不是琴市人啊，怎么想在这边工作呀……"

奥奥得了楚芝的吩咐，去门外看了好几次也没见到外卖员，只好假借端茶倒水去楚芝那桌晃悠了好几次。

也因此偷听了不少人家的对话。

"那个'卤蛋'离婚了，是个什么主任，在这里上的大学。"他和小福分享资讯。

"他家里很干燥，没海，在这里不适应，下雨天关节疼。"奥奥边说边评价，"才多大岁数啊就关节炎，身体素质不行。"

"哦哟，楚芝姐说有机会要去他老家果园摘果子吃。我怎么感觉姐有点哈着他啊，语气特别甜心。"

奥奥又出去了两趟，终于接到了楚芝说的那个海参。他照着楚芝的吩咐拿到她那桌："姐，咱们今年的年礼，你正好过来了就带回去吧。"

楚芝装模作样地拿着盒子看了看："哎呀，我们全家都海参过敏……咦，李哥，你不是过年回家嘛，带回去给阿姨吃，也算咱们这儿的特产。"

李文复不要，两人推拒了一会儿，最后李文复收下了，说回来给她带家里的水果吃。

因为环境更轻松，气氛更惬意，这一番聊天聊得楚芝觉得感情很到位了，结下善缘，也不好占用人家太多时间，于是笑着跟奥奥说了声"记账上吧"，就给李文复打车送人走了。

奥奥打扫卫生的时候，才发现楚芝家的小磁卡钥匙掉在地上了，大概是刚才她翻包找东西的时候没注意带出来的。

奥奥这孩子多会来事，立马就拿着钥匙递给程岛："哥，你要不给楚芝姐送过去吧。"

程岛眼皮都没抬："不去，放前台，等她回来找的时候给她行了。"

奥奥："哎，好，不过这么晚了，我估计她不一定愿意跑一趟。嗐，也没事，她那个朋友好像跟她住得不远，借宿一下也行。"

他说完，转身去干活。

程岛终于抬起头，盯着楚芝刚才坐过的位置。

他喊住奥奥："给我。"

奥奥："哥，给你什么？"

程岛："她的钥匙。"

程岛骑着大摩托一路疾驰，带着楚芝的钥匙跑到她家门口了，没见到人。

他心想，是不是路上走岔了没看见，总不至于真去那个光头家吧？

手机响，是小福打来的，说刚才楚芝打电话到酒吧，问了钥匙的事："她说先放在店里，她明天再来拿，她现在已经在去她爸妈家路上了。"

对哦，她还有爸妈家呢，他真是关心则乱，被奥奥那个臭小子三言两语就给带偏。

难怪是小福打电话给他，奥奥应该已经藏起来了，怕被揣。

小福又说："我跟楚芝姐说你去送钥匙了，她说那正好，让你顺便帮她遛遛狗。"

顺便吗？

行吧，反正来都来了。

程岛开门，叨叨许久不见他，先试探着闻了闻味道，然后才热情地叼着绳子送到他手里要出去玩。

他俩在楼下遛了好大一圈，最后叨叨嫌累不肯走了，要程岛抱着它回家。

程岛无语："你是真狗啊，遛弯还嫌累？"

随后又想到同样娇气的楚芝，可真是狗随主人。

程岛抱着狗回了家，给它加了点狗粮冻干和水，转了一圈确认窗子都是关闭的，把厨房煤气阀关上，打算离开。

程岛出门的时候不知道怎么想的，把她家的钥匙放鞋柜上忘记拿走了。

他也没法给楚芝打个电话说明情况，因为他把手机放钥匙旁边了。

程岛站在门外对着防盗门发呆，想不通自己这一晚上犯这么多次傻是为什么。

他猜想，如果楚芝听说了这个消息一定会觉得自己是故意的吧。

楚芝是从小福那里得到这个信息的，她直接回小福："问问他是成心的还是故意的？"

小福拿着原话给没有手机的程岛看，心里吐槽这哥姐对话还得找个传声筒，真有情趣。

程岛面无表情地让小福再传句话，说自己明天下午去拿手机。

小福突然意识到，这一来二去，这不就又联系上了嘛，啧啧，他程哥有点心眼子啊。

程岛从他的眼神里读懂了他的误解与佩服，也懒得解释什么了，甚至他自己都要怀疑自己是不是真故意搞这么一出。

平时程岛不怎么依赖手机，可手机真不在手里了，他却总觉得哪儿哪儿都别扭。

于是掐着点盘算着楚芝快要下班的时间，早早就去她家门口蹲守。

屋里面的叮叮闻到他味道了，焦急地发出嗯哼嗯哼叽叽叽的声音。

程岛让它闭嘴。

它反而叫得更欢实了，好像在犟嘴。

程岛怕它把邻居给吵到投诉楚芝，只好先离开，去楼下商店买瓶水。

楚芝也是掐着点下的班，还好她狡兔三窟，在爸妈那里也放了钥匙，不然程岛这一番骚操作，她只能喊师傅开锁把门撬开了。

想到程岛，楚芝怎么看都觉得他这是找了个借口想见自己，莫不是那天在仓库跟他说的话他当真了？

不管是什么原因，她都充满了好奇与期待，所以今天她不加班，她要回家去会会程岛。

最好是先换一身惊艳他狗眼的性感吊带。

她今天从她爸妈家来公司，楚妈嫌她穿得单薄，硬要她穿上厚厚的白色羽绒服，裹得像个球似的。这衣服还是她几年前上学的时候买的，拉锁一拉就是雪人成精。

车子昨天就放在公司，楚雪人一路好心情地驱车到家，停好车后哼着歌去坐电梯，地库里都是她快乐的脚步声。

抵达楼层，电梯门开，她往外走的时候看到对面的电梯门正在关上，只是没看到下来的人在哪里。

走了两步要拐弯的时候，忽然感觉背后有人贴过来，她以为是程岛，刚要回头骂他，却听到一个带口音的陌生男人声音说："别动。"

楚芝愣住，随即感觉后面这个人好像是拿了把刀还是什么的在腰上顶着她。

"走。"那个男人说。

楚芝手指有些发抖，但她强迫自己镇定下来，知道绝对不能让这个人进家门，进了门就什么都不可控了，在公共空间起码还能呼救。

她想起昨晚她爸妈还提醒她睡觉要反锁好门，到年关了坏人多，都想着捞一笔回家过年。

没想到这么背就被她给碰上了。

她尽量用很真诚的语气跟他说："大哥，你遇上困难了是吧？这样，你跟我去 ATM 机，我取点钱你应急，我懂规矩，我保证不回头看你，你拿了钱就走，我也不会再找你，你看行吗？"

那人把匕首往她腰上戳了几分："别废话，走！"

楚芝忙躲开，闭嘴，有种天要亡她的悲怆感。

快到家了，她故意停在邻居家门口，拿出钥匙来开门，钥匙插进去扭半天开不开门，心里祈祷邻居大哥觉得不对劲赶紧报警。

结果邻居家没人响应。

倒是身后的歹徒先觉出不对劲了，看一眼门牌号，又听到隔壁的狗叫，恶狠狠地说："你别耍花样！这不是你家。"

隔着那么厚的大衣，楚芝都好像感觉到了刀尖的威胁。

她转向自己家，只寄希望于叮叮小狗狗大力出奇迹，一开门就能把坏人撞开。

万念俱灰的时刻，钥匙刚插进锁孔，突然听到程岛的声音问询："楚芝？"

楚芝还没回答，身后的人先暴喝一声："别过来！"

楚芝被人劫持着转过身，和程岛在走廊两端面对面站着，他们之间还有挺长一段距离。

程岛停住脚，看着歹徒："别冲动，把刀放下。"

歹徒没料到会遇见别人，显然有些慌了，刀从背后抬到楚芝的脖子上，赤裸裸地威胁道："别逼我动手！"

楚芝皮肉嫩，冰凉的刀刃贴着脖子，让她感觉已经是火辣辣的疼，好像随时皮开肉绽。

楚芝终于看到了歹徒的脸，虽然他戴着帽子和口罩，但她认出这是之前他们公司的物业经理，那个因为贪得无厌索要红包最后被开除的经理。

她不敢乱动，唯恐脖子留疤，和他商量："大哥，你不就是想要钱吗？这样，我让他去提点现金，你拿走好不好？"

歹徒心里正乱着，闻言点点头。

楚芝又说："那我把卡拿出来可以吗？在我包里。"

歹徒把刀逼紧了几分："别乱动，放着我拿！"

楚芝连忙把背包举起来，给他翻找。

歹徒一只手还拿刀制着她，另一只手伸进包里一通翻找，把粉底、口红、手机乱七八糟的都掏出来扔在地上。

楚芝提示他："卡在侧兜里，有拉链的那个。"

歹徒低头看了眼包的瞬间，楚芝迅速和程岛交换了个眼神。

在歹徒找到银行卡往外抽的时候，楚芝一把握住刀柄往外丢。

可惜没抓好，抓到了刀刃上，也没能把刀扔出去。

不过就在和歹徒争抢的这几秒工夫，程岛已经把手里还有半瓶水的矿泉水瓶用力投掷到歹徒的脑袋上，在歹徒趔趄的时候飞扑到他们眼前，用肩把歹徒撞倒在地。

栽倒的歹徒手却握得紧紧的，挥舞着匕首往程岛身上刺。

几番争抢，程岛把他的刀扔远，把他右手卸脱臼，站起来踩着他的背让他趴在地上。

程岛正要问楚芝要手机报警，已经有两个保安跑上来了。

是对面单元的邻居在过道窗边看见了这边的打斗，给物业打了电话。

程岛把人交给保安，让他们报警。

然后他跑到楚芝身边蹲下。

楚芝倚着自己家门坐着，叫他喊救护车，声音虚弱地说："我好像不行了。"

程岛看着她脖子上一条细细红红的线，还有点滴血珠往外渗，心疼得要命。

"别胡说八道，这点伤死不了。"

楚芝撇嘴："你好凶哦。"

程岛问她："还有哪里受伤了？"

楚芝捂着后腰，深呼吸了两口："你，你看看我的腰，被捅了一刀。"

程岛大惊失色，跪下去低头看她伤势，把她的手挪开时就看见手背都被血染红了，再看后腰那里一片鲜血，白色羽绒服被划破了，里面的鸭绒也都湿漉漉、黏糊糊的。

程岛有点眼晕，立马抓起她掉在地上的手机打电话叫救护车。

打完了，看楚芝闭上了眼睛，他着急地拍拍她的脸："醒醒。你平躺下，这样坐着可能挤压伤口。"

楚芝顺从地躺下，他也马上侧躺着，把自己的胳膊放在她胳膊底下给她枕着："别睡，保持清醒。"

楚芝惨白着一张脸："我好痛啊，我是不是要死了？"

程岛："不会。"

他拉开楚芝羽绒服的拉锁，要把她的外套脱了："不然伤口会黏着衣服。"

楚芝不耐烦地噘嘴："你就不能消停会儿吗？让我躺着，别乱动了，等医生来。"

"好好好。"程岛不再动，安生让她枕着。

歹徒已经被保安带走了，现在只有他们两个人在楼道里躺着等救护车。

这场景有些诡异，程岛不让楚芝闭眼，她便跟他说话："你怎么会把我钥匙锁屋里？"

程岛："不小心，穿鞋的时候忘了。"

楚芝："我看你像是故意的。"

程岛不和她犟嘴："嗯，对，我故意的。"

楚芝又问："那你为什么故意落东西在我家，你是不是想我了？"

程岛不知道这种时候她怎么会问这样的问题，他哭笑不得地跟她说："你还是闭嘴吧，省点力气等医生来。"

楚芝却不听他的了，她和他说："我以前看过新闻，有的人被扎了一刀，扎到脾了，就死了。"

程岛告诉她："脾不在那里。"

楚芝把手抬起来，抓着他的小臂，血糊糊的手看起来太过震撼，让他产生错觉，好像她真的要不行了。

她像是个濒死之人要探寻她生前的未解之谜，问他："如果我死了，你会难过吗？"

程岛："我会死。"

楚芝露出笑脸："真的吗？你爱我爱得要死？"

程岛："嗯，我爱你爱得要死。"

楚芝带着满意的表情，闭上眼睛。

程岛心里一紧，虽然他觉得那里不是要害，可毕竟没有亲眼看到伤口，不知道具体情况，此刻楚芝的表现还有"临终遗问"都让他感到害怕。

他叫着楚芝的名字，让她打起精神来，焦虑地疑惑救护车怎么还没到。

终于，有医护人员抬着担架跑过来了。

程岛小心翼翼地想要把楚芝抱上去，她却自己站了起来，把外套一脱，跟医护人员说自己能走。

程岛有些傻眼，再看她毛衣上后腰的位置，哪里有什么血痕。羽绒服被刀划破了是不假，但染红羽绒的是她被刀割破的手掌流出来的血。

她刚才不过是借机演了一场生死别离的戏，入戏的只有他这个傻狗。

程岛又气恼又庆幸，心想她不去当演员真是华语影坛的一大损失。

而楚芝走了几步，回头看程岛还站在原地，喊他："愣着干吗，走啊。"

程岛跟上去。

她笑得没心没肺，问他："刚才说的那些话，还算数吗？"

程岛拉过她的手，翻过来看着血肉模糊的手掌，鼻子一酸。

拧巴什么呢，好赖都只活这一次，他有什么不能为她臣服的？

他"嗯"了一声，说："算。"

第九章 /
你想要的一切我全力配合

救护车上的医护人员也是没见过谁坐上了这车还能笑得那么开心的，而且给她做简单包扎的时候看她流了不少血，应该挺疼啊。

确实疼的。

但是楚芝坐在那里，看着程岛一脸无奈的表情，就想起刚才装死吓唬他的事，实在太好笑了，他怎么能那么好骗呢？

程岛看她笑，也忍不住跟着笑，可是又怕她扯着脖子上的伤口，只好绷着脸训她："小心留疤！"

她最爱美了，肯定不乐意留疤。

果然，楚芝的笑收敛了一些，可嘴角弯弯总舍不得落下。

楚芝办理入院手续，程岛没手机寸步难行，只能打电话喊来了楚芝爸妈，他再跑一趟回去拿手机，以及去派出所配合调查。

叨叨刚才狗在家中坐，却也嗅到了危险的气味，现在在程岛身上发现了楚芝的血味，整只狗焦虑得不行，垂着尾巴围着程岛一圈圈转，嗷嗷叫着要它的女主人。

程岛安抚诱哄暴躁的叨叨浪费了一些时间，最后实在没法子，给楚芝打了个视频，让她跟叨叨报平安。

叨叨平时看着傻乎乎的，这种时刻却也表现出一点小机灵鬼的架势，听到楚芝让它在家乖乖的，它就坐到狗窝里汪汪叫。

挂了视频，程岛给叨叨喂了一根鸡肉棒，看它都吃完了，趁它去喝水的时候悄悄离开家。

他去派出所做完笔录，因为楚芝还在做检查，民警跟着他一起去了医院。

楚爸楚妈正围在病床边嘘寒问暖，看到警察来了忙起身让地方。

警察要了解情况，楚爸楚妈跟程岛去了门外等着。

楚爸眉头紧皱，看程岛什么事都没有，再想想楚芝的惨样，有点不高兴地问："你这身手挺好哈，一点伤没受。"

程岛闻弦知音，咂摸出来楚爸话里的深意，有点局促地道歉："是我没保护好楚芝。"

楚妈在旁边捶打楚爸："说什么呢！小程啊，我都听楚芝说了，这次多亏了你及时赶到，不然后果不堪设想。不过她没说跟那个人有什么过节，你知道具体情况吗？"

程岛原本也知道一点楚芝和物业闹矛盾的事，把从警察那边打听到的也一起告诉楚爸楚妈："这个人是楚芝公司那个商场物业的经理，之前总敲诈勒索商户要好处，不然就给下绊子。楚芝不愿意给他钱，要跟物业打官司，陈世羽应该是找了物业集团的负责人私了，后来就把这个经理给开除了。"

程岛多正直的人，绝对不是故意暗中诋毁陈世羽，就事论事而已。

"这个经理还觉得冤，说大家都这么干，就因为楚芝害得他工作没了，他就想着报复楚芝，勒索点钱回家过年，蹲了楚芝好几天了，今天终于蹲到了。"

这人还说本来只是想拿刀吓唬吓唬楚芝，没想伤人，是程岛忽然出现才激化了矛盾。

不过这段程岛觉得是在扯淡，所以他就不跟楚爸楚妈说了。

楚爸楚妈听了仍觉得后怕，独居女性的安全太得不到保障了，他们有意劝说女儿还是回家来住。

民警从病房里出来，客气地跟二老说打扰了，又跟程岛交代后续还需要他配合，注意保持通信顺畅，就先走了。

楚妈回到床边，埋怨楚芝道："早就告诉过你，过刚易折，待人处事都客气点，万事留一线，日后好相见，你看看，这不就叫人追到眼前拼命了吗？"

楚芝不想听她妈念叨，她还在后怕呢，就不能先关注一下受害者的心理健康吗？

她瞪了程岛一眼："是不是你跟他们说的？告状精！"

程岛闭嘴认骂。

楚妈的眼神在女儿和程岛身上打转，忽然意识到，他俩不是分手了吗？程岛今天去找楚芝是为了什么事？

一会儿工夫，楚芝又作妖："我脖子好热好胀，我想吃冰激凌，程岛给我去买冰激凌。"

程岛扭头就出去了，先去护士站问可不可以吃，得到肯定答复后，又去医院的商店挑了几个口味不同的冰激凌带回去。

他不在的时候，楚妈已经问过楚芝两人关系了，楚芝很矜持地说程岛在追她。

这就好理解了，比如现在他拿着四支冰激凌让楚芝选，楚爸问他大冬天的买那么多楚芝吃了拉肚子怎么办，程岛立马表示他正好也想吃，楚芝挑剩下的，他可以都解决。

楚妈看这孩子怪实心眼的，不忍心让他吃坏肚子，借口这病房是有些燥热，和楚爸也各自分担了一支冰激凌，四个人围坐着吃起来。

楚芝的任性要求得到了所有爱她的人的满足，她躺在病床上高兴地抖脚，恐慌的情绪缓解了一些。

但也只是一些，剩下的惊魂未定大概要用很长时间来慢慢抚平。

左手上的伤口缝了线，只能一只手活动，还是有点影响生活起居的。爸妈想让她回家住，她却想住在自己家。

原因嘛，不言而喻，她想跟程岛厮混在一起。

楚芝朝程岛使眼色，程岛这个屁包居然躲避了她的眼神。

他确实不太敢当着楚芝爸妈的面说把她交给自己来照顾就行了，总觉得这样对楚芝的名声不好。

最后出院的时候，楚芝还是坐上爸妈的车回了爸妈家。

上车之前，她恨恨地踩了程岛两只脚各一下，给他的棕色休闲皮鞋留下两块灰色的鞋印。

她用口型无声控诉他："不跟你好了！"

程岛无奈地给她关上车门，看她爸妈都还没上车，小声凑到开着的车窗那里跟她说："我每天去你家遛叨叨。"

每天都去，你想见我了随时来找我。

楚芝还在不高兴，没回答他，把车窗升了上去。

程岛苦笑，目送楚芝一家离开，自己也回了酒吧。

他傍晚时走的，深夜里才回来，酒吧员工已经开局押宝赌他跟楚芝是不是和好了。

现在看到他满面愁容，觉得这事好像黄了，可小福去上厕所的时候听到了程岛打电话的声音，他一声宠溺的"宝宝乖，听话"，听得小福差点尿了盆外面去。

小福火速系裤子洗手，跑去跟奥奥和学校放了假也开始上晚班的路盈盈说："重磅消息！老板和老板娘复合了！"

他们老板冰清玉洁的，在他们眼皮子底下绝对不可能还有别的"宝宝"，所以小福非常确定，程岛就是在跟楚芝打电话。

可以呀，这磨磨叽叽几个月了，今晚几个小时就搞定了。

不愧是他！

程岛这边打着电话听见外面的响动，猜到是小福或者奥奥听见了，他换了个地方，去后面仓库坐在小板凳上继续和她发语音。

刚才她给他发了好友申请，这次他没耽搁，立马就通过了。

结果她把他秒删了。

程岛看着那句"早点休息吧"前面的红色叹号，眼皮跳了跳。

好吧，他接受她幼稚的报复，立马又给她发了好友申请，连发三次才被通过。

她第一句话就是：删好友是挺爽哈。

程岛发了个跪地求饶的表情包：我有罪。

楚芝：你这角色转换到挺快，你是不是精分？

其实也不能算他转变太快，之前不理她压根就是硬憋着，能跟她聊天，能和她开玩笑，能逗她撩骚她，鬼知道他多喜欢。

程岛虽然很想和她沟通感情，但现在已经凌晨了，她需要静养。

所以他劝她先睡觉，白天再聊。

楚芝：睡不着，闭上眼就害怕，你给我发语音吧，说点好听的，我听着就睡了。

她脖子还疼，不太想说话，但想听他的。

于是他们开启了单边的语音通话，程岛对着空气说话尴尬，干脆就给她唱歌。

酒吧的歌手唱的那些歌，他日日听，老歌新曲也都会了个大概。

今晚店里没人，他躲在厕所隔间里唱歌，混响效果很不错。

唱了一首又一首，听筒里只有楚芝的呼吸，平缓温和，程岛不禁低声问："睡了吗？"

楚芝回了句："没。"

她打了个哈欠："快了，你说两句好听的。"

程岛叫了她一声"宝宝"，她嗯哼一声，很受用的样子。

虽然这样不应该，但她叫他有点感觉了。

程岛试探地问："我晚上回你那边睡，后面也都去，你有时间就回去找我？"

楚芝："不去，我妈让我过年前都住家里。"

程岛："嗯，晚上住家里，可以白天去。"

楚芝故意跟他较劲儿，谁让他今天眼睁睁瞧着自己被爸妈带走的。

她说："白天要上班呢。"

程岛："你都这样了，休息几天吧，跟陈世羽说一声，他那么关心你，还能让你带伤工作？"

最后这一句，茶味和醋味都挺冲的。

但是楚芝听高兴了。

程岛又说："你就不想叨叨吗？它很担心你。"

他没想到有一天居然需要靠那只懒狗来争宠。

楚芝借坡下驴，应了一声："再说吧，也不是很想它。"

其实不只是楚芝会拿捏他，程岛也知道楚芝爱听什么，虽然她可能会嘴硬地嫌弃肉麻。他哄她："那你要来看我哈，宝宝乖，听话。"

楚芝被他叫得有些脸热，她说话脖子疼，打字一只手又不得劲，睡又睡不着，就想着法儿折腾程岛。

情侣聊天最消磨时间，最后聊到酒吧打烊，她也终于疲惫地睡去。

第二天一早楚芝就把自己的情况告诉陈世羽了，果然如程岛所说，陈世羽让她提前开始放春节假好了："我过去吧，看看你，也看看项目。"

项目没什么好看的，该准备的都准备差不多了，年后初七开营，预报名的已经有两个班次。

至于看她……

楚芝拒绝道："我爸妈都放寒假了在家呢，程岛也能照顾我，你别来了。"

这还是两人第一次聊起程岛。

陈世羽还有些不死心："他就那么好？比我好？"

楚芝："嗯，那么好。"

后面那个问题没回答，没啥可比性。

陈世羽又说了几句什么，最后说过完年再来，这里还有他的公司，她也不能拒绝他的合伙人来干正事。

不过提前开启休假模式的楚芝现在一点正事都不想干了，她这也算工伤不是，得好好养着！

身体上的伤倒没什么，左手缠着纱布动不了，脖子上好像肿了有些胀痛，但可能因为精神愉悦，她觉得自己身体挺矫健的。

想起昨晚程岛几次三番约她去家里见，她也有点小想法。他俩现在就跟那刚谈恋爱的小情侣似的，一分开就想再见。

楚芝最后决定要去公司看看，把年前的工作再交代一下，之后就可以安心养伤了。

反正她是这么跟她妈说的。

至于出了小区门，打车直奔自己家，完全是想起来可以在腾讯会议上安排工作，不用跑一趟公司。只是既然已经出门了，那就顺道去看看叨叨吧。

她以为程岛应该还在蒙头大睡，她能搞个出其不意的偷袭。

没想到她刚打开家里的门，程岛就拿着拖鞋来给她换鞋了，搞得她都愣了。

换鞋就换鞋，他还要坐着把她抱到腿上换，那个可怜的换鞋长凳看起来根本承受不了两个成年人的体重。

他换好一只鞋，倒手另一只脚。

她才想起来问："你怎么知道我会来？"

程岛给她换好了鞋，把人直接这么横着抱起来："我不知道啊，但我每天都等你。"

楚芝也不知道自己怎么就躺在床上让他检查还有没有其他地方受伤了。

这里的暖气送得足，室内温度26℃，不觉得冷。

卧室门关着，说好要来看看焦虑的叨叨的，结果她都没跟叨叨说上两句话，程岛就非常礼貌客气地把叨叨请出卧室顺便反锁了门。

狗子的心理阴影面积比狗窝都要大。

程岛细致入微地以目观察，以手检索，确认了楚芝身上应该是没别的伤口了。

程岛躺在她旁边，手背放在额头上："我想通了。"

想通了，也想开了。

昨晚他重新躺回到这张床上，闻着枕头上属于楚芝的洗发水香气，越发觉得自己之前的较劲是多么无力且可笑。

即使他每天跟自己说一百遍不能喜欢楚芝，却还是会一百零一遍地质疑自己，那喜欢一下也不会死吧？

直到看见她被人拿刀架着脖子，看到她天鹅般洁白又脆弱的颈子被划出伤口。那一刻他心里满满的害怕与后悔，他为什么要跟她较真呢，为什么不能就顺着她的意呢。

他说不想浪费时间在没有未来的人身上，可他那毫无趣味的人生，不拿来给楚芝浪费，又有什么宝贵的价值可言呢？

他宁愿都拿来给楚芝挥霍。

他想通了："我应该多抱抱你，趁你还爱我。"

楚芝感觉他说这话时带着一丝酸涩，就像喝了半杯柠檬味的苏打水，小泡泡嘭嘭炸裂在舌尖。

她撇嘴："你少装可怜。"

程岛扭头看她："我还不够可怜吗？你身边几天就换一个男人，还都带去我面前招摇给我看，我都成酒吧的乐子人了，你问问他们哪个没在可怜我、看我的笑话。"

楚芝可不接受这凭空的指责，她解释："我那是干正事！"

程岛阴阳怪气："嗯，正事，买包跟柜哥联络感情也是正事。"

楚芝一噎。

其实就算没有这次的劫持事件发生，程岛可能也忍不了多久了，他面上装得再云淡风轻，可是看她一个又一个地换着男人带到他面前，他妒忌得快要发疯了。

他是一只丑小鸭，冒着即使会被天鹅啄死的风险也想凑过去一亲芳泽。

楚芝看了一眼手机，惊讶怎么也没做什么就已经快到午饭时间了。

她撑着坐起来，被子从肩膀滑落，露出三尺春光："我得回去吃饭了，我跟我妈说的是去公司看看。"

程岛不想她走，但也从椅子上拿过她的衣服一件件帮她穿好了，然后眼巴巴地问："明天你还来吗？"

好像那种独守冷宫等待召宠的美人。

楚芝拍拍他的脸："听我招呼吧。"

实际上，他们分开没多久就又见面了，要商量案件的事情。

歹徒虽然抢劫未遂，仍然是刑事犯罪，判刑是跑不了的。他认罪态度还算好，现在家属希望能求得楚芝的谅解，让他有缓刑的机会。

因为要讨论重要事项，程岛也被叫来了家里。

明明上午才见过，晚上来家的程岛却装作很久不见的样子，问她恢复得怎么样。听到楚妈说她这样了还去上班时，他表现出了担忧和不认同："你老实在家躺着吧。"

楚芝白了他一眼：好一朵不开花的水仙啊，装蒜是吧。

程岛在二老没看他的时候悄悄咧嘴冲她笑，好像课堂上交头接耳的小学生。

楚爸楚妈年纪大了，性格也更温暾一些。他们想着既然楚芝没有遭遇什么不可挽回的灾祸，而且那个人会这么冲动也是楚芝害他失业在先，不如得饶人处且饶人，就写了这个谅解书。

楚妈劝她："不然他坐几年牢，出来又报复你怎么办？他是一摊烂泥，我们不要被他扒拉上。"

楚芝却并不认为自己做错了什么，她就事论事道："冲动不是一次偶然的表现，他这人就是个罪犯性格，我们谅解了他，说不定他还会去伤害其他人，又或者他觉得我是个软柿子被抢劫了都不敢吭声，以后只会变本加厉勒索我们。"

她虽然性子又直又冲，可她的话也不无道理。楚爸楚妈沉默，最后楚爸说咨询一下自己的律师朋友们，看看这种情况一般都是怎么处理。

程岛就是个旁听生，没人问他的想法，不过能允许他加入家庭会议，也算是对他楚芝追求者身份的一个认可了。

第二天一早，楚芝爸妈就去找朋友了，楚芝火速给程岛打电话，让他给自己送东西。

无关紧要的一支口红，她在家根本就不需要涂。

可是这个程姓快递员投递效率非常高，从电话下单到上门派送，用时不到半小时。

楚芝在门口接了货，摆摆小手："谢谢你，再见！"

程岛用肩膀抵住门缝，仗着楚芝现在只有一只手能动挡不住他，挤进了门内。

他一派正直的样子，问："我跑一趟，不请我喝杯水吗？"

楚芝嗤笑，用好好的那只右手摸摸他的下巴，他连胡子都没来得及刮呢。

楚芝反问道："你要喝什么水啊？"

她问完，就觉得他眸色深沉，有种威胁的信号。

他把脸侧着枕在她的手掌上："能解渴的我都喝。"

明人不说暗话，楚芝推开他的脸，一指浴室的浴缸："我洗澡水还没放掉呢，喝去吧。"

"嗯。"他根本没听她说的是什么，把人抱起来一吻芳泽，越亲，越渴。

楚芝眼睛亮晶晶的，说着毫无威慑力的话吓唬程岛："我爸要是回来看到你在我家这么欺负我，非打断你的狗腿。"

换来的只是程岛畅快的笑声。

但程岛确实也有这样的担心，所以他拿捏着分寸，亲了一会儿就走了。

离开没多久，他发消息说见到她爸妈了。

楚芝不信，觉得他乱讲。结果没几分钟，家里的门就被妈妈打开了，好悬，差点真的被抓包。

这场景想想就社死，尴尬中好像又带了点禁忌的疯狂。

楚芝摇摇头，不敢再想，这一晃，扯着伤口了，疼得她"嘶"一声。

楚芝意识到自己是个伤患，应该好好休养，不要再做劳损精气神的事情了。

这么想着，在第二天程岛问她见不见面的时候，她断然拒绝了。

程岛其实真的只是想和她见面而已，只是见到了她，被她一撩拨，就又忍不住生出些旁的心思。

他这辈子的离经叛道和不守男德都废在楚芝身上了。

老实了不到三天。

腊月二十九，酒吧正式放假，待到初三再营业。

程岛在家跟他爸忙年。程岛的妈妈在他初中的时候没的，十几年了就他们爷俩搭伙过，平时凑合就凑合了，除夕和春节却是他们各显神通张罗一桌子菜的传统日子。

程岛忙着贴福字、春联、擦窗扫尘，没注意看手机。等他捞起手机来的时候，有三十二条未读消息和三个未接来电，都是楚芝的。

程岛心漏跳一拍，给她回电话的同时迅速翻看消息。

还好，没出什么事，就是她闲得无聊，问他要不要一起去办年货。

电话接通，楚芝已经坐在餐桌前准备吃午饭了。她也不避着爸妈，大方地跟他说："你要约我买年货？买什么啊？哦，给我爸买酒啊。好吧，那你吃完饭来接我吧。"

电话那头的程岛除了一句"刚才在擦窗"，压根再没说话。

不过他听懂了，在她说完去接她以后答应道："一小时后到。"

等她挂了电话，楚妈忍不住打听："你们这是又打算和好了？"

楚芝还在傲娇："看他表现吧。"

楚爸酸溜溜地来了句："我看他表现不怎么样。"

楚妈可是比楚爸知道得更多一些，比如这两个孩子早先同居过的事，她虽然不是那种特别古板的家长，但总归也觉得能成佳偶好过所托非人。

楚妈拐了楚爸一肘子，瞥一眼楚芝的方向："去玩吧，别买太多酒，有糖果瓜子什么的也看着买点，晚饭你们想出去吃也行，提前说一声就不给你留饭了。"

楚芝笑着谢了妈妈的"恩赐"，从前她爸妈是不管她的社交活动的，可是自从出了事，她妈像个 24 小时贴身保镖，她下楼买个饮料她妈也要拉着她的手，像看小孩似的。

放飞自我的小孩一坐上程岛的大摩托就开始亢奋，头盔都遮挡不住她愉悦的声音："出去玩！出去玩！出去玩！"

程岛也被她的好心情感染，笑意直达眼尾眉梢，扭头问她："去哪里？"

楚芝在他腰上捏了一把："你再装！"

程岛转钥匙启动车子："明白！"

车子跑起来带着炸街的轰鸣声，楚芝紧紧从背后拥抱着他，看街景一路后退，连成看不清的线条。

程岛把车开到了她自己那个家的小区门口，停下，下车扶她。

楚芝不下车："不去不去！"

程岛揣度她的意思："去酒店？"

楚芝依旧不去，看他连同头盔都透着茫然，终于开口："去酒吧！"

程岛："你伤没好，不能喝酒。"

榆木脑袋，谁要喝酒。

她只好几乎把暗示当明示："去仓库！"

程岛站在地上看她一眼，这会儿是真明白了。他把头盔盖拨上去，把她的也拨上去，有些别扭地歪着头亲了她一口。

因为头盔的格挡，只是浅浅地碰触。

她不懂他干吗突然亲她。

他把头盔盖子拉回去，闷声说了句："你怎么这么可爱啊。"

真正的年关已至，酒吧所在的这条商业街多是餐饮，如今都歇业休息了，于是整条街都分外冷清。

程岛把大摩托停在店门口，卷帘门上贴着福字和春联，他要开门的时候楚芝还担心了一下："你这么卷起来，会不会把那个纸弄坏啊？"

大过年有讲究，坏了可不吉利。

程岛点头："有道理，那别进去了。"

楚芝拧他胳膊，可惜大衣太厚根本连他的皮肉都没碰到。她鼓着腮帮子像只花栗鼠，琢磨着怎么把这一堆坚果都塞进嘴里带走，贪婪又纯挚。

程岛不逗她了，两只手握住门框向上用力一抬，抬到半人高的时候停下，开了里面的锁，推门让楚芝进去。

楚芝弯着腰进到里面，转过身看到程岛把卷帘门重新拉下来锁上，这是怕有不明路人以为酒吧营业误闯进来。

店里虽然有玻璃窗，可是关上门不开灯还是很暗，楚芝从背后贴上程岛："有点怕。"

她不方便抱着他，他就把她揽在怀里，走到电闸箱边上拉闸供电，然后

· 180 ·

按了总开关把灯都点着了。

楚芝怪他浪费电，人都不在这边，开那么多灯干吗？

程岛："这不是怕你看不清脚下摔了吗？"

她做出一副"老板怵老板"的姿态，说："以后注意节约用电，能省一分是一分。"

程岛听领导的，领导发话，他立马把灯关到只剩一盏过道的顶灯。

穿过小院并就是仓库，仓库门上的那把锁在阳光的照射下有些反光刺眼。

许多爱情故事发生在夏天，或许是因为少了衣服的阻碍，肌肤相碰触所引发的多巴胺超标，让人产生是爱情啊的错觉。

冬天不行，衣服裹太多，里三层外三层地把发酵的情绪都闷死。冷，懒得动，裸在空气里只顾得上竖毛肌战栗，产生微弱的热量抵御寒冷。

仓库为了储酒本就朝向阴凉，冬天不见光的时候更是比室外还低几度。

程岛把她大衣扣子系上，拉着她有些凉的手："走吧，回去吧。"看她还撇着嘴，哄她，"过两个月再来。"

是要生气的，期待了那么久，而且两个人又不是没经验，平时配合得那么好，怎么偏偏在她期待的场景里就这么扫兴呢？

其实也怪不着程岛，是她怕冷，怕得兴致全无觉得干冷一直抗拒。

但是她生气，她就要找个人撒气。

她蛮横不讲理地说道："你就不能开开空调或者电暖器吗？弄个火盆也行啊！"

程岛笑："行，我去给你弄点木头来烧个火，守着一屋子易燃易爆的货，咱俩火葬费都省了。"

楚芝捶他、踹他，她可比后面这些酒更易燃易爆，取笑她是要挨挨的。

不过她这么一说，程岛想起路盈盈好像在店里放了些暖宝宝，还有个暖风机。

他让楚芝等一下，他去前面找找。

仓库里只剩下楚芝一个人。

她"啊"了一声，有慢半拍的回声在空荡的场地流窜。

这是一种很寂寥的感觉，又透着点让人心慌的紧张悸动。

程岛走的时候把灯打开了，但也不怎么亮，还没有从窗外透进来的阳光亮。

现在是下午两点，一天中紫外线最为强烈的时段，那些玻璃窗上贴着报纸已经泛黄，纸质通透，能看到两面的印刷字叠在一起，乱乱糟糟的。

楚芝闭眼，好像回到高中时候的课堂，这个时间点的课太催眠了，不论哪一科，都要靠狂喝咖啡来提神。

那时候喝的条状速溶咖啡又甜又香，根本想象不到为什么人们形容这种饮料要说苦咖啡。

她是上班以后才懂。

思绪乱七八糟，睁开眼程岛已经回来了。

他搬过来一台矮矮的暖风机，风口朝上，可以从脚开始暖起来。

楚芝坐在破塑料凳子上看他忙活，有种回忆拉进现实的错觉。

十年前是她人生中最充满希望和憧憬的年岁，那时候有程岛陪她肆意挥霍青春。

而现在，她好像千帆阅尽、折戟沉沙了，他却依旧在她身边，仿佛中间一晃而过的十年从没离开。

或许是暖风机和他贴在她毛衣上的暖宝宝起了作用，又或许是人的适应性让她不再那么害怕寒冷，她蜷缩的四肢开始舒展，人也张狂起来。

她不客气地命令程岛："你过来。"

仓库是灰扑扑的，纸箱子也大都沾染着泥土，唯一干净的地界可能只剩下他们眼前的红色塑料凳子。

程岛坐在凳子上，楚芝坐在程岛腿上。

掌握主动权要比干巴巴地承受更令人心潮澎湃，她的心脏湿漉漉的。

从背抵着他的胸口，到转过来和他面对面。楚芝抱着他的脑袋，亲吻他刚剃的板寸："你知道我是什么时候改变主意的吗？"

程岛做事轻易不分心，没听清她话里的意思，甚至没听清她的话，只是发出个疑问的语气："什么时候？"

楚芝忍了一会儿才说："为了找李主任办事，托尹丹跟王韬打听的时候。"

程岛很爱楚芝，很爱很爱楚芝，但他脑子在那种时候是真的没法转弯。

楚芝后来没心思聊天了，她只是看着那些花花绿绿的酒箱从四列六排变成四列十排的高度，又好像是四列八排地来回换，看得人眼花。

停下了，她依旧靠坐在程岛的怀里，两人同时开口。

程岛："跟王韬打听什么了？"

楚芝："破凳子还挺结实，我刚才一直怕它突然塌了。"

程岛一直托着她的胳膊，担心她受伤的那只手不小心碰到哪里："怕什么，塌了也有我给你当坐垫。"

程岛的理智回笼，跟她聊起她刚才被中断的话头："你说改变主意，是关于我吗？"

楚芝想了想，也是也不是："算吧。"

准确地说，是关于她的婚姻观、她的人生。

从前她觉得如果非必要可以不结婚，特殊情况比如陈世羽这样能直接带她跃升社会阶级的结婚对象，那就不属于婚姻观范畴，应该是涵盖价值观或者事业规划。

后来在程岛这里吃了瘪又动了心，她就觉得事业和爱情还是两手抓，这样起码事业那只手能赢点，爱情不爱情的再说吧。

直到跟王韬投降，对，在她看来那就是投降，为了公司或者为了钱，总之是为了一些世俗的东西，她丢掉了骄傲，装作误会一场重归于好地去托人办事。

那天跟李主任见完面，因为钥匙丢在了酒吧里，于是让司机改道去了爸妈家。

躺在她从小睡到大的床上，她失眠了。

她曾经在这张床上做过无数的梦，她以为自己是与众不同的存在。她想过自己是公主，是超人，是梦想者，是偶像，最后却只能认清现实，一个她从沪市"逃"回来的时候就应该承认的现实：她也只不过是个普通人。

"因为普通，所以才会对陈世羽的求婚心动；因为普通，所以才会一面瞧不起物业'吃拿卡要'一面又去卑躬屈膝地求人通融。"楚芝反思着自己。

也是因为想了这么多，所以在物业经理的老婆领着他们那个唐氏综合征的儿子登门请求谅解的时候，她当场写了谅解书。

她能在爸妈批评她做事太直的时候言之凿凿地说自己没错，说物业经理再缺钱也不应该做违法的事情，不论是敲诈还是抢劫。

可她不能在夜深人静的时候欺骗自己，说自己是个多么正直高尚的人，从来不曾为了自己的利益去做些有违公平公正的事情。

包括感情。

"其实你没错，是我的问题。我之前不肯承认自己是个普通人，所作所为可能过于任性，伤害到你了。"

程岛一直安静地听她说，她不出声了，他才问："说完了？"

楚芝："说完了。"

程岛把她放到地上，和她对视。她这样站着比他坐着要高一些，所以他是仰着头看她。

他看着她因为情事通红的眼睛："你说的是什么话？你怎么会普通，你对这个词的误解太大了，哪个普通人能在 Top 大学读本硕，而且是一次上岸？哪个普通人工作三年就年薪百万？哪个普通人在三十岁之前自己全款买房，还是二线城市的市中心？"

他每一个提问都让她嘴角上翘的弧度更大一点。

她没忍住纠正他："新一线。"

程岛神色很正经，点头："对，新一线城市的海景房。所以你不普通，你一点都不普通，你是我见过的最优秀的人。可能我是井底之蛙吧，但你就是我井口的那片天，是我能看到的最好的风景，是我所有的向往。"

楚芝被他夸得有点不好意思了，她的脚尖不自觉地在地上画圈圈："我有那么好吗？上次在这里，你说你是鸭子，现在又说自己是青蛙了，你就不想当个人吗？"

程岛还在肯定她："你当然有那么好，你是最优。"

至于自己当不当人的问题，他就不答了。因为还真有些心虚，她手上还缠着绷带呢，他就在这漏风的仓库里把人给办了，万一给她冻感冒了回头影响伤口愈合怎么办。

程岛让楚芝重新坐腿上，手指轻轻摸摸她脖子上的那块纱布："这里还没好吗？"

楚芝主动抠到胶布的边缘，轻轻撕开，给他看脖子："已经好得差不多了，有点痒，我怕自己忍不住挠就挡住了。"

程岛凑近了看，那一条伤痕已经结痂，并且有一半的痂皮都脱落了，脖子那里新长出来的皮肉更白一些，不明显，像颈纹。

他小心地用嘴唇碰了碰她那个伤痕，楚芝觉得痒，往后躲。

只是背后是程岛的胳膊环着，躲也躲不远。

程岛又凑过来了。

楚芝想笑，由着他亲上自己的脖子，用舌尖轻轻扫过细纹。

他说话声音很低，可是离得太近了，每个字都清楚地砸在耳膜上："说错了，我不是青蛙，我应该是癞蛤蟆，所以才想吃天鹅肉。"

她有点害怕两栖动物那种冰凉滑腻的皮肤触感，所以她不喜欢他自称的那个小动物。

她跟他说："你是狗。"

突然被骂，程岛哭笑不得，咬她耳朵，坐实自己犬类属性。

他俩这耳鬓厮磨地来劲，是一点都不管那个十几块钱塑料凳的死活。

就听"咔嚓"一声，凳子塌了。

楚芝一直到回家路上都没反应过来凳子塌了的事实。

是意料之外情理之中的抓马场景，甚至楚芝看到粉身碎骨的红色塑料残片的时候还产生了一种"啊，终于"的怅然。

得亏了程岛身手敏捷，那种情况下还能立马反应过来，撑稳了身体，也抱住了身上的楚芝没把她摔地上。

楚芝想到当时程岛怔愣的表情还觉得好笑，他俩也真是傻，知道去店里拿暖风机，不知道拿两把结实椅子吗，摁着个塑料板凳折腾什么。

她越想越觉得可乐，尤其是程岛的狼狈窘迫够她笑上半年。

摩托停下，程岛搬着从仓库里拿出来的一箱酒跟在楚芝身后，送到她家门口，跟叔叔阿姨打了个招呼就回去了。

那背影透着几分落荒而逃的局促。

楚芝跟他出去荒唐了一把，现在天还没黑，她有点犯困，跟她妈说了几句就去阳台上抱着叨叨在垫子上睡觉了。

睡了小半天，听见她妈在打电话，从对话的语气就听出来是跟小姨说话。

自从王韬那事以后，小姨家里的人再没来过楚芝家吃饭了。

马上春节了，小姨和楚妈商量年三十去陵园把楚芝已经去世的外公外婆"接"回小姨家。

　　楚妈问小姨："那你们今年还在不在这儿过了？"

　　往年是一起过的，因为尹丹跟朵朵在王韬家过，小姨、姨父就来楚芝家热闹热闹。

　　今年情况略有不同，今年王韬主动提出来陪老婆和孩子在娘家过年，初一再去孩子奶奶家。

　　其实都在一个城市，只是不同城区而已，以前瞎讲究，什么初二以后才能回娘家不然有冲撞。

　　今年不管是不是因为王韬心亏所以格外体贴尹丹，反正尹丹是根据喜好照单全收。

　　她当然愿意在娘家过年，那里才是她最亲近的人，而且还不用她做饭刷碗、想词逗乐，只需要瘫倒在沙发上，一切自有爸妈搞定。

　　楚芝躺在地台垫上，像叨叨一样竖起一只耳朵偷听妈妈打电话，听说小姨今年不过来了，省得楚芝看见王韬糟心。

　　对对对，这样最好。

　　不要因为一个外人搞得大家都不舒服。

　　虽然楚芝也知道，随着时间流逝，他们可能还是会像普通亲戚一样再见面，甚至等他们像楚妈和小姨这个年纪的时候再提起那件事，可能已经当作笑话一样过去了：哎哟，年轻时候喝二两马尿就不知道东南西北了；好家伙，你脾气真大呀，什么话都敢编。

　　她不抗拒这种可能性，但目前的她还没那么大气量，就是看不开，不想见。

　　年三十的清早，小姨和姨父单独来了楚芝家，一起去陵园。

　　楚芝主动请缨开车，结果路况不熟，开进了单行道多绕了一大圈才到，被楚妈说了好几句，让她下车记得道歉。

　　楚芝吐了吐舌头，像个小孩子似的，到了老人们的墓碑前，她深鞠一躬："爷爷奶奶，对不起，让你们久等啦！"然后往左挪两步，又鞠一躬，"姥姥姥爷，对不起，我路上耽误啦！"

　　当初陵园新开辟了一片宝地，楚爸楚妈给两家老人买了左右相邻的墓穴："去了那边彼此也有个照立。"

　　把两家的四位老人分别"接"回去后，楚爸往门口走的时候，突然有些开心地跟楚芝说："给你看看我和你妈的'屋子'，这里，好看吧？新盖的。"

　　楚芝傻眼了，她爸指着的是一个种着小松树、有石头小路灯的空碑。

　　她转了一圈，认真地看过墓穴周围的环境后，问她爸："这里面只能装两个骨灰盒吗？加我一个行不行？"

　　爸妈他们都笑了，后来小姨也说想在这个陵园挑块地，可是已经满了，只能等放号。

好像还讨论了"装修"的事项，楚爸想放头石狮子，楚妈想要摆玉瓶。

楚芝没注意听，思绪飘远了。

她从来没想过爸妈不在了是怎样的场景，可在她不知道的时候，他们连墓地都已经挑好。

是因为今年的那一场病让他感到焦虑了吗？突然变了态度，想要她早点结婚，是不是也有这方面的考虑呢？怕他们如果没了，她自己孤零零一个人在这世上太可怜。

她不敢再想，大过年的，如果她哭哭啼啼的，怕是要挨骂。

回了家，门一开，她今年被安排做那个"领路人"，对着门外看不见的空气说："爷爷奶奶，到家了，回家过年吧！"

家里，饭厅的供桌上已经摆好了爷爷奶奶的合照、香炉，还有贡品，都是他们生前喜欢吃的菜和水果。

之后的每一天，这些贡品都会更换成楚芝他们当天吃的饭菜，而且每天早上吃饭前，一家三口也要轮流来磕头说祝词。

小时候楚芝不明白为什么要这样，后来她看了一部电影，里面的人告诉她：死亡不是生命的终点，遗忘才是。

今天的她格外感性，吃过午饭要睡午觉的时候给程岛发消息，问他在干吗？

程岛也正要睡觉：睡一会儿下午做饭包饺子，晚上守岁。

楚芝给他发了一张上午在陵园拍的照片：好看吗？

程岛把图片双击放大，认真看了一圈，也没看出来楚芝想问他什么好看，是那棵树还是那朵花？总不至于是那个引路石吧？

他真诚地回复：你说好看就好看。

楚芝：哦，那我就预约一下，等有空地了买一块。

程岛：[？.jpg]

楚芝：你想住这里吗？

程岛依旧满脑子问号，但他没再问了，等楚芝说话。

果然，楚芝也没想等他的回答，她又说：你想住的话可以给我一半的钱，咱俩合租。

程岛被自己的口水呛到，想笑，又觉得她这话是有些深意的。

生同衾，死同穴。

那是什么？

那是至亲至爱的夫妻。

他怕自己是想多了，又怕自己没领会她的意思，还在思考的时候，她说她困了先睡了。

一阵春风掠水池，撩完人就跑，这非常楚芝。

他说了"午安"，自己却睡不着了。

翻来覆去地，很快听见了他爸走动的声音，他干脆起床。

要调馅炸豆腐丸子，程岛看到瓶子里酱油剩不多了，跟他爸说了声："我去趟超市。"

程爸觉得没必要，想要展露身手："用盐、糖、味精、香油调一调，一样的。"

程岛又找个理由："超市下午就关门了吧，我去买点饮料放着，也给你买点烟。"

程爸："你不是让我戒烟吗？"

程岛："这不是过年吗？"

父子二人沉默了。

程爸："你有事出去？"

程岛："我去看看楚芝。"

这名字程爸不陌生，大一他谈恋爱的时候就跟他爸介绍过楚芝这位优秀的女朋友，只不过后来俩人吹了，就没再提过。

再一次从程岛口中听到这个名字，是程岛有阵子总不回家住，程爸以为他是在酒吧凑合睡，有天清早他去店里给程岛送厚衣服怕他冻着，结果店门大锁，根本没见到人。

他给程岛打电话问他在哪里，程岛说："在朋友家。"

"哪个朋友？"

"楚芝，女朋友。"

后来程爸是想了一阵子才想起来这好像是臭小子的那个初恋。

以为这回修成正果，没想到过不多久程岛又回来睡了，他虽然没说，但是满脸都写着"我失恋了"，程爸不问也知道他女朋友又没了。

所以程爸对楚芝这个只闻其名未见其人的准儿媳意见挺大的，任谁见着自己儿子被甩两次都会觉得对方不太靠谱吧。

这是程岛和楚芝复合以后第一次在爸爸面前提她的名字，因为他也猜到他爸可能不喜欢楚芝，在事情有定数以前他觉得还是低调一些好。

果然，程爸听说他要去看楚芝以后，表情复杂难言，几次张开嘴，又不知道该怎么说，最后只好同意："早点回来，人姑娘也要陪爸妈。"

程岛："好，我去一下就回来，很快。"

也没说要去干吗，走之前回房间换了身衣服，拿上钥匙开车在无人的街道上狂奔。

天阴沉沉的，像是要下雪，路上没有几个行人，倒是有不知道从哪个地方传来的小孩子的尖叫声——快乐而无节制。

程岛到了楚芝爸妈小区门口才给她打电话："你要不要出来一下？"

楚芝刚迷糊着睡了，都没听见他说的是什么，就把电话挂了："不去，睡觉。"

睡了几秒觉得不对劲——他刚才是不是说他在她家楼下？

楚芝立马给程岛拨回去，从床上跳起来穿外衣："你别走你别走啊，我马上下来！"

下床的时候没注意脚下，踩在了叨叨的狗爪上，疼得它嗷呜喊叫，在楚芝想摸一摸安慰它的时候躲去床底不给摸了。

小狗，个头不大，脾气倒不小，还挺记仇。

楚芝还惦记着楼下的程岛，顾不上安慰狗狗，换上鞋跟爸妈吆喝了一声就跑出门去。

楚妈听见声音，从厨房里探出头来："这个时间，她去哪儿啊？"

楚爸刚才坐在沙发上看电视看睡着了，楚芝那一嗓子把他叫醒了，但没听清她说的什么："是不是下去遛狗了？"

被点到名的叨叨从卧室跑出来，在二老面前汪汪叫，委屈控诉刚才被踩的事情，同时表示楚芝没遛它，去遛别的不知道什么狗了。

楼下，楚芝跑着扑向小区门口等着的程岛，冲击力挺大，程岛的摩托车都被撞得摇晃。

他捏着她的胳膊："手，手，你慢点，手还没好呢。"

楚芝笑容满面："我刚才做梦梦见你了！"

程岛："嗯，梦见我什么了？"

楚芝："不知道啊，还没怎么开始梦呢。"

把脸贴着他胸口蹭蹭，她跟他说："我好像有点想你。"

程岛也想她，不然过来干吗。

两个人在小区外面抱了一会儿，楚芝好像看见邻居了有点不好意思，退开一点距离，问程岛："你来找我有事吗？"

程岛："来送东西。"

楚芝面露疑惑，手摸了摸他的口袋，鼓鼓囊囊的。

她直接伸手进口袋，掏出来一个蓝色小盒子："啊，这不会是……"

程岛替她接上剩下的半句话："你掉在仓库里的，我给你送来。"

楚芝抬眼看他一眼，又低下头去把盒子打开，是一枚很简单的戒指，大概就是大东小凤他们说的他要用来求婚的戒指。

楚芝从前觉得自己对求婚这些经过策划的活动不会有一丝感觉的，可现在她觉得自己心跳很快。

她嘴硬着："我以为你求婚失败了就把戒指卖了呢。"

程岛嘴比她硬："还没求呢，怎么知道失败了。"

楚芝不说话。

程岛有点窘迫："那，总想留个念想。"

楚芝大概是害羞了，所以说着不合时宜的醋话："转手还要贬值，是想留着给下一任求婚的时候用吧。"

这下轮到程岛不说话了。

楚芝心里有点着急，想要他再说句什么，再说一句，说不定她就答应考虑考虑。

程岛把手机拿出来，把她发给他的那张风景宜人的墓地图片给她看："这是那一半墓地的租金，先预付。"

程岛的求婚是突发奇想，楚芝的接受也是意料之外。

但是大龄男女的婚姻进度好像怎么快都不会觉得突兀，十年前他们没有把握自己人生的能力，十年后他们想干吗就干吗。

这么一想，年纪大也有年纪大的好处，起码现在楚芝跟别人说自己今年刚谈了个对象已经打算结婚，别人只会说恭喜而不会觉得她冲动。

楚芝的左手缠着纱布，但手指露在外面。她把手递给程岛让他给自己戴上戒指，手指不方便岔开，而且现在有点肿，戒指戴到一半戴不下去了。

楚芝大为恼火："你这是给我买的吗？尺寸都不对！"

程岛冤枉极了，他把戒指放回盒子里，打算拿回去："我再给你买一个。"

楚芝把盒子抢回来，别别扭扭："我要那么多戒指干吗呀。"

她也不知道自己在忸怩什么，她能很大方地勾引程岛、挑逗程岛，却在面对他直白平实的求婚时变成了矜贵的女孩，好像被他多看一眼都不合礼数。

程岛也不知道该怎么办了，他摸摸她的脑袋："要不今天就到这里，明天我们再聊？"

楚芝把头整个往后仰，从发顶转到额头贴着他的掌心，这样的依恋姿态让程岛又不想走了。

他问她："你能出来多久？"

楚芝站直："都可以吧，没说。"

程岛坐好，拍拍后座，喊她："上车。"

楚芝跨上他身后的座位，猜他会带自己去哪里。

没想到他把她载到了海边木栈道。

他领着她去中心广场，这里曾经有个音乐喷泉，能根据人的声音高低变换喷泉高度。小孩子们为了让水柱喷得更高一些，就会疯狂尖叫，吵闹得很。

现在喷泉已经没了，广场中间变成了漂亮的花坛，即使在冬天也有五颜六色的灌木丛。

程岛和她在广场站定，楚芝觉得这场景似曾相识。虽然这里变了样，可是程岛身后的栈道和大海，甚至海边岩石的位置还是相似的。

眼前的程岛和记忆里那个背着手、藏着气球狗花束的少年重合，她顺着栈道望见十年前的自己。

那是他们正式在一起的第一天。

耳边不再有小朋友咆哮的声音，灯光没有亮，冷风飕飕地吹。

楚芝看着程岛，他也不似当初那样紧张，连"男朋友"三个字都能嘴瓢。

他长得更高大、更结实，下巴上的胡茬更硬，脑袋上的头发更短，五官更凌厉，对她的心却更软、更包容。

程岛安静地看着她，问她："现在没有人，我可以跟你求婚吗？"

她曾经明确表达过对当众求爱、求婚、求一切行为的抗拒，说只是想想都要脚趾抠地。

即使是程岛这么问，她也还是觉得肉麻，看他有弯腰的趋势，连连摆手："别，除了在床上，不要对着我下跪。"

程岛笑得无语，站直了，捏着她后脖子晃她："你一定要这么会破坏气氛吗？"

楚芝也跟着笑："我真不行，你要求婚就求嘛，嘴上求就可以。"

程岛被她说得也觉得郑重其事地告白有些尴尬，他想，那要不就婚礼的时候再跟她说吧，他要提前打个草稿。

楚芝火眼金睛还会读心术，继续反对他："婚礼的时候也不要跟我说！万一给我说哭了妆花了可不行！"

这也不行，那么不行。

程岛气结："你霸凌我。"

反正楚芝就是拒绝一切刻意的煽情，她给程岛指了条明路："你要是想要向我表达你的忠诚和爱意，最简单最直白的方式就是让我快乐，比如认真锻炼，保持身材。"

他俩说着说着就歪沟里去了，哪有半分记忆里的纯情。

那年那天他们开始交往，牵牵手都觉得害臊，从木栈道一路拉着手走回家，脸红心跳地像是跑了个五千米比赛。

现在却毫不知羞。

毕竟是快要过年了，他俩在外面待太久也不好。

程岛要送楚芝回家，离开小广场之前，他再看一眼自己刚才站的地方，告诉楚芝为什么带她来这里：

"那天你答应做我女朋友，是我有记忆以来最开心的一天。

"那时候我以为，我们就会在一起一辈子了。

"不过，现在也不晚，我们可以把接下来的一辈子一起走，从这个广场开始。"

楚芝眼眶有点酸，打他胳膊："都说不要搞肉麻的事了，你还说！"

程岛也有点小脾气："那我以后什么都不能说了？我就是这么想的啊！"

楚芝："你凶我！"

程岛："我哪……有吗？"

他的脾气跑没影了，把楚芝抱上车，赶紧送人回去。

楚芝这一出门就走了快两小时，楚妈中间忍不住给她发消息问她去哪里了，怕她又遇到什么危险，她回说跟程岛在一起，让她妈放心。

烂熟

她妈是放心了，她爸不开心了。

等她回了家，楚爸就开始冷嘲热讽——当然不是对女儿楚芝，是对那个从小就没安好心试图拱他家白菜的程岛。

楚爸说他不懂事："今天什么日子啊，不在家陪陪老人，跑出来嗨瑟什么？哦，来都来了，也不知道上楼来跟长辈打个招呼，没礼貌。"又说他不够磊落，"打小就整那鬼鬼祟祟的一套，在咱小区晃悠，现在也不老实。"

楚芝本来不说话的，但架不住她爸一直横挑鼻子竖挑眼，说得她有点烦。

她作势拿起手机给程岛打电话，脸对着楚爸："那我把他叫回来给你请安，不过我可跟你把话说前头哈，他来咱家那就是要来提亲了。"

楚爸听见"提亲"两个字，眼瞪得老大："什么玩意？提亲？打住，你挂了！别让他过来！"

楚芝原本也就是做做样子，把手机放下，怼她爸："怎么又不要他来了，来啊，来了你当他面骂他一顿。"

楚爸一噎，说了句让楚芝忍俊不禁的话："我还没准备好。"

怎么说得好像被求婚的人是她爸似的？

楚芝看着小老头坐在沙发上对着电视发了会儿呆，然后坐到琴凳上开始弹《夜的钢琴曲》。

楚妈已经把菜都做得差不多了，只剩一道油泼鱼，她喊楚芝帮忙端菜，然后一边往蒸鱼身上浇热油，一边问楚芝："你爸咋了？上次我听他弹这首还是他内退那天。"

楚芝："我告诉他程岛跟我求婚了。"

楚妈手一抖，油浇到了木桌子上，滋啦啦地烫出两个黑点子。

程岛这块小石头，激起了楚家的千层浪，楚妈没有揪着楚芝刨根问底，她跑去跟楚芝小姨打电话商量了。

商量的什么楚芝也不清楚，总之结论就是让楚芝通知程岛：初二来家里吃饭，见见家长，小姨和小姨父也过来。

楚芝直接替程岛答应了。

她敢肯定程岛不会推脱。

尹丹也给她发消息：听说你要结婚了？

楚芝感觉他们这进度走得有点太快，像开了倍速一样，都不给人喘息考虑的机会，她看着春晚的催婚催生小品，想着这也太应景了吧。

尹丹是以过来人的身份给她提醒："结了婚可以先玩两年，不是很想要孩子的话可以晚点要，有了孩子就被拴住了。"

各种意义上的被拴住。

楚芝前两年不在家，不知道尹丹带孩子受过什么累，但她确实觉得尹丹好像憔悴了不少，背都驼了一些。

她满口答应：好的好的，听劝。

楚家三口就这么各怀心事，春晚演了点什么他们都看了，但都没记住。

楚芝除了跟尹丹聊天，也偶尔和程岛发发消息，跟他通风报信讲解自己家人的喜恶，方便他投其所好。

他还是有些没底，问楚芝明天有没有安排，能不能陪他去商场挑挑礼物。

楚芝：我可是很传统的，一旦定了亲事，结婚之前就不能和男方见面了。

又要重新定义"传统"是吧，程岛知道她还是在嘲笑自己当初的话，牙痒心里也痒，他也有点想楚芝了。

他像个浪荡子勾引良家女：一小时采购完，剩下的时间你让我干吗我就干吗。

这种话对楚芝挺有效的，她看一眼各自玩手机的爸妈，回复程岛：那你十点半来吧，我要先出去拜年。

程岛回了个愉快的狗狗表情包，怎么感觉他身上人的属性逐渐被狗取代。

眼下更重要的，是拜见楚芝爸妈。

说来也不是第一次见面了，但这次意义非凡，程岛特意穿了一套西装皮鞋登门拜访。

楚芝开门，见到他眼神都放光，她还没见过他穿得这么正式呢。

她踮脚，摸他打了发泥的脑袋，程岛只允许她摸一下，再伸手就不让动了，怕她把自己发型弄乱。

楚芝摸着下巴给他建议："你可以再戴个金丝眼镜。"

程岛："我又不近视，戴眼镜干吗？"

楚芝摇头："斯文败类，衣冠禽兽都那样。"

他俩在门口说话这一会儿，小姨已经迫不及待地从客厅过来看了："芝芝，干吗呢？请人进门啊。"

楚芝朝程岛眨眨眼："一会儿再说。"

程岛两只手满满地提了好多礼物，他换了鞋，拿着礼物放到客厅角落，跟长辈们挨个问好。

叫到"叔叔好"的时候，楚爸很不给面子地哼了一声："就这么点东西买了一天啊。"

程岛听了亏心，昨天他们买东西挺快的，后来那不是在酒店耽误时间了嘛。

不待他开口，屋里同时响起三个声音。

楚芝："爸！"

楚妈："老楚！"

小姨："姐夫！"

家里的所有女性都朝他皱眉，楚爸自己的眉头也皱了起来。

小姨父弥勒佛一样笑呵呵地拍拍楚爸："理解，理解，我懂你。"

楚爸又哼了一声，但迫于女性压力不说话了。

程岛心一凉，觉得岳父这样大概更讨厌自己了。

因为还在过年，一家子凑在一起就是吃东西，从瓜子、开心果到山楂、冰糖橘，程岛的嘴就没停下过，谁给他抓一把东西放眼前，他都认认真真吃完，像完成任务似的。

有人问他问题，他就赶紧把嘴里食物咽下去，恭恭敬敬地回答。

毕竟他在这四位老人面前第一次亮相就是揍王韬，他很担心老人们是不是会觉得他有什么暴力倾向，对他有不好的看法。

他猜得也对，因为楚家长辈们确实是这么想的，尤其是楚芝小姨，在自己女儿的婚事上看走眼了一次，在外甥女的婚事上就更加用心。

男人好色最多是伤女人心，男人好斗那可是要丧女人命的。

不过程岛拿出百分之百的真诚必杀技，不管问他什么，他都老实作答，连存款余额都精准到个位数。

"楚芝比较会理财，我现在的酒吧也有她投的钱，结婚以后我也打算把所有的收入都交给她来管。

"房子我看好了，但是要两年后交房，首付我家里出，贷款我来还。这个还没和楚芝商量，看要不要先住她那边。

"别的不敢保证，但绝对不会出轨，忠诚是军人的基本素养。

"孩子不着急的，我爸对这些也不是很在意，看楚芝的想法和身体状态吧，生不生或者生几个都可以，我全力配合。"

楚芝听到他连"全力配合"这种话都说出来了，捂着嘴憋笑。

楚妈是相女婿又不是审犯人，不想他绷得太紧，提出来要去准备午饭了，让楚芝带程岛参观参观。

楚芝："咱们家是什么大别墅吗？还要参观？"

不过她还是带着程岛溜达了一圈，然后带他进自己房间："给你看看我的成长相册吧！"

程岛这只小白兔毫无防备地就进了楚芝的狼窝。

楚芝把门一带，倚着门板，手伸进西装里抓着他衬衣往外揪："你穿正装好犯规啊，你是穿着这身骑摩托来的吗？"

程岛捂着她的嘴不让她说了："疯了吧，你爸妈、小姨、姨父都在外面呢！"

楚芝用舌尖顶着他掌心舔："对呀，刺激吗？"

程岛抓狂了，握着她的腰把她抵在门上用力亲了两口，却是求饶："祖宗，你放过我吧，今天什么日子啊，你非要看我在你家出丑吗？"

不是他说要"全力配合"的吗？

她看他穿这一身被她家里人盘问的样子，就像看到大学生答辩会上被导师们诘难一样，都是只能唯唯诺诺地表示"您说得对""我再想想"，那个小受气包的神态让她只想落井下石再欺负他一把。

所以她把人欺负到卧室来了，她的地盘。

楚芝诱哄他："这里可是我从小睡到大的房间啊，你不觉得很有意思吗？"

程岛被她一步步推到床边坐下，门外还有楚妈说话的声音，喊楚爸去楼下买盒豆瓣酱。

这个门甚至没有反锁！

而楚芝就软软地趴在他身上吻他，不许他躲。

终于，她满意了。程岛飞速站直把衬衣塞进裤腰系好，一边深呼吸调整气息节奏。

楚芝也已经坐到书桌前了，真的找了一本相册出来："你来看呀，我小时候。"

程岛服了她，怀疑她一定是什么妖精幻化成人的，胆子大得离谱，还会那种勾魂摄魄术。

他走向她那边，中途越过叨叨，看到它坐得笔直，夸了他一句："很棒，自己玩去吧。"

这就完了？

叨叨的表演没有得到应有的物质奖励，它不高兴地对着程岛狂吠，虽然听不懂，但听语气是应该骂得挺脏的。

楚芝娇娇地给程岛派活："你去阳台上，有个零食柜，给它找点肉脯吃。"

她现在这个样子，确实没他看起来正常。

程岛只好硬着头皮带着叨叨出门，去阳台上挑零食。

从楚芝的卧室穿过客厅到阳台，这一路都没人。

程岛默默地打量，判断出楚妈、小姨和姨父都在厨房和饭厅之间忙活，楚爸……

"咣"一声门响，是楚爸从外面回家，手里提了个袋子。

哦，他出去买豆瓣酱了。

程岛卖乖："叔叔，再要跑腿的活你叫我去就行。"

楚爸看了他一眼，又看他身边摇着尾巴跟着他的叨叨一眼，不怎么情愿地"嗯"了一声，去给楚妈送调料了。

好险，刚才应该是没人发现的。

给叨叨喂了小零食，又挑了两个小玩具，程岛把它领回卧室。

这还是第一次程岛主动邀请它进入只有他们两个人的房间。

属于此地无银的一种掩饰，好像有狗子在，就能证明他们在屋里的事很光明磊落了。

楚芝还坐在书桌前，程岛有点怕她，站得离她一米远，拿着带绳的网球逗叨叨玩。

楚芝跟他招手，要他看自己小时候的照片。

程岛脚不离地，头向她那边看。

楚芝不管他了，捏着一张六寸照片给他看："你看这个是我小学时候参加会演的照片，是不是很像小公主？"

她穿着白色的蓬蓬小裙子，扎着两个麻花辫，如果忽略她脸上那两坨红色的话，是挺像小公主的。

但是程岛越看这个场景越觉得熟悉，他走过去，凑近了，手指指着照片右上角的一个小孩跟她说："这好像是我。"

楚芝睁大了眼睛。

那是市里的一个文化节，她当时作为主唱站在最前面，后面是一群伴舞的小孩。

楚芝怎么看也没法在那个瘦瘦小小、脸涂成猴屁股也挡不住秀气可爱的小孩身上，看到一丝程岛的影子。

她不信："你骗我的吧？"

程岛："我骗你干吗？我家也有这个照片，回头我拍给你。"

他俩说着话，又凑到一起了。

楚芝把头往他腰上蹭蹭，暧昧不明地说了句："喜欢——"

也不知道她说的是喜欢什么，程岛直觉她说的是穿西装的事，或者是穿着西装做的事。

他退避三舍，又去和狗玩。

楚芝眨着亮晶晶的眼睛："干吗，你不喜欢吗？"

说实话，他也喜欢的，女朋友这么辣，谁会不喜欢呢。

但喜欢是一回事，实践就是另一回事了，他觉得再这样下去他可能就没命喜欢了。

楚芝是不稀罕命中注定那一套的，可是知道自己和程岛小时候曾经在同一个舞台上表演，这感觉还是很微妙。

她拿着照片给家里人看，如愿得到了"看来你俩的缘分早就注定了"的评价，心里对想要相信的事也有了玄学的加持。

程岛回家后真的翻出来了他说的照片，只不过照片里他才是正中的主角，站在前面的楚芝只被照到半张脸和飞扬的裙摆。

他告诉她：是我妈照的。

一个女人对男人的爱通常伴随着怜惜的感觉，程岛很少在楚芝面前提起自己的妈妈，楚芝也尽量规避这个话题以免引起他的伤心事。

今晚程岛想起儿时妈妈温柔的陪伴了，所以他多说了几句：如果我们有孩子的话，一定非常爱你。

楚芝看这句话看得眼泪往外涌，他是想说他也很爱他的妈妈吧。

她把那句电影台词也分享给他：死亡不是生命的终点，遗忘才是。你一直记得她，她就一直陪着你。

程岛：有文化真好。

楚芝：［省略号.jpg］

他岔开话题，不想再聊，楚芝却想要他对自己更坦诚些，她不只是爱他甜心蜜意，也想成为他失意时可以依靠的那个肩膀。

她说：想妈妈的时候可以找我，累了难受了也可以和我说，我当你的妈妈。

程岛：妈妈是不可以替代的。

楚芝看到这句话，想解释自己只是想像妈妈那样安慰他、陪伴他，当然不是替代妈妈。

她一段话还没打完，他又回了一条：你只能做我孩子的妈。

楚芝回了他一个扇大嘴巴子的表情包。

他俩玩笑了几句，楚芝就要休息了。她的伤养得差不多了，她的工作也需要提上日程了。

程岛跟她道了晚安以后，出去洗漱，迎面看到他爸从阳台抽了根烟回来。

两人对视，程爸问："喝两盅？"

程岛点点头，把家里剩的半瓶的老白干拿出来，给他爸斟酒。

爷俩坐在阳台上的茶几两旁，看着窗外的亮光。对面那栋楼好多家把阳台装饰得跟迪厅似的，不止挂灯笼，还挂旋转灯球。

程爸忽然说了句："你妈年轻的时候可喜欢跟我去跳迪斯科了。"

程岛笑，他看过老照片，在大学校园里倚着树抱着书，笑得温婉。

倒不知道原来还喜欢"蹦迪"。

这十几年程爸都是单身，尤其是他在外面这些年，老头子自己一个人在家，不知道孤不孤独。

他问程爸："你想我妈吗？"

程爸喝了一盅酒，又倒一盅："想她干吗呀，我这天天抽烟打牌喝酒多逍遥，还有小老太太跟我暗送秋波，也不用担心你妈骂我。"

程岛听他这么说，很真诚地建议他："你要是有看对眼的大姨，再找个伴也行，我没意见。"

程爸眼一瞪："说这话，你不怕你妈晚上来找你啊。"

程岛又笑："不怕，我妈舍不得骂我。"

如果真的来找他，他开心还来不及呢，自己的妈妈什么样他都不怕。

这酒有点呛鼻子，辣得人眼睛疼。

父子俩沉默了片刻，程爸问起程岛今天登门拜访岳家的情况："老丈人看不上你那也正常，当时你姥爷也看我不顺眼呢，关键是你对象得认准你。"

想起程岛跟人姑娘几次三番地分分合合，他有点瞧不上自己儿子："你对象好像也没非你不可是不是？"

程岛已经心如铁，不怕他爸扎了。

他想起楚芝白天对他的腻歪劲儿，嚣张地跟他爸说："谁说的，她可黏我了。"

程爸笑骂他："臭小子，先把人娶回家再吹牛吧！"

对面楼家里挂灯球那一家，有个蹒跚学步的小孩在阳台那里溜达来溜达去，像只小鸭子，时不时还跳一跳。

爷俩看着都笑了，程爸想起程岛小时候的场景，也想起程妈初为人母焦虑又幸福的那些样子，好像还在昨天，一转眼那个光屁股小孩也要结婚了。

程爸跟程岛说自己为什么不再找个老伴："那些糟老头老婆一死就赶紧再找一个的，那是想找人伺候自己呢。你妈在的时候我都没怎么让她做过家务，她走了我还能饿死？"

确实是，程岛印象里，以前都是他妈照顾他的学习起居，他爸做饭洗衣。

程爸教程岛："要是看好了，就娶回家一心一意对人家，一辈子也不长，很快就过去了。"

他把酒盅里的酒一口闷了，站起来："困了，睡觉！"

程岛看着他爸已经不再挺拔的背影，猜他爸刚才撒谎了，他一定经常想妈妈。

第十章 /
你是我的烂熟于心

楚芝把人领回来见过家长后就做甩手掌柜不管了，有什么风俗、有什么流程都交给她妈和她小姨去筹划。她要忙冬令营的事，这是开业以来人数最多的一次活动，也是首次完成月营业额新纪录，公司所有人都摩拳擦掌，想着大干一场。

楚芝一头扎进工作里的时候是谁都打扰不了的状态，连程岛都见不到她。

酒吧初五开始营业，只有程岛自己在店里守着，员工们都还没回来。

路盈盈是本地人，她闲着无聊倒是主动过来帮忙了。

偶尔有客人进店，他俩也完全能应付。

闲暇的时候，他俩就聊聊天。

路盈盈纳闷，仓库里的塑料板凳换成了沙发，还是店里最好看、最舒服的沙发："不要了吗？放库房干啊？"

程岛："我在仓库睡觉用。"

路盈盈："你为啥要在仓库睡？又冷又阴的。"

程岛："我体热，那里凉快。"

路盈盈不解，一副地铁老人看手机脸。

程岛把仓库的沙发拍照给楚芝看，等了一天都没能等来一句奖励。

他相信她这几年没空交男朋友的话是真的了，她能量场强得吓人，不过那一腔精力只要给个宣泄口就可以全副托付。

可以是事业，也可以是男人。

他只是很幸运地在她事业空窗期的时候出现，让她把他也"当个事儿似的"上了心。如果是现在她工作步入正轨了他再出现，她大概连喝杯茶的时间都不会给他。

楚芝现在确实是连喝杯茶的时间都拿不出来了。

冬令营刚开班，她就驻扎在营地里，随时准备解决问题。

有孩子的地方就有看不见的危险，她每天早上起床先虔诚对着大海许三愿，祈祷今天也能顺利、平安和平安。

她空下来喝水的时候会看看手机，给程岛回个消息，有时候是看见了程岛的消息一时没来得及回，过后就忘了。

她也会主动给程岛分享她这边的事情，今天可能还是"小宝宝好单纯好可爱啊啊啊"，明天就变成了"烦死了，谁要想不开生孩子，累了毁灭吧"。

她这一天的心情全部由当天孩子们的表现决定。

又是忙碌的一天结束，楚芝在营地的临时会议室里跟课程顾问们开完会，等他们下班了，她叫了个外卖边吃边看手机，晚上在小剧场还有个联欢会她要去看。

程岛发给她的仓库沙发她白天看到了，现在才有空回他：这个结实哦？

程岛：下次试试。

啧啧，他还想试试呢。楚芝以为上一次的板凳坍塌事件该给他留下心理阴影了，看来他嘴上说着"这样不好"，身体倒是诚实地喜欢这样的不正派呢。

楚芝咬着勺子，笑着要发几句嘲讽逗他玩，才打了一半，教师群里弹出来一条：周无极丢了！

楚芝心里"咯噔"一下，立马点进群里去看教务小张老师的语音。说的是一营有个叫周无极的小男孩，吃完饭去小剧场的路上丢了，他爸爸正在到处找他。

营地不算大，但并不是全封闭的，位于影视城一角，而影视城是很大的。

楚芝立马用营地的广播找人，同时打电话报警。

晚上在小剧场的活动临时取消，家长群里人心惶惶的，大部分都是从外地带孩子来参加活动的，在这里也没有亲友，遇到事就容易胡思乱想，都在猜周无极是不是被人贩子拐走了。

警察已经调来了营地的监控，看到从住处往小剧场去的路上有个小公园，当时周无极爸爸在打电话，孩子就自己跑去玩了。在两个相近的监控之间，还有一个监控刚好安在路灯上方，晚上路灯一开，光晕会影响监控的拍摄范围，周无极就是在路灯打开的瞬间经过这个监控区域，然后不见了。

这给调查增加了些难度，需要更多时间来排查，为了不耽误时间，警察增派了人手去现场巡查。

楚芝和家长跟着警方来到孩子消失的那个小公园，公园里有人工湖，警察在湖边搜寻孩子的踪迹。

周无极爸爸看到增派的警力，还有夜晚黑洞般的湖水，浑身一阵无力，一屁股坐在了地上。

楚芝见状要去扶他，却在扶起他的时候被他一通暴喝，嚷嚷着如果他儿子出事，要叫楚芝陪葬。

带队的警察拿探照灯往他脸上一晃，严厉地喊："吵吵什么！"

楚芝退开一点距离，怕无能狂怒的家长情绪失控做出什么危险举动，紧紧跟在警察身边找人。

楚芝对这个营地还算熟悉一些，她拿着手电筒寻找一切能躲藏的地方，祈祷孩子只是玩闹，不是掉进湖里。

过了一段时间，警察接到电话，周围的监控都已经看过了，没发现孩子的身影，他应该就是消失在小公园这边。

排除了被人贩子拐走的可能性，警察们更大声地呼唤孩子的名字，并且打算找打捞队下湖找了。

大冬天的，楚芝的脑袋后背却全是汗。她先给教务打电话，让老师们做好其他家长的安抚工作，再给陈世羽报备了情况让他有个底。

她脑子有点乱，比打捞队来得更早的是程岛。

他见面先给了她一个拥抱，仔细询问了孩子丢失的过程。

天已经黑透了，点亮的灯光让这刮着风的夜晚看起来更加冷寂。

程岛找到周无极爸爸，问他：“你当时在哪个地方打电话？”

周无极爸爸像被刺痛了要害，咆哮着别想甩锅给他。

程岛冷静地再次沉声问他：“我参与过很多次灾后搜救工作，你不要激动，跟我说一说，在哪个地方？”

周无极爸爸静下来，领着他们来到他打电话的地方。

程岛站定，原地转一圈寻找视线盲区。

他又走到那个刚好被灯遮挡住的监控器下面，看到对面的一棵大树，树上有个广告牌，是没亮灯的灯箱。

程岛快步跑到那棵树下，拿手电闪了闪上面，看到个人影。

周无极爸爸大喊：“无极！”

楚芝忙阻止他：“你别吓到他，掉下来摔着！”

他们忙去找警察，找梯子，找安全气垫。

周无极刚才贪玩爬上去跟他爸玩捉迷藏，结果一直没人找过来，他就蹲在里面睡着了。

小孩睡得沉，要不是他爸吼那一嗓子，他根本就醒不过来。

现在睡醒了，也开始害怕了，爬起来伸出头看着外面哭号。

梯子还没来，周爸又心疼又着急，问周无极怎么爬上去的。

小孩哪知道这些，他就是爬上去了，现在下不来了，只会哭。

再等下去怕他失足掉下来，程岛也没做什么防护，把外套和鞋子脱了，径直往上爬。

楚芝在下面仰头看得战战兢兢的，直到程岛把孩子安全带下来，才松了一口气。

她也没顾得上看程岛受没受伤，先去安抚小朋友，在家长群里报了平安，跟警察道谢，又陪周无极去附近医院做了个全面检查，确认没问题。

折腾到深夜才总算有惊无险地把这事了了。

程岛一直跟在她身后，跟到了她营地的住处，听她和陈世羽打完电话报了平安。

"没事了哈，别担心——"程岛不是在安慰楚芝，他躺在床上，学她给陈世羽打电话的语气。

贱嗖嗖的。

楚芝走过去，在他大腿上捶了一拳："酸死你得了！"

程岛皱眉："哎，疼！"

楚芝这才想起来看一下他的伤，她拍拍他的肚子："衣服脱了，我看看。"

她关心他了，程岛又拿乔了："没什么大不了的，还没你抓得疼。"

楚芝干脆直接动手，把他衣服扒拉开，重点看了看胳膊肘、肚子和膝盖、脚，其他地方有衣服防护都还好，只是有些红，脚踝那里擦破了些皮。

楚芝拿手机在线上药店买碘酒和创可贴，程岛枕着自己的胳膊，悠闲地晃晃脚："你买这些没什么用，你要不买盒冈本吧。"

楚芝停下手，扭头看他："我来月经了。"

啊，难怪，最近不找他是因为用不着他呗。

程岛翻个身，贴着墙躺着，把被子卷身上："那我今晚也不走。"

程岛这个样子，好像是在撒娇。

楚芝看一眼时间，快十二点了，她知道这事只怕还没完，可现在也有点想躲清静，把手机开了静音放到枕头上，从背后趴到程岛肩上："想我了？"

程岛瓮声瓮气："皇上日理万机，我哪敢想啊。"

楚芝用脸贴贴他的脸，叹了口气："多亏你今天来帮我，不然我要吓死了。"

其实今天即使他不来，周无极也会醒，醒了也会知道喊人呼救，就算他一直睡，白天有光亮了也更方便警察搜救，总归是能找得到他的。

只是程岛来了，让事情解决得更顺利了一些。

她不吝啬对他的夸奖，好话说了一大筐："你怎么会想到他在灯箱里啊？我从那棵树下走了两趟都没想着看一看。"

程岛听到她的问题，居然笑了一下："你自己不也藏过灯箱吗，忘了？"

楚芝仔细回想，才想起来她确实藏过，就是和程岛遇见的那次，她看人家打架，怕被殃及，于是尊在了破布灯箱里。

她"扑哧"笑出来，笑完了又带点委屈："哥哥，那个人凶我，好凶！"

程岛见到了，他当时很火大，但找人要紧，而且这是楚芝的客户，她被吼了都没表现出怒意来，他就更不能擅自做主替她出气把人得罪了。

现在她回想起来难受了，他作势撸袖子："哥去干他！"

楚芝理智尚存："那不行，那又把事闹大了，不好收场。"

服务业就是孙子，有气忍着呗。

不过她想到自己跟周无极爸爸说话时的态度，和对程岛的态度，还是郁闷："欺软怕硬，看我女欺负！"

程岛替她分析："也不只是性格，很多人，尤其是男人，就是这样的，天生觉得女的解决不了问题。比如打投诉电话，如果是女客服就觉得人家没逻辑，换个男客服同样的话再说一遍就能接受了。"

他也是听大东和小凤说起过，只不过他们都是男人，很难共情到女客服那个角色。

但今天程岛看见那小孩爸爸对自己和对楚芝的态度时，忽然想起这件事，然后对楚芝的处境有些担忧："要不你们以后的活动，找男领队来出面吧，你不是老板嘛，老板不用事事亲为吧。"

这是第二个人跟楚芝说让她不要抛头露面了，楚芝反骨硬起来，连自己男朋友也怼："干吗，女的就只能永远躲在男人背后吗？就是你们有这种想法才让女性的就业环境越来越恶劣！"

程岛："说啥呢，我都快当你们家上门女婿了，我早就加入'宇宙芝芝教'了，骂男人归骂男人，别波及我。"

通常他一哄，楚芝就不生气了，她不是得理不饶人的性格，很多时候她只需要一个态度，并不一定非要吵架。

但今天她心烦意乱，还有对未知明天的恐慌，于是他的哄也不管用了。

楚芝："你说得再好听，心里还是觉得女人不应该抛头露面。那你换个女朋友吧，换个能在家相夫教子的贤惠女人，我做不到。"

程岛："来月经是挺烦躁哈，我给你倒杯热水压压火气要不要？"

楚芝一噎。

他说倒水就去倒水了，用的是楚芝自带的烧水杯，烧一壶五十度的矿泉水，自己尝了一口不烫，才端给楚芝。

楚芝说了好久的话，还真是有点渴，她一口气喝见底。程岛在旁边坐着，把空杯子拿走以后亲了她一口："乖，睡吧。"

楚芝躺平以后又觉得自己态度不太好，程岛特意跑过来帮自己解决问题的，她这样算不算恩将仇报呢？

她把他的手拉到自己肚子上捂着，像吩咐语音助手一样跟他说："程岛，关灯，唱首歌。"

关灯容易，唱歌……这么愣唱有点尴尬。

程岛开始唱他今天刚学会的歌，是周无极看动画片的时候放的。

"别看我只是一只羊，绿草因为我变得更香，天空因为我变得更蓝……"

他才唱两句，楚芝就笑精神了。

天太黑，她看不到他的表情，不知道他有没有羞耻地红脸。

他听见她笑，捏着她把纯洁的歌词歪唱："老婆因为我变得柔软……"

楚芝弯着嘴角，听他数羊，他根本记不住那些羊的名字，编了一大堆不存在的"手痒痒""肩痒痒"，边唱边给她挠痒痒，她笑得脑子缺氧，比预想中更快地睡着了。

梦里还扑倒在羊群里，暖和和的。

睡着睡着，小腹忽然一坠，楚芝脚一蹬，吓醒了。

她刚坐起来，程岛就挣开眼，问："怎么了？"

楚芝打开台灯："没事，你接着睡，我换卫生巾。"

程岛"唔"了一声，趴下睡了。

这床是一米二的单人床，靠墙贴放，程岛长手长腿地自己躺上面看着都局促，还要抱着一个她，睡起来应该不太舒服。

好在是冬天，屋里也不是很热。

楚芝去了趟厕所，觉得冷，赶紧跑回来钻进程岛怀里。他虽然眼还闭着，但手脚已经自发地把她环住，还拍了拍她的背。

楚芝再闭上眼，却睡不着了。

她伸手到枕头下面摸出手机，在黑暗中看信息，看到睡前课程顾问发在群里的聊天记录截图，已经有家长对营地的安全问题提出了质疑，包括监控的范围布防，还有人要看公司的证件、教育许可证、消防许可证。

人都有从众心理，群里有几个人领头吆喝，其他人就被带得也跟着抗议，最后甚至有两家要提前退出活动，要求退钱。

虽然已经有了心理准备，但她还是有点难受。这个时间给同事发消息太过打扰，她打开手机文档开始编写分工安排。

之前有过一个发生紧急情况的处理预案，楚芝在那个基础上把这次闹事的家长名字填写进去，每个人的安抚方案分级设置，从增加广告拍摄数量到退费再到补偿。

同时还要人资把公司各种可公开证件准备好，消防当时是花了大价钱请的保过施工队，但那是他们公司，营地这边的相关手续需要外联人员去找合作方要。

程岛睡得不算沉，尽管楚芝连呼吸都控制得尽量轻了，他还是醒了。

楚芝背对着他，他看到了楚芝手机屏幕的亮光，甚至看到了手机上的时间，五点过七分。

程岛把搭在她肚子上的手收紧一些："不睡了？"

他嗓音带着沙哑睡意，楚芝听着只觉得也被那困意传染，打完最后一行字，把手机倒扣："睡。"

这次又睡了一个多小时，然后就彻底起床穿衣服了，她也不和程岛客气："你自己吃点东西就回吧，我不送你了，家长都炸了，我得去组织个家长说明会。"

程岛点点头："好，要不要我陪你去？"

楚芝："不用，我能搞定，他们总不至于动手，真动手还有警察呢。"

确实没动手，但她也小瞧了这些家长闹事的本领。

楚芝把公司里的课程顾问们全部喊来了，按家长的情绪激烈程度给他们分成 ABC 类，C 类继续上课排练送礼品，B 类加赠广告拍摄条数，A 类再送一次夏令营。

还有叫嚣最厉害的那两位，属于 SOS 类别的：楚芝亲自接待。

她这边说得口干舌燥，赔笑赔得脸都抽抽了，总算把难缠的客户搞定了，退费，但签了保密协议，保证不对外散播有损公司形象的信息。

以为这事解决了，下午却接到李文复给她打的电话："给你通个气哈，有家长举报你们无证经营，让我们查你们。"

楚芝头顶黑线："谁啊？谁举报的啊？"

李文复没说，他只是在职责范围内提前让楚芝准备好材料，以免有遗漏什么的，要停业整顿耽误生意。

楚芝跟李文复道了谢，把这消息在群里跟大家通了个气，有个课程顾问回复："我好像知道是谁举报的了。"

她说今天有个家长问她要了各种执照看，后来交了定金，但是一再要求课程顾问保证，如果公司属于非法经营，是要把定金退还的。

楚芝噎住，这人是不是有大病？

她这一天过得跟坐过山车似的，又累又悲，处理完事务倒头就睡。

冬令营还有最后一天，楚芝咬牙坚持着看完了大家的会演，像是什么事都没发生过一样和家长孩子们道别，还给周无极送了个大乐高作为礼物。

等到所有人都离开了营地，这两天格外心累的老师们瘫坐在临时办公室，一个个鬼哭狼嚎："终于熬到头了啊！"

大家的行李都收拾好了就在手边，楚芝要安慰大家的情绪，虽然她自己的情绪也不怎么好。她问："要不去喝两杯再回？"

几个老师都还没家室，说走就能走，楚芝一招呼他们就跟着响应说"好"。

没想到程岛和她想到一起去了，他来营地接楚芝回去。

楚芝惊讶："你怎么来了？"

程岛把她的行李放到摩托车上："别的小朋友都有人接，你当然也要有。"

他不只是接她，还跟她身后的同事招招手："给你们点了巴西烤肉，走，喝酒去！"

小年轻们高举双手鼓掌："呜呼——谢谢姐夫！"

楚芝坐到程岛后座，边戴头盔边跟他说："你倒是会笼络人心。"

程岛笼络这些人干吗啊，还不是为了让她开心点。

他不说她当然也知道，车子开出去，她紧紧搂着他的腰，把头靠在他背上，大脑放空。

晚上吃肉喝酒加吐槽，大家聊得都挺嗨，还把几个在公司的同事也喊来了。

其实压力大的主要是楚芝，家长的烦恼过去了也就过去了，她现在却要去担心证件是否齐全还有之前广告违规的事。

说是能用钱解决的问题就不算问题，可现在的问题恰恰是钱赔得太多了。

好不容易这个月看到点希望，又搞得乌烟瘴气一片混乱。

程岛今晚就坐在楚芝旁边，看她已经喝了三杯酒了，手按了一下她的胳膊，附在她耳边问："月经没了？别喝了吧。"

楚芝便不喝了，听同事们聊天。

曲终人散，她跟着程岛回她的小窝。叨叨不在，这阵子它都住楚芝爸妈家，这边太久没人住显得冷冷清清的。

程岛洗了手，开好热水器，让楚芝先去洗澡："看你晚上没怎么吃东西，我给你煮个面吧。"

楚芝晚上确实没吃几口烤肉，她心情不佳，胃口也不好，喝的那几杯酒好像有消化作用，现在洗完澡换上睡衣坐在饭桌前了，也觉得饿了。

程岛给她下的面很简单，家里没住人就没什么食材，只是用葱花爆了个锅，下了碗挂面窝了个荷包蛋，出锅的时候撒了点盐。

这一碗连汤带面都很平淡，楚芝却吃得干干净净的，吃完胃觉得舒服多了。

他看她吃饱了，头发却还半干，找了个干毛巾站在她背后给她擦头："我刚才用手机银行给你转了十万，我看过酒吧的账了，现金流够用的。"

他晚上听他们说这也要赔钱那也要罚款，怕她钱上有困难。

她洗澡的时候他就把现有的闲钱先转过去了："你还需要的话跟我说，我那边还能拿出来一些。"

楚芝有些语塞。

确实缺钱，但她的公司和他的店不一样，而且投资的大头是陈世羽不是她出的，就这十万块钱对公司而言是杯水车薪。

但他的态度暖到楚芝了。

她问他："我要是没钱了，赔光了，你会把酒吧卖了给我凑钱吗？"

程岛答："酒吧生意还挺好的，你那买卖都赔光了就别接着赔了呗，咱们家总得有一个赚钱的，不然咱俩真有情饮水饱啊？"

他这么实在地回答，楚芝不满意，"你应该说，只要我高兴，钱都给我。"

程岛面露难色，最后还是说了："那你高兴就好吧，都给你。"

楚芝果然高兴了。

她不是喜欢听虚情假意的甜言蜜语，她喜欢的是程岛拿她没办法的无底线纵容。

在外面受多少苦，现在都觉得好了。

她抬了抬程岛下巴："放心吧，我不会赔的，我还要赚大钱养我的大狗狗呢。"

陈世羽又来了琴市，他让楚芝约了李文复一起吃饭。饭桌上陈世羽要送礼物给李文复，一柄手掌宽的玉如意和一个婴儿拳头大的长命锁，金灿灿的。

陈世羽说是给孩子的新年礼物。

但李文复根本没孩子，他笑着婉拒了。待陈世羽还想送别的礼时，他有些不高兴地跟楚芝说："这是干吗？这还怎么做朋友？"

楚芝忙打圆场，说陈世羽就是个圣诞老人性格，在公司也喜欢给人送金珠子，这是他跟人表达亲近的方式。

李文复接受了这个理由，但他也没再多待，吃了饭就跟楚芝他们告辞了。

人走了，楚芝和陈世羽坐一辆车回家。车是这边公司的商务车，陈世羽让司机多绕两圈，他把后座挡板升起来，跟楚芝低声交谈。

陈世羽："这个李文复人怎么样？"

楚芝摇头："挺好的，也挺正直的，不说能帮什么忙，但应该也不会给我们下绊子。"

陈世羽略微放心，谈完工作，叹了口气看着她。

他伸手，要她的左手翻过来："给我看看。"

楚芝应好。

陈世羽伸手，要她的左手翻过来："给我看看。"

楚芝递给他看，手心有一道横断线，颜色发白，皮肉鼓起来，是新鲜的疤痕。

陈世羽皱着眉头捏着她的手看："我给你找九院的医生做做医美修复。"

楚芝自己也了解过，她打算等伤口再恢复一段时间，看情况再做。陈世羽提起来，她就随口说："行，这算工伤吧，给报销吗？"

陈世羽对着她手心一拍，把她的手拍掉："不报！花点钱长长记性，以后遇到危险灵敏一点。"

这上哪儿灵敏去啊，她还要叫屈，陈世羽又说："楚芝，你以前说自己要知世故而不世故，现在还这么想吗？"

楚芝想了想，她没想起来自己什么时候说过这话。

陈世羽："但这很难。永远天真其实不难做到，只是不适合去做生意，越白的布在染缸里脏得越不明白。物业的事，我不说你对你错，只是再有一次我想你可能不会那么处理，有时候正直是一种很不合时宜的品质，它既不能帮到别人，也不能利于自己。"

类似的话楚爸楚妈其实跟她讲过，只是从更正能量的角度去教她得饶人处且饶人。

她不爱听。

但陈世羽教她的时候却从不遮掩自己的自私自利，这让楚芝觉得他一点都不虚伪，把"黑心商人"四个字贴脑门上了。

楚芝慕强，每当陈世羽以"师父"的角色出现时，她对他就会带崇拜滤镜，点点头表示自己知道了，以后做事会三思而行。

陈世羽说完公事，又聊起私事："要结婚了？"

她左手中指上的戒指那么碍眼，他一早就看见了，刚才看她伤口的时候又近距离观察了一下，真是怪丑的。

楚芝右手捏着自己的戒指转了一圈，她左手绷带拆了以后，指头也消肿了，自己就把程岛送的戒指戴上了，说不出什么心态。

后来她发现程岛看见她戴戒指的表情很愉快，她干脆就一直戴着了。

陈世羽问她的戒指，她就大大方方跟他说："差不多吧，见家长了。"

听她承认了，陈世羽心情有些微妙，他阴阳怪气地恭喜她："什么时候打算休产假提前告诉我，我要部署工作。"

楚芝干笑着，说自己暂时没有要孩子的计划。

司机开车路过楚芝家小区了，放慢车速，等老板吩咐。

陈世羽让司机停车，跟楚芝说自己这两天有别的事，不去公司了，见完一个投资人就要回沪市了。

楚芝点点头："善后工作我能做好。"

陈世羽鼓励她："等公司规模起来了以后，你不用直接接触客户，不参与一线工作，管理压力就会小一些。"

楚芝："好，现在这几个销售都挺上道的，我……"

她还没说完，陈世羽忽然拉了她一把，给她一个拥抱。

楚芝茫然地静默。

陈世羽："那些我都不担心，你看着办就行。"

他叹了口气，在她要往后退开的时候又用力搂了一下不让她退："楚芝，要是你不想结了，或者离了，我还没结婚的话你可以来找我。"

前排司机贴心地把刚放下来的挡板又默默升了上去。

楚芝听他说完，推开他："盼我点好行不行？"

陈世羽笑着，幸灾乐祸的样儿："拜拜！"

楚芝跟他道别，推门下了车才明白陈世羽那个笑怎么那么欠揍——程岛就在楼下等着她呢！

陈世羽的车扬长而去，楚芝心虚地将了将风衣的褶皱，快步走向程岛。

她问："你怎么在这里啊？"

程岛："遛狗。"

楚芝左右没看到叨叨："狗呢？"

程岛却说了句风马牛不相及的话："我站在这里影响你们亲热了。"说完扭头上楼了。

楚芝忙追上他："啥呀，没有亲热，他就是跟我道别，他看见你了，故意抱了我一下。"

"哦。"程岛问，"你推他了，推不动是吧。"

楚芝猛点头："对对对。"

还对对对呢，程岛胸闷，停下脚步，刚抱住她，打算教她几招女子防身术，结果她一个大跳跳到他身上，双腿分开盘上来，挂在他腰上，让他这个"歹徒"都不知道怎么出招。

程岛："你下来。"

楚芝："你不生气了？"

程岛："我没生气。"

楚芝："你放屁。"

程岛："我没放屁。"

楚芝："那你就是生气了。"

程岛一顿，把她扔下去："对，我生气了，生气犯法吗？"

楚芝又贴到他身上，要往他身上挂，说："犯规了，犯了'宇宙芝芝教'的教规！"

他俩在电梯里拉拉扯扯，中间电梯停靠，一个提着垃圾的大妈原本打算先上来，看到他们这样，眯着眼撇着嘴又退出去了。

程岛下意识看一眼电梯里的监控："你放开我，让人看笑话。"

楚芝搂着他的胳膊，紧紧抱着："谁那么闲啊。"

电梯到楼层，楚芝试图用美人计迷惑程岛让他别不高兴，但美人计失效了，程岛把她推开，自己去洗澡了。

为了防止她中途闯进来，还反锁着洗手间的门。

但他忘了，这是楚芝家，楚芝有每个房间的钥匙。

结果就是，楚芝果然中途跑进来骚扰他了。

程岛不想和她闹，飞快地拿花洒把身上冲一冲，浴巾一包就要走。

楚芝没节操地把他的浴巾扔到浴室地上弄湿了，又把他推回浴室里，按在墙上搂着脖子要亲亲。

他躲闪不及，又不敢真的用力推她，怕浴室地滑摔着她，结果就被她得逞了。

楚芝很会亲吻，像小动物一样用湿漉漉的眼神看着你，用柔软的嘴唇贴着你，用有些凉的舌头试探地舔一舔你。

再生气的人，和她亲一会儿都犯迷糊。

何况这个人是程岛，喜欢楚芝喜欢得要了命的程岛。

他一会儿亲她，一会儿咬她下巴，恶狠狠地问："我可以抱别的女人吗？"

楚芝："不可以！"

程岛气笑了："哦，那你可以？"

楚芝："我可以抱别的女人。"

她又在偷换概念，程岛不想理她，也不亲了，要走。

楚芝一把抓住他，求饶："我错了我错了，我知道错了……"

程岛真的败给她，最后还是床头吵架床尾和了。

他俩盖着被子抱在一起，楚芝忽然坐起来，飞快地把窗帘拉开，又跑回去躺他怀里："今晚的月亮好圆啊。"

十五的月亮十六圆。

昨天上元佳节，他们各自在家吃元宵，今天是不约而同地回了这边的家。

程岛跟楚芝说："今天下午，王瑾萱去店里了。"

楚芝："哦，她是不是要生了呀？"

她感觉听说王瑾萱怀孕也已经挺久的了。

程岛低头，下巴抵在她的发顶："没，她孩子流掉了。"

楚芝仰头，惊讶地看看他："为什么呀？"

程岛："她老公外面还有个情人，好像是在结婚前就一直纠缠的，那个也怀上了，月份比她还小，跑她面前求她成全他们，王瑾萱这一胎本来就不稳。一生气，就流产了。"

楚芝沉默，她跟王瑾萱并没什么冲突，听到这种悲惨故事更多的是唏嘘。

不过吃瓜吃到自己男朋友身上还是有一定风险的，所以她立马瞪起眼来："她来找你干吗呀，现在觉得你好了，想再续前缘？"

程岛倒是淡定："没吧，正好路过，就进来坐坐。"

楚芝可以相信她是路过，但跟程岛说这些话绝对是有深意的，没人会把自己的倒霉事主动分享给值任的，那不是上赶着让人笑话嘛。

她"哼哼"两声："我最近有点忙，看不住你，你可别做什么对不起我的事。"

程岛："说给你自己听吧。"

楚芝大声反驳："我没有！"

程岛捏她鼻子："虚张声势。"

楚芝不甘示弱地咬他手腕，他俩扭打在一起，被子搅成麻花，窗外的月亮都不好意思看这没羞没臊的两个人，悄悄躲到了云朵背后。

事实证明，楚芝的猜想是对的。

没过两天，王瑾萱又来了酒吧。

她是下午三点半到的，那会儿店里没其他客人，小福帮忙路盈盈做奶茶外卖，奥奥到处晃悠着打扫卫生。

王瑾萱坐在靠窗有阳光的位置，点了一壶红茶。

程岛给她送过来的，如问："有空吗？陪我坐坐吧。"

她问这话的时候，奥奥正拿着拖把从对面过道拖过去，程岛看到他竖起的八卦耳，心想这臭小子肯定又要给楚芝通风报信。

他笑笑，坐在王瑾萱对面。

王瑾萱给两人倒了茶："那天从你这回去，是我最近睡得最安稳的一次，孩子没了以后我好久没睡整觉了。"

程岛看一眼玻璃茶壶，喊奥奥给她换了壶玫瑰花茶。

"失眠就别喝红茶了。"

王瑾萱看他的眼神有些温柔，还有些爱意。

程岛看出来了。

该劝慰的话上次他也说过了，这次她再来，他陪着喝了一杯茶，就不打算陪了："你坐会儿吧，我去后面点货对账了。"

王瑾萱出声挽留："晚上有空一起吃饭吗？"

她问完，苦涩地一笑："我老公今天陪她去产检了，今晚应该不回家了。"

程岛不想多管闲事，可是毕竟在一起两年，他忍不住又多了一次嘴："不行就离了吧。"

王瑾萱："离了婚的女人，再婚找个好的有多难？"

奥奥站在吧台前面，两只手叠着搭在拖把杆上，看戏。

他是这个酒吧里楚芝的头号迷弟，楚芝可是吩咐过他，如果老板勾搭任何可疑女人，都要告诉她。

王瑾萱以前不是这样的，她也曾是一只骄傲的孔雀，怎么就变成了现在这样的窝囊。

程岛怒其不争，但终究没立场替她决定。

她好像也看出来程岛的表情不好看，也不再约他吃饭了，黯然神伤地离开了酒吧。

程岛沉默着把桌子收拾干净，把茶具端去清洗池。

路过奥奥身边，看他装模作样地擦桌子，程岛踹了他一脚："给你楚芝姐发消息，说我要跟旧情人一起去吃晚饭，来，现在就发。"

奥奥虽然心在"楚营"，但毕竟吃着程老板给的饭，于是心不甘情不愿地给楚芝发消息：姐，老板前任来喝茶，约他吃晚饭呢。

楚芝问：他答应了？

奥奥看程岛："老板，咋说？"

程岛看一眼他手机："欣然接受。"

奥奥心里吐槽老板不要脸，手指老老实实照着程岛说的发出去。

楚芝再没回了。

程岛也去忙自己的，时不时看一眼手机，看她有没有给自己打电话或者发消息。

都没有。

程岛以为她会在下班之后晚饭之前杀过来，也没有。

她好像对捉奸并不感兴趣。

程岛疑心是奥奥又偷着跟楚芝说了什么，奥奥大呼冤枉，他也没收到楚芝的回信。

奥奥："程哥，想开点，说明楚芝姐信任你呢！"

程岛："她最好是。"

说实话，有点伤心，他特意在酒吧待到打烊才离开，她竟然从始至终没打电话问问他几点回家。昨天他回去得晚了一会儿她还发消息了呢，虽然是让他给带点麻辣烫回去。

程岛回了家，内心生气，但还是小心地放轻了脚步，怕楚芝会被吵醒。

屋里静悄悄的，看起来确实是睡了。

程岛洗完澡，要进卧室才发现门从里面锁上了。

他换洗衣服都在屋里，现在光着身子在外面给楚芝发消息，问她睡了没，给开个门。

楚芝没回。

程岛想敲敲门，又怕她真睡了的话被吵起来会很生气。

屋里有暖气，他不穿衣服也不冷，盖着毯子睡沙发也能凑合。

关键是他心里美。

锁门说明什么？说明她吃醋了！生气了！

虽然物理的门锁上了，但是心里的门打开了呀！

程岛傻子似的窝在小沙发上睡了一晚上，清晨刚听到卧室门打开，他就弹簧一样坐起来，跟楚芝打招呼："你醒了！"

楚芝吓一跳，人蒙蒙的脑袋往后一仰撞上门框，她"嘶"着吸冷气，手摸脑袋被撞的地方："你怎么睡在这儿啊？"

程岛还有点委屈："你把门反锁了。"

楚芝想起来了，昨晚她左等他不回来，右等他不报备，跟人吃饭吃到半夜，这是吃的满汉全席吗？

既然他不舍得回家，那她也不给他留门了，门一锁，眼罩一挡，耳机一戴，呼呼大睡。

她先去上厕所，回头洗手的时候，程岛已经找了条短裤穿上了，跟在她身后鹦鹉一样一直问："你干吗把门锁了啊？"

楚芝不胜其扰，刷牙作势要喷他一脸牙膏沫："滚开！"

定时器响了，程岛去厨房看了眼锅里的鱼片粥，先舀出来晾着，又打蛋撒面拌糊糊，煎了两张蛋饼。

盛到盘里的时候还拿番茄酱挤了个小心心。

楚芝原本打算去公司楼下买个三明治吃的，看他做了饭，瞅一眼时间还算充裕，便坐下来喝粥。

程岛主动戳破那层窗户纸："昨天王瑾萱又来找我了，约我吃晚饭。"

楚芝故作大度："哦，吃嘛，老熟人了，一起吃顿饭应该的。吃了啥啊，你那零花钱够用吗？不够的话我给你转点。"

程岛偷偷地笑："我怕你生气，没去吃。"

楚芝咬着勺子，并不高兴，说："没必要哈，该吃就吃，别搞得被我绑架了一样，我们之间不需要这样，松弛一点。"

程岛的笑有些僵在脸上："那你晚上锁门干吗？"

楚芝终于回答这个问题："因为你没告诉我要给你留门，我自己睡觉害怕不安全。"

她还要赶着去上班，匆匆吃完饭就漱了口出门了。

程岛把碗刷了，回卧室大床上补觉。

昨晚睡得不怎么好，叨叨隔三岔五就跑过来舔他拱他，沙发又太短，他腿都伸不直，这一夜凑合得很不舒服。

可现在躺在大床上，身体虽然舒服了，心里却又难受。

楚芝怎么那么会气人呢。

程岛翻来覆去的，想她早上说的话，一共几句话，他掰开了揉碎了咀嚼，愣是没听出来有任何反话的意味。

女朋友不吃你醋是什么体验？

就是觉得酸的人变成了你，心酸。

老板今天心情不好，奥奥他们都看出来了，也不敢问，乖巧地干自己的事。

程岛傍晚接了批新到的酒，他推着小拖车一趟趟往仓库里卸，每次路过那个精致的皮革沙发心里就烦躁，想着一会儿理完货就把沙发搬回前面去。

沙发还没来得及搬，楚芝先来了，带着两份健康轻食，和程岛一起吃晚饭。

她特意把饭盒带到仓库，用两个摞起来的空纸箱当饭桌，坐在沙发上吃。

吃两口还拿叉子叉一块鸡胸肉给程岛交换："你那个好吃吗？"

都是草，那肯定不怎么好吃。

程岛从菜叶子里扒拉出来两片培根喂到她嘴里："你这是在跟我忆苦思甜吗？"

楚芝："不是，暗示你是菜狗。"

程岛内心：哈？

楚芝嘿嘿笑，手指戳在沙发垫上："挺舒服的，弹性好像不错。"

程岛把草放下，以为能吃上肉，他跃跃欲试地问："试试？"

楚芝满脸不可思议："你疯了？外面那么多人呢。"

程岛皱眉笑："没你疯，你在家才敢乱来。"

楚芝："我那是很确信我家里人不会进我的房间，你确信没人过来吗？"

程岛不确信。

他继续吃草，把那个沙拉吃得干干净净的，一丝委屈涌上心头："你真的很双标，只许州官放火，不许百姓点灯。"

楚芝把垃圾装进袋子里打算带走，听他说。

程岛问她："你大度，你有气量，那以后有女的找我加微信、喝酒、吃饭，我就跟你说一声就能去了呗。"

楚芝："少吃那一顿饭你就饿死了是吧？"

程岛："不是你说的吗，松弛一点。"

楚芝觉得程岛是个傻子，这都分不清？她不介意一点一点教他："跟你的女性朋友去吃饭，OK，告诉我一声，我不会胡搅蛮缠不允许你有正常社交；跟搭讪的女的撩骚，三条腿都给你打断。明白了吗？"

程岛豁然开朗，他也觉得自己是个傻子，今天一整天都在为这个不是问题的问题苦恼。

楚芝把垃圾袋打个结，放到一边，抬手搂住他的脖子，嘴唇贴在他下巴上说话："没关系，我知道，你只是太爱我了。不过我不会做捉奸那么掉价的事的，恋爱首先要体面，是吧？我相信你不可能做对不起我的事，因为你不会让我伤心，对不对？"

程岛点头。

楚芝嘴唇上移，亲亲他："真乖。"

程岛有种她在驯叫叫的诡异感觉，但是好像也并不很排斥。

楚芝工作很忙，赔得越多就越忙，越需要做更多事情尽快回本。

程岛不知道给她钱有没有用，可是除了给她钱也不知道还能做点什么了。他又转了十万给她，希望她每天晚上能多睡半小时。

楚芝："哥，你晚上要是不撩拨我，我能多睡一小时呢。"

程岛觉得也不能怪他，大半夜的，他回去以后被窝里一个香香软软的小可爱贴过来抱他，他怎么可能忍得住。

天越来越暖和了，楚妈想着要不然把婚事安排在今年五一，楚芝却又有点打退堂鼓。

她问程岛："这婚一定要今年结吗？你看，你给我的戒指我每天都戴着呢，结婚好麻烦啊，我今年好忙都没时间自己参谋，你说明年再结好不好？"

程岛没意见："好。"

楚芝于是兴冲冲地让别忙活了，今年不结了。

楚妈觉得这不成体统："你俩都住一起了，让人看见要传闲话，要么你们先把证领了，婚礼慢慢策划。"

楚芝敷衍地答应了她，但压根没跟程岛提起，因为觉得这主意太馊了，领证这么神圣的事岂能儿戏啊。

陈世羽的好消息倒是比她更早传出来，他要订婚了，对方也是豪门大家，门当户对的，关键是也没瞧出来陈世羽有什么被勉强的意思。楚芝看到他们订婚宴上的合照，一对璧人笑得甜蜜。

她感慨，果然飞上枝头变凤凰的麻雀还是少数，她就兢兢业业地当她的事业牛马好了。

再跟陈世羽交周报的时候，她还有心情开玩笑，把他说的话还给他："要是你离了，我还没结的话，可以来找我。"

陈世羽："哈哈哈，一定一定。"

她醉心于工作，就像武陵打鱼人一样不知今夕是何夕，直到某个下班之后的黄昏，她走在路上，惊觉铁栅栏上攀附着的绿叶已经绽放了粉嫩的鲜花。

已经是春夏之交了。

楚芝拍下这幅景色发给程岛。

程岛：什么意思，红杏出墙？

楚芝：梆梆两拳送给你。

他直接回了电话过来："今天下班挺早，来酒吧吃饭吗？"

楚芝："不去，我回我妈家。"

程岛："那你也来一趟，大东给送的带鱼，你拿回去给咱爸下酒。"

好吧，楚芝只好绕路去酒吧。

她去的不是时候，或者说她去得太是时候。

王瑾萱也在。

她终于还是把婚离了，该争得离婚赔偿都争到了，挥别那段错误的过往，重新开始生活。

这是楚芝第一次见到王瑾萱，她剪了齐耳的短发，穿着针织衫和牛仔裤，看起来非常爽利。

楚芝暗暗对程岛点点头，赞许他挑人的眼光不错。

程岛被看得莫名其妙，又觉得不像是什么好事，回瞪了她一眼。

他俩眉来眼去的，王瑾萱把杯底的酒喝完，就要走了。

跟程岛告完别，她跟楚芝也打了招呼说再见，头也不回地离开酒吧。

程岛把带鱼从冰柜里拿出来给楚芝，楚芝看那几大盒，问他给程爸送去了没有。

程岛："哟，孝顺儿媳比儿子顶用，还没呢，你一起送过去？"

楚芝来都来了，多送一趟也不麻烦，但她不好意思自己登门："你跟我一起吧。"

程岛把鱼搬上后备厢，刚拉开车门要上车，看到副驾驶座上放了朵花，就是她拍给他那朵："辣手摧花，什么素质？"

楚芝坐好，启动车子："借花献佛了，喜欢吗？"

程岛："你这话问的，好霸总，我喜欢怎么呢，给我建个花房？"

楚芝："喜欢明天我再去给你薅一朵。"

程岛："难怪你们物业把你拉入了黑名单里。"

他们斗着嘴，几分钟就到了程岛家楼下了，车从网吧后面那条路过来的，看到拆迁终于拆到了这一片，后街小巷已经被拆了，菱格窗台的瓦片也堆在地上。

楚芝有些唏嘘："以后不能再去巷子里烤地瓜了。"

未必真是想去烤，只是觉得少了一处有特别意义的秘密基地。

楚芝把车停在狭窄的路边，边锁车边问程岛："你们家网吧拆了的话，你爸要干点啥去？"

程岛："歇着吧，打打牌，和老太太跳跳广场舞。"

楚芝："哼，这是你想的晚年生活吧，你爸可跟我说了，让我注意着你点儿，你小子不厚道，打算等我死了立马就再找个伴。"

程岛："他胡说。"

楚芝："我看你爸比你靠谱。"

他们的身影消失在老旧的门洞里，脚步声还依稀咚咚作响。

这座城市每天都在辞旧迎新，或许有一天，他们小时候的那些回忆也终将随着废弃的砖瓦一起被掩埋。

好在当年的人还牵着现在的手，那时的情至今仍烂熟于心。

番外一 /
很有想法的婚纱照

五月是旅游旺季。

岛屿酒吧再次因为老板太帅小火了一把，游客络绎不绝，多是来拍照直播的——拍老板。

楚芝忙完五一的活动营，才发现程岛最近这个着装很讲究，甚至还会喷她送他的香水。

楚芝猫鼻子一皱，觉得事情并不简单。还没等她去查问，尹丹先来给她递瓜了："你男朋友最近挺火，都同城推荐到我这了。"

楚芝点开她发来的短视频，是一个漂亮女生在端着鸡尾酒自拍，然后回头拿酒杯和人说"老板干杯——"，程岛抬头，随手从旁边端一杯啤酒和她碰杯。

别说，他抬头那个瞬间，音乐和特效一加，又装又帅的。

楚芝又去平台搜了酒吧名字，发现很多热门视频都是那么拍的，就一个简单的干杯，以及程岛各个角度的抬头。

楚芝怀疑他特意对着镜子练过，不然这耍帅的气质可不是随随便便就能出来的。

尹丹好心提醒她："男人能抵得住诱惑，那一定是因为诱惑还不够。你多长个心眼，小心他跟人跑了。"

这话可不是危言耸听。

楚芝太久没去店里，去一次才从奥奥口中知道了好多八卦。

听说路盈盈已经辞职不干了，她跟小福暧昧了一段时间都没能确认关系，结果最近店里人气爆棚，小福直播的时候也有了很多粉丝，其中一个粉丝很主动地追他，还来线下找他，然后小福就跟那个女粉丝好了，再然后路盈盈就走人了。

楚芝吃惊地张大嘴巴："小福这么渣？"

奥奥："也不算吧。是盈盈一直拖着没跟小福好，她也要毕业了，就出去找工作了。"

楚芝看向吧台，那里奥着带补光灯的支架，正在对着小福拍他调酒。听说最近直播卖套票销量不错，店里又找了个新的调酒师，还要再招个做奶茶的小哥顶路盈盈的缺。

楚芝听说又是小哥，泛眨眼："咋的，你们这是想往会所方向发展，专门服务富婆？"

奥奥龇牙笑："那倒己不是，只是之前来应聘的女生都是奔着老板来的，程哥害怕。"

楚芝看一眼程岛的位置，有个年轻女孩应该是在和他商量要拍视频，他表情很和善地频频点头，听那个女孩调度。

楚芝有点不爽："害怕吗？我怎么看他挺乐在其中的。"

她又想起尹丹的提醒，这些诱惑对程岛来说新鲜吗，沉溺吗？

在酒吧坐了一会儿，楚芝看那个女生已经拍完回座位兴奋地跟同伴一起看视频了，她才慢慢走到程岛身边。

程岛正坐在前台拿手机回信息，看到楚芝过来，把手机扣在桌子上，习惯性地搂着她的腰，拍拍她侧腰的肉："你要不要先回家？"

楚芝捏着他的手指头玩："干吗，你不走吗？还没跟女生喝够酒？"

程岛不接受这指控，他扬扬下巴示意小福的方向："我得等他下播，万一中间有什么突发状况。"

他这理由挺有说服力，楚芝讨个没趣，觉得困了自己先回家睡觉。结果到了家又精神了，躺在床上愣是睡不着，蒸汽眼罩都凉了她还意识清明，爬起来点了炸串，从冰箱拿了两瓶精酿出来，一边喝一边捏着自己最近有发胖趋势的小肚子，计划接下来一个月要跑健身房去练练。

程岛没等打烊才回家，但也不早，像个灰姑娘似的踩着十二点的钟声到家的，手里还提着一袋桥头排骨。

他摆盘加热的时候看见了垃圾箱里的炸串竹扦和啤酒残骸，她果然晚上没吃饱。

烤箱热了五分钟，排骨的香气从厨房一路飘到卧室，叮叮早就按捺不住躁动的心，前爪扒拉着厨房门，赶都赶不走，求投喂。

没一会儿，楚芝也爬起来了，穿着紫色小吊带背心和白色的平角真丝短裤，随手把头发绑在脑后，嚷嚷着："好香好香，你买了什么好吃的？"

程岛端着盘子放到餐桌上，看到一人一狗都紧紧贴向自己，觉得这三十块钱花得真值。

明明已经吃过夜宵了，可还是忍不住加餐的诱惑，楚芝一边自己啃一边往程岛嘴里塞："你快吃，不然我就都吃了。"

程岛不饿，随便吃两口，把带肉的骨头扔给叮叮。

他拿纸巾擦手，往后倚靠在沙发上，看她吃。

她的背心只到肚脐长短，弓背的时候露出一截后腰，白色月牙一样。

美好的东西总让人有破坏欲。

他俯身，咬她的肩膀，白生生的肌肤上一圈牙印。

楚芝啃着排骨，嘴巴油油的，生气也显得可爱："你干吗？"

程岛今天穿的是墨绿的衬衣，料子厚实有型，扣子解了一大半，他歪着坐的时候领口直接漏到腰，腹肌一览无余。

楚芝看看他的"排骨"，挺好看，没那么气了，扭过头去继续啃排骨。

他又来，咬她腰窝，鼻息喷在痒痒肉上，楚芝笑得没法吃东西，报复性地把那一手油抹在他的衣服上，好好的衬衣骤然间浮现出个五指山。

他是被镇压在山下的弼马温，人仰马翻地滚落在地毯上。

闹到凌晨，洗了澡躺回床上，楚芝刚有了睡意闭上眼，程岛却在她耳边说悄悄话："你今天是去店里宣示主权？"

楚芝只睁开一只眼，主要是累。她对大言不惭的男人泼冷水："别往自己脸上贴金，我可不搞雌竞那一套。"

要不是跟楚芝在一起，程岛还真不一定知道"雌竞"这个词，他一个普通直男，愣是在楚芝这里被教育得对女性权利万分敏感。

她这么说，他也不生气，只是亲了她耳朵一下，说："你没生气就行。"

没到生气的程度，但楚芝确实也有点焦虑。这种焦虑大概归因于程岛的林子大了，飞来各种小鸟。

他不再是井底之蛙，变成了青蛙王子，头顶也不止她这一小片天空了。

楚芝当然觉得自己很好，但也不否认程岛可能遇见其他不同的、很好的女性，对他有好感的女性。

他那张脸啊，就是惹是生非的根源。

她两只眼睛都睁开，多看他几眼。

程岛还在表忠心："最近流量挺好的，所以我也配合着拍了些视频，直播我试一次，太尴尬了我搞不来，现在都让小福去播。我今天又给你转了十万，你收到没？"

楚芝没注意，摸出手机看了眼，是有到账。

她抬手掐着他的下巴，故意问："干吗，想早点还清我的账，然后跟我撇清关系？你这金丝雀要逃出牢笼是吧？"

程岛："你在说什么，听不懂。"

楚芝后来迷迷糊糊睡着了，早上起床发现自己换了身睡裙，身上也挺干爽，大概是程岛服务意识挺强，知道做善后工作。

她悄悄下床，尽量不打扰还在睡的程岛。等她洗漱完换好衣服回卧室拿手机的时候，趴着的程岛翻了个身，跟她打招呼："早啊，要走了吗？"

楚芝"嗯"了一声，快步走到他面前，亲了他脸颊一口："接着睡吧。"

程岛想起来什么，叮嘱她："周六去露营你别忘了啊。"

楚芝点头，又亲他一口："走了。"

算起来她已经连续工作十七天没休息了，周末程岛和大东、小凤约了去海边露营，强制要求她休息一天。

琴市的五月还算凉爽，海风拂面阴冷湿润，午后阳光却炙热，暖得人眼睛都睁不开，二十度出头的温度穿着短袖却不觉得冷。

他们选在偏郊区的海滩玩，不像市区的海边那么多人"下饺子"，但因为是周末，也有不少带孩子出来玩沙、挖蛤蜊、捞海带的。

大东带着老婆孩子一起来的，小女孩脾气挺野，拉着她爸下海学游泳。

其他人在遮阳伞下打牌、喝酒、吃东西，楚芝打了两把，叨叨一直叫唤，于是她跟程岛说了一声，举起手来把罩在外面的无袖长裙给掀了，穿着橙色比基尼牵着叨叨去海边玩云了。

小凤不由自主地跟着她的背影看了一眼，跟程岛称赞："身材真好。"

程岛也回头看。

海滩上美女不少，穿比基尼的却不多。

程岛看到楚芝一路走，旁边趴着的那一排"巧克力老头"就一路扭着脖子看。

这些退休有闲有钱的老头子，没事就跑来沙滩日光浴，一个个晒得跟黑巧似的。

小凤逗他："芝姐穿这样被人看了你不生气啊？"

程岛甩出一对A："她都不生气，我气什么？"

小凤竖了个大拇指：'狗哥这境界！"

他们在海边玩了大半天，晚上回家的时候楚芝和叨叨都累得够呛。

楚芝虽然全身勤涂着防晒，还是肉眼可见地黑了，而且晒得皮肤痒痒的，洗完澡趴在床上让程岛给她涂芦荟霜。

程岛问起她最近健身的成效，她昨天还给他发在健身房挥汗如雨的照片了，只是那蜜桃臀怎么看都不像单纯跟他打卡汇报行踪。

楚芝闭着眼应付说"还行"。

程岛又问："有没有跟你搭讪的？"

楚芝嘴角弯弯："那肯定是有的，私教想让我办卡。"

程岛的手在腰窝一按："不许办，私教都不是什么好人。"

楚芝："也有女教练。"

程岛觉得坏人可不分男女，他主动请缨："以后我早上和你一起跑步。"

楚芝倒是可以早睡早起，只是觉得程岛睡太少会影响健康："没事，你不用陪我。"

程岛："我也得锻炼身体，不然长啤酒肚了。"

楚芝："怎么，拍视频拍出偶像包袱了？这怎么还身材焦虑起来了？"

她锻炼是为了取悦自己，因为她喜欢自己紧实的身材，穿衣服好看，在员工和客户面前也会更自信更有气势。

他锻炼，是为了取悦爱人。他不无郁闷地跟楚芝吐槽："我在你这儿不就靠脸靠身材取胜嘛，不敢丑。"

楚芝觉得他怨念的样子太好笑了，故意激他："我要想找帅哥，花钱啥样的男公关买不着啊，你可别太自恋。"

程岛不说话，手也停下了动作。

楚芝扭头看他："继续呀，我要是起皮了就赖你。"

程岛只好一边生气一边继续给她涂霜。

楚芝觉得程岛挺有意思的，他现在身边常出入美女，她还没担心他会乱花迷了眼，他却开始担心一些不存在的啤酒肚，好像她就真的只贪恋他那一副皮囊似的。

楚老师小课堂开课，跟他说起人要先爱自己，自己觉得好看就是好看，胖瘦无所谓。每个人都是自己身体的主人，不属于任何人。

她一个娇滴滴的美人，说这种话实在没什么说服力，程岛看着就是没听进去。

楚芝上完课还要复习一遍重点，问程岛："记住了吗？再有粉丝问你，你不要说你是楚芝的男朋友了，你应该说什么？"

程岛看她的眼神带点挑衅，不理她。

楚芝知道今天这事没法善了，得在床上打一架。她也不知道为什么他俩都好了一年了，这事上怎么总没个够。

他像是故意气她，又像是在讨好她，打架打一半开始回答上节课留下的问题，"他是谁"的问题："我是你的狗。"

正常情景下这种话是很羞耻的，非正常情景下这种话只会把气氛拱到一种难以言喻的快乐中。

楚芝觉得他的焦虑真的只能靠盖章画押来平了，她用戴着戒指的中指勾画他的心口，画一个心的形状："要不国庆咱们先把婚纱照拍了吧？"

楚芝想一出是一出的，要延迟结婚的是她，要提前拍婚纱照的也是她，程岛只有配合的份。

楚妈和小姨说了楚芝要拍照的事，小姨热心肠地给她列了个清单，把琴市所有数得着的婚纱摄影店都给她分析得明明白白的。

楚芝把那份手写表格拍照发到销售群里和同事们共享：看见没？竞品分析就得这么写！

有员工抓到了重点：姐，你要拍婚纱照啊？我哥也开摄影工作室的，我让他给你打折呀。

楚芝：推我看看。

又补充一句：成单转化率最高的还是转介绍，多想想策略。

楚芝把这些照相馆看了个遍，觉得都是模板，没意思。她给沪市的前同事打电话："帅旗，来帮我拍结婚照！"

帅旗是以前公司的品牌摄影师，人像拍得巨牛，本名叫师旗，不知道从哪个新同事开始错叫了一次帅旗，后面大家就都这么叫了。

国庆假期是楚芝和程岛都很忙的节点，所以他们把拍照日期定在九月份，正是秋高气爽的好时节。

帅旗和楚芝搭档过两年半，接到她电话就把年假休了，飞过来给她旅拍——她带他旅游，他给她拍照。

结婚照这种东西，本来也就是以女主为重点的，男的就是背景墙，程岛连妆造都没上，只在理发店做了个发型，眉毛还是楚芝给他修的。

他乐得做陪衬，看楚芝穿白纱、穿旗袍、穿不知道哪个朝代的古装，漂亮得不可方物。

奇装异服拍够了，楚芝又想拍点朴素的。她和程岛都是衣服架子，只穿白 T 和牛仔裤拍，也像画报一样清新自然。

他们的拍摄时长计划了五天，边玩边拍，以为会很闲适，结果还是很累，每天跑完外景到家倒头就匿。

第四天的时候楚芝撑不住了，打死不出门，要在家躺着拍。

帅旗没意见："你不是想拍白 T 吗？在家拍呗。"

楚芝来了精神，笑容里带着精明的算计："要不拍点私房照吧。"

程岛听着这三个字就觉得不太好，他能做的最大让步是："可以拍，你找个女摄影师。"

楚芝一本正经地跟他说："摄影师还分什么男女呀，他们什么模特没见过，这是艺术创作！"

程岛跟她在房里说话，帅旗在阳台抽烟，他压低声音反驳她："我比你了解男的，别扯狗屁艺术，都一样，这是动物本能，男的给女的拍这种照片能安什么好心。"

楚芝："同性拍就可以是吧？"

程岛不想楚芝扫兴，勉强答应："可以。"

楚芝高兴地开门去叫帅旗："帅旗！他同意了！来吧！"

程岛一头雾水，他同意什么了？

等楚芝开始扒他的衣服，他才意识到楚芝要拍的不是自己的私房照，是他的……

楚芝还给他洗脑："人呀，最好看的是什么时候？是十八岁。其次，就是现在。你这好身材不拍照留念太可惜了啊，咱们要定格颜值巅峰，以后老了我还能给子孙后代吹嘘你年轻时候多帅。"

他被她说的"以后老了"所蛊惑，晕头转向地答应了拍摄请求，但是又很要脸面地强调："这种照片自己看就行了，不要给别人看，家里人也不行！"

楚芝猛点头，先把人哄着拍了照再说。她打算让帅旗给他拍点有料的写真，她挑一张当壁纸。

美好的事物就得时时刻刻看着，养眼！

程岛被哄着只穿白色短裤拍了写真，楚芝也跟他一起拍了几张。她穿得倒是挺正常，白色工字背心和浅蓝色的牛仔热裤，对比得程岛更热辣了。

她找了根领带给他系在脖子上，不是他的，他的领带太古板，她给他系的是自己的花领带，细细的，还带着流苏。

她拉着领带尾巴朝自己用力，他就倾斜身子被她拽着走，倒真像牵着一只大型犬。

她的鬼点子一个接一个，还要把枕套划破，把里面的羽毛给扑腾出来满天飘。

程岛配合她的所有创意，也没出去找剪刀，用牙在布面上咬开个口子，两手一撕，已经有羽毛漏出来。

楚芝等帅旗准备好了，把碎枕头对着程岛身上拍打，羽毛落在程岛的头发上。

帅旗比着手势，说着引导的话鼓励："对，很好，笑一下，哎，非常……哎？哎？"

他话还没说完，一直在卧室门口蹲着的叨叨忍不住了，助跑起跳，飞奔上床，兴奋地扑着那些飞舞的羽毛，甚至把程岛扑倒了舔他的脑袋。

帅旗是个专业的摄影师，虽然他嘴里说着"这是咋回事，要不要把狗关外面"，但手里的快门不停，把这"一家三口"的"温馨"场面都定格在取景框里了。

因为今天没出外景，他们结束得很早，楚芝带帅旗去海边吃烤海鲜，看完夜景又去程岛酒吧喝酒。

程岛这几天都没来看店，正好去和小福问问情况，留楚芝和帅旗两人喝酒聊天叙旧。

偶尔他抬头看她一眼，她好像总能感应得到，很快就转过头来对他笑笑。

帅旗跟她聊着公司的八卦："之前，就是你跟陈总拍卫生纸广告那次，我们都以为你俩是在拍拖呢，还打赌你们是不是好事将近了，没想到你俩是各自有各自的好事。"

楚芝笑了笑，心里没有波澜，但还是忍不住好奇："陈世羽老婆真人漂亮吗？"

帅旗点头："来公司等过陈总，漂亮是漂亮的，有钱哪会丑啊。"

这倒也是。

帅旗不知是真心还是安慰："不过我看陈总对她也就那么回事，可没跟你在一块的时候自在。"

楚芝忙摆手："没有的事，他跟我在一块是工作，当然自在了。"

帅旗露出鄙夷的表情："得了吧，也不知道你是真傻还是装傻，当初我们可都看出来陈总对你不一般了，就你，当局者迷。"

是这样吗？

楚芝有些茫然，她还以为是她离职以后陈世羽才觉得她好来着。

帅旗悄悄跟她说："现在这个也不错，踏实，看着就超级爱你，姐这挑男人的眼光可以的。"

楚芝："你怎么看出来超级爱我？"

帅旗："他那眼珠子就没离开过你一分钟，你们家狗对你都没那么火热。"

楚芝被他的形容笑喷，他对她是挺火热的。

最后一天，帅旗陪他们街拍，去拍那些对他们来说有意义的场景，比如已经停业待拆的网吧，比如他们一街之隔的高中。

程岛问楚芝，高中校服还在不在，要不要穿着校服拍。

马上奔三的人了，楚芝觉得穿校服拍照很傻："很怪。"

程岛试图劝她："不会啊，你看起来就像高中生。"

楚芝一急，就拿出常怼她妈的话怼程岛："不要，听我的，是我结婚，是你结婚啊？"

程岛："没记错的话，是我和你结婚。"

帅旗了解楚芝的性格，知道她说一不二惯了，结婚是挺烦琐的，他也见过因为吵架而喜事成悲剧的情侣，所以看到这里提着相机想上前去劝一劝。

结果还没走到跟前，楚芝揽着程岛的脖子让他低头跟他耳语了几句，然后刚才还有些不高兴的男人深深看她一眼，退到一边等她补妆继续拍照，没再提校服照的事，两人好像就这么和好了。

帅旗挺纳闷，同时又佩服楚芝：还得是芝姐，拿捏男人真有办法。

芝姐确实挺有办法的，她奉行什么年纪办什么事，一把年纪了穿校服拍青葱照片，她觉得违和，但是房门一关、窗帘一拉，穿着校服给男朋友欣赏没问题呀。

校服就是她当年的高中校服，她特意回家里库房找出来的，翻箱倒柜把旧衣服弄得乱七八糟，被她妈拿着扫帚追着打。

程岛夸她："我以前在育才门口等你，大家都穿着校服，但我一眼就能认出你，你穿校服比他们都好看。"

谁不爱听情话呢，楚芝美滋滋地说："所以你就想让我穿校服去拍婚纱照吗？"

程岛："是吧。"

楚芝猛地坐起来，把散落在地上的校服抓起来，往身上套："那走吧！"

程岛："走哪儿去？"

楚芝："去育才呀。"

程岛："现在？"

楚芝点头，催促着程岛穿衣服，然后在他懵然的状况下让他骑着摩托车载她来到昔日母校前面。

时间是半夜一点，街上的路灯森立，一个行人都没有。

楚芝裹着米色的风衣，下了车把风衣扔在后座上，手提着头盔就往门口去了。

她站在路灯下搔首弄姿，一身改过的校服显得她更像个不良少女。

她对程岛勾勾手："快拍快拍。"

程岛拿着手机边拍边左右张望，感觉他们随时会被热心市民报警抓起来，说不定还会登上城市台的奇闻逸事栏目。

楚芝已经把头盔放在地上，一脚踩在上面，把头发扎成高高的马尾，比着傻气的剪刀手。

路灯的光把她头发照得毛茸茸的，看起来很有几分稚气。

"喂！你们干吗呢？哪个班的？"

忽然一道手电筒光远远地从学校里面照出来，是门卫室的大爷还没睡熟，起来看什么情况。

楚芝吓一跳，弯腰捡起头盔就跑向程岛，然后拉着他的手一起跑，连车都不要了："快跑快跑。"

程岛被她拽着，快要跑到路口，回头看并没有人追他们。

他把楚芝拉到怀里抱住，不跑了："没追来。"

楚芝喘着粗气，看一眼，确实没人追。

她窘迫地笑，也觉得他们好傻。

两个人手牵手慢慢走回去拿车。她问程岛要手机看他拍的照片，他并不怎么会拍照，不过拍她倒是蛮好看，起码没有拍走样。

程岛觉得他俩好神经，又觉得她好可爱，低头跟她一起看照片。看到最后一张时，楚芝的手一拖一点，变成了前置摄像头，屏幕里出现他俩俯视的大脸。

她在他下巴处比耶，他配合地把脸架上去，拍了张角度无比糟糕但照得无比开心的照片。

楚芝越看越满意，拍板决定："婚宴迎宾照就用这个吧！"

番外二／
打败爱情的从来不是距离

　　年底收入结算，去掉各项摊销，楚芝的公司还有盈余十几万，虽然赚得不算多，但是比起之前计划的三年平账，楚芝已经超前了许多，明年应该就能步入正轨，大把挣钱了。

　　陈世羽很开心，过年以私人名义给楚芝发了个二十一万八千元的红包。

　　他说他找大师算过了：这公司就是三年有起色的运，大师说多亏了贵人相助，你是以一己之力加速了公司的发展。

　　楚芝心安理得地收下了红包，默默对陈世羽翻白眼：这还要大师说吗？你看不到我整天耗在公司，七天无休吗？

　　陈世羽当然看到了，就是因为她这么累还没拿到多少钱，他才给她发红包的，这有零有整的金额也是有讲头的：我们两个一起发。

　　程岛也看见了，他发誓自己是无意的，当时他帮她接了个快递的电话，挂断电话的时候陈世羽的消息正好弹出来了，"我们两人一起"这六个大字深深刺痛了程岛的狗眼。

　　他个学人精，扭头把本就打算打给楚芝的钱也包成红包转给她，转了二十一万九千元，附加留言"我们两人一起长长久久"。

　　还比陈世羽多一千块钱。

　　楚芝洗个澡的工夫，出来吹头发顺便看手机的时候看到了转账提醒，无语地把脖子上的擦头毛巾扔程岛身上："你闲的啊！提现转存不要手续费吗？"

　　程岛委屈，但程岛不说。

　　他跑去阳台看海喝闷酒去了。

　　大冬天的，虽然屋里有暖气，但他这副光着膀子、忧郁远望的神情还是有点我见犹怜。

　　没有温度的阳光明晃晃照进来，他的胸肌被照得白亮。

　　楚芝吹干头发来找他，看到他这故作幽怨的表现，笑得直不起腰来。

　　她跟他聊正事："你把钱都转出来，店里的现金流够吗？"

程岛点头，运营要留的钱他留下来了，只是把所有能提的钱都提出来了给楚芝而已。

他卖惨："还凑了一些我的零用钱，现在我一分钱都没了，我们家的年货你来买。"

楚芝把程岛的衣服从衣架上拿下来，扔给他："走，现在去买。"

明天就是年三十了，他俩各回各家住几天，只是依着两人现在的关系，总要上门拜年。

楚芝上午才忙完公司的事，让所有同事都提前半天下班回家，她原本计划的也是和程岛去商场置办点年礼。

商场里人挺多，大多是些老头老太太，在各种促销展柜前拿着塑料袋大把抓。

楚芝看了眼价格，好多其实也不便宜，网上买还能挑挑拣拣，第二天也能到货。

她跟程岛提醒："你这几天给你爸讲讲电信诈骗的例子，跟他说要买什么让他找你下单，别信网页中的广告，也别搞那些货到付款的商品，那都是专门骗老年人的。"

程岛答应下来。

楚芝给程爸买了一应日常吃喝用品，又挑了件羊绒衫和皮手套，最后拿了条烟。

程岛把这些带回家以后，一样一样地给他爸解释，字里行间全是"你儿媳妇多好多孝敬你"。程爸对别的没什么反应，开烟盒的时候挺开心，并且对楚芝说的"老人喜欢什么就由着他喜欢，心情舒畅百病不侵"的理论深以为然。

程岛也不勉强他爸戒烟了："反正你少抽点，多活两年。"

程爸："你小子觉得过年我不能揍你是吧？"

程爸还有他的歪理邪说："他们拿钱买保健品，我拿钱买烟，都是心理安慰。本质上都是一样的。"

一样个鬼啊。

程岛听到保健品，又顺便跟他说起谨防诈骗的事。刚说到"看直播别打赏"的时候，程爸轻蔑地笑了笑："我直播玩得比你溜，你搞个粉丝连线都不会弄，快别在我面前摆谱了。"

确实，他爸好像还玩过游戏直播，而他在酒吧直播的那两次，他爸围观并吐槽了。

横竖都说不过他爸，程岛气鼓鼓地坐在沙发上看电视，想着赶紧把这个年过完了，回家去抱着他的软香老婆玩。

而此刻，他心心念念的人并没有在想他。楚芝在家待得可好了，爸妈各显神通给她做各种好吃的，小姨来家里的时候甚至还把她当孩子，给她拿了两瓶朵朵的啵啵乐饮料："你喜欢的葡萄味，有果肉的，很好喝。"

小姨父问起程岛来："姑爷最近忙什么呢？生意还行？"

楚芝："他那酒吧生意挺好的，最近有个 live house 想跟他谈合作，扩店什么的。"

小姨不懂那些，就是想问："光忙着做生意，那什么时候结婚啊？"

这事怨不得程岛，但楚芝也不想被当成靶子，她模棱两可的语气："再磨合磨合看吧。"

小姨："虽然说好事多磨，但恋爱这种事，拖久了多半是要分手的，你们再拖，都要过了最佳生育期了。"

楚芝乖乖应付："结结，生生。"

可实际上还是在"拖拖"。

也不知道拖什么，就是这临门一脚总踢不下去。

春节过后，陈世羽又拿大饼来砸她。

北城那边有老板想加盟少儿项目，只是需要提供技术指导和做团队搭建。

陈世羽想让她去北城待半年把这事做了，还提出来前三年的收益包括加盟的钱都归她，他不要。

楚芝有点心动，半年说长不长，但说短也不短，她不知道程岛会不会介意。

年后就是情人节，楚芝早起，亲自做了一桌丰盛饭菜，程岛遛狗回来看她还在忙活，去冲澡换了身出门的衣服。

今天店里应该挺忙，也晚上要晚归，还担心不能陪楚芝过节她会不开心，没想到她这么体贴，不去上班，留在家和他中午过节。

结果饭吃到一半，楚芝和他商量起来去北城办公半年的事情。

程岛沉默着把焦糖布丁吞咽下去，合着这是顿鸿门宴。

他问："是通知我，还是问我意见？"

楚芝听这话说的："你不想让我去是吗？"

程岛叹口气，她如果不想去就不会问他，问了，那就是想去。

他对"北城"这个城市一点好印象都没有，他不喜欢异地恋，不喜欢她独自高飞，但也不喜欢想把她圈在身边的自己。

把她做的美味佳肴通通吃下肚，他一口饮尽杯中红酒："去吧，想去就去。我喝酒了，没法开车，一会儿你送我去店里。"

这事没有展开讨论，就这么定了。

楚芝虽然知道程岛对自己总是纵容，但他什么反对的话都没说，甚至连自己的不情愿都没表露，她还是有些感动的。

多数情况下，她是个理智的女王。

偶尔，她也可以是个感性的小公主。

就为了答谢他给的信任，楚芝线上预约了婚姻登记，在去北城之前先约程岛去领了个证。

那是个普通的星期四，楚芝跟她妈说她去领证的时候楚妈还责怪她不提前说，可以查查皇历选个好日子。

楚芝傲娇地回答："选个好日子有什么用，选个好男人才有用。"

好男人听见了，悄悄在一旁骄傲地挺起了胸膛。

办好了手续，领好了证，程岛手里提着一个红色单肩包，那是刚才工作人员发的，里面有宣传手册和计生用品。

他提着包有些茫然地问楚芝："找地方吃饭？"

楚芝下午还要去上班，随手一指不远处的肯德基："疯狂星期四吧。"

程岛忽然觉得他们挑的这日子也不算普通，如果愿意的话，每周四都可以当纪念日去疯狂一桶。

领证后的两人好像和之前也没什么区别，甚至因为是合法睡觉了，让楚芝觉得逗程岛玩的乐趣都少了好多。

这时候她就觉得她要外派也挺好的，距离产生美，两个分开些时间再见面又是激情似火。

程岛嘴上不说，心里其实很不舍。

多年前楚芝北上求学的时候还会哭着让他每周都要坐火车去看她，现在却压根不提让他去她的事，只冷酷地说每个月会回来两三次。

为了方便出行，楚芝要把车开去北城，程岛去送她，给她开车，陪她租房。

他们早上六点出发，下午抵达北城市区的酒店，随便吃了两口就先回房间补觉去了。

迷迷糊糊的，程岛感觉有人亲自己。

他今天有点累，居然没有立刻警醒，眼睛睁开一条缝确认是楚芝以后就又闭上了眼睛。

楚芝极少这样吻他，从眉毛到下巴，从脖子到腰线，她的吻细密轻盈，伪装善良，最后还是一口把他吃了。

程岛于是知道了，她也是舍不得和他分开的。

北城的项目不似之前琴市那样要从无到有，场地已经就位，楚芝跟这边的老板吃了顿饭，参观了店铺沟通了装修方案，就在店面周围小区找房源。

她看中了一个步行只要十分钟的房子，优点除了上班方便，还可以只租半年；缺点是小区有点老，而且要跟房东一起住。

程岛罕见地提出了异议，他不放心她跟别人合租，哪怕房东是个女的。

他觉得两公里外那个高档小区更合适，公寓式房型很舒服，反正她开车，这点距离不算麻烦："这样我来的时候住起来也方便。"

楚芝听从了他的建议，虽然她并没打算让他经常来住。

她轻车简从，行李就几箱，都收拾好了也很空，看着像是住在干净的酒店。

楚芝坐在床上，看程岛把她最后一件衣服也挂在衣柜里，托着腮提议："要不下次你来的时候把叨叨给我带来吧？"

程岛："不带，它舍不得我。"

他这么大言不惭，最后落脚点却是："你要是想它了就回家看它。"

拿狗邀宠。

程岛在北城待了三天，陪楚芝安顿好一切，就要回琴市了。

他买的晚上的高铁卧铺，睡一觉就能到家，楚芝送他去车站的时候才觉得难过。

她很久没这样不顾场合，大庭广众地抱着他的腰，头埋在他胸口："要不你改签明早的车吧。"

程岛拍拍她后脑勺："明早你去上班，今晚好好休息。"

楚芝："我自己一个人睡不着。"

程岛："那睡前看点鬼故事，就不觉得是一个人了。"

楚芝抬起头，用力捶他胸口："滚蛋！"

程岛看一眼时间，要去检票了，他用力抱了抱楚芝，和她道别。

等到上了车，他把外套脱了，躺在狭窄的卧铺上，才看到自己衬衣纽扣上缠着一根长发，该是刚才楚芝趴在这里的时候勾下来的。

程岛把那根头发解开，捋直了，用两只手捏着看，然后一圈圈绕在自己的食指上，像是戴上一枚细细的戒指。

窗帘没拉，窗外的光忽明忽暗。

楚芝有句话说得不对，睡不着的人不是她，是他离开了她才会睡不着。

程岛闭着眼，过了不知多久才有朦胧睡意，好像还没睡着，就听见了报站名。

他猛地坐起来，头磕到天花板，眼花的瞬间，他有些恍惚自己置身何处，今夕何夕。

好像是刚离开楚芝，又好像是离开了很多年，还好像是很多年前他省吃俭用攒钱来学校看她，然后接下来的一周都要回味在一起的这一天，同时期待下一周见面的那天。

只要能在一起，一眼也抵万年。

那年也是相似的车站。

程岛从火车站走出来，身边有个大哥一直在抽烟，烟味熏得他有点恶心头晕。

天已经黑了，他这一路坐过来腰有些酸，刚抬手伸了个懒腰，手里就被塞了一张小卡片，上面印着"包小姐"的电话，还有一位摆着撩人姿势的丰满美女照片。

程岛嫌弃地把卡片扔掉，推开那些举着牌子不停问要不要住宿的阿姨和黑车司机，快步穿过人群往公交车站走。

身后，他听见那个抽烟的大哥语气猥琐地和大叔咨询。

他没扭头看，想着如果楚芝在旁边，一定要竖起一只耳朵去听听人家说些什么。她呀，总是好奇心爆棚。

想到楚芝，十八岁的少年心里烧起一团火。

坐在回学校的公交车上，程岛给楚芝发了条微信：快到学校了。

诺基亚的彩色屏幕分辨率并不高，手机里存着他们在北城一天的合照，奔波于各处景点打卡，日行三万步有余。

楚芝回了他一个笑脸：到宿舍给我发视频吧。

才刚分开，就又想腻歪在一起了。

程岛回宿舍的时候其他舍友都在打游戏，看到他回来了喊他一起开黑，有个口无遮拦的男生起哄："狗哥去陪女朋友挺累的吧？要不先睡一觉再说。"

其他人跟着笑，程岛阴着脸走到那人身边，用拳头敲了敲他的肩："别拿我女朋友开玩笑。"

他出去，关门之前听见那个舍友的声音从门缝传出来："就他有个女朋友了不起了。"

因为刚才吵了几句嘴，宿舍氛围有点微妙，程岛跟楚芝发消息说舍友睡了，不视频了。

楚芝不信：你们怎么可能睡那么早，不会是你没回宿舍，跑出去找女生玩了吧？

程岛：玩什么？

楚芝：那谁知道啊！你们这些男的，哼哼。

昨天是他第一次去北城找她，也是他俩第一次同床共枕。

逛街逛到太晚，吃完晚饭已经快十点钟，楚芝说她们有门禁："回去晚了宿管要骂人的。"

她说得可怜兮兮的，他只好让她和自己一起住一晚。

学校旁边的快捷酒店看起来有些年头了，程岛下午办入住的时候没想到她来，要的是大床房，打算改成标准间，楚芝却说不想去刷身份证，就这样吧，她悄悄潜入他的房间。

程岛怕自己定力不足，让楚芝睡床上，他睡旁边那个小沙发。

楚芝哀怨地嘟着嘴："你过来，抱着我睡。"

她可真敢说，对男人是一点防备心都没有啊。

程岛本来面对她意志力就薄弱，她一鼓励，他的坚守立马涣散，摸着后脑勺走到床边，离她远远地躺下了。

他俩在外面玩了一天，一直是手牵着手，只在合照的时候有搂腰的动作，别的什么亲密举动都没有了。

现在屋里只有他们两个人，空气里全是一点就炸的荷尔蒙，呼吸都不敢用力。

楚芝打了个滚，滚到他身边，伸出一只手去抱住他的腰："抱抱——"

程岛木然地把手抬起来一只，调整姿势，抱在她的背上。

房间的空调不给力，九月份的天还有些闷热，他们这样抱在一起很快就出了汗。

楚芝松开他，仰着头下指令："你亲亲我吧，我要睡了。"

程岛笑了："我亲你的话，你还睡得着吗？"

楚芝羞恼地假意去掐他脖子："那你亲不亲嘛！"

他没回答，直接把脖子往下凑到她面前，亲上她，像是饮鸩止渴，贴得越是紧密越是空虚。

两人亲一会儿，停一会儿说几句话，没什么意义的废话，我想你你想我的，说着说着又亲到一起去。

楚芝更早地昏了头，问他酒店抽屉里是不是一般都有"小雨衣"。

程岛在她想要起身去拉抽屉的时候，拉了她一把，把她按回去。楚芝没坐稳，趴倒在床上，他就从身后桎着她，把她两只手抓在一起按在她头顶的枕头上，亲她修长的脖子和白皙透红的脸，身子若即若离地相贴。

楚芝都感觉到他的气势汹汹了，却听程岛跟她说："不做，结婚前不做。"

她被亲得心痒，故意笑他："你那么传统吗？"

程岛："嗯。"

他那么说，可是和心爱的女生在一起又难免擦枪走火。天气热，衣服都成了多余，除了雷池那一步两人没越过去，亲密的事情也几乎都做尽。

楚芝对着他的时候大胆奔放，分开以后又有些矜持害羞了，但更多的是困惑。她和他发信息，问他既然觉得结婚前不能上床，那对她那样又算什么。

程岛实话实说："没忍住。"

楚芝打破砂锅问到底："那你干吗忍着呀？"

恋爱中的上头少女很有几分献身精神，不是情欲本身有多么热衷，只是觉得要表达自己的爱情好像再没有更好的方式了。

和她在一起的时候，程岛完全靠毅力去抵抗生理的本能反应，也没有任何思考的能力和她说这件事。

但是现在分开了，他说话也冷静了很多："我怕如果我们没结婚，你以后被嫌弃了，会后悔。"

他以前就听说过邻里的闲话，谁谁嫁过来就是破鞋，虽然他不明白为什么这种不光彩的事那家人要传出去。

楚芝听到这个话，第一反应是质问他："你不想跟我结婚？"

程岛："我是说如果，万一，比如……比如我突然嘎嘣死了呢。"

他能想到的不跟她结婚的可能性，好像也就是自己死了。

楚芝："有点道理。"

程岛有点恼火，他这个女朋友真会聊天，就不能说他死了她也不会嫁人了吗，骗骗他都不会？

去一次北城的动车票并不便宜，程岛也考虑过要不要坐绿皮火车，可是一来一回二十多个小时，时间都浪费在路上了，他还想多跟楚芝待一会儿。

他拿出笔记本来算账，他爸每月给的生活费不算少，但也架不住一个月四次的车票加住宿费用，还有和楚芝出去的时候吃饭和游玩门票。

他得找点事干，挣点钱。

钱不够花的窘迫他没跟楚芝说过，楚芝也没吃过生活的苦，爸妈虽然不是大富大贵，但也从来不缺她钱花，他不说她哪里会知道男朋友为了来看她，一天只吃一次肉菜，其他的全是便宜的素菜。

程岛并不觉得委屈，楚芝不是不想着他，比如她暑假打工赚到的钱，只花了三分之一给她爸妈买了礼物，剩下的一分没留都拿来买了个大牌的钱包送给他。

不过程岛除了去北城的时候，平时都不用。

主要是也没什么钱能装进去。

群里发勤工俭学的助教岗位，是每天晚上在机房值班。

程岛填了申请表，挺顺利地被选上了。

和他一起做助教的也算是熟人，是王瑾萱，他们高中的高考状元，他的同班同学。

他俩是倒班的，一般不会同时值班，所以每次见面也都是点个头打声招呼，很少有什么交流。

会添加联系方式还是程岛主动找她加的，因为他有时候排到周末的班，就要跟她商量能不能换换班："我周末去找我女朋友。"

王瑾萱脾气特别好，人看着就有点好欺负。有次有个大四的学长在机房补英文听说，遇到机器故障心情不顺对着王瑾萱一通吆喝，是程岛帮她解的围。

所以程岛求她帮忙的时候，她都很乐意帮他。

助教的补贴解了燃眉之急，程岛又听同学的介绍接了个游戏代打的活儿，这个钱还挺多的，就是太费时间。有几次楚芝给他打电话问他在干吗，他回说打游戏的时候明显感觉到楚芝不高兴了，他就想着再干两个月就不干了，等过年回家拿了压岁钱应该也就没那么棘手了。

最好是再从他爸的网吧里带箱罐头回来。

程岛学的是电气自动化，他们专业男的多女的少，本来楚芝还挺放心他身边没那么多莺莺燕燕的。

结果他当了助教，每天都能见到不同系的女生，尤其是艺术系的那些女孩子，个顶个的漂亮。

有天晚上楚芝和他视频，那时候视频还是用电脑摄像头，她俩各自戴着耳机不说话，各干各的。

楚芝在图书馆写作业，程岛在机房最后一排的空桌子上坐着，也写作业，有人找他的时候他才起身去看看。

结果晚上回宿舍了，她给他打电话的时候，才跟他说起一晚上看见了多少漂亮女生。

程岛："有吗？没注意。"

楚芝才不信他的话，拈酸问他："最近有没有女生跟你表白呀？"

有是有的。

上了大学，大家表达感情的方式好像更奔放了，程岛值班的时候都遇到过好几次被女生要联系方式，他的人人网也经常被一些不认识的人加好友、评论、留言。

还有就是同学聚餐直接表白的。

后来他干脆再不参加同学聚餐了，省下那个 AA 的钱可以和楚芝出去吃。

班里有传言，说程岛是个低调、被家里磨炼的富二代，所以用着苹果电脑和名牌钱包，却要勤工俭学，吃食堂最便宜的饭菜，每周末还神秘消失。

程岛不管别人怎么看他，反正他也不喜欢这些同学，不社交也没什么关系。

他又去北城，金黄树叶落满地。

楚芝在陪他办理酒后入住的时候就主动上交了自己的身份证，程岛掩耳盗铃地开了间标准间。

结果晚上又在楚芝的指挥下把两张床拼成了一张床。

楚芝感觉程岛好像瘦了，抓一把他的肚子："你怎么一点肉都没有？你试试我的。"

他礼尚往来，摸到她软软的肚肚肉："可爱。"

"没有肉会硌人，你多吃点呀。"她说完，为了践行自己的理论，让他感受一下有肉的肚子和没肉的肚子贴在一起是什么区别。

程岛这次没阻止住楚芝从抽屉里拿出小方块。

他不愿意，她就激他："是不是机房美女看多了，看不上我了！"

程岛："不是，别闹。"

楚芝知道他为什么拒绝，她蛊惑他："你如果真的死了，那我也不结婚了，或者实在不行就去做个修复手术呗。"

程岛觉得不对，不是这样。

楚芝已经跨到他身上："你打算和我结婚吗？"

程岛的嘴比脑子反应快："打算。"

楚芝按住他胸口："那不就行了。"

他在她的生涩主动中丢盔弃甲，脑子里最后那根弦也断了。

他如坠梦中，坐动车回学校路上才发现他钱包里多了十几张百元大钞，只可能是楚芝塞的。

他发信息问她。

她女王发言：伺候得不错，我很满意，回去多吃点肉，下次再接再厉。

程岛笑了，她维护他自尊的方式也这么可爱。

他想，他一定要跟她结婚，只要他没嘎嘣死了，只要她想嫁给他。

烂熟

楚芝大学在北城毕业后，研究生就去了沪市，算来也已经许久没见过这么黄的天了。

春季沙尘肆虐，她出门买个暖宝宝都疑心自己正在踏向世界末日的入口。

程岛发来视频通话，楚芝接起来，戴着口罩把话筒凑到脸前跟程岛喊话："这个天气太夸张了！"

程岛有关注北城的天气预报，本是想提醒她注意关窗，没事别外出，结果就看到了屏幕里像被加了复古滤镜的楚芝。

他怕她说话会吸进去脏空气，匆匆把视频挂断了给她发消息："没重要的事就回家待着。"

楚芝："来月经了有点痛，楼下711买个暖宝宝就上去。"

她这痛经的毛病一直没治好，以前楚妈也带她吃中药调理过，但是药汤太难喝了，楚芝坚持了几次都没成功。

楚芝买好暖宝宝，又顺手买了个盒饭，顶着风沙慢慢走回去。

她来北城十几天，项目进展有些慢，很多手续审批都卡着，要求比琴市更为苛刻。

程岛原本想问她什么时候回家看看，看这情况也不问了，订完机票把行程单发给她："我今晚去找你。"

他这说走就走的旅程，连行李都没收拾，打算去那边现买。

走之前倒是先把叨叨送到楚家去，跟二老说汇报了一声自己去看楚芝，问他们有没有什么要给楚芝带的。

楚妈给程岛包饺子吃，多包了两盒冻起来放保鲜盒里让他带给楚芝。

楚爸："你把叨叨带去吧，给她看门。"

叨叨期待地吐着舌头哈气。

程岛："爸，宠物托运很容易给运死。"

叨叨脸上的笑容收敛起来，跑到楚爸脚边趴下，把脑袋藏起来，好像听懂了似的。

楚妈听程岛叫爸叫得顺溜，想起他们还没敬茶改口的事，觉得她这女儿主意真是太大了，什么都不按规矩来。

她问程岛："你们打算什么时候办婚礼啊？"

程岛想了想："等楚芝忙完北城的事吧。"

楚妈："她整天忙完这个忙那个，你们结婚了，你也多劝劝她，先忙忙自己的大事，孩子也该要了吧。"

别家都是婆婆催媳妇，她家没有婆婆，就成了岳母催女婿。程岛有点窘迫，郑重地点头："我去做做检查，没问题就开始备孕。"

他带着两盒饺子飞到楚芝身边。

楚芝因为肚子难受早早躺下了，听到门铃响跑下床去给他开了门，又跑回去钻进被窝。

暖气刚停，正是乍暖还寒的时候，黄沙遮天蔽日，风声呼啸让屋里也阴蒙蒙的。

程岛换鞋，看她光脚跑开，不由得念叨她："你痛经还不穿袜子不穿鞋，你是不是自找苦吃？"

这个房子是个一居室大开间，进门就是客厅电视墙，左手边是开放式厨房餐厅，右手边用推拉门隔开了一张双人床。

楚芝抱着个抱枕在床上翻滚："肚子饿了，快点把美味的食物喂到我的嘴里——"

程岛换好衣服去给她煎饺子。屋里排气不太好，虽然开着抽油烟机，煎炸的香味还是蔓延到楚芝床边，她吸着鼻子只觉得肚子更饿了，提前跑到饭桌前坐好。

一大盘煎饺上桌，楚芝"嘶哈"着热气，像是饿了好几顿一样，飞快消灭着饺子，对程岛竖了个大拇指："美味！"

程岛："你妈今天包的。"

楚芝听了，吃完饭赶紧跟她妈打了个视频电话，夸她妈厨艺绝美，把最近的状态和妈妈聊了聊。

程岛刷完盘子坐到沙发上，趁楚芝视频的工夫，在线上商场挑些东西，除了瓜果蔬菜，还有洗漱用品和内衣裤，又给楚芝买了红糖和生姜。

楚芝挂了视频凑过来看，看到购物车满满当当那么多东西，问了句："你要待几天啊？"

程岛："一周吧。"

楚芝："那么久？"

程岛付完钱，把手机放下，胳膊搭在沙发背上圈着她肩膀："不欢迎？"

"那倒不是。"楚芝靠在他怀里，又成了娇娇人儿，"你酒吧不用管了吗？不是还要扩店？"

他那酒吧已经算步入正轨了，又多聘了两个店员："店里有小福和奥奥看着，没什么问题。"

至于再开个店的计划，他打算暂时搁置："你现在也这么忙，没人顾家，我觉得就一个店先这么开着吧。"

还要留出点时间来陪她，陪两边老人，陪叨叨。

楚芝最大的优点是严以律己，宽以待人。她虽然自己一直在攀爬奋进，但并不要求身边的人也必须一样努力。

或者说曾经她也看不惯男朋友的"不上进"，随着年纪增长，见得人多了，尤其是做了这么多年管理，她深谙人性是最难被改变的，与其让躺平的人跑起来，不如找个皮划艇送他让他躺着划划水。

她已经在接受每个人都有自己不同的活法。

所以程岛不急着扩店，她也不催他。

人家那不是自己搞得挺好嘛，不是所有人都要按着她的想法过。

生意的事他们不多言，剩下的便是谈感情的时间。一段时间没见了，网上也只是每天睡前视频几分钟，没有聊太多。

楚芝盯着他看，一抬手搂住他的脖子，舔咬他的喉结。

他坐在沙发上，环抱着一个小小软软的她，任由她在自己身上作乱，这边亲亲那边捏捏，像是她的大抱枕玩具。

"叮咚——"门铃响。

程岛松开楚芝，整理了一下衣服，去开门拿外卖。

蓝色制服的小哥身上被吹了一层黄沙，都快变成对家的颜色了。

程岛买的东西又多，两大袋子再加一箱水，小哥弓着背给他递进门口，转身要跑下一单，被他叫住。

程岛从鞋柜抽屉的零钱里拿了一张二十块钱出来，递给小哥："辛苦你了。"

小哥再三道谢。

关了门，楚芝听见他们刚才的对话，坐在沙发上看程岛忙活着把买来的东西分类放在各个地方。

她说："程老板倒是会做好人，就是拿我的钱做人情是不是慷他人之慨？"

程岛没理她，冰箱里塞满以后，把买给她的地板袜拆了标签，坐到她旁边给她套在脚上。

楚芝轻轻踹他："问你话呢，快还我钱！"

程岛把她的脚一抬，换另一只脚穿袜子："还了，这双袜子，正好二十。"

楚芝听了，就把两只脚对着搓，把他刚套上的袜子蹭下来："我不要袜子！还我钱！"

她知道他没带现金，更得意地逼他："要现金！快还我！"

她无理取闹的嚣张样子太欠收拾了，程岛今天无聊刷短视频的时候还学了个词，叫"可爱侵犯症"，说看到萌萌的小动物总会有想伸手去揉搓的冲动。

他现在看着楚芝，就觉得她很可爱，很想欺负她。

楚芝来着月经，打人也没什么力气，闹腾够了，由着他伺候洗澡穿衣抱了床上，枕着他的胳膊睡着了。

她的呼吸逐渐微弱平缓，他把胳膊抽出来都没被吵醒，睡得沉沉的。

黑暗中其实看不太清她的脸，但程岛还是盯着她看了一会儿，最后在她脸上轻轻落下一个吻，手唇着她的肚子也睡着了。

再起床依旧是黄沙天，气象局说这样的天气大概要持续一周。

以前程岛没见过这样的天，他只记得那年冬天他来看她的时候，雾霾很重，他们戴着 N95 的口罩走过天桥，看到下面穿行而过的汽车都打着远光灯，可见度不足十米。

程岛问她："以前也有这么多的沙子吗？"

楚芝："对呀，春天就这样，以前比这还重呢，现在已经好很多了，你没见过吗？"

程岛语气微酸："没啊，还没等能见到这么壮观的场面，你不就把我甩了嘛。"

啊这……

楚芝刷睫毛膏的手一抖，讪笑着看向他，很刻意地转移话题："我今晚要去参加一个同学聚会，是以前的大学同学，有两个跟项目有关系的要好好聊聊。你呢，你是跟我一起，还是自己解决晚饭？"

程岛更酸了："哦，你们聚会，男的不能上桌是吧？"

楚芝带程岛去参加同学聚会，包厢里坐着的那一桌子都穿得人模狗样的，就连楚芝也是穿了条黑色缀混金丝的鱼尾连衣裙。

唯有程岛穿着黑色 T 恤和军绿色工装裤，跟在楚芝身后像是她的保镖。

众人寒暄落座，楚芝特意坐在一个姐们旁边。这个姐们现在干少儿台的制片，和楚芝的项目能合作。

程岛并不多话，他看了一圈在座的人，认出来有一个是当年楚芝的追求者，虽然那个男的现在已经大腹便便，有原来两个他那么胖了。

楚芝虽然是想找合作机会，但也不会在这个场合谈公务，她们还是以叙旧为主，正事只是简单提了一句，说回头细谈，然后就边吃饭边聊各自的情况。

她大大方方地向大家介绍程岛："这是我老公程岛，在琴市开了个酒吧，这几天正好来看我。"

有个做艺人统筹的同学盯着程岛看了半天，"哎哟"一声认出他来："是之前在平台挺火的那个酒吧老板吧，这个脸，不开滤镜也这么能打。"

她直接拉着椅子坐到程岛旁边，近距离看他的脸有没有动过，像是职业病犯了似的，拉着他的胳膊就想要签他当艺人。

程岛求助地看向楚芝，楚芝笑嘻嘻地把她同学的魔爪从程岛手上拍开：

"之前有经纪公司找过他，他没兴趣出道。"

同学很遗憾的样子，又问起来他是怎么保持身材的，这一身肌肉看着真养眼。

楚芝骄傲地扬起下巴："他以前可是特种兵，大比武拿过名次的。"

她现在就像是那种同学聚会秀老公秀孩子的家庭主妇，一丝职场女强人的气质也无。

听说她今年才跟程岛领证，还没办婚礼，坐她对面的昔日追求者捶胸顿足："你毕了业就跑到南方去读研，这么多年也没联系，你要是早点来北城工作就好了。"

他是喝得有点多了，真情假意的话都有，指着程岛要他好好对楚芝，说要论先来后到，自己还是更早的追求者呢。

他这是完全没认出，或者忘记了程岛曾经是楚芝的男朋友。

程岛没跟他计较什么先来后到的事，笑一笑喝下他敬的酒，说"一定"。

聚会结束，程岛架着喝多的楚芝往外走，看她"哒哒"跑回去跟她的好姐妹搂着脖子依依惜别，哭笑不得地在一旁等着。

她这人是这样的，可能几年都不联系，但一见面就像昨天还见过似的，那种真诚的热情让人觉得他们之间的情谊从没冷却。

程岛不禁想起他们俩再见的时候，她也是这样的自来熟，甚至当晚就跟着他回了家。

他问了她一个傻问题："如果后来，我是说当初分手以后，可能三年，可能五年，我去找你，你还会和我重新在一起吗？"

问一个醉鬼这么复杂的问题，怎么可能有答案。

楚芝猴子一样往他身上爬，想让他背着，可她穿了裙子不方便。

程岛无奈地把她打横抱起来，等着网约车开过来，把她抱上车去。

车窗外，依旧是混浊的空气，看不清前行的路，车流缓慢前行。

他得不到她的回答，内心却是知道的，不会。早几年，甚至早一年，他们都不会是这样的结果。

一切未必注定，但总归有因有果，他们错过的十年并不全是遗憾。醇香的酒要时间的凝固，他们变成更适合的彼此也是因为岁月的历练。

出租车的音箱放着动力火车的老歌，歌声里全是故事：

"你和我之间，没什么可以省略。"

此刻，她靠在他身边，挽着他的胳膊打呼，就让他已经感谢这命运，足够眷顾。

楚芝的超长出差旅程终于告一段落，再回琴市，楚妈催着她把婚礼提上日程，还给她看了婚礼策划的广告。

楚芝对婚礼倒是没什么期待，就是请客吃饭罢了。她跟程岛说："你喜欢什么风格，古典还是西式的？我都行，你看着办吧。"

程岛更加无所谓了，拿着宣传册去讨好丈母娘："妈，你看你喜欢哪个？"

楚妈要把楚芝当初的话还给他们了：到底谁结婚？

楚芝刚回来，还有点疲倦，不跟她妈叨咕这些了，申请吃完饭就回家睡觉。

久违的家带着特别的温馨气味，书橱上还新放了一个粉色的气球小狗，是程岛跟她之间特有的浪漫。

有人敲门，程岛去开，是他点的外卖。

有奶茶，有精酿，有电烤串，还有虎皮麻薯蛋糕，都是她喜欢的，但在楚妈那里被列为黑名单的垃圾食品。

楚芝呜呜叫着扑向程岛怀里："老公你真好！"

这下她不疲倦了，吃吃喝喝到深夜，拍着肚子打着嗝，说要给他"生猴子"。

备孕这件事之前两人聊过，她在北城不方便怀，说的是回家以后顺其自然。

楚芝就有朋友，备孕了两年才怀上，所以在她印象里怀孕是个挺不容易成功的事。

程岛并没有因为她的话有特别的情绪，有孩子当然很好，因为是和她的爱情结晶，没有好像也没什么关系，他更喜欢和她在一起，天地间只剩他们两个就足够。

但她发话要备孕了，他就认真配合，烟酒全戒，尽量早点回家睡觉，每天定时跑步。

而那个说着要调理身体备孕的楚芝，拖延症犯了，除了每天记得吃复合维生素，其他一切如常，根本没什么改变。

楚芝去北城前还是春寒料峭，回来琴市已是金秋飒爽。她喊程岛去爬山，山里雾气氤氲，草木茂密，置身其间就像误入仙境。

计划是爬到山顶坐缆车下来，可才爬到半山腰，楚芝就不干了，让程岛背着她爬。

程岛："背不动。"

楚芝："我一点都不重！"

程岛："那你等等，我先买两份高赔付的保险，受益人填你爸妈。"

楚芝："你怎么不填你爸？"

程岛："他自己买的保险比我存款都多。"

楚芝和他斗了会儿嘴，觉得又不累了。

这山里的空气多吸两口，好像都能润肺。他们再往上爬，已经能看到山对面的大海了，海岸边还有些白墙红瓦的小平房，风景如画。

她指着那边的房子说："我们晚上住那里吧，明早起来看日出。"

程岛没意见，拉着她走歇歇的，终于到了山顶。峰顶不算无限风光，但爬到最高处还是有说不出的满足感。

红色缆车没有密封，只有个遮阳顶棚，安全带看起来一点都不牢固。楚芝紧紧抓着程岛的手，唯恐一个不小心真就滑下去摔到山树间。

她问程岛："你说这么多坐缆车的，会不会有人掉下去？"

程岛看看脚下："会吧，毕竟什么人都有。"

说得楚芝更怕了，两只手一起去握程岛的手："我掉下去的话你能拉住我吗？"

程岛觉得她这话问得傻里傻气，故意逗她："拉不住，所以你别乱动。"

楚芝撇嘴："你是不是假冒特种兵啊，这也不行，那也不行。"

程岛作势松开她："那你试试，掉下去，看我行不行，能不能拉住你。"

楚芝就像只八爪鱼，两只手飞快又缠上他的胳膊，惊恐不已："你才不要乱动！"

最后当然是安全抵达山脚，可是楚芝被他逗生气了，不想理他。

她不知道自己这算不算是恃宠而骄，但她的确变得越来越霸道了，在对待他的态度上，好像就是知道他不管自己怎么作都会纵着她，于是越发肆无忌惮。

他呢，还挺乐在其中的。

在山上看到的红色房子里吃了海鲜，也找到了可以过夜的民宿。

只是房屋环境有点破旧，楚芝坐在床上，久久没有说服自己躺下去。

程岛看出来她的嫌弃，主动提议："要不回家？"

楚芝："我想看日出呢！"

程岛："明早我带你来看。"

那得多早起呀，楚芝觉得她起不来。

程岛又提议："那咱们去车里吧，玩一会儿手机，累了眯一会儿，也没几个小时就天亮了。"

楚芝觉得这个方案不是不可以。

她冲了个澡，换回原来的衣服，和程岛开车到了海边的停车场，停下以后一起拿手机玩麻将游戏。

打牌的时光过得飞快，人也变得亢奋起来，毫无困意。

可惜的就是楚芝输得太快，把金豆都输光了，又非常理性地不充钱。

程岛的号还有金豆，把手机给她玩。他把车座放倒，靠着靠背闭目养神。

楚芝不愧是输钱小能手，短短二十分钟，把程岛从富商输成了贫民。

她要把手机还给程岛，一扭头看到他睡着了，只有昏暗的路灯照出他的一点剪影。

楚芝忽然想要"查岗"，看看他的手机里有没有什么类似"图书馆停电30秒"的心梗故事。

毕竟他们异地分居了半年多，虽然中间他经常去看她，但是男人这种生物，谁说得准呢。

他的锁屏密码倒是简单，是她的生日。

楚芝只用一遍就成功解锁了，先看什么呢？

楚芝没什么经验，还是直接打开了微信，顺着聊天记录往下滑，看到头像是女生的点开看看，不多，基本是进货出货的客户，还有几个是同学，有两个好像是做广告的。

看了一圈，毫无收获。

楚芝想了想，搜索用户"王瑾萱"。

搜出来，看了看她的朋友圈，仅三天可见，昨天她去庙里烧香了，好像是求好姻缘。

点开聊天记录，最近的一次是三个月前，她问程岛：如果她没回来的话，你还会和现在的我在一起吗？

程岛没回复。

楚芝很想替他回一句"不会"，字都打好了，却没发出去，就这么退出来，点进相册。

他的相册里好像很少拍照，不像她，风景、美食、自拍数不胜数，连工作聊天截图都有几千张。

他的相册，就是清一色的她的脸，睡着的居多，也有他们一起玩的时候他拍的她的侧面，倒是没有背影。

楚芝大满足，他可真喜欢她啊。

她把手机锁屏，放回他的口袋里。

距离日出还有一个多小时，楚芝睡又睡不着，自己一个人干瞪眼又有点怕黑。手腕有些痒，她用力挠挠，感觉鼓了一个不规则的包。

她把程岛晃醒："老公，我好像海鲜过敏了。"

程岛陡然清明，问她怎么了，接过她的胳膊看她说的那个包，怎么看，都是蚊子咬的。

他伸出食指和中指，并紧了对着她的包用力抽了下："吓唬人好玩吗？"

楚芝又疼又痒，缩回胳膊在那个包上掐了个十字："这不是晚上才吃的海鲜吗，我就合理怀疑一下。"

他们自小在海边长大，三天两头吃海鲜，怎么可能今天就过敏了。

程岛："下次再怀疑，不如先怀疑是不是米饭过敏。"

楚芝被他说得笑起来。

五分钟以后，程岛开门，下车，把后门拉开，在夜风中对她招手，"过来。"

楚芝不情不愿地赖在座位上不动弹："不行，我怕我又扭又挨打。"

程岛："你看没看过那个视频，就是一只小狗熊，背痒痒，就找棵大树蹭背，你刚才就像那只小狗熊一样。"

楚芝一秒跳下车去捶他："你才是狗熊！"

程岛笑着挨她几拳，然后抱着人塞进了后排车座，门一关，狭小空间里为所欲为。

太阳从海里跳出来，天光渐次明亮，两个人站在车头前面抱着手臂看向东方。

这是楚芝第一次看日出，感觉也没什么特别的，说不出有多震撼，她现在又累又困，只想睡觉。

程岛忽然对她说："如果刚才种上崽儿了，叫阳阳怎么样？"

楚芝头顶黑线，好土的名字，好直白的含义，还有，为什么叫"种崽"啊，听起来像是崽种。

她打着哈欠，坐回车里，等他开车回家路上才和他讨论了会儿孩子的问题："不至于一次就怀了吧。"

程岛却很坚信的样子："咱俩都没毛病，怀了也很正常。"

楚芝倒希望先别怀，毕竟她的备孕计划还没正式开展，孩子的成长环境还没搭建好，万一营养跟不上那不就输在起跑线上了吗？

这次的"事故"倒是让楚芝对备孕的事上了心，每天开始养生作息，甚至开始清心寡欲。

她不去勾程岛，程岛也不主动要她。

只是在日出之行后的第十天，递给她一个验孕棒，让她测测。

楚芝说着"不可能"，拿了棒子进厕所，十分钟后满脸"妈耶"的表情举着棒子出来，颜色微弱的两道杠。

她实在不知道要说什么，最后对程岛竖个大拇指："狗哥，厉害呀！"

程岛说不出那一刻是怎样的心情，只看着她咧嘴笑，没说话。

楚芝拍下那两道杠，去给爸妈小姨报喜，最后又给尹丹打电话。她惊喜又遗憾地跟尹丹抱怨："我还没来得及好好备孕呢，就意外怀孕了。"

尹丹倒是不留情面地说她："姐，你这不叫意外怀孕，望周知。"

"好嘛，好嘛。"楚芝于是跟她分享了一下自己跟程岛看日出的时候没忍住的事。

尹丹听完有些担忧地提醒她："那你六周建小卡的时候去做个B超检查一下，可别宫外孕。"

楚芝听着完全陌生领域的名词，疑惑不解："啊？为什么啊？"

尹丹："我第一次怀孕就是宫外孕，也是验孕棒的阳性线颜色很浅，医生当时跟我说受孕的时候太刺激也是有可能宫外孕的，再就是吃紧急避孕药也有可能。"

她的话让楚芝有些紧张，挂了电话立马就原话转述给程岛。

程岛听了心里也是一"咯噔"，但没表现出来，拍着她的脑袋让她不要胡思乱想，私下里却查了好多资料，有些后悔之前的冲动。

楚芝问他："万一真的宫外孕怎么办？"

程岛："该怎么办就怎么办，听医生的，以你为重。"

楚芝："万一以后没法生了呢？"

程岛："那就不生了，反正你也不是很想要小孩。"

楚芝立马用手捂住肚子，怕里面的小孩听见似的："想要的想要的，名字我都想好了，叫'程诺'。"

挺好听的名字，程岛没意见，隔着她的手盖在她肚子上："那小名我起吧，叫'天浪'怎么样？"

程天浪，成天浪。

楚芝听着都要替她的小孩血压飙升，她摸着还很平坦的肚皮，安慰里面的小人儿："宝贝，不生气哈，等你爸老了住院了咱们给他把氧气管拔了。"

楚芝提心吊胆了六周，终于熬到去医院拍片检查，还好还好，不是宫外孕。

提着的一颗心落回肚子里，楚芝像是强撑的弹簧终于失压反弹，原本沉寂的那些小毛病一起冒头，她开始了各种不舒服。

孕吐是最基本的操作。

她从来以大胃王自居，工作再忙的时候也没忘记品味美食，现在却达到看见任何食物都想吐的程度。

她回爸妈家，楚妈给她做了那些她打小就爱吃的饭菜。饶是她再孝顺，也装不出来享受的表情，吃一口吐一口，最后实在难受，可怜巴巴地去阳台上呼吸新鲜空气。

程岛跟过来，给她披了件外套，已经深秋了，对着窗口吹风容易着凉。

楚芝："我饿。"

程岛："那你想吃什么，我去买。想不想吃芋圆捞？"

楚芝："哟……你别说吃的，一说我又想吐。"

程岛有点不知所措了，整天不吃饭哪行呢？

他带她去医院，挂完号还没排上队，楚芝忽然就说自己好了："我闻着医院这个味道就不想吐了，我现在想吃面条！"

她如果想吃面包还好弄，面条要怎么给她弄到这里来？

趁她有食欲，程岛索性开车送她回家，飞速给她做了碗番茄鸡蛋面，面端到脸前，她又吐了。

程岛无奈。

他只好又带她去医院，做了检查，听了营养科的科普，带着满满的注意事项回家。

一番折腾，楚芝倒是有点胃口了，跟程岛说她想喝可乐："冰的那种。"

程岛也不讲究孕妇喝可乐会不会缺钙，想喝就行。可乐那不是含糖量挺高嘛，她再不进食就该去挂葡萄糖了，还不如自主进食一瓶冰可乐呢。

他在网上超市下单了两箱可乐，又嫌配送太慢，怕她一会儿过了这个劲儿又不想喝了，干脆自己跑下楼去便利店买了两听可乐和一个冰杯带回家。

楚芝看着他把冰杯里的冰块倒出来一半放进她的马克杯里，又思量着用勺子舀出来一些，然后看看她渴望的眼神，还是加了几块冰进去，倒可乐的时候提醒她："慢慢喝。"

楚芝端着她的粉色马克杯，小猫喝水似的伸着舌尖舔可乐，不敢喝太急，又不舍得停下，这么舔着也舔进肚子小半杯。

程岛一直看着她喝，观察她有没有不适的表情，却只看到她满脸的满足。

就喝了个可乐而已，至于嘛。

楚芝忽然目光灼灼地看着他："你记不记得，我去网吧找你，你带我回家，当时我的包里有一瓶可乐，好可怜，它被晃得好多泡，一拉开就喷出去好多。"

程岛被她说得咽了口唾沫，拿过她喝剩下的半杯可乐一口气干了，连杯底的冰块都被他含在嘴里当糖咬碎。

楚芝觉得回忆的游戏很有趣，继续和他叙旧："当时你在想什么？"

程岛："你。"

他当时什么都没想，只是看着她，感受她，无可奈何又欲罢不能。

可乐发挥了开胃的作用，楚芝振臂一呼："咱们去吃自助吧！"

程岛挑眉："你确定？"

楚芝点头又摇头，好像要把这些日子饿着的肚子一顿填饱。

结局当然是又吐了。

而且是在进了餐厅付了钱以后才开始恶心反胃，单是闻着味都不行，一分钟也坐不下去。

她跟程岛说："你自己吃吧，我去楼下咖啡厅坐着等你。"

程岛哪里还有胃口自己吃，扶着她要一起走。

楚芝想着钱都付了，饭却一口没吃，也太亏了，去找前台说明了情况，兑换了两张用餐券，说是欢迎他们下次来吃。

事情解决得顺利，楚芝挥舞着餐券对程岛笑："耶，没浪费钱！"

她笑得这样甜，好像之前受的苦又都不在话下了。

程岛想的却是，这种苦只受一次就罢了，以后再也不要让她怀孕了。

医生说的那些水果和菜式她通通不喜欢，程岛在网上搜的孕妇最爱菜谱她也没有想吃的欲望。

她磨人，他焦虑，一个崽把两个大人为难得团团转。

程岛忽然提议说："要不我带你去看看我妈吧，说不定她老人家有招。"

楚芝："什么招？我再不吃饭就把我带走吗？"

她倒不觉得有什么忌讳，跟程岛领证以后，第一次来婆婆的墓碑前拜祭。

程岛跟老太太报了个喜，然后也就没什么要说的了。

楚芝看着墓碑上的照片，婆婆眉清目秀，看起来温柔大方，和程岛有几分相似。或许是因为这般熟悉的长相，她居然一点也不觉得和逝者有什么生疏。

她问程岛："你问问婆婆，我这胎是男是女？"

程岛："你婆婆不接这个业务，这你得问医生。"

楚芝嘿嘿笑道："我猜婆婆肯定想要女孩，你的周岁照都是粉色蝴蝶结套装。"

程岛无语，以前的小孩衣服都是亲戚朋友送的，也不知道谁那么烦，送了套女孩穿的蝴蝶结套装，偏偏程妈觉得可爱，给他穿着拍了周岁纪念照，楚芝看见以后笑话了他好久。

婆婆回答不了的问题，楚芝在回去的路上又问起了程岛："你想要男孩还是女孩啊？"

听他起的"天浪"这个名字，好像是默认了男孩吧。

程岛确实是想过要个男孩的："皮实，好养活。"

楚芝皱眉："女孩就不喜欢了？"

程岛："怎么会？那不是做梦都不敢想嘛，生女儿是所有男人的福报，谁会不想要一个可爱的女儿呢。"

他说得好听，可楚芝心里有了点芥蒂，觉得他是不是有什么"传宗接代"的思想，就是想要儿子。

程岛本就是随便和她抒聊，看她较真了，严肃起来跟她解释自己的想法："生男生女都可以，我都很爱，而且只要这一个。我怕我对女儿太好的话，你会吃醋。"

楚芝："你说什么呢，我怎么会吃自己女儿的醋？"

程岛认错，为这句不恰当的描述。

他想了又想，觉得现在跟她的讨论都是无稽之谈，眼下最重要的不是让她好好吃饭吗？

他不再聊这些虚的，跟楚芝说："你要明确，我首先爱的是你，要舒服的是你，要安全的是你。其他，就都是其次的了。"

这种话楚芝爱听，孕妇心情好，胃口就好，慢慢也能吃下去一些饭菜了。

她最近最爱的是程岛每天睡前给她打一碗鸡蛋牛奶汤，还要加一大勺白砂糖。

人家说酸儿辣女，她怀的大概是个"大白兔"。

孕吐反应才缓解了一点，楚芝就又投身工作中了，好在她现在的事务没那么累，不必亲历一线，只需要做好管理与决策。

程岛的酒吧运行顺利，他每天去点个卯巡视一下就行，更多的时间被他用来装修新家。

他结婚时买了套精装现房，房子在市郊，开车到CBD要半小时左右，之前一直空着散味，现在他开始研究软装和家具购置了。

楚芝的这套小房子虽然住着方便也舒适，但套内面积不够大，装的时候也没考虑孩子的需求，用来给她自己散心住最为合适："女人嘛，总要有个躲清净的去处对吧。"

程岛买的房子，偏是偏了点，但环境秀丽，依山傍海，小区绿化面积大，以后遛孩子再合适不过。

所以这套房子的装修主题就是儿童成长型。

家里一应家具以实木为主，防撞条随处可见，大运动活动空间，婴儿房在阳光充沛的南向，大人的卧室是旁边那间小一点的次卧。

屋里还有味道，楚芝没去现场看过，只是看了程岛发给她的设计图。看着儿童房里的树屋和客厅的滑梯攀爬架，一整个儿童乐园的架势。

她指着他俩的小卧室："不是说，最爱的是我吗？我怎么感觉不到这小小的房间里有多大大的爱呢？"

程岛讪笑。原本他是想着做极简风格的，可是看商城里儿童家具和玩具的时候，哪一个都想要，最后就搞成了这夸张的样子。

他和她商量："你觉得哪里不好，我们删减一下。"

楚芝："挺好的，弄吧，这培养出来应该堪比人猿泰山了。"

程岛略过她语气中的调侃，继续搭建他的儿童乐园。这些都是可以移除的装置，等孩子上学了觉得幼稚了，随时可以重新装修。

他俩各自忙碌，浑然不觉时间流逝之快。

一转眼就是新年，陈世羽有事飞了一趟琴市，看到楚芝微微隆起的小腹，心情复杂地说："要不认个干爹吧。"

楚芝："可以可以，远距离父子情，逢年过节红包到位就行。"

陈世羽："你怎么就想着算计我钱呢！"

楚芝："肥水不流外人田嘛。"

她没问他跟未婚妻最近怎么样，看他朋友圈状态，每个月都有那么一两次携手旅游的照片，能让工作狂陪着出去玩，两人感情应该还不错。

楚芝跟陈世羽单独吃的饭，快吃完给程岛发信息让他来接，她现在一般不开车，有事都让程岛接送，越活越娇气。

程岛没让她多等，很快就来接了，他直接上楼去了她们那一桌，客气地跟陈世羽握了握手，把楚芝带走。

看着挺大气，结果一上车，他就酸溜溜地来了句："跟陈世羽吃饭挺舒心啊，我看那一桌子菜都吃得差不多了。"

事实上，孕期三个月以后楚芝的孕吐反应已经很轻了，只要不是重口味的菜，她一般不会吐。

但是被程岛这么一说，就显得她好像在陈世羽面前胃口才这么好似的。

"陈世羽"三个字对程岛而言就是陈醋汁，这酸味没个几年散不干净。

楚芝白眼翻上天："好像是哎，那看来我得多跟他见见面，吃吃饭，胃口好了宝宝长得才好对吧。"

他被噎，又不能轻易跟她斗嘴，怕哪一句惹毛了她动了胎气，只好忍气吞声。

她却变本加厉："听说怀孕的时候多看谁，孩子长得就像谁，你说我要是经常看陈世羽，孩子会不会……呜……"

她还没说完，他给她系好安全带，就捧着她的脸用嘴堵住她的嘴，分开后说："可以了，再说我就要生气了。"

楚芝露出得逞的笑，躺在半倒的车座椅上看他："你说你怎么办啊。"

他发动车子，疑惑地看了她一眼，不知道她说的是什么。

她没等他问，就给出答案，叹气似的："这么喜欢我可怎么办啊。"

真不谦虚。

程岛沉默着笑，把空调风开小一点，以免太过燥热。

又下雪了。

楚芝望着雨刷器扫落的雪花粒，心血来潮："去买炸鸡和啤酒吧，菠萝啤。"

程岛把手机拿下来给她，让她搜店家导航，开去的路上疑心楚芝这算不算从一个极端到另一个极端，原来是一口不吃，现在是吃起来不住口。

炸鸡虽然油腻，偶尔吃吃倒是没问题，但孕妇要忌酒。

他俩就"菠萝啤到底是不是啤酒"的辩题讨论了一路，最后找到成品在易拉罐上看到了酒精度数。

楚芝嘴角向下，看着飘落的雪花伤感："愿逆风如解意，给我菠萝啤。"

程岛受不了她这戏精的样子，把车开去酒吧，从仓库里找了菠萝罐头和格瓦斯带回家，给她特制了一杯无酒精的菠萝啤。

楚芝很满意，边吃喝边跟他追忆往昔："你上高中的时候可真帅啊，穿着校服、背着单肩包、骑个自行车在校门口等我，你穿校服真好看。"

他现在依旧好看，只是多了更多成熟男人的气质，不像以前她一逗就脸红的纯情。

她夸他的次数越多，他心里的不安其实也越多。

年轻的时候，脸是门面，她爱他的颜无可厚非。可是这么多年了，她还是最看重他的脸，就让他有些担忧，有朝一日，他老了胖了丑了，她还会爱他吗？

怎么总觉得她会砸钱包养帅气的男大学生呢？

别人看程岛可能只会觉得他正面无表情，可楚芝一眼就识破他的心思："我说，你能别热衷于当绿帽侠吗？这不是自己给自己找不痛快呢。"

一抹羞愧涌上程岛心头。好吧，为了让他的颜值保质期更长一些，他得保持锻炼，绝不懈怠！

这时候的他还是天真了点，不知道带孩子有多容易长膘。如果知道的话，可能一开始就不往楚芝身体里播种了。

人为悦己者容。

既然好看的外貌能让楚芝觉得高兴，程岛很认真地捯饬自己，即使在家里也不让楚芝看到邋遢的老公。

永远整洁，永远帅气，永远香喷喷。

倒是楚芝，肚子像充了气的气球一样胀起来，穿衣服都是孕妇装，即使化了妆也没有从前漂亮。

程岛在这独美，楚妈不淡定了，私下悄悄让楚芝看紧了程岛："整天花枝招展的，这种时候有花花肠子的话，最容易在外面有人了。"

楚芝听她妈对程岛的评价笑疯了，她也没法解释自己老公这是为了取悦她，只好郑重点头说知道了，然后扭头就和程岛打小报告："我妈说你外面有小妖精啦！"

程岛大惊："丈母娘大人何出此言啊，冤死谁了！"

楚芝："那谁知道啊，说不定是你出去幽会的时候被她撞见了呢。"

程岛："优惠？什么优惠？店庆大酬宾的优惠吗？"

楚芝一把抓住他："还学会巧言令色，插科打诨了？让我来检阅一下，看你有没有恪守夫道！"

烂熟

番外四 /
女儿的可爱是祖传的

　　楚芝怀孕后，才懂得一多年前她妈把孩子打掉的时候该是多难过。

　　那年春天的雨特别密，隔几天就要下一场，楚芝家的阳台墙上都因为漏水有了裂缝，缝隙里长出了绿色的青苔。

　　百日誓师大会以后，学校的生活就像被按了加速键，楚芝每天晚上回到家躺上床，都恍惚觉得这一刻似曾相识，好像昨天的同一时间才刚过去，可是今天一天又已经结束。

　　游乐场和程岛见过之后，楚芝再也没和他联系了。

　　程岛的手机每天都满电，每个课间，他都要看一眼有没有未读的信息。

　　信息倒是有，但都不是来自他心底希望的那个人。

　　他明白现在是高考的冲刺阶段，最后一次见面的时候，她也和他说过先不找他了，高考后再见，可他还是忍不住怀着小小的期望，或许哪天她高兴，或是不高兴的时候，会来找他。

　　程岛趴在桌子上有一搭没一搭地做卷子，大东又来找他打球。

　　程岛："不去。"

　　小凤驱逐大东："别打扰狗哥学习，耽误他考状元了！"

　　程岛最近一次月考考了年级第八，大东看到排名的时候，眼珠子都要掉下来。他那一片考场的考生，没有一个能给他放送正确答案的，可是真材实料自己考出这个成绩也太吓人了。

　　大东不相信程岛是点灯熬油自己复习以后赶上来的，总觉得他可能是靠一些东方的神秘力量。

　　大东："狗哥，咱们一家人不说两家话，你实话告诉我，拜的哪路神仙这么有用啊，我也去烧个香。"

　　程岛："月老。"

　　他一本正经的语气，不似瞎说，大东还真打算周末去月老庙拜一拜，这种时候，多结善缘总没错，说不定神仙们见了面互通一下有无，月老捎带脚就替他跟管高考的神仙说声，把分数弄得好看一点了呢。

大东还在揪着程岛胡说八道，程岛手机振动了一下，他打开一看，居然是楚芝发来的，问他放学以后能不能陪她一起坐公交车。

程岛立马回她：好。

他不知道她遇见什么事了，也没问清楚是几点放学，下了课就跑去公交站等着。

等人的时候，吴四从站台路过，跟他点头哈腰的："狗哥好。"

程岛举高伞沿，抬头看他一眼："我自行车放车棚里了，不能丢了吧？"

吴四赌咒发誓的："丢不了，绝对丢不了，哥放心！"

"嗯。"程岛又把伞放低了，皱眉看自己运动鞋上的泥点子，懊恼出门的时候不应该穿这双白鞋，太容易脏。

吴四看程岛没话了，灰溜溜绕到另一个站牌底下等车。

上次程岛停在小卖部门口的车丢了，就是出自吴四的手笔。当时程岛没空找车，事后找了他们年级的"包打听"，还真打听出来了这个外号叫吴四的没少偷鸡摸狗，他家就是修车的，二手车翻翻新就能卖个好价钱。

程岛喊了一帮哥们去堵吴四，起初吴四还嘴硬说没偷他车，后来有个练跳远的体校生一脚给他踹趴下了，他才嗷呜叫着说想起是捡了一辆自行车。

程岛拿棒球棒敲了敲巷子里的水泥窗沿，震得尘土飞扬："拾金不昧没学过吗？那就还回来吧。"

吴四领着他们去拿车，缩着脖子像是被流放的囚犯，身后跟着一行押送他的官兵。

那天他们走过育才中学的后墙时，恰好遇上了楚芝班在上体育课。

他俩隔着铁栅栏看到了彼此。

楚芝坐在乒乓球台上，对他挥了挥手："你怎么没上课啊？你们去哪里？"

程岛手里还提着棒球棒，空着的那只手却揽在身边吴四的脖子上，扯出一个人畜无害的笑来："体育课，我们要去校外打棒球。"

楚芝还真信了，点点头和他告别："那你注意安全哦！"

程岛回神，但愿她只是想找他玩，不是遇到什么难事了。

他正想着，怀里忽然撞进来一个人影。

程岛刚要推开，发现是楚芝以后又把手上的劲儿松了。

楚芝刚才就叫过他的名字了，只是声音不大，他又戴着耳机低头不知道在想什么，没听见。走近他的时候被身后路人的雨伞刮了一下，她没站稳，就撞进了他的伞下。

程岛单手扶了她一把，她的伞收起来握在手里，雨虽然不大，但她的头发和衣服还是被淋湿了，连眉毛上都有小气泡似的雨珠。

有公交车到站，乌泱泱上去好多人，站台一下空了许多。

程岛把耳机摘了，举着伞罩着两个人，低头看她，问："你拿着伞怎么不打呢？"

楚芝撇嘴："伞坏了，撑不起来了。"

他还没想好再说什么，她突然握住他拿伞的那只手手腕，他以为她是要撑伞，可她却一头抵在他肩膀上，声音瓯瓯的："怎么办，我杀人了。"

原本因为她的靠近而悸动的程岛，听到这句话心都不跳了。他觉得嗓子发干，说话的时候都有点刺得疼，但感觉她肯定不是真干了这么惊悚的事，故作轻松地问："人埋哪儿了？"

楚芝仰着头呆呆看他，"扑哧"一声笑了，皱着鼻子说明了情况："我妈怀孕了，问我意见，我不建议要，她就打掉了，今天去打的。"

所以她请假提前回家，可又有些害怕，给程岛发消息想让他陪陪自己。

程岛："这跟你有什么关系呢，是你爸让你妈怀孕的，错也错在你爸。"

其实也不能怪楚爸，楚妈生完楚芝就放了节育环，最近不知怎么的节育环失效了，这才有了意外的老二。

对于这个计划外的新成员，楚芝爸妈觉得可有可无，只是恰好遇上了楚芝快高考，怕她有什么想法，所以征求了她的意见。

程岛觉得拥有太民主的爸妈也不是什么好事，他俩的孩子，问楚芝干吗，这下搞得她负罪感这么重。

楚芝的额头还抵着他的肩膀，程岛看人来人往的，怕被老师同学看到了不好，拍拍她的背，提醒她："车来了，上车吧。"

楚芝吸一吸鼻子，觉得有些丢脸，在他之前先上了车。

去她家这趟线路一向人不多，他们坐在倒数第二排，前后座位都还空着。

楚芝的情绪已经平复了很多，眼泪都蹭在程岛校服上了，现在虽然还有些湿漉漉的，但看起来更像是因为淋了雨。

她跟程岛说着平时爸妈对她的那些好，不确定自己是不是因为想独自霸占他们的爱才劝他们别再要二胎了。

"我是不是很自私啊？"

她说着说着又大哭起来，没有声音没有动作，就是泪珠子大滴大滴往下落。

程岛不太会安慰人，她也不是真的要从他这里获得什么答案。哭够了，她从包里拿出一包湿巾，认认真真地洗脸，不想被爸妈看出哭过的痕迹。

她说："没事了，我就是宣泄一下。"

程岛盯着她好一会儿，见她好像真的平复下来，才回答她上一个问题："我觉得你不算自私，我也不想有弟弟妹妹，不光是弟弟妹妹，我还不想我爸再有老婆。"

楚芝惊讶地张着嘴："啊？"

他第一次跟她说起自己的家庭，妈妈前几年生病没了，现在家里只有他和他爸。

楚芝的嘴闭上又张开，再闭上，不知道该说什么，最后只有道歉："对不起啊。"

程岛笑："没关系，又不是你让我妈没的，你道什么歉。"

知道别人比自己过得更惨并不能收获愉快，但会因为尴尬的局促而使得悲伤冲淡几分。

车厢明明很大，他们两人却共享各自小小的秘密。

车子很快到了楚芝家的站点，他们下车以后，程岛把自己那把伞递给她，换过她那把破伞："不送你了，你自己回去吧，免得被你爸妈看到。"

楚芝脑子里还挺乱的，也没想破伞给他了他要怎么打，接了伞说"谢谢，再见"，往家走了几步。

一回头，看见他正撑起来她的小碎花雨伞，那把伞的伞柄是两折叠的，最上面的那个"小舌头"弹簧坏了顶不住伞面，得一直用手使劲撑起来。

楚芝看程岛用那别扭的姿势撑着把花伞，觉得好笑，又跑回来，跟他说："我这几天都不上晚自习了，你要不要跟我一起坐公交车啊？"

程岛："好。"

楚芝："会不会耽误你复习？"

程岛："不会，学校很吵，我正好回家复习。"

楚芝："但是你要绕路。"

他们俩的家完全在不同的方向。

程岛："学习一天挺累的，当放松了。"

他的语气这么真诚，楚芝觉得他应该是这么想的，这下放心地和他再次告别，跑回家了。

家里，楚爸正在煮粥，见到女儿回来，用食指在嘴边比了个"嘘"的手势："你妈在睡觉，小声点。"

楚芝点头，脱了鞋都没换拖鞋，穿着袜子进的卧室门。

才走两步，被她爸举着拖鞋追上，再看看她这淋过雨的样子，催着她去洗个热水澡："这个天容易感冒。"

楚芝听话地去洗澡了，怕真生了病给爸妈添麻烦。

她换好衣服准备吃饭的时候，楚妈已经醒了。楚芝听到她在跟爸爸说话，走到他们房间门口，站定偷听他们的对话。

楚妈在问是不是楚芝回来了，还说爸爸做的饭不够她吃，让爸爸去楼下买个猪肘子给楚芝吃："她课业重，睡得又晚，得补充营养。"

楚芝听得鼻子一酸，转身要走的时候拖鞋打滑，趔趄着发出声响。

卧室的对话声中止，楚妈喊了一声："芝芝？"

楚芝应了一声"哎"，赶紧进屋，到了床前看到她妈嘴唇发白，脸上没有血色，像是生了场大病似的。

楚爸被指使着下楼买肘子去了，楚芝就成了她妈的小跑腿，一会儿给她端粥，一会儿给她送菜，再一会儿又试试水温合不合适给她妈送到嘴边。

楚妈看她这么殷勤的样子，好笑地说："上一次看你这么孝顺还是你一

烂熟

岁半的时候。”

楚芝好奇地瞪大眼睛，就听楚妈说起她小时候的样子：一岁多会走路、能听懂人话的小朋友，最喜欢干的事就是替她妈跑腿，拿个报纸送个牛奶，听到她妈夸她“真厉害”就神气得不行，昂着小胸脯再继续下一趟派送。

楚芝有些不好意思，伺候完她妈吃饭自己也去吃了，吃完还得写作业。

她把书包直接背到了爸妈屋里，打算在这边学习，甚至想陪她妈一起睡：“这样你有什么需要我就可以帮你了。”

面对她的“返婴行为”，楚妈没有什么意见，只是提醒她不要学到太晚，“因为妈妈也要早休息。”

楚芝爽利答应，一边想飞快把作业写完，一边关注妈妈的表情，写完一门就趴到床上问她渴不渴饿不饿、要不要吃水果、要不要上厕所。

楚妈摸摸她的头：“都不要，去学习吧。”

楚芝的作业一张又一张，终于写完了的时候，爸爸来“截和”，表情哀怨地说：“我不想睡沙发。”

楚芝：“那你也睡床吧，我们一家一起睡。”

楚爸：“那太不方便了。”

楚芝觉得自己虽然已经是大姑娘了，但也永远是爸妈的女儿：“没关系，我不介意，妈妈睡中间嘛。”

楚爸：“我介意……你为什么要跟我抢老婆？”

楚芝内心：哈？

想一想楚妈这么大年纪还能老蚌生珠，楚芝释然了，她爸妈感情真好，她确实不该横插一脚。

最后她还是回了自己的小房间自己睡觉，手机就在她自己手里，她觉得自己有好多话想跟程岛说，又不知道从何说起。

她只能发最没意义的话给他：在吗？

程岛手机像是从不离手，回她：在。

楚芝看着小小的屏幕，啃着手指想了半天，又问：你怎么这么晚还不睡？

程岛：修伞。

楚芝：什么？修到现在？

程岛：写完作业才修。

哦，是她傻了，怎么会问出这种问题。

程岛的电话打来。

楚芝吓一跳，站起来去把门反锁了，然后跑回床上，拉开被子像只傻狍子一样一头钻进被窝里，屁股还撅在外面。

她平稳了下气息，刚要接通，电话挂了。

楚芝噘嘴。

屏幕亮起来，他又打来了。

这次楚芝立马接了，小声打招呼："喂！"

程岛的声音倒是清亮，他爸在网吧，家里只有他一个人。

他先问了句："方便说话吗？"

楚芝怕声音外扩出去，仅仅用被子蒙头还不放心，又拿手挡着话筒的位置："不方便，但是可以说几句。"

程岛应该是笑了一下，他说："伞修好了，明天拿给你。"

楚芝："哇——你好厉害，还会修伞。"

她说的每句话，话尾都上挑，程岛不知道为什么，觉得上颚有些痒，用舌尖去舔刮，却并没什么用，还是痒。

刚才是他想听她的声音，现在听到了又有些后悔。

程岛问："你现在在哪里？"

楚芝很单纯地答："趴在被窝里。"

他问："是要睡了吗？"

楚芝："还没，就是藏着，怕被爸妈听到。"

程岛："听到什么？"

他脑子根本没在转的，随口和她闲聊想听她说话而已。楚芝却觉得他好像在调侃她，明知故问。

他这样问，她居然觉得害羞，不知道怎么回答，干脆说："我们明天不要见面了，伞我也不要了。"

最后，她挂了电话："你这个坏东西！"

楚芝直到生产的前一天还在上班。

她的体重一直控制得不错，尽管这样，三十九周的肚子也已经非常壮观。

她每周有三天是在公司和员工开会，剩下四天在家远程指挥。

预产期前的两周，她爸妈住到了她们家照顾她，程岛也不再到处跑，几乎全程陪着她。

她想上班，他就给她当司机，权当她出门运动散心，不然在家憋着也无聊。

楚芝开完暑期活动部署的会，交代了自己月子期间可能没精力工作，把分工明确好以后散了会。

几个要好的同事听楚芝当笑话一样讲过程岛起名字的事，摸摸老板的肚子问她有没有要生的感觉："程天浪还没浪够吗？"

去私立医院拍三维彩超，楚芝也从来没问过医生，她觉得这种开盲盒的感觉还挺有趣的，神秘的周期越久，得到的惊喜也会更多吧。

程岛就更不关心性别的问题了，他唯一关心的是："你到时候数一数，看它是不是十根手指头，十根脚趾头。"

楚芝觉得他这担忧就离谱，但也默默记在心上了。

楚芝跟同事说："应该快了吧，预产期还有三天，再不出来就要动刀了，容不得它兴风作浪。"

晚上回了家，楚芝又跟程岛对了一遍待产包。

虽然缺什么医院其实也都买得到，但楚芝习惯了做计划，总觉得有备无患，就像考试前要准备好文具一样，她的待产包也做足了功课写满了一张 A4 纸。

程岛曾经买了一套网上热门的三十五件套待产包，被楚芝挑挑拣拣拿出来好多鸡肋的东西，只带精简版待产用的一日编织袋。

"我们最多住三天院吧？宝宝好像要穿医院的衣服，准备三套包屁衣就够了，哦，还有胎帽再拿一页备用吧。"

楚芝坐在床上，指挥着程岛收拾行李箱。

地上摊开了两个行李箱，一个是楚芝在病房用的，一个是宝宝用品，都要提前放到车子后备厢里。

待产包已经封好放在玄关的橱柜里，以防楚芝紧急破水的情况下要坐救护车去医院，可以随身带着。

程岛把楚芝挑好的宝宝衣服叠起来，用收纳袋装好，放进箱子里。宝宝还没出生，衣服倒是已经买了不少。

他把不带走的衣服放进衣柜，楚芝帮他搭手递衣服，手捏着五十九码的衣服袖子感慨："好小哦，像是芭比娃娃穿的衣服。"

他们正收拾着，楚妈从门口经过，看着满地狼藉，也要来帮忙，让楚芝先去睡觉。

楚芝其实就是临门一脚，有点心慌，找事干也是为了让自己平稳心态，她跟楚妈说有程岛干就行了，不用她忙活。

楚妈最近住在这里，近距离看到程岛对楚芝无微不至的照顾和百依百顺的宠爱，对这个女婿十分满意。

她替程岛说话："你也别光折腾小程，看看，都把他累瘦了。"

程岛立马否认："没有没有，我苦夏，每年这个时候都会瘦一点。"

楚妈沉默，好吧，他俩这也算是一个愿打，一个愿挨，随他们自己去吧。

深夜收拾好行李箱，清早楚芝就见红了。

她淡定地拿了件短袖针织衫和成套的半裙，推醒程岛，说："我可能要生了，你把东西准备好，我去洗个澡，我们就走。"

程岛一骨碌坐起来，用力搓了把脸，一边飞快穿衣服，一边问她要不要自己帮忙。

楚芝说不要，扶着腰慢悠悠地进了浴室。

他们的动静虽然不大，也足够让楚芝爸妈惊醒了。

两个老人一个帮程岛把行李搬到楼下车里，一个烧水煮面做早餐。

都准备就绪了，才发现正主不知去向。

程岛："她刚去洗澡了。"

以为会收获劈头盖脸一番训斥，结果楚妈点点头："一般见红了还要一段时间才能生，我生她的时候生了一天一夜呢。"

连楚爸都难得对程岛和颜悦色："你快吃，让她妈去看着她，你多吃点不然顾不上吃东西了，陪着生孩子也很累的。"

过来人都这么通情达理了，程岛就跟着他们的指挥行动，他到这会儿才感觉到一丝紧张。

一家四口一起出发的时候，天才蒙蒙亮，城市街道空空荡荡，连早餐摊子都没支起来，只有树上的鸟儿叽叽喳喳。

有楚爸楚妈的帮顾其实住院过程都还算顺利，楚芝的产程比起一般的初产妇来说要快，中午的时候就开了两指，被送进待产室。

这下爸妈没法跟着，只有程岛陪着她了。

楚芝原本还在叽里哇啦地叫，无痛针一打，整个人神清气爽，躺在床上安慰程岛："你别害怕，我现在感觉挺好的，估计睡一觉孩子就呱唧出来了。"

程岛但愿真像她说的这样轻松，握着她的手不让她说话了："睡一会儿吧，保留体力，不然呱唧不动。"

后面的过程楚芝有点记不清了，可能是麻醉的效果，也可能是生产这一天经历了太多没有尊严的时刻，大脑的自我保护机制把那些记忆都给清空了。

她也不愿再和程岛探讨那天自己有多邋遢、多无能、多虚弱，或是流了多少血，只记得孩子生出来的时候，程岛抓着她的手跟她说："你辛苦了，是女儿，手指头脚指头都是完整的。"

他说这话时，旁边的助产士笑了一下，楚芝也跟着弯起嘴角，然后哭咧咧地让麻醉师再给她加点无痛："痛死了呜呜……"

是个女儿，叫天浪有点太野性了，楚芝唤她"小浪花"。

小浪花做完新生儿检查以后被推回病房，和楚芝亲肤早触。

楚芝看着胸口趴着的小小一团粉嫩人儿，心都化了，不停地跟程岛说："她好可爱啊，好软哦，好漂亮呀。"

程岛好像还没进入父亲的角色，他也觉得女儿这么小一点点挺好玩的，但看着她皱皱的皮肤，还有肿肿的眼皮，他实在说不出她漂亮这种话。

楚爸楚妈更有发言权，他们说小浪花比楚芝小时候还好看，以后一定是个大美人。

大家都这么说，程岛只能带着怀疑的目光盯着女儿看，多看一会儿看习惯了，好像是好看了一点儿。

小浪花出生第三天，楚芝订的月嫂上岗了，从医院一起接着宝宝回家。回的是市郊那个新房子，月嫂陪楚芝和宝宝睡在主卧，楚爸楚妈睡客卧，程岛睡儿童房。

房间安排是楚芝定的，她想母乳亲喂，月子里小孩夜醒次数多，月嫂跟她在一起方便，也能帮她喂奶。

程岛没有意见，只是睡在隔壁，每天晚上听到孩子哭声都会睁开眼，有时候还会幻听，安静的环境里好像也能听到啼哭。

早上他总是起得很早，去主卧扶着楚芝上厕所，然后用热毛巾给她擦身。

已经入夏了，产后又总是燥热出汗，月嫂和楚妈都不建议她太频繁地洗澡，可她觉得衣服沾着汗液、奶渍很难受，所以每天早上洗漱完换新睡衣的时候，程岛就会给她快速地把身上擦一遍。

小浪花吃奶很懒，每次都只吃十分钟就睡着了，过不多久又开始饿，哭着想吃奶。

楚芝试图让她多吃一会儿，吃饱饱，在她吃的时候捏着小手一直逗她不让她睡。小浪花通常只会瞥她一眼，自顾自地吃十分钟就下班。

昨晚小浪花有点闹人，楚芝的睡眠被打断太多次，早上没睡醒，起来了还有起床气。

她质问程岛："凭什么你就可以睡整觉？这不是你的孩子吗？"

程岛："你让我去隔壁睡的呀。"

楚芝："你怎么睡得着！"

程岛把冷却了的毛巾放在热水下搓洗拧干，给她擦完胳膊和背，先把睡衣披上，再擦前面："那我今晚回来睡，让阿姨睡次卧。"

楚芝："那不行，你搞不定小浪花的。"

程岛："那怎么办，我和阿姨睡主卧看小浪花，你睡次卧？"

楚芝拧他胳膊："你可真会想，你怎么敢？"

他呵呵笑，不逗她了，说正经的方案："那我在主卧打地铺吧，现在也挺热了，睡地上应该不凉。"

当晚程岛就真的拿条棉被铺在主卧床边打地铺了。

宝宝睡在拼接床上，楚芝睡中间，月嫂睡床边，程岛的地铺在拼接床那边。

夜里小浪花一哭，阿姨就爬起来膝行到拼接床那边给孩子调整好姿势，再帮楚芝翻身躺好喂奶。

程岛听到声音也从地上起来，他刚从拼接床那边露出头来，阿姨捂着胸口"哎哟"一声，忘了屋里还有这么个人，吓一跳。

程岛歉意地低声说抱歉，躺回去，枕着胳膊听女儿喝奶。虽然只喝十分钟，但小家伙力气倒不小，"咕咚咕咚"喝得好用力。

当妈真辛苦，一晚上起来喂了四次奶，程岛后来听着听着都犯困睡着了。

他没法在喂奶的事上帮助她，只能在别的方面更体贴她，楚芝却好像没有孕期那么娇气了，自主自立，还让程岛不用守着她，忙自己的生意就行。

不被需要是一种很没安全感的状态，程岛感觉他成了产后抑郁的那一位，很怕楚芝爱小浪花胜过一切，居然和女儿争风吃醋起来。

比如他会在月嫂抱着女儿玩的时候，凑到楚芝身边跟她说："你不用一直盯着她看呀，你快多睡一会儿，晚上都没休息好。"

比如他会在楚芝夸小浪花越长越漂亮的时候，求证地问："我觉得她长得还是挺像我的，嘴巴像你，鼻子往上都像我，对吧？"

起初，楚芝并没有发觉他是在和女儿争宠，这一言一句积攒多了，楚芝就感觉好像有点怪怪的。

她想起小时候看过的《飘》，这么多年了还记得里面一个情节，是说白瑞德对他和斯嘉丽那个女儿爱如珍宝，因为她像她的母亲但又不同于斯嘉丽，她给予父亲的是全部赤诚的爱，那让白瑞德感到欣喜而满足。

是因为爱极了妻子，才会那样宠爱女儿。

可没听说谁因为爱极了妻子，就不喜欢女儿的。

楚芝觉得她得找机会跟程岛谈谈。

六月的第三个星期日是父亲节，程爸、楚爸齐聚一堂，带着程岛这个新晋奶爸一起喝酒过节。

楚芝还在月子里，也不顾及那么多礼节了，吃了她的月子餐就搂着小浪花睡午觉。

午后暑气消散了一些，月嫂和楚妈推着吃饱了的小浪花去楼下晒太阳，楚芝一个人在床上迷糊，忽然身后的床垫一沉，程岛带着酒气的呼吸透过来。

楚芝慢慢转过还有些疼的身子，抱着程岛的腰，亲了他一口，是被薄荷味牙膏冲淡了的酒味，他还记得来找她之前先刷个牙。

楚芝："节日快乐呀，浪花爸爸！"

程岛抱过去，加深了刚才一瞬即逝的吻，黏黏糊糊地说："叫老公。"

他吻得动情，她这么承受着也觉得心跳怦怦的。

程岛终于松开她，脸埋在她肩颈之间平复，甜香的奶味熏得他有些昏昏欲睡。

他听见她问："老公，你不喜欢小浪花吗？因为是女儿？"

程岛："当然不是。"

是女儿才能忍着她折腾他老婆，要是儿子的话，大概他已经劝楚芝断奶给孩子喂奶粉了。

楚芝又问："那你爱她对吗？就像她爱你一样。"

程岛退开一些距离，对上她的眼睛，又把脸埋回去，鼻息喷在她脖子上，痒痒的。

他答应了一声："对。"

楚芝知道他是个责任心强的人，答应过的话就一定会兑现，这事说过一次也就行了，说多了还显得刻意。

程岛心里却是有些茫然的，像小浪花爱他一样？

小浪花爱他吗？

晚上小浪花拉了臭臭，他在月嫂指导下抱着女儿洗屁屁的时候，皱着眉头看哭得上气不接下气的女儿，怎么没觉得她有多爱他呢？

"日久生情"这个词，不仅限于夫妻之间，亲子之间又何尝不是。

小浪花四个多月的时候，开口喊了第一声清晰的"爸爸"。

那天程岛正在尿布台上给她换尿不湿，脱下来旧的弯腰扔进垃圾桶，新的还没穿上，已经会翻身的小丫头扭来扭去哭着尿了程岛一脖子。

程岛气恼地看着又翻转回来的小浪花，摸一把脖子后面湿漉漉的尿，手里拿着新的尿不湿做势要打她屁股。

小浪花还在叽歪着假哭，哭声中居然夹杂了一声"爸爸"。

程岛开心地跟楚芝分享，她上班去了，他就给她发了他抱着小浪花的合照，父女俩对着镜头一起笑："她刚才叫我爸爸了！"

楚芝："什么？居然不是先叫妈妈？"

程岛："对！叫了爸爸！"

楚芝让他下次记得录视频给她看，他答应了，把小浪花让阿姨看着，自己去换新衣服。

窗外的树郁郁葱葱，枝叶摇曳。

他跟楚芝说："你说得对，我爱小浪花，就像她爱我一样。"

楚芝坐完了双月子，第三个月就回去上班了。

她和产前差不多的工作状态，每周有几天去公司开会，有几天居家线上办公。

程岛一般上午在家照顾小浪花，下午和晚上会去酒吧，他最近跟人合作的 live house 已经开业了，还有新开的茶舍也在装修，需要他去监工。

夫妻俩的事业都挺忙，还好有外公外婆帮着看孩子，月嫂也留下来签了一年合约，让他俩不必太为孩子耽误自己的事。

可生活还是因为孩子的到来有了很大的改变。

从前，楚芝和程岛过二人世界，可以无所顾忌地亲热，想浪漫了就出去逛街吃饭旅游。

现在，这一家子人热热闹闹的，没人说话楚芝都觉得屋里闹腾。至于亲密举动更是不方便了，月嫂最近才睡到隔壁房间去，她和程岛虽然同床共枕了，可小浪花夜醒喝奶搞得她疲惫不堪，根本没心情和程岛亲热。

每天两点一线上班下班，他们的生活空间都给了小浪花，再没心力出去玩了。

楚芝怀孕后就不方便再去参加应酬的局，早先找了个男公关。男生叫许文翰，比楚芝小三岁，礼仪文化专业的，之前做过电台主播，待人接物都很老练，比外貌更出挑的是那一把好嗓音。楚芝听过他特意压着嗓子说话，低音炮听得她都有点面红耳热。

她跟陈世羽汇报工作，说起下一个加盟店的技术指派可以让许文翰去的事。

陈世羽："你定吧，我儿子今天要剖出来了，我去趟医院。"

楚芝："这么突然吗……你啥时候结的婚？"

陈世羽："上周。"

她觉得离谱，但还是恭喜了她的合伙人要当爹了，让他先去陪老婆。

这一天是节气小雪，但天只是有些阴，并没有下雪。

楚芝吃晚饭的时候跟程岛闲聊，说起陈世羽的儿子今天出生，比小浪花要小半年，算起来也是同岁了。

她说："我看朋友圈，他儿子叫陈长风。"

程岛："哦，怎么起这么个名字，不好。"

楚芝："怎么不好听，'满月光天汉，长风响树枝。'元稹的节气诗，多应小雪的景。"

他可没她这么有文化，还会背这么多冷门诗，他就知道"长风破浪会有时"："他儿子听起来像是会克我们小浪花，以后别让他们见面，不吉利。"

楚芝无语。

陈世羽喜得麟儿，却完全不像程岛那样在家待着，反正有很多人会照顾那母子俩了，他只陪了太太一天，就又投身工作中。

楚芝有点替陈太太难过，她当时刚生完女儿特别依赖程岛，这种时刻，任何人的照顾都比不上丈夫的陪伴吧。

不过想想，能嫁给陈世羽的女人也应该是狠角色，像她这样的娇气包在豪门故事里大概活不过一集，还是放下助人情结，管好她自己吧。

新的加盟店就在邻市，这个店不大，地理位置也不像北城那样特殊，陈世羽没太放在心上，全权交给楚芝了。

楚芝虽然已经打算让许文翰挑大梁，但毕竟担心他人生地不熟不好开展工作，于是决定和他一起出趟差，带他一周，也是帮他探探路、立立威。

好在小浪花前阵子刚摘了母乳，改喝奶粉，她出差也不必担心孩子断口粮。

楚芝许久没离开琴市了，坐上飞机，远离地面冲入云霄的瞬间，她有种枷锁被打破的轻松感。

虽然也会有点想女儿，可那种久违的自由空气的味道着实令人着迷，楚芝打算把这次出差当成假期，短暂回归到她自己的人生。

许文翰和她并排坐，他昨天晚上应酬了一个影视基地的经理，酒醉后没有休息好，今天坐飞机就有些头晕。

楚芝欣赏了半天窗外的棉花糖云朵，一扭头，发现许文翰脸色难看、嘴唇苍白，吓了一跳："你还好吧？"

虽然许文翰入职快一年了，但楚芝因为怀孕生子，一直和他交集不算多，远没有和初创团队的同事们熟悉。

这应该是他们距离最近的一次。

许文翰也没硬撑着说没事，调整椅背，手虚握成拳头在额头上抵了抵："昨晚睡得太少，一会儿到酒店睡一觉应该会好很多。"

他这怎么说也算得上是因工致伤了，楚芝作为他的老板，表达适度的人道主义关怀还是非常有必要的。

在酒店办好了入住，楚芝把行李都归置完，看一眼时间，叫了酒店的客房服务要了面点汤粥。等到服务员推着餐车送来了，她领着人一起按了隔壁房间的门铃。

按了两次，里面的人才喊了一声："谁？"

楚芝："小许，是我。"

门过了一会儿被拉开，许文翰穿着来时的那一身西装裤和衬衣，衬衣领口的扣子解开了，下摆应该是之前拉出来过，刚才又塞进去的，并不规整。

楚芝让服务员把吃的摆放到茶几上，等人走了，房门自动关上，楚芝也不方便多待了，跟他告别："小许，吃点东西垫垫肚子，接着睡，我走了。"

许文翰挂了个虚弱的笑在脸上："谢谢楚总，劳你惦念了，明早咱们去店里是吧。"

楚芝客气了一句："看你身体状况，也没那么急，反正都快过年了，启动也得要年后了。"

天虽然看着黑了，时间才不过晚上六点，楚芝可不想浪费时间睡这么早，她搜索定位了这里人气最高的步行街，穿上厚羽绒服出门逛街去了。

她没打出租车，找了公交线路，坐在窗边看完全陌生的街景。这里老城区的旧房子很多，陌生中又带着点相似的熟悉感。

程岛给她发信息，她拨回去视频邀请。

通话一接通，屏幕上出现躺在床上枕着胳膊的程岛，和趴在他胸口咿咿呀呀不知道说啥的小浪花。

楚芝的脸则在窗外明明暗暗的灯光里变化，她温柔地笑着和女儿打招呼："小浪花，妈妈在这里呀。"

小浪花听到了熟悉的声音，迷惑而好奇地转着小脑袋，寻找声音的来源。

程岛看着她那边的光线，问："你在哪里啊？"

楚芝："公交车上呢，出去逛逛。"

程岛："嗯，我一点都不羡慕，我有女儿抱。小浪花，叫爸爸！"

小浪花已经像乌龟一样转了一圈，一脚踢他下巴上。

程岛："看到没，我们玩得多开心。"

楚芝："开心就好，我也要去嗨皮啦。"

挂了视频，程岛看着身边撅着屁股努力往前拱的傻女儿，觉得他好像也没那么开心。

楚芝就不一样了，她出都出去了，当然要尽兴。

虽然是冬日，步行街上也算热闹，入口招牌最大的是家火锅店，噱头主打的是甜品无限续杯。她看图片还真被吸引了，拿了号排上队，等位的半小时还去旁边美甲店做了手护、染了指甲。

店员给她推荐了粉嫩的马卡龙色，染完以后像小猫咪的肉垫，看起来可爱又温婉。

火锅店的烟火气热闹喧嚣，楚芝自己待在这个角落的小桌吃饭一点都不觉得孤单。

烂熟

店员也没有因为她一个人消费就对她爱搭不理，特别热情地给她介绍了每一道他们家的招牌甜品，最后每样给她拿了一份，甚至还带来一个半米多高的熊猫，放在她对面的木椅上陪她吃饭。

楚芝原本觉得荒谬，可是因为那只熊猫就在视线范围里，一抬头就能看到，她越看越觉得可爱，这种大眼睛萌萌的卡通形象和小孩很像，让她不禁想起了小浪花。

她拿出手机，拍了一张熊猫的照片，顺带拍了半张桌子上的菜和甜品。

吃完饭，她继续溜达，路过游戏厅兑换了一百块的游戏币，这里打两把枪，那里赛几圈车，还抱着羽绒服去跳舞机上跳了一首。

以前她很喜欢玩抓娃娃，后来抓太多了没地方放，都送人了。她站在一对小情侣后面看他们抓，他们抓起来时她就跟着屏息瞪大眼，娃娃掉半路时她也跟着耸肩，娃娃进了洞口她还给人家鼓掌，没花钱也获得了游戏的乐趣。

最后她把剩下的钱都用来玩成年人的游戏——老虎机。输输赢赢的，等她游戏币都玩没了的时候，脚边已经堆着机器吐出来的一大捧积分券了。

她拿积分券去前台清点，兑换了一个白色纯色的保温杯。

出了游戏厅再逛就是些饰品店、服装店了，楚芝扫了一眼都没什么她能买的，在旁边的点心店买了一斤夹心小蛋糕就回去了。

到酒店的时候，给许文翰发信息问他睡了没，没睡的话给他分点小蛋糕。

许文翰回说："睡了一觉，刚醒，正好饿了。"

她敲他房门，才发现门没关留了条缝。

楚芝推门进去，许文翰已经换了衣服，穿着一件白色的T恤，没穿外裤，T恤还算长，遮住屁股，只露出平角短裤的边缘。

如果是夏天在海边看到这种打扮也不会觉得暴露，可是在冬季的酒店房间里见到就好像有点暧昧。

楚芝却没心情考虑气氛正不正常了，她看到许文翰的脸已经从苍白变成涨红："你发烧了。"

许文翰眼睛里也充满血丝，他看着楚芝拿起床头的电话让前台送体温计过来，满脸担忧地跟她说："你这是不是得去医院查查？"

他不想折腾，猜测自己是肠胃不舒服导致的发烧，让楚芝不必担心："你先回去吧，别过了病气给你，我一会儿吃药睡觉，明早肯定能好。"

他言之凿凿，楚芝和他也没那么深的交情，虽然很担心自己的员工可别这么交待在异地他乡了，却只能叮嘱两句以后回了她自己房间。

临睡前，程岛又给她发消息了，问她玩好了吗，回酒店了没。

楚芝才想起来忘记跟他报个平安了。

她发了熊猫的照片给他：刚和可爱的小朋友一起共进了火锅。

程岛回了一个笑脸给她。

她又把今天玩游戏换来的保温杯拍给他看：游戏高手重出江湖！

程岛给她发了个"拍一拍",不再和她闲聊:睡吧,早点弄完早点回家,想你了。

真是个黏人的大狗狗,她离开他也才十几个小时吧?

没有女儿夜醒的啼哭,楚芝睡了个无比香甜的整觉。

早上起来和许文翰一起去吃酒店的自助早餐,看到昨天还蔫了吧唧的人今天已经生龙活虎、精神百倍了。

她看他的脸:"你不会是为了见客户化了妆吧。"

许文翰"啧"了一声,把脸凑近让她看:"你搓,你搓搓看,咱这纯天然的,婴儿肌。"

他身体舒服了,人也生动了许多,又因为昨天楚芝的关心,跟她相处的时候多了几分朋友的亲切随意。

楚芝微笑着把他的脸拍开:"注意和你老板说话的态度。"

他的这种自来熟并不让人反感,想和谁搞好关系的时候还是能很轻易地拉近距离,不愧是职业的。

出酒店门之前,楚芝还担心许文翰是不是硬撑着,去跟加盟商见了一圈,楚芝才确认他应该是好了的。他们看场地走了几万步,楚芝都觉得有些累了,可是昨晚烧成热炭一样的男人却全程谈笑风生,一点不见疲态。

楚芝忍不住跟程岛发信息感慨:年轻真好啊。

可她刚感慨完,他们往回走的路上,许文翰就捂着胃问楚芝有没有水,他要吃个药。

他们是在出租车上,路上堵车,并不方便下车买水。楚芝想他应该是疼得受不了了,不然还不会开这个口。

她从包里拿出个不大的保温杯,是她昨晚玩游戏换来的那个,今天顺手揣在包里装点热水,没想到还真派上了用场。

楚芝把杯子递给他:"送你了,留着用吧,我没用过。"

许文翰也顾不上多想,从口袋里掏出一板止痛药,摁出两粒扔入口中,拧开保温杯的盖子喝了一大口。这杯子性能不错,水放了一天还是温的。

楚芝对这位帅老弟更加刮目相看,甚至不像一个剥削者,劝他:"工作而已,别太拼。"

许文翰:"楚总说这些,不如给我加薪。"

楚芝拍了他一巴掌:"你小子!"

后面几天,许文翰的身体真的恢复得差不多了,工作也都没耽误。不过跟加盟商的合同条款里有几条细则谈不拢,原定的七天差旅被拉长。

程岛听说楚芝没法按时回来了,发了个小浪花的哭哭表情包。

楚芝也放心不下女儿,和许文翰商量,她再待一天就回去,留许文翰和加盟商沟通,最多三天,还不行他也不要管了,回家过年去。

他们俩的友谊在共同吐槽加盟商的过程中飞速巩固,到楚芝走的那天,已经互相称呼“芝姐”“文翰”了。

小别重逢，楚芝出现在小浪花面前的时候，小姑娘像是不认识她了似的，呆呆地看着她。

直到楚芝把她抱起来亲了亲脸蛋，小浪花才把嘴巴一噘，委屈地哭出眼泪，脸紧紧贴在妈妈胸口，还拱啊拱的。

夫妻俩挺久没亲热了，程岛把对她这几天的想念都付诸行动里，被楚芝踹了好几脚。

等他表达完了想念，去主卧的卫生间拿热毛巾回来帮楚芝擦拭的时候，看到她正在拿手机回信息。

他怕吵醒小床上的女儿，压低声音问：“谁啊？”

楚芝：“许文翰。”

程岛知道这个名字就是和她一起出差的那个男的，这种时候本来应该他俩温存的，他把她手机拿开：“这么晚了不工作了吧？”

“好。”楚芝把手机拿回来，编辑了一句条例谈判的标准，“最后一条。”

后面几天是忙年，忙过了这段时间，程岛的新店开业。

之前他那家店做日茶夜酒，现在业务量增长，老店纯做酒吧，新店叫岛屿茶舍，主打精致的新中式茶饮，装修布局素雅为主，一桌一隔断。

开业那天来庆贺的人不少，其中就有楚芝的几个员工，许文翰也在贺喜的人里，他主动跟程岛加了好友，说以后会经常带客户光顾这边。

程岛忙着接待，没有和他多聊，晚上快打烊闲下来的时候，随手看到许文翰发了朋友圈替他打广告，心想这人挺会来事，点了个赞，戳进他朋友圈看看。

这一看就出不来了，差点怄死在他朋友圈里。

那个熟悉的熊猫，那个似曾相识的龙头火锅，还有那句“谢谢陪我，甜心哈尼”，是什么意思？

程岛给自己泡了一壶蒲公英茶，疏肝散结的。他就拿着手机，坐在门口的位置上，认真研究起许文翰的朋友圈来。

熊猫火锅那条是年前的，程岛还特意去翻了他和楚芝的聊天记录，她给他发的那张图片时间比他的朋友圈早一周。

程岛对比了桌上的菜，露出来的那几盘都是一样的，关键是那花花绿绿的甜品，那么多杯，完全相同。

怎么看都像是同一桌菜，同一天去的，但间隔这么久才发？

程岛再看那句“刚和可爱的小朋友一起共进了火锅”，他以为她说的是那只熊猫，现在怎么感觉“小朋友”另有其人？

就像许文翰文案里的“甜心哈尼”，不知情的以为说熊猫，会不会其实……

程岛摇头，不敢继续多想了。

这事其实没那么复杂，就是楚芝吃了那家火锅觉得不错，回来前推荐给许文翰去吃，说了几道她吃过的没踩雷的菜，还告诉他"一个人去的话服务员会送熊猫陪着吃"。

所以许文翰点了她说的好吃的肉，并且特意问了一嘴熊猫的事，如愿以偿得到一个陪吃"哈尼"。

至于甜品，总共六道招牌菜，那是每桌都有的。

楚芝对话框里那个图片定位的聊天记录下面几句，就有她那句"年轻真好啊"。

没头没脑地，让人不知道她为什么这么感慨，年轻好在哪里呢？好在体力？好在状态？好在身上的胶原蛋白？

程岛不以为然地嗤笑一声，多少人年轻也是一身肥肉，真正能让楚芝快乐的，那还得是这一副好身材。

他自负地把手插进毛衣里，想摸摸他的八块腹肌……

他腹肌呢？

天啊！

他腹肌呢？

程岛惶恐地站起来要去照镜子，但是茶舍洗手池的镜子是半身的，虽然店里没什么人，他也不好直接把毛衣掀起来，只能作罢。

终于熬到开业第一天的打烊时间，他这个称职的老板没等店员关灯关门，先开车回家了。

为了方便放婴儿座椅，程岛去年底才买了辆宽敞的SUV，出门办事也比摩托车快一些。

他一脚油门飙回家。

家里静悄悄的，小浪花才洗完澡睡着了，睡在阿姨那边的婴儿床上。

楚芝正坐在客厅地板上练瑜伽，音乐舒缓低沉，她穿着瑜伽服，勾勒出丰腴的身形。

程岛换鞋，看着她的背影，想她之前还在嚷嚷肚子有肉，嚷嚷胸太大了穿衬衣不好看，从什么时候开始她的身材已经恢复得这么好了？

好像是断奶那天起，她就每天在公司利用闲暇时间健身？

楚芝调整好呼吸，没做最后的冥想，关了音乐从瑜伽垫上起来，收好垫子走近程岛："回来了？妈给你留的饭。"

程岛不知道为什么有点不敢看她："晚饭吃过了。"

楚芝已经从冰箱里拿出了一个拼着各种菜式的盘子，放进微波炉里"叮"一下："当夜宵吧，今天应该挺累的？"

程岛闻到了厨房里飘出来的饭香味，以前这味道会让他食指大动，现在却只叫他生理性地厌烦。

他就是常常工作回来太晚，吃夜宵吃胖的！以前还能保持晨跑的习惯，有了小浪花以后早上根本起不来，不去店里的时候就在家陪女儿玩，更是没空运动。

　　程岛有些烦躁地阻止楚芝要拿餐具的动作："说了不吃，别忙了。我去洗澡了。"说完就匆匆去了浴室。

　　楚芝从那几句话里就感受到了他的不友善，他很少用这种语气和她说话，都是哄着惯着的，突然这样楚芝有点不习惯。

　　以及对他莫名其妙态度的不满。

　　她好心等着他回家，给他热菜吃，他居然对她甩脸子？

　　"有病。"楚芝愤愤地把那盘加热好的菜都倒进了垃圾桶。

　　她去另一个浴室冲澡，之前已经洗过一次了，这次是把刚才运动出的汗简单冲一冲，没洗头所以速度很快。

　　收拾妥当，她去儿童房看了眼沉睡的女儿，跟阿姨打过招呼回自己房间。

　　过完年后他们已经开始尝试和小浪花分房睡了，这样也能尽快回归夫妻二人自己的生活。

　　现在，她干干净净躺在床上，他却没动静，背对着她兜着被子睡着了。

　　楚芝心里哼哼……可以，总有他求她的时候！

　　程岛其实没睡，呼吸均匀什么的都是装的。等他背后的楚芝睡着了，他才睁开眼，眼神清明毫无医意。

　　一场由熊猫照片引发的山呼海啸。

　　他刚才洗澡的时候对着镜子审视了半天，确实没了，他的八块腹肌。

　　虽然看起来他依旧不胖，但肚子上原来紧实的肌肉成了一大坨面团，只在他用力绷紧的时候依稀有两道浅痕，给他最后的一点尊严。

　　他想起在酒吧里时常跟友人熟客喝杯啤酒，那可是被称为液体面包的东西，天天晚上干"面包"，可不就把肚子给搞成个软趴趴的面包了嘛。

　　程岛坐起来，靠着床头，在黑暗中寻找楚芝的嘴，用手指去戳弄她的唇瓣。

　　楚芝还没睡熟，闷哼了几声，清醒过来想起要报复他的坏心思，拉开他的胳膊，学他转身背对着他继续睡："不要。"

　　程岛的手一顿，收回去。

　　程岛知道自己不该胡思乱想，可就是抑制不住那些奔涌的荒唐念头。

　　他要和她聊聊吗？可是怎么说呢？问她是不是出轨了年轻同事？问她在邻市那几天都发生了什么？还是问她有没有嫌弃自己的小肚腩？

　　程岛不想自取其辱，怕她生气自己胆敢冤枉她，更害怕自己没有冤枉她。

　　脑子很乱，他又点开了许文翰的朋友圈，这次发现的蛛丝马迹是他一条加班的配图里，桌面右上角有个白色保温杯。

　　程岛搜索和楚芝聊天记录里的图片，对，就是这个，楚芝说她玩游戏赢得的杯子，为什么要送给许文翰呢？

　　当年他们谈恋爱一起去做手工陶土杯，可是有过共识的，一杯子，一辈子。这种东西怎么能随便送异性呢？

再看楚芝发图片时说的那句话：游戏高手重出江湖！

什么游戏高手，游戏花丛的高手吗？

这哪是江湖，这是鱼塘吧？

夜晚容易吞噬人的理智，程岛不想质问楚芝跟许文翰是否已经有了首尾，那也太难看了。

他想，或许只是有点苗头，那个男的看上了楚芝试图勾引她。

他又想，哪怕楚芝因为寂寞犯了所有女人都可能犯的错，那也是因为他对她关怀不够，才让她从外面寻求慰藉。

他还想，如果楚芝真的要为了这个男的拆散这个家庭，他怎么办，小浪花怎么办？

他睡不着了，睁着眼到天亮，累极了闭上眼睛，竟然梦见楚芝说要跟他离婚，不是跟他说的，是跟许文翰说的。

她说她早就受够了婚姻生活，说她跟老公很久没有性了，完全没有共同语言，老公工作很忙，晚上回来太晚。他们只是一起搭伙带孩子，而且她的老公现在身材走样，像个黄脸公。

黄脸公是什么词？有这个说法吗？

程岛惊醒时背上一片汗湿，楚芝已经起床了，屋外有走路声和孩子的笑声，是楚爸楚妈正在逗着小浪花爬行玩闹。

程岛沉着脸穿衣起床，抱起门口的小浪花亲了一口，心中酸涩，好好的日子楚芝怎么忍心打破呢，真是因为他的问题？

楚芝已经收拾好准备出门，从他身边经过的时候，风都是香的。她抬手，把鬓边的碎发挽到耳后，嘀咕着又该去修一修发型了。

生孩子之前她把长发剪短，快一年过去，头发长了一些，这个长度需要经常打理，不然就乱糟糟的。

程岛注意到她的指甲，酒红色的。她一直喜欢这类比较大气的颜色，说是这会让她显得更有气场，更成熟。

但是她从邻市回来的时候，指甲是粉色的，清新可爱的颜色，好像恋爱中的少女。

当一个失了智的狗男人开始吃醋，这世上万物都成了酸果子味的。

他脑子里很乱，不知道现在该怎么办。摊牌，怕承受不了后果；静观，心里咽不下那口气。

他很想买一顶怪物史莱克的毛线帽戴头上，问一问楚芝他头顶是什么颜色的。

最气的还是自己，要不是他整天深夜回家，要不是他不注重身材管理，楚芝在他身上得到了满足，何至于有出轨的心思？

不管怎样，他得先健身。

家里有岳父岳母看顾，程岛跟他们招呼一声，说要出去跑步健身。

楚爸楚妈自然没意见，倒是小浪花意见大得很，爬到他脚边看着门口"啊啊"地指，是要他带她出去玩。

她这么黏他，程岛只觉得是甜蜜的烦恼，没办法，干脆带着她一起去运动，推着婴儿车跑了个半马，听她开心地哇哇叫。

跑步的时候大脑放空，只看到湛蓝天空上大朵大朵的云，远看山有海，近听鸟鸣声，人活世间不过须臾蝼蚁，有什么看不开的呢？

看看他可爱的女儿，这笑容多么治愈、多么美好，他要捍卫她的纯真快乐！

程岛今天没去茶舍，也没去酒吧，他去了楚芝的公司给她送下午茶。

去之前他还特意在美发店做了造型、修了面，然后开车载着小浪花出现在楚芝公司。

趾高气扬，像是示威的正宫娘娘，而他怀里抱着的小浪花就是尚方宝剑。

楚芝看到这爷俩挺诧异："你们怎么来了？"

程岛："小浪花想你了。"

楚芝接过女儿逗了一会儿，觉得不是女儿想他，是他想她了吧？

哼，这狗东西，昨晚惹怒了她，今天这是来赔罪了？

那她就大人有大量，勉强原谅他吧。

楚芝把程岛带来的千层蛋糕和咖啡吃完，看小浪花揉眼睛有点犯困了，就催着他们先回家。

程岛也没坚持多待，从总裁办公室出来，抱着孩子左右张望，没看到许文翰的身影。

正想着呢，许文翰这不经念叨地就露面了。他刚从外面回来，见到程岛主动打招呼，笑容可掬地和小浪花玩躲猫猫，逗得小浪花开心极了。

如果是别人，程岛会觉得这行为很友善。

可是许文翰这样，程岛就觉得轻浮、做作、恶心。

他说不出什么"示威"的话，面色冷淡地寒暄了几句，听他说又要去邻市了。

快滚吧，越久越好。

晚上楚芝快下班的时候给程岛打电话，问他要不要出去吃饭，就他俩，把孩子给她爸妈看着。

他今天来看她了，她就想着投桃报李给他个台阶下。

程岛说"好"，绕路来接她去餐厅。

楚芝选的这家西餐厅风景很好，玻璃窗正对大海，楼下沙滩还有露天幕布电影在播放，他俩坐在同一侧的卡座里，偶尔贴贴肩膀，情调馥郁。

回家路上，楚芝说自己下个月可能还要去趟邻市。

程岛一晚上放松的那根弦拉紧，脱口而出："还和许文翰一起吗？"

楚芝："对啊，他后面半年要常驻那里。"

程岛忍了又忍，没忍住："你和他关系挺好的？"

楚芝倒是坦荡："还不错，他人很 nice，周围同事都挺喜欢他的。"

程岛："你呢，你也喜欢他？"

楚芝觉得这话问得怪怪的，她反问："你想表达什么？"

程岛："就觉得你跟他还挺亲近的，一起吃火锅，送他保温杯什么的。"

楚芝："保温杯？哦，他有次胃疼要吃药喝水，正好我带着那个保温杯就给他用了，他都用过了我当然不会再要回来了。火锅是什么？我什么时候和他一起吃火锅了？"

程岛听她这么理直气壮地反驳，心里的阴霾瞬间飘散，但还是装得闲聊般："哦，我看他朋友圈发了个熊猫火锅，我以为你们一起吃的呢。"

楚芝："没啊，可能一家店吧。"她说完，还拿手机去翻了翻许文翰朋友圈，确实看到了那样一条状态，"他这是我回来以后去吃的啊，时间都对不上，你怎么会觉得是一起吃的？"

程岛："是吧，我没认真看，随便翻的，没注意时间。"

他虽然说得镇定，但楚芝已经不干了。

她抬高声调："你什么意思，怀疑我？"

程岛立马补救："哪能呀，我怀疑你干吗？就是随便问问，今天在他桌子上看见你那个保温杯了。"

楚芝："看见我那个保温杯，然后怀疑我俩有一腿是吧？"

程岛："没有没有。"

楚芝："停车。"

程岛："怎么了？"

楚芝："我说停车！停不停？不停我跳车了！"

程岛害怕了，打开转向灯把车停路边："别别，别闹，我说错话了。"

楚芝一边解安全带，一边冷笑："你不是说错话，你就是那么想的，程岛，你浑蛋，你把我当什么人了？"

她骂完他就下了车，绕过车头拉开驾驶舱的门："下来！"

程岛顺从地下车。

楚芝坐上驾驶座，带上门，系好安全带，拉开手柄扬长而去。

留程岛一个人风中凌乱。

程岛心想，他完蛋了。

楚芝开着程岛的 SUV 绕城兜了一圈才把心里那股火消散了一些。她开车回家，进了门跟阿姨说了声，把小浪花抱回主卧，反锁房门。

程岛半路被她丢下车以后也没立马打车回家，他猜她不想看见他，所以徒步走了半小时以后才打车回家。

之所以还敢回家，是觉得他如果夜不归宿楚芝可能会更生气，尽管回去了大概率也见不到她。

果然，主卧的门锁了。

程岛拧了两下没拧开，就不再发出噪声了，岳父岳母还在呢，真要让他们知道他俩为啥吵架，估计都不用楚芝开口，楚爸就能给程岛骨灰扬了。

他躺到沙发上开着静音看电视，心里后悔莫及，怕楚芝气坏了身体。

这也是他一开始胡思乱想却没开口问楚芝的原因，因为一旦问出口，不管楚芝变没变心，这事都无法善终。

那句话怎么说来着？枪响之后，没有赢家。

现在该怎么办呢，他解释只会越描越黑，可是想糊弄过去也没那么容易。

电视机里在播放搞笑节目，因为没有声音，里面人物的笑就显得浮夸而虚假，笑得程岛更加郁闷了。

他不记得自己什么时候睡过去的，只是深夜听见了楚妈的声音才醒过来。

楚妈拿遥控器把电视关了，问他怎么睡在这里了，快回去睡吧。

程岛找了个借口："我睡觉打呼噜吵到小浪花了，芝芝让我出来睡。"

楚妈："这孩子，想一出是一出。"

程岛："妈，你快睡去吧，我在这边挺舒服的。"

太晚了，孩子都睡了，楚妈也不好去把人吵醒，从她那屋里抱了床被子给程岛盖上，想着明天要好好说说楚芝。

结果第二天也没能找到说楚芝的机会，因为楚芝说最近工作有些忙，她要回她市中心那边的房子住几天，上班加班方便。

"这么突然？"楚妈顾不上别的了，先从冰箱里翻找了些熟食蔬菜，让楚芝带走，"再忙也得好好吃饭哈。"

楚芝是骗爸妈的，她就是心情不好想多两天清闲，可是想到自己做了甩手掌柜，却要她一把年纪的爸妈来替她照顾孩子，似乎有些不合适。

所以她又建议她爸妈回自己家住一段时间："房子久不住人容易旧，你们也不用天天在这里辛苦，阿姨看得好着呢，程岛也可以。"

她说这些的时候，程岛一言不发。她要走的时候，程岛坐在她放在卧室里的行李箱上，把门关上，低声说："不行，你不能走，你走了我怎么办？"

没人的时候，楚芝一句话都不想搭理他，从他身边经过，用眼神示意他下来。

程岛装没看见，屁股还坐在行李箱上："别走，我们好好说。"

楚芝气笑了："好好说，说什么？说我行为不检点，还是你有 NTR 情结？这么喜欢给自己戴绿帽子，我出去了好给你找一顶啊。"

程岛听得心塞，偏偏这局面是他造成的，他还不敢顶嘴。

不过，NTR 是什么？

孤陋寡闻的他打开手机浏览器搜了下 NTR 是什么意思，明白过来后更闷了，然后在楚芝的强势注视下，还是站起来给她让了路。

有一个自己的专属空间是多么重要，楚芝住进来才觉得畅快了。

她不需要回娘家，那让人有种被扫地出门或是走投无路的不争气感。

但她也知道自己不会独居太久，没办法，她舍不得女儿，如果小浪花再大一点，她可能真就带着女儿在这边多住些日子了。

不过那样的话，只怕程岛也会死乞白赖地跟过来。

想到程岛，她真的又好气又好笑。

她不懂他为什么会那样胡思乱想，是没有安全感？可是她婚也和他结了，孩子也跟他生了，他到底还有什么不安的？

她自己虽然不是那种爱吃醋的女人，但她见过她有的朋友是很爱"找碴儿"的，只要发现男友和别的女性有什么疑似亲近的迹象，就要查手机、翻账单，最夸张的是还找过私家侦探跟踪他出差行程。

楚芝一直觉得恋爱谈得跟谍战一样实在没必要，但那两人爱得轰轰烈烈、死去活来，她就只能尊重祝福了。

轮到自己头上，她终于体会到这种难以言说的复杂感觉了：

生气和委屈是最先冒出来的，凭什么，凭什么怀疑她？

然后是反思，是她没注意和同事的边界感让他不安了吗？

最后还有点莫名其妙的甜蜜，他怎么就那么爱她呢。

她很确认，他的怀疑不带任何控制欲，他不是那种"你是我老婆你不能跟别的男人靠近"的强势，而是那种"老婆你为什么跟别的男人靠近你不会是想不要我了吧"的卑微。

因为这份可怜的情绪，楚芝很难真的跟他生气。如果是什么大男子主义的人想 PUA 她的话，早被她踹进马里亚纳海沟里去了。

但她还是住出来了，她希望借此事能让程岛想清楚"信任"的重要性，也想和他彻底把两人的关系理清楚。

他们之间不是单箭头，她也爱他，他实在没必要总觉得她会把他抛弃。

楚芝给自己也给程岛的时间只有五天，如果这五天还不能解决问题，那她也得住回家了，她可不忍心看着小浪花瘪着嘴找妈妈。

是的，虽然她希望能解决他们夫妻之间的微妙失衡，但解决不了也不碍着他们夫妻相处什么事，她其实对程岛的妥协不比他少，色厉内荏罢了。

独居第一天，程岛竟然毫无音信。

这有点不像他的风格，楚芝甚至担心他是不是伤心过度哭晕了。毕竟他曾经提起过，他们吵架的时候他会哭成身子下面一摊水那个表情包。

还好有楚妈跟她通风报信，说程岛今天没去店里，一直在家陪小浪花看绘本玩游戏。

其实描述得挺正常的，但楚芝无端就觉得有点心软了。

她之前劝她爸回家，想留程岛孤家寡人冷静思考一下。但她妈不放心月嫂单独带孩子，她爸是不放心月嫂和程岛单独在一起。所以他俩还是继续住那边，也不觉得不方便。

没承想这么一大家子人都在，程岛还是能流露出那种被抛弃了的孤独感，成功让楚芝不落忍了。

独居第二天，程岛出现在楚芝家门口。他明明有钥匙，却不进门，插着兜站在门口等着她下班："妈做了糖醋小排，给你送一点。"

楚芝睨了他一眼，把他放进了门。

程岛把饭盒放到餐桌上以后，巴巴靠过去，贴着楚芝的背环抱住她："我真的知道错了，你回去吧好不好？"

楚芝没动弹。

程岛偷眼看她的表情，试探着低头亲吻她的侧脸和脖子，手覆着她的侧腰，把她的衬衣从裤腰拉出来，企图通过床上打架的方式让她原谅自己。

楚芝推开了他的手："没心情。"

"哦。"程岛就像个被罚站的学生，两只手背在身后，神色委顿。

楚芝觉得他有一半的表演成分在，可她确实被他这个惨样搞得心痒痒，想扑上去母爱大发地拥抱他给他吃。

她咬咬牙，转过身去拿着电脑插上电，一副要工作了的样子："排骨我会吃的，没什么事你就回去吧。"

程岛"嗯"了一声，一步三回头地看她，始终没等她一个回应的眼神，走了。

门刚关上，楚芝就抬起头来，怎么回事，平时不是挺会哄人的嘛，怎么变哑巴了？

程岛从楚芝这儿离开以后没回家，去看了看两家店面的生意。

他不是不想哄楚芝，他是不敢哄，之前他疑心楚芝是不是另有新欢，想的是如果她犯了错他可以挽回她，现在她什么事都没做，却被他无端怀疑，他就觉得害怕，怕多说多错，怕楚芝恼羞成怒真的跟他分手。

事业并不能让他分神镇定，他如同行尸走肉一般对账点货，机械地和老顾客微笑打招呼，可是心里慌得一批。

他知道楚芝有很多原则，特立独行，从不流俗，他会不会触碰到她的某个红线，然后就被她三振出局啊？

账目在他脑子里一秒钟都没留，倒是给他提了醒，他好像好久没给她转钱了。

程岛算了算结余可用的备用金，一点儿都没留，全打给了楚芝，还选择了短信通知收款人的选项。

楚芝收到打款愣了一下，没明白这种时候给她打钱是什么意思，想用金钱腐蚀她？

独居第三天，程岛找到楚芝，公司来了。

她坐在办公室，抬头看他，他半天说了一句："车没油了。"

楚芝内心：哈？

程岛："你跑没的。"

273

楚芝："嗯，所以？"

程岛："给我转五百，我去加油。"

五百块也值当他跑一趟来要？微信说一声她不就转了。

程岛却不是为了说这个，他想说的是："我把钱都转给你了，没有钱了。"

哦，昨晚转账是搁这儿等着呢，就为了来找她要钱呗，不是加油也会是买这买那的缺钱。他倒是会预谋。

楚芝正要说给他转回去一万零花，他又开口："我什么都可以给你，但你不能不要我。"

他声音如此低，说话时别扭地望着一点的窗外，好像不那么真诚，又显得如此剖白自己。

楚芝就像被针扎破眼儿的气球，一口气提起来，又缓缓叹出去："你先回去吧，我晚上回家。"

程岛的表情稍微愉悦了几分，但看着还是可怜巴巴的，大概也是因为他说的话，他说："先给我转五百，真没油了。"

楚芝下了班出现在家里，最开心的当然是小浪花。

她和妈妈玩了好半天，最后因为抢叨叨饭盆里的狗粮吃并把水盆打翻弄脏了自己，被丢进浴缸洗香香，然后裹上睡袋送去跟阿姨睡了。

楚妈一直就没信她是为了什么加班，只有两个人在厨房的时候跟女儿交代了一句："有什么事好好说，结婚不是结怨，男人有时候就是笨，不懂女人在想什么，你得教着他。"

楚芝应了，回房间后却也没急着"教夫"，先拿了睡衣去主卧带的浴室洗澡。

程岛就在房间里，看她行走、动作，一句话都不跟他说，心里难过，把门反锁好，坐在床上等她。

过了一会儿见她出来，他跟在后面给她擦头发，然后和她并肩靠坐在床头上谈心。

楚芝："我希望这是我最后一次跟你说这些了，程岛，我不知道为什么你总是没有安全感，是因为我吗？你怪我当初在陈世羽身上动摇过？如果是那件事给你造成了心理阴影，我道歉，我那时候处理得不好。"

程岛："不是，没有，你别这么说，和你没关系，是我不应该怀疑你。你这么骄傲的人，不会做出轨的事，喜欢上别人也会告诉我的，我不该冤枉你的人品，我以后不会了。"

虽然他好像说的是这次的事，但和楚芝并不在一个频道上。

楚芝说的是她不会出轨，他说的是她不会脚踏两只船。

这是两个概念，前者意在表达对他的感情，后者说的只是道德问题。

说到底，他还是觉得她随时有可能爱上别人，随时有可能离他而去。

楚芝有些抓狂："程岛，到底要怎样，怎样你才会不这么患得患失？你这样不累吗？你这样我们要怎么白头到老？"

程岛把她抱进怀里，下巴垫在她的肩上："我不要怎么样。我不是每天都在担心，我知道你爱我，我每天都很幸福，但我确实也会有害怕你离开的时候，这很奇怪吗？我不累，我愿意一直这样和你白头到老。"

楚芝沉默了。

程岛继续说："不要嫌我烦，我只是太爱你，我相信你，但我不相信爱情，看不着，摸不着，你说永远爱我，但我不知道永远是多久，所以我总会在某一天思考，'今天会不会就是永远到期的那天呢'。"

人没法被改变，她不是早就知道吗？程岛有他的思考方式，虽然偶尔被火星子点着了会让她突然爆炸。

她在他胸口闷闷地骂他："别往自己脸上贴金，我什么时候说过永远爱你了。"

程岛："哦，对哦。"

他拉开一点距离，低头去看她的眼睛："那你现在说。"

楚芝还在发无名火："说屁，不说，说了你也不信。"

程岛："你说吧，你说了，下次我再胡思乱想的时候，就会更有底气一些。"

楚芝："狗男人。"

程岛："嗯，你一个人的狗。"

楚芝："哼。"

她又抱住他，心口酸酸胀胀的。她平时也会跟他说好听的，可是现在居然觉得有些不好意思。

她红着耳朵说："我爱你，比永远还多一天。下次你再怀疑永远已经到期的时候，就想，至少到明天，我还会爱你的。"

程岛叹了一声。

他咬她耳朵："你怎么这么会说话呢，学霸就是不一样，你教教我，怎么能像你一样这么讨人喜欢啊，我可真喜欢你。"

到此为止都还正常。

可她只穿着浴巾，这么又搂又抱的，没一会儿他说些有的没了的，还装可怜，问她，他是不是胖了，是不是不太行了。

楚芝还想着保护一下他的男性尊严，哄着惯着夸着，结果就是一点没看出来他哪里"不行"，疯狗一样折腾了她一晚上，第二天还早早醒了推着女儿出去跑半马。

楚芝无语。

好吧，如果不去深究那么多，只把这归为老公吃醋的一些犯傻瞬间，勉强也能算是一种生活的……情趣？

楚芝觉得她变了，她居然为了程岛也变成个"恋爱脑"。

她完蛋了。

番外六 /
小浪花和她的小跟班

　　小浪花上幼儿园小班这一年，跟着妈妈参加了一次同事的婚礼，回家就吵着要看她爸妈的婚礼录像。

　　楚芝哪有那玩意儿啊，她跟程岛压根就没办婚礼。

　　当初才打算策划婚礼就有了小浪花，她怀孕没精力搞，程岛也不想为了形式累到她，想着生完了再办婚礼。

　　没想到生完孩子更忙更累，楚芝就直接表明了不要办那些虚头巴脑的仪式了，费时费力还费钱。

　　可是小浪花不依不饶，非要让她妈在海边办婚礼，穿白纱，还说："小浪花也穿！"

　　楚芝哄她，说："行，周末让爸爸穿西装，妈妈和小浪花穿白纱，咱们去海边玩。"

　　小浪花把头摇成拨浪鼓，小大人似的告诉她妈："不是出去玩！不是过家家！要办婚礼！很多人参加的那种 Party！要吃席！"

　　程岛"扑哧"笑出声来，她从哪里学来的这种词。

　　他看向楚芝，目光灼灼，有些意动："要不，办个？"

　　结婚都这么多年了，楚芝对婚礼并没有太多期待，听程岛这么说，也只是当作策划一次亲友聚会而已，更多是为了满足女儿参加"爸妈婚礼"的愿望。

　　她看看程岛再看看小浪花，父女俩如出一辙的眼睛让人不忍心拒绝，"那办吧。"

　　小浪花"耶耶耶"地跑走了，拿着她的儿童手表给外婆打电话，分享这个好消息。

　　她现在最喜欢的人就是外婆，因为程岛和楚芝都挺忙的，幼儿园放学以后就会被外婆接回去，在外婆家待着。

　　楚芝在她妈的小区又买了一套房，平时工作方便些，市郊的儿童乐园房都是休息日才会去住。

　　夫妻俩这几年赚了不少钱，尤其是楚芝，做到了陈世羽最初规划的五年

烂熟

腾飞，现在即使躺在家什么都不干也够养活一家。

所以她愿意抽出几天去策划一场婚礼。

准确地说是执行一场婚礼，因为主策划是小浪花，她的绘画天赋很高，虽然并不写实，但色块搭配明确，让人很清晰地看出她要表达的意思。

她给妈妈设计的是美人鱼的鱼尾裙，大面积白纱加拖尾渐变的蓝色，头上是珍珠发带。

给她自己设计的是蓝色和粉色交织的纱裙，同样的珍珠元素发冠和鞋子。

给程岛设计的就比较厉害了，她想让爸爸穿着有鲨鱼尾巴的西装。

程岛："鲨鱼尾巴没问题，但是宝贝可以告诉爸爸，脑袋上这一坨绿是什么意思吗？"

小浪花："海草帽子呀！"

程岛无语。楚芝笑死了，还逗他："我看设计得挺不错啊，要想生活过得去，就得头上戴点绿，是吧？"

程岛拧了她腰一把，让她胡说。

场地也依照小浪花的要求布置，在海边的人造草坪上打造的海底世界，气球都像是无色透明的大泡泡。

楚芝怀疑小浪花闹着要婚礼有外婆的推波助澜，因为楚妈特别积极地帮她筹备，给她拿本子看邀请的宾客名单能绕他们家三圈。

楚芝："妈，没必要吧，就请点至亲好友就够了。"

楚妈："知道知道，所以让你挑啊。"

楚芝再看看那个好多她不认识名字的宾客名单，发现她妈很贴心地在后面备注了人家结婚生子的时候自己随了多少份子。

楚芝擦擦脸上并不存在的汗，心想难怪她妈一直盼着她办婚礼，这是想把投资收回来啊！

最后，楚芝选了她觉得关系还算好的几家亲戚，以及随份子随得最多的三家。

尤其第三家，她都没什么印象，问她妈："谁呀这是？和你关系很好吗？"

楚妈："以前的同事，年级主任，他儿子结了两次婚，生了三个孩子。"

楚芝："属于是另辟蹊径的发财手段了。"

宾客名单里还有个临时新添加的人员：陈世羽。

楚芝说他正好来琴市公干，所以就提了一嘴。

程岛心里还是很不喜欢陈世羽的，但是想到能让陈世羽亲眼看着自己和楚芝结婚，又好像有点耀武扬威正身份的意思。

他故作大度："来呗，你的合伙人嘛。"

没想到陈世羽是带着儿子过来的。

他在宾客签到的地方跟迎宾的楚芝打招呼，给她介绍自己的大儿子："这是长风，奕安跟去美国了，看病。"

楚芝有所耳闻，陈世羽家的老二有先天性心脏病，小小年纪就得求医问药。她当了妈以后听不得这种事，容易共情。

她蹲下来，跟陈长风打招呼。小男孩看起来很乖很有礼貌。楚芝招手喊来小浪花，跟她说："帮妈妈照顾一下长风弟弟好吗？"

小浪花在幼儿园就是大姐大的存在，没有她搞不定的小孩。她答应楚芝以后，一把拉起陈长风的小肉手，带他去"海底世界"寻宝。

程岛看着两个小孩跑走的背影，老大不爽地跟楚芝说："人家陈大少爷可金贵，要是被小浪花揍了可别赖着咱们。"

楚芝用她水晶鞋的细高跟踩了他一脚："又酸死你了。"

程岛用鼻子哼气，看了眼陈长风身后不远处一直跟着的高个男的，放任他们小孩玩去了。

小浪花看着陈长风拿着一把小铲子努力挖沙寻宝，凑到他耳边小声问："那是谁呀，一直跟着我们，是不是拍花子的？"

陈长风白嫩的脸上露出疑惑的表情："拍花子是什么？"

小浪花："就是要把我们拐卖的坏人。"

陈长风摇头："赵叔不是坏人，他是我的保镖，保护我的。"

小浪花惊讶地张大嘴巴，然后对他竖了个大拇指："酷！"

小朋友爱模仿，学会了一个词就一直说。陈长风跟在小姐姐身后拿着把硅胶铲子挖呀挖，挖出啥来都要喊酷。

吉时已到，宾客落座，海边乐队弹奏起《梦中的婚礼》，一对新人手牵着手走过红毯，走向舞台，身前引路的是小浪花和叨叨，叨叨帮小浪花叼着花篮，小浪花向空中撒玫瑰花瓣。

他们进行着简单的仪式，在众人面前公开爱的宣言，局促又真挚。

下台敬酒，才敬到第三桌，听见远处一声尖叫，程岛抬眼看，好像看到一个穿着蓝裙子的小孩从一块石头上扎进海里。

他手里的酒杯扔到地上，这辈子没跑得那么快过，边跑边把西装外套脱了扔掉。

他人才到海边，还没往海里跳，陈长风的那个保镖已经一手夹着一个小孩从水里走上岸了。

程岛身后跟着跑来的陈世羽和楚芝越过他扑向各自的小孩，现场乱作一团。

陈长风有点被吓到，呆呆地看着爸爸，伸手要抱抱。

小浪花倒是镇定，口齿清楚地跟楚芝解释刚才弟弟掉海里了，她去捞他，然后那个保镖叔叔也跟着跳下来把他们夹着游上岸。她还不忘强调："我会游泳，我是海豚班的小小标兵。"

楚芝心有余悸地抱着女儿，扯出个微笑来表扬女儿的勇敢，然后跟陈长风一起送去医院做了全面检查，确认两个孩子都没事才真正松一口气。

陈世羽很抱歉搅乱了楚芝的喜事，第二天带着陈长风登门拜访。

楚芝一家在城郊的房子休息，接了陈长风的电话就给了他地址。一转身，看到程岛满面不爽地盯着她，她有些心虚地抬高声音："人家也是因为参加咱们婚礼，孩子才不小心落水的，又不是故意捣乱的。"

程岛冷哼一声："我说什么来着，陈家孩子克小浪花。"

楚芝原本不信他胡言乱语的，可是第一次见面就闹出这种事，心里也有点"咯噔"。

原以为陈世羽来道个歉就走了，没想到他是来跟楚芝商量认小浪花当干女儿的。

程岛内心：哈？

想要女儿自己去生好吗，干吗抢他女儿？

他用眼神示意楚芝：不许答应！

楚芝也是打着哈哈，说这也太突然了，虽然当时小浪花刚出生的时候开玩笑说要认干爹，可都过了这么久了，玩笑话哪里就当真了。

陈世羽却是说他找大师算过了，他跟小浪花有亲子缘，认个干亲对双方都是旺的。

这话楚芝倒是不怀疑的，因为陈世羽这几年越有钱就越信玄学，不会拿这话骗人。

只是他不说还好，他一说，程岛更忌讳了，谁爱旺他谁旺，别打小浪花的主意！

程岛抱着女儿就扔房顶树洞里去了。

陈世羽苦笑，人家爸爸不让，他也不能强抢不是，只是感念小浪花主动救儿子的义举，自此以后逢年过节都要给小浪花送礼发红包。

陈长风五岁那年的暑假，妈妈带弟弟陈奕安出国做手术去了，陈世羽看大儿子在家无聊，问他想不想去琴市参加夏令营。

幼时的记忆不太清晰，但他居然还记得那个小姐姐，在家里的攀爬架和单杠上又跳又爬的，弹跳力和臂力都惊人。

陈长风问："好呀，是去那个小跳蛙姐姐家吗？"

陈世羽听到这个名字，一口热茶喷出去。

大老板的儿子要参加夏令营，楚芝自然要安排，她还记得这小子虎得很。怕他又在营地惹出什么乱子，于是让小浪花也跟他一个班参加活动，有楚妈跟着看顾一下还能稳妥点。

小浪花对营地并不陌生，她虽然没有完整参加过整期的活动，但经常在营地玩，给老师当小助教，配合宣传拍点物料。

小浪花就是一块砖，哪里需要往哪里搬。

她不记得陈长风了，但她很喜欢那个总给自己送礼物的陈叔叔，所以既然是陈叔叔的儿子，她当然会罩着他。

而且这个小男孩好乖，会跟在她身后"姐姐""姐姐"地叫，也不淘气，让他干吗他立马就去干，小浪花很满意。

难得的是陈长风也很喜欢小姐姐，夏令营结束了都不愿意回家，被爸爸强行带走以后一直念念不忘小浪花，国庆节放假又想去琴市。

陈世羽无奈地问楚芝："孩子放你那儿住一周行吗？最近不在家，他可能有点焦虑。"

楚芝可怜陈家老二小小年纪要做手术遭罪，也有点可怜陈长风没有妈妈陪，同意了。

这下陈长风可高兴了，每天和小浪花同进同出，同吃同住。

因为陈长风的保镖和保姆都跟着，他们住在市郊的大房子里，还有楚爸楚妈也在那边，生活上照顾得没什么问题。

小浪花已经上一年级了，虽然只上了一个月。当她带着陈长风去参加同学的生日会时，有同学问她陈长风是不是她家二胎弟弟。

小浪花摇头："是我陈叔叔的儿子。"

有个男同学夸张地喊叫："那是你的朋友吗？天哪！程诺跟幼儿园的小屁孩交朋友！"

明明他也只是个从幼儿园毕业不久的小屁孩。

陈长风知道他们说的"程诺"就是小浪花，也知道"小屁孩"不是什么好词。

小少爷在家可都是被娇惯着养的，他对小浪花有礼貌是因为他喜欢和小浪花玩，这个小黑胖子是什么人，居然同时欺负他和小浪花。

他挡在小浪花前面，两手用力一推就把那个男生推倒了。

不巧男生倒地的时候正好磕到了旁边的桌角，脑门上撞起个包，他哭号了两声，哭声引来了大人。一看有人撑腰了，小黑胖子上前要揍陈长风，被小浪花扯着他裤子不许他动陈长风。闹腾中，那腰身宽松的运动裤被一把拽了下来，只剩个小内裤还遮挡着点屁股。

一年级的小学生也有羞耻心了，小黑胖子把裤子拉上去，坐在地上嗷嗷大哭。

程岛和楚芝带着礼物登门赔礼道歉。回来的路上，程岛愤愤不平："我说什么来着，这小子就是克小浪花！"

楚芝这次倒不站他这边了："浪花不是说了嘛，是那个男生先挑衅的，长风是为了给她撑腰才出手的，而且他个小孩，能有多大劲，对方没站稳自己摔的。"

反正程岛就是不待见陈家的男的，让楚芝以后别往家招他了。

陈长风这次回去倒是没再提还要来琴市找小浪花了，因为带着弟弟回家了，他有了妈妈、有了玩伴，就不那么孤单了。

不过小浪花来了沪市，来拍电影。

小浪花在影视基地玩的时候被选角导演相中了，邀请她参演著名男演员的女儿。楚芝虽然从事的工作和童星相关，但从来没打算让女儿混这行，她尊重小浪花的选择，想去式一下的话就当游玩了。

小浪花一听可以一个月不上学，立马点头："去去去！"

女儿第一次去外地拍电影，楚芝不放心，亲自跟了去。

陈长风听说小浪花来到沪市，吵着要去看她。陈世羽跟楚芝招呼了一声，抽了个空带他去影视城探班。

去的时候恰好赶上某个偶像的粉丝团来应援，立着易拉宝和饮料车，小浪花就站在那个车前面喝奶茶。

见到陈长风，小浪花眼睛放光，又跑到饮料车那里要了一杯奶茶给他喝。

这是陈长风第一次喝奶茶，小孩还没有什么区分食物高级低级的意识，就是觉得：嗯，美味。

晚上陈奕安知道哥哥去探班还喝了好喝的饮料以后，也吵着要去见小浪花姐姐，虽然他根本就没见过人家。

陈长风做主带弟弟再去一次，还跟管家说要给小浪花做应援。管家请示陈世羽，陈世羽笑呵呵地让他去办，办得规格高点，给小浪花撑场子。

于是又一天，探班的粉丝们看到都快摆成小吃一条街了的小浪花应援车队时，纷纷讨论"小浪花"是哪个新晋爱豆，好大的排场。

片场里，陈长风牵着弟弟，给他指哪个是小浪花。

民国题材的电影，小浪花穿着豆绿色旗袍，头发烫着波浪卷，虽然没有化妆，却跟平时不太一样。

陈奕安跟陈长风说："哥哥，小浪花姐姐真好看。"

陈长风点点头。

陈奕安又问："你是她的好朋友吗？"

陈长风忽然想起去年的那次生日会上，因为小浪花护着他，结果那些同学就笑话她，说陈长风是她的"童养媳"。

现在陈长风也上小学了，有了更多的见识，他知道他们那么说是不对的，所以他纠正了他们的说法。

他告诉弟弟："我是她的'童养夫'。"

陈奕安几乎记不清大部分上学前的事情，却对他哥哥的这句话印象深刻。

并且在之后的二十年里拿这话鞭尸他哥无数次。

再后来，一战成名变成"国民闺女"的小浪花没有选择当影视演员，她考上了沪市的舞蹈附中。

小小年纪就背井离乡，程岛心疼得要命，但这是女儿的选择，他也没法干涉，只好每周和楚芝飞沪市去看她。

小浪花的汇报演出，程岛早早去剧院等着，在大厅就看见了浮夸的一排花篮，预祝小浪花演出成功，落款是陈长风。

程岛翻白眼，跟楚芝吐槽："陈长风能不能滚出中国啊。"

虽然才十五岁，但程岛总觉得这小子没憋好屁。

老父亲的拳拳之心感动了上天，十六岁这年，陈长风被他爸一脚踢出国门，去大洋彼岸留学了。

终于不用再担心女儿在沪市会不会被坏小子拐跑了，程岛松了一口气，觉得小浪花守护计划圆满成功。

至于陈长风回国以后再掀起什么风浪，那就是另一个故事了。

烂熟

爱有千百种面孔

　　楚芝说她再也没见过比陈世羽更典型的金牛座了，爱财如命，精力旺盛。

　　陈世羽不管那些，他就是喜欢挣到钱的快感。他家境富裕，从小没吃过穷的苦，但他就是喜欢钱，耽误挣钱的事他一点兴趣都提不起来。

　　所以他看中楚芝的能力，想要和她一起搞钱。

　　可惜楚芝有眼无珠，嫁了别人。

　　要说难过，是有一些的。

　　陈世羽从几年前就对楚芝另眼相待，手下员工有能力的不止她一个，长得漂亮的也大有人在，可被他偏袒的只有一个楚芝。

　　楚芝拒绝了他的求婚没多久，他老爸竟然下场拉郎配，给他介绍了个女朋友。

　　药企李家的千金李柚柚，他听名字都觉得酸，感觉两人不在一个频道上。

　　可是老爷子手杖敲在背上真是疼，他只好提着礼物去拜访，庆祝李伯伯大寿。

　　李柚柚是李家独女，论家世比陈家还要豪一个档次，真要跟陈世羽在一起那得算是高娶低嫁。

　　而且李柚柚长得挺好看的，富贵人家本就没有丑的，她又注意身材保持，看着不比明星差多少。

　　陈世羽也就是个普通男人，相亲第一面相的能是什么，不就是脸吗？

　　回了家老爷子问他怎么样，他想了想回说得看人家看没看中他。

　　这就是他看中人家的意思了。

　　两家长辈一撮合，李柚柚对他印象也可以，就这么尝试着交往起来。

　　李柚柚正在攻读医工交叉的硕士，快毕业了学业还挺忙的，跟陈世羽这个工作狂的生活节奏倒是契合。

　　如果大小姐要一直让人陪的话，陈世羽可能还真不那么乐意。虽然娶了李柚柚等于获得巨额财富，但陈世羽热衷的是挣钱的"挣"，不是钱。

　　两人每周不固定时间会有一次吃饭的约会，吃完了有时候去看个电影，有时候就逛逛街买买衣服。

挺日常的情侣交往过程，无风无浪，无波无澜。

某天，李柚柚的实验室停电，她提前结束日程，就去陈世羽公司等他下班。

她给陈世羽发了张照片，是她坐在公司休闲区的吧台上喝水，叼着个纸杯，百无聊赖。

当时陈世羽正在开会，手机静音倒扣在桌面上，看到这条消息时已经是半小时后。

他居然紧张了一下，疑心大小姐会因为等了太久生气发飙。

等他快步走去休闲区的时候，才发现自己以小人之心，度君子之腹了。人家安安静静地坐在那里玩消消乐呢，脸上半分不耐烦都没有，看到他还对他笑笑，问他忙完了没有。

陈世羽就在那一刻产生了想娶她的冲动，他这么想了，也就这么说了。

吃饭的时候，他问她："咱们先订婚怎么样？"

李柚柚依旧温温柔柔的，答应下来，说回家和父母交代一声。

他们的婚事进行得如此顺利，偶尔陈世羽在公司加班的时候还会恍惚一下，他，有未婚妻了？

李柚柚顺利毕业，却不急着去工作。她要毕业旅行，问陈世羽有没有兴趣一起。

有兴趣，没时间。

陈世羽还怕她不开心，看了自己的 schedule，让助理把两个出差取消，凑出来四天空闲送李柚柚去目的地。

四天当然不够，她计划的是出去玩一个月，但是陈世羽说挤出四天来，她非但没有嫌弃太少，还对他取消工作表现出歉意："真的吗？那你人还怪好的嘞。"

那个形容大学生的词怎么说的，清澈而愚蠢的眼神。

陈世羽觉得她挺可爱。

马代海边度假酒店，他们第一次共同外出，已然是未婚夫妻的身份，订两个房间太见外，虽然他们至今还停留在牵手和亲吻阶段。

因为是要结婚的关系，陈世羽对李柚柚万般尊重，唯恐哪一步唐突了，让李柚柚不舒服。

李柚柚对这种态度好像也没觉得不对，大小姐谈个恋爱被人捧着太正常了。即使他们这恋爱谈得索然无味，纯粹是联姻。

阳台的单向玻璃窗前有浴缸，李柚柚穿着白色比基尼，躺靠在浴缸里，喝着红酒看外面的大海。

陈世羽淋浴完是穿着短裤背心头发吹干才出来的，没想到看见李柚柚这般模样。

她其实也没露，可那白花花的胸腰臀腿又显示出好像没什么还能遮挡着的了。

陈世羽有点摸不清她的意思，走到浴缸旁边的长凳坐下，给自己也倒了一杯酒，晃着酒杯醒酒。

李柚柚仰头看他，什么话都没说，眼神纯净，让陈世羽觉得自己的想法可能有些猥琐了。

他看着她昂起的下巴，还有再下面光洁的颈子，啜了口酒。

李柚柚忽然说："世羽，我跟你讲一个关于我的故事好吗？"

陈世羽说："好。"

故事单纯又伤感，是她上大学时的一段感情。男生家境贫寒，但为人上进，长相不是她见过的最帅的，但总给人干净的感觉。

陈世羽听到"是那种像天使一样的纯净"这个形容时，小小地嗤之以鼻了一下。

李柚柚继续说，那个男生和她一个实验小组的，两个人日久生情，开始恋爱。李柚柚甚至还跟家里说了这段感情，虽然李父对这类凤凰男的态度不好，但也没有阻拦她谈恋爱。

当然，李柚柚从来没跟对方说过自己的家世，男生只以为她是家庭条件还不错的小公主，平时会兼职打工赚钱带她吃网红餐厅。

陈世羽回忆了下自己的大学生活，十几年了，有些遥远。但是他记得自己上大学的时候就开始创业了，也没要家里的钱，申请了学校创业基金，做了个游戏解说的团队，那时候解说的还是 Dota。

就在陈世羽猜测最后这对小情侣是不是因为身份暴露、天壤之别不得不分开的时候，李柚柚说："我们去工厂技工实习的时候设备爆炸，他为了救我死了。"

啊？

陈世羽想过是苦命鸳鸯的故事，但没想到这么苦。

他想说句"节哀"，又觉得好像不太合适。

李柚柚从水里站起来，湿漉漉的皮肤接触到空气有些冷。

她拿起浴巾把身上的水大概擦了擦，又换了条干的浴巾裹在身上，走到陈世羽身边说："抱抱。"

陈世羽把她抱到自己一条腿上侧坐着，她就软趴趴地倚靠在他怀里，由着他拿浴巾一角擦她被水沾湿的发尾。

她这样窝在他怀里，让陈世羽有些意动，可她刚说了个那么惨的白月光的故事，他如果这时候把她扒了是不是有点乘人之危呢？

怀里的小姑娘在他胸口拱了拱，是小姑娘吧，比他小了七岁，还没踏进社会，还没沾染世故。

陈世羽一向喜欢聪明能干的女性，再漂亮的花瓶他也没兴趣，可是对他的傻白甜未婚妻却起了不一样的心思。

他把酒杯放到一旁，想要拉起这没骨头似的姑娘亲吻。

然后李柚柚说了句："第一次见你的时候，我就觉得，你好像他。"

陈世羽顿时亲不下去了。

他当然知道活人永远比不过死人，也不会计较他的太太从前有过多刻骨铭心的爱情，但他实在难以接受自己成了什么白月光的替身。

如鲠在喉。

偏偏李柚柚说完了，还有些惶恐地抬头看他，眼睛带着水光，小心翼翼地问："你是不是生气了？"

陈世羽把她打横抱起来，不算温柔地放床上，自己也躺到另一边盖上被子："没有，睡吧。"

他闭着眼，却有点睡不着，心里有些乱。

而李柚柚这时候伸手抱了过来，委屈的声音听起来有些可怜："你就是生气了。"

陈世羽："真的没有。"

李柚柚："那你抱抱我。"

陈世羽转身抱她，手放在她背上才觉得入手太过光滑，她浴巾扔地上了，身上布料少得可怜。

陈世羽陷入两难，要是不跟她做，怕她伤自尊；可现在要做他又有点过不去心里那个坎，谁知道她那种时候脑子里幻想的是他还是别的人啊，想想就硌硬。

就在陈世羽犹豫的时候，李柚柚吻了过来，还试探着伸了舌头，只是才舔了他一下，就又缩回去，抬起上半身去把床头灯撤灭了。

如果平时，陈世羽会觉得她是害羞，但是这个故事讲完以后，他怎么就觉得她是不想看见他的脸了呢。

他把灯又给打开。

李柚柚睁着的眼睛突然被光一映，下意识地抬手去挡。

却被陈世羽拉开，按在头顶。他脸色有些阴沉，但控制着自己的力气，不至于弄疼她："开着吧，我想看看你。"

一次称得上双方都愉悦的交欢。

陈世羽回公司以后就打算尽快策划办婚礼，毕竟已经和人家发生了关系，他觉得需要给李柚柚一个交代。

婚礼策划方案出了十几版，他都不太满意。没想到再次呈现在他面前的不是舞台设计图了，而是一组狗仔偷拍照片。

陈世羽公司跟娱乐圈沾边，跟各大媒体关系也不错，所以这套原本已经被正主花钱买断的照片，还是被人发到了他眼前。

几张照片里面最劲爆的应该是一张在船头的照片，一圈只穿着泳裤的男模围在夹板上，而正中央是一个穿着迷你泳裙的年轻女人，笑着在摸旁边男人的腹肌。

那个女人是李柚柚。

狗仔原本是跟拍一个过气男团爱豆的，头一天拍到了小爱豆跟在国外拍戏的某女演员的亲密照，再一天居然拍到了小爱豆赴"富婆局"，七个身材好到爆的男人陪一个年轻女的同船出海。虽然狗仔没法跟出海，拍到的画面有限，但就这几个关键词，谁看了都要浮想联翩，不会以为他们几个在船上是游泳健身。

后来查出来照片女主角是李家独女，找李家敲了笔钱，又找到和李家结亲的陈世羽，说是通气，其实也是想再要一笔封口费。

陈世羽找人把这事摆平，转了张照片给李柚柚，什么都没说，等她解释。

没想到一向小白花似的李柚柚这次如此狠厉地跟他说：封口费没有，再折腾直接给他封口好了。

陈世羽想象中，她就算扯谎说那是 P 上去的，是 AI 换头，他也可以假装信一信的。

李柚柚还说：你空一天出来，跟我拍点照。

她要伪造成他也在船上的样子，小情侣跟朋友们的聚会罢了。

做戏做全套，她还要跟他多换几套衣服，多拍几个场景，隔三岔五发朋友圈，应付外界传闻，以免影响公司股价。

她这样子，和陈世羽印象里相隔甚远，陈世羽觉得解决问题当然可以，但是不是应该先解释清楚。

陈世羽：你为什么要带那么多男的出海？

李柚柚：如果是个公子哥带了一群女模出去玩，你会问为什么吗？

陈世羽：……这还挺理直气壮的？七个男的，玩挺开啊，搁这儿葫芦娃聚会呢？

他还有个问题：你那个为了救你被炸死的男朋友……

李柚柚说：我编的。

李柚柚还说：等风头过去了，我会跟我爸提出来咱俩不合适，把婚约解除的。

李柚柚最后说：再赔你一套房子。

陈世羽内心：哈？

他这辈子没这么无语过。

他断断续续也交过几个女朋友，都是正常交往好聚好散，虽然散的原因多半是对方受不了他太忙缺少陪伴。

但他从来没碰到过李柚柚这种款的，当着他面千乖百顺，纯得跟长白山自来水似的，一扭头带七个猛男出海轰趴，被他质问了也不心虚，张嘴就是退婚还要赔他套房。

怎么呢，要是他不知道这回事的话，这蒜头王八他还要一直当下去呗？

他气得要冒烟，但还是飞过去配合她拍照公关，拍完了把人扣在酒店房间要说法。

李柚柚也不装了，靠在床头上，两只脚踩在床面上，膝盖没并拢，叉着腿坐。

"你要问什么，问嘛，不要这么凶啊。"

陈世羽揪起一条毯子扔到她身上："坐好了！"

"好嘛好嘛。"李柚柚把腿伸直，用毯子盖住膝盖大腿。

陈世羽问："为什么骗我？"

李柚柚反问："你指骗你什么？"

陈世羽爆了句粗口，这种时候了，她还不坦诚？

李柚柚看他脖子上的青筋暴起，不气他了，毕竟上了年纪，别把这老大哥气出脑出血。

她吐吐舌头："那个师哥的故事？我是交往过一个师哥，不过我爸不让我们好，那谁知道我们家情况以后也不愿意被说是吃软饭的，就分手了。"

陈世羽："为什么说他死了？"

李柚柚："前男友这种生物，和死了也没区别啊。"

陈世羽："说我像他那些……"

李柚柚打断他："假的，逗你玩。你俩半毛钱都不像。"

陈世羽听得胸闷，手握拳放嘴边咳了一声，咳完还看了一眼手背，确认自己有没吐血。

烂熟

"为什么？"陈世羽不理解，逗他玩是什么鬼？

李柚柚笑得恶劣："就觉得你总是端着，没劲。"

她在她家里第一次见到他时，看着挺知书达理的一男的，看她的时候眼里有惊艳，可很快就遮掩过去，后面也是以联姻的姿态和她交往，好像为了什么家族使命献身似的。

他跟她牵手拥抱亲吻，都是循序渐进、循规蹈矩，让李柚柚一度怀疑当初自己是不是看错他的欣赏，他对自己压根就没什么男女之情。

当她做作地泡在浴缸里喝红酒的时候，他还是那副禁欲模样坐在一旁，李柚柚就有点受不了了，甚至怀疑这大哥是不是身体不行。她正好刚看了个白月光替身的电影，反手就扣在他脑袋上了，看到他那吃了苍蝇一样难受的表情时，她的恶趣味得到了满足，别提多有意思了。

掐着大腿才没笑出声。

想要关了灯笑，他还硬要把灯给开了。

他很快回国去工作，好像只有工作能让他乐此不疲，只有挣钱是他一生挚爱。

李柚柚不是很在意男人事业心重，本来她就觉得他忙一点没关系，反正她以后应该也不会特别清闲，大家有各自的生活空间这挺好的。

甚至在那晚之前，关于他行不行的问题她也考虑过，如果实在不行的话，那她在外面解决生理问题也可以。

不过试过了，他还挺行的，那李柚柚觉得他们在家里完成夫妻生活就不错。

她不是只在陈世羽面前刻意装的，她在家里人、在学校、在亲朋好友面前也是这副德行，谁看了都要说一句李家千金才貌双全还品学兼优。

只是她偶尔会冒出些不合时宜的想捉弄人的念头，也只有和她从小一起长大的几个姐妹知道她这只大猫的外皮下藏着的是野豹。

至于和男模们的海上出行，那只是发小送她的毕业礼物，听说她独自旅行怕她寂寞，包了游船给她开趴体。

尺度由她自己定，是吃饭、歌舞还是别的什么，发小已经把钱都到位了。

李柚柚觉得挺新奇，被一群帅哥包围着哄着的感觉很不错，但她也没夸张到要和这么多人乱来，最多不过是勾肩搭背喝口酒，她不吩咐那些男的也不会对她乱来。

当美色金钱唾手可得时，这些东西就没那么大吸引力了。她虽然不是道德卫士，但也没那么饥渴。

只是不巧被狗仔拍到了，李柚柚第一次处理这种事，处理得还不老练，权当花钱买教训了，提醒自己以后更要谨言慎行。

但她没想到陈世羽也会知道这件事，而且还要帮她擦屁股。这就有点尴尬了，如果陈世羽没打算和她开放式婚姻的话，多半是要提出分手的。

毕竟她了解的他，不是个为了李家钱财能忍气吞声的性子。

李柚柚全盘托出，还要跟陈世羽辩解一句："虽然吧，我没你想的那么好，但也绝对没你想的那么坏。"

她的解释确实让陈世羽的火气消了不少，但还有个问题："为什么解除婚约？"

这下轮到李柚柚疑惑了："你不介意吗？"

陈世羽："如果你说的都是真的，我要介意什么？"

李柚柚："万一我又骗你了呢？"

陈世羽："你骗我了吗？"

李柚柚："没。"

陈世羽把袖子挽起来，声音倨傲："那么，我认为由我来决定是否分手比较合适。"

李柚柚挠头，老男人这么"恨嫁"吗？

他配合她拍好照片就又走了，李柚柚也提前结束了旅行计划，回家去熟悉公司业务。

他们俩没有分手，却也没再见面。

李柚柚偶尔能在陈世羽的朋友圈里见到自己，是之前早就拍好的照片。

这种时候她就有种见鬼的感觉，搞不清陈世羽怎么想的。

其实连陈世羽都不知道自己怎么想的，他相信她没有乱来，可能不想分手是因为被一个丫头片子甩了太丢脸。

而且他最近很忙，自从和李家婚事定了以后，他爸开始把一些产业交给他来打理。比起他自己创业的那些项目，这些更陌生也更庞大，虽然在陈世羽看来这已经是夕阳产业。

他忙起工作来能几天不回家，在他办公室冲个澡随便睡一觉，偶尔和家里打电话，被问起婚事进度，他就在朋友圈贴个照片，连自己都快要被自己骗了，好像他们是一对恩爱情侣。

转眼过年，两家互相走动，陈世羽和李柚柚装作一对贤伉俪，互相给对方夹菜，夹的都是彼此不爱吃的那一口。

陈爸又问起婚事打算。

陈世羽："柚柚还小，不急。"

陈爸："可是你已经老了啊。"

李柚柚抬着水杯喝水，盖住自己的笑意。

被亲爹说老的陈世羽沉着脸，送李柚柚回家。

到了目的地，他熄火，问她最近过得怎么样。

李柚柚说了点工作的烦恼，觉得这话题无聊，转而问陈世羽："婚事，你怎么想的，还继续吗？"

时间过得太快，陈世羽都没意识到距离上次见面竟然已经过了那么久了。

他说看她表现。

李柚柚这才后知后觉地想到，他这段日子不找她，是在让她反省？是想让她意识到自己的错误并且去他面前表现？

不然什么叫看她表现？

李柚柚笑着说"好的"，她完全接受自己的未婚夫是个大男子主义，反正联姻对象挑选范围有限，不是这个鬼样子，就是那个鬼样子。

她真的无所谓，她有她自己的节奏。

所以她叫了发小去蹦迪了。

这次没人偷拍，可她却忍不住又想挑衅陈世羽，喝醉了让发小给陈世羽打电话来接她。

陈世羽接到电话开始还以为是骗子，挂断了有点不放心，把他做了一晚上的数据分析扔下，亲自开车去接。

然后在寒风凛冽中看到他的未婚妻穿一件黑色吊带短裙，皮草外套歪七扭八地在胳膊上挂着，走路踉跄地爬上他的车，醉眼蒙眬地问："怎么样，我表现好吗？"

好，真好极了。

陈世羽自认无福消受这千金大小姐，她显然也不想继续履行这婚约了，不然不会连样子都懒得做，就这么气他。

"别回我家。"李柚柚神色清明了一瞬间，还知道不能给爸妈看到她这副烂醉的样子。

　　陈世羽嗤笑了一声，看她那高开衩短裙露出来的大腿实在碍眼，解开安全带把身上的外套脱下来盖在她肚子上，问："地址。"

　　都说狡兔三窟，她既然知道不能回家，那必然是还有其他去处。

　　说不定房产一堆，不是说还要给他一套吗？嗤！

　　李柚柚说完那一句却又迷糊了，闭着眼抱着他的外套歪靠在座椅上打呼。

　　陈世羽这个气啊，想把她送到李家让她挨骂，又想直接把她扔到路边不管她死活。

　　最后还是忍住了，毕竟也算是他女朋友，要分手那也得等她酒醒后再说。

　　他有自己单独的住处，在酒店和他家之间犹豫了半分钟，最终还是担心她一个人住外面出事，把人带回了自己家。

　　李柚柚酒品还行，一直昏睡，中间要了一次水，喝完又继续睡。

　　一觉睡到天亮，醒来发现工作狂居然没去上班，在餐桌前看平板喝咖啡，等着她吃早饭。

　　李柚柚抬手打招呼："嗨，介意我用一下浴室吗？好臭。"

　　陈世羽放下平板，站起来给她指路浴室，顺便给她拿了新的浴巾和一套他干净的衣裤。

　　等她洗完，穿着不合身的卫衣和运动裤出来，像个偷穿大人衣服的小孩，袖子和裤脚都挽了好多圈。

　　她坐在他对面，大口吃煎蛋，喝牛奶，还有她喜欢牌子的面包——她说过一次，没想到他记得。

　　陈世羽的咖啡见底了，他终于开口："婚约取消吧。"

　　李柚柚顿了一下，也没多问，爽快地答应："行。"

　　她这么爽快，倒让提出分手的陈世羽心里不痛快，怎么感觉还是他被甩了。

　　他们约定好和各自家里的说法，理了理交往期间涉及的大额赠予，包括订婚礼什么的。

　　谈好了，李柚柚还是说要送他套房子，理由是他年纪不小了，在她身上浪费这一年时间应该有青春损失费。

　　陈世羽被她说得要心梗。

　　李柚柚又说："你要买在觉得受之有愧，再陪我睡个回笼觉？起码你在床上不端着。"

　　陈世羽这一天旷工了。

　　他对李柚柚恨得牙痒痒，可那恨里面确实还带着点说不清道不明的爱，他直到分手这天才算有点明白李柚柚是个什么样的人。

　　一个装乖太久把自己都给骗了的人。

　　而他，大概是她见过的最上进的富二代，她总觉得他也在装，想寻找同类，又想撕破他的面具。

那天以后，李柚柚就消失在了他的视线中。

他听说，她去迪拜交流学习了。

陈爸当月老当上瘾了，还要给他介绍女朋友。陈世羽怕了，拍着胸脯说自己今年过年肯定给他带回来儿媳妇。

虽然他也不知道去哪儿找。

那天他去个商场堪址，是要在沪市新开的项目，原本不需要他亲自到现场确定，但他正好想去挑个项链当生日礼物，顺路就去了。

那一片少儿培训和儿童乐园密集，旁边还有两个大型母婴商店。

陈世羽就是在母婴店的门口遇见了李柚柚，挺着个大肚子。

陈世羽心里头一万匹羊驼奔过。

他不想承认，又不想被否认，问她："我的？"

李柚柚刚从迪拜回来没几天，在家养了两天胎有些无聊，出来买点小衣服怎么就碰上他了。

她原本想说这孩子是她自己的，看到他眼神要杀人，只好开口："也可以这么说吧，算是跟你借了个种。"

借种。

她可真敢说。

陈世羽觉得喉咙有点腥甜，死死盯着李柚柚，盯出了她另一句抱怨："大哥，我真的头一次见到有人保险套能放到过期。"

他们分手那天，陈世羽床头放的不知道是哪年哪月的套子，李柚柚当时就觉得好像有点不对劲，事后忘了这茬，没多久就发现怀孕了。

她心软，想想陈世羽相貌和智力都不错，决定把孩子留下来，反正他们家也不差一口吃的。

至于孩子他爹，她倒不觉得是必须在场的，毕竟陈世羽已经明确表明他俩不合适了，她可不乐意倒贴。

陈世羽算算日子，如果真是他的孩子，那已经八个多月了，她真行，真是行。

他脏话都不知道该骂什么，跟着她回了李家，跪在李父面前低头挨了两脚踹，也不顶嘴，只说马上跟李柚柚去领证。

李父都搞不明白他们了，原本李柚柚说退婚他就不太高兴，后来她跑出国又挺个肚子回来，他还以为是她胡闹导致的分手，现在倒好，陈家小子跪地上又说孩子是他的，两个人之间有些误会。

这是闹的什么事啊！

他手一挥，懒得管他们的事了，既然陈世羽认下这个孩子，那婚事照旧就是。

李柚柚却有点不太乐意，私下里她埋怨陈世羽："谁说要跟你结婚了？我自己想养个孩子还不行啊？"

陈世羽："不行，我不可能让我儿子背着私生子的骂名，你如果跟我过不到一起去，过两年我们可以离婚。"

李柚柚倒觉得有点过意不去了："那不是又耽误你两年吗？你这一把年纪了，再离过婚，可就更难找对象了，要不离婚以后我再送你两套房吧。"

她不只是随口说说的。年初分手她确实给他买了套联排独栋。

陈世羽被她的话拱起火来，他现在也知道了，她不是天真烂漫，她就是故意说这种话气他。

她快生了，他不跟她计较，咬着牙说："那真是谢谢你替我着想了。"

李柚柚："别客气啊，孩儿他爸。"

自从跟李柚柚结婚，陈世羽就感觉自己进入了一场没有硝烟的战争。一年两年，十年二十年，他们俩婚没离成，孩子倒是一个接一个地生。

她永远有办法让他在放下心来、觉得她已经是个贤妻良母的时候，露出她的狐狸尾巴。

什么爱情保卫战，婚姻防绿战还差不多。

直到他们的大儿子陈长风都开始谈婚论嫁。

不知道陈长风从哪里听说了他爸和女朋友的妈妈昔日有段情，爱而不得，终生难忘。

陈长风请示，希望李柚柚女士祸不及子女，不要因为老爸的旧情迁怒他女朋友，看在他这个儿子的面子上，保持良好和谐的婆媳关系。

李柚柚听完了陈年往事，惊讶地问："哇，还有这么一出？"

陈长风没想到老妈竟然根本不知道这事，心里怪自己多嘴。

李柚柚："我喜不喜欢程诺，只会是因为她这个人讨不讨我喜欢，绝对不会是因为你爸或是你什么的。儿子，有句话我经常跟你爸说，现在也送给你。"

陈长风："妈，你说。"

李柚柚："男人啊，别总太把自己当回事啊——"

陈长风无语。

他扭头就跟他爸吐槽，觉得他爸过得惨。

陈世羽："逆子，闭嘴，我们好着呢！"

陈长风再次无语。

他决定了，他要去寻找当初他们捡来他的那个垃圾桶去了。

番外八/
一生钟情

　　程岛和楚芝五十年金婚的时候，女儿程诺给他们办了场挺盛大的庆典，还拍了三世同堂的全家福。

　　程岛对跟孙辈合照没什么兴趣，翻出个最近大热的偶像团队的照片给造型师看，让他照着那个风格给他做造型。

　　程诺看了一眼，吃惊得下巴都要掉了，劝阻她爸三思而行，红色爆炸头真的不适合老头子。

　　程岛不服气地跟女儿告状，说上次楚芝跟他吵架，就因为他不让她去参加这个团队的粉丝见面会。

　　楚芝插话："我连自己的休闲娱乐都不能有了吗？"

　　程诺赶紧劝和："爸，那是担心你到时候情绪激动身体受不了。这样啊，妈，我给你联系一下这个团的经纪人，回头让他们来咱家专门给你开个演唱会好吧？"

　　楚芝："真的吗？好呀好呀。"

　　程岛脸色更臭了："我跟你说这话是让你干这个吗？"

　　程诺嬉笑着躲开她爸，去搂老太太胳膊说悄悄话，密谋请了男团过来要让他们唱什么歌。

　　程岛在一旁气得直跺脚，拿起他那个狗头拐拐做势要打程诺。

　　拐杖是女婿送的，拐杖头是个威风凛凛的狼王，楚芝非说那是个狗头。

　　金婚庆典结束，程诺想要把二老带回沪市去居住，方便照顾他们。

　　可是楚芝和程岛都习惯了琴市的生活环境，还有一些老友在这边，他们不想挪窝。

　　程诺要尽孝，那便干脆说搬回琴市来，和爸妈一起住。

　　楚芝摆摆手，叫着女儿的乳名："小浪花啊，妈妈生下你来不是为了让你给我们养老的。你有你的生活，我们有我们的生活，爸妈生活不方便的地方有保姆帮忙就够了，你过好自己的日子我们才开心啊。"

　　程诺听得鼻子一酸，紧接着又听她妈压低声音说："男团尽快安排哈，

烂熟

不然你爸又要想方设法阻兰我们了。"

程诺向下弯的嘴角忍不住又扬了上去。

可惜还没等男团来家里，楚芝就出了岔子。

那天下午她要拿个罐子装新磨的玉米面，罐子在厨房上面的橱柜里，她够是够到了，往下拿的时候手一滑，罐子就要砸地上，她着急去接，没站稳滑倒了。

保姆正在阳台晾衣服，没注意到这边，还是程岛听到了声响，快步走过来，叫了楚芝两声看她没反应，心里一沉，手抖着喊保姆，先后打了救护车和程诺的电话。

以为只是小小地摔一跤，这里或者那里骨折了，可是楚芝脑出血，在 ICU 住了半个月，没救回来。

都说女性比男性平均寿命长，程岛一直觉得楚芝会比他活得久，甚至跟她讨论过如果自己先走了，她会不会改嫁的问题。

从没想过，一生要强的女人居然会这样轻易地就离开了，毫无征兆，像是开了个玩笑。

照相馆制作的相册和摆台寄来家里，程岛表情木然地签收了，打开看看，把里面那张他和楚芝的双人照拿出来放在贡台上，替换了楚芝的黑白单人照。

他觉得这一张比较好看。

没有人提出来这样不合适，程诺有些担忧她爸的精神状况。她是最了解父母恩爱感情的，也从门缝里看过许多次她爸对着她妈的照片哭，一哭就是大半夜，比她还像个孩子。

程诺说过头七要带他回沪市，这次不管怎样都不许他拒绝了，她不再放心让爸爸一人在家，也怕他触景生情，自己在家没有生活下去的欲望。

程岛没有拒绝，楚芝在这里的时候他自然是要陪着她，楚芝走了，那他在哪里也无所谓。

他不想给女儿添麻烦，所以他听从女儿的安排。

但是走之前，他想着楚芝的愿望，催程诺尽快去联系那个男团，在头七的时候来唱几首歌："你妈头七回家的话，让她高兴高兴。"

程诺又想哭，又想笑，真给他联系上了。

别家头七摔盆号哭，他们家头七找男团来唱歌跳舞。男团成员也是第一次接到这么神奇的商务，热舞的时候都不知道要不要脱衣服了，表演完了还要对着遗像鞠躬，感觉这次灵台演出终生难忘。

热闹喧嚣结束，只剩程岛一个人了。他对着照片里笑得开心的楚芝哼了一声："满意了吧，就跟你说他们在电视上都是假唱，你听听，蹦跶几下就喘成那样了。"

没有人回应他。

程岛一抹眼睛，他最近哭太多了，有些看不清影。

他抱着他们的合照去了沪市，和女儿一家共同生活。

程诺偶尔还会接一些商务活动，她每次要去外地工作，最不放心的就是老头子，有人照顾着不怕他生活有困难，就怕他一个想不开就不活了。

程岛让她别担心，他肯定会好好照顾自己："我和你妈早都约定好了，不管谁先走了，另一个都会好好活着的。"

他这句话让程诺稍微安心了些，毕竟她爸对她妈可谓是言听计从，答应了她妈就一定会做到的。

怎么算好好活着呢？

程岛每天早睡早起，起来了就去公园里逛逛，打打太极撞撞树。

晚上吃了饭，程诺经常邀请他一起遛弯，但他不愿意跟她一起，因为还有个女婿跟着，他可不想当电灯泡。

他的外孙女也已经交了男朋友，把那男孩领回家给他们看。他倒没看出什么不好，但他那个女婿鼻子都气歪了，就像他当初看不惯他的女婿一样，背后和程诺吐槽："才二十岁，谈什么恋爱！"

程岛的视力一天不如一天，有时候明明是大晴天，他却问程诺是不是阴天要下雨了，衣服收回来没。

程诺便应承着是要下雨了，让人把家里所有的灯都打开，跟他说今天别出门去逛了。

楚芝离开很多年了，具体多少年程岛有点记不清了，他现在记忆力不好，很多刚发生的事都会忘记，倒是从前的事记得清楚极了。

他跟程诺讲她小时候是先学会叫"爸爸"的，那时候楚芝一下班就回来抱着女儿嘀咕"叫妈妈"，程诺被嘀咕烦了，就跟作对似的，拼命叫"爸爸爸爸"，把楚芝气得不行。

他记得的大多是这样有趣的场景，他说完了笑，程诺也跟着他笑，尽管这样的故事她已经听过十几遍。

程岛还跟程诺讲她爷爷奶奶的故事，他说他以前问他爸，要是有喜欢的老太太就再找一个吧："你爷爷骂我不孝顺就算了，还跟你妈说了，非说我以后老了肯定一堆花花肠子，让你妈盯紧我。"

他说完这些，又说起程诺的奶奶，那个程诺从来没见过的长辈，最近他时常想起他的妈妈。

程诺有些慌，但她不敢表现出来，笑着问程岛："那你整天去公园，有没有遇见看得顺眼的老太太呀？我听说你还挺受欢迎呢，你要是想再找个老伴，我也同意。"

程岛用他的"狗头"拐杖敲了敲地砖："胡说八道，我就没正眼看过那些女的。"

他说完，又嘀咕起来："你说，你妈在那边这么多年了，会不会已经找了别的帅老头呀？"

他越说越觉得有可能，就跟真的看见了似的："你妈就喜欢长得帅的，肤浅！"

程诺快要被她爸笑死了，他是真的被她妈吃得死死的，到老都还在争风吃醋。

程岛的午休时间越来越长了，最近他总觉得睡不醒。

但他听觉还算敏锐，所以有人进了房间，他就睁开了眼睛。

光不亮，但他还是适应了一会儿才看清。

其实也不算看清吧，模糊的人影，是他的外孙女。

外孙女刚回家，因为跟男朋友去游泳了，就被爸爸训斥说男朋友没安好心。

她路过外公房间，想要来看看外公睡得好不好，没想到把他吵醒了。她抱怨了爸爸几句，帮外公把空调毯调整了一下，跟他道别让他继续睡。

程岛看着外孙女离去的背影，很像是年轻时的楚芝，她回头一笑说"拜拜"，就和记忆里高考结束的那个暑假里的女孩笑脸重叠。

那时他们刚在一起，他约她去海边玩，她说她不会游泳，于是他就自告奋勇地要教她。

他们在游泳馆的浅水区池子里"扑通扑通"，楚芝是真的完全不会游泳，学习上如鱼得水的学霸，真进了水池子却成了那条溺水的鱼，紧抓着程岛的胳膊不撒手。不管谁从她身边经过，溅起的水花都会让她担惊受怕地喊叫。

程岛又好笑又无奈，胳膊都被她掐出了印子，她是真害怕。

他觉得学游泳也得有个过程，今天在水里泡的时间已经够久了，拉着她往岸边游："今天先到这里，明天再学。"

楚芝就像块年糕，紧贴着程岛不放手。她刚才尖叫了太多次，平稳下来后胸口也还是会随着呼吸起伏。程岛本就被她贴得有些躁动，结果他先上了岸边，伸手去拉她的时候，低头就看见她泳衣领口勒着的白嫩。

"嘀嗒！嘀嗒！"

鼻血落在水面。

程岛一惊，忙抬起一只手来捂着鼻子。

楚芝只握着另一只手，骤然失去了平衡，脚一滑，仰头倒回池子里，连带着程岛也被她拉下水去，呛了一鼻子。

他俩狼狈地爬回岸上，冲浴后在门口再碰头。

楚芝刚才跌进水里那瞬间的窒息感让她心有余悸，想想罪魁祸首就在眼前，她恼怒地不想理程岛了。

程岛也很尴尬。

她在前面往车站走，他不敢说话在后面跟着。

她快走几步，他就大步跟上。

她突然停住，他就讨好地看着她笑。

恋爱才几天的小情侣，脾气来得快去得也快。

楚芝忽然用食指点点自己嘴巴。

程岛低头看她，又转头看看四周，心跳如雷地快速在她嘴上盖个章，红着耳朵站直了身子，当作无事发生。

楚芝也羞红了脸，伸手去拉着他的手，回家之前还要在广场上吃吃小吃、玩玩套圈。

两只手握在一起，摇晃来摇晃去，像在跳大绳似的，一个没注意，就摇了一辈子。

程岛想想，他爸说得对，一辈子其实也不长。

如果要给他的爱情故事加个注解，那大概就是：

一辈子患得患失，一辈子钟爱楚芝。

—全文完—